剑来

41

山青花欲燃

◎ 烽火戏诸侯 著

浙江文艺出版社
Zhejiang Literature & Art Publishing House

第一章
教拳与续杯

卯时，天微亮，山中多雾，气象清新，朝露凝结在花叶，团团圆圆，摇摇晃晃，欲语还休。

陈平安腋下夹着个棉布包裹，拣选一条去往后山的小路，独自行走其中，心旷神怡。

停下脚步，陈平安转头望去，片刻之后，就看到一个身形佝偻的老人正快步走来，折了一枝花枝拎在手里。这种事，落在一般人眼中，米剑仙来做是风流，眼前这个老厨子来做，就稍微有点老不着的嫌疑了。

朱敛一手握拳贴在腹部，持花枝之手绕后如持剑，扯开嗓门笑道："赶早不如赶巧，这就跟公子碰上了。"

公子做事总是这般在春风化雨中悄然雷厉风行。昨天才说要为曹荫、曹鸯教拳，今儿一大早就来了。

世人往往误以为天下远游只是两腿走路，游子离乡，千山万水。实则不然，每每心念起某事，到达成某事，就是一场心路上的远游。

陈平安笼袖站在路边，等着朱敛跟上，并肩而行，问道："树下和登高已经不用拦阻那些外来访客了？"

两人都姓赵，一个是陈平安的武学嫡传弟子，一个是目盲道人贾晟的大弟子，约莫是性情相投，再加上出身相仿的缘故，赵树下和赵登高平时比较聊得来，再加上骑龙巷那边两间铺子的周俊臣、田酒儿、崔花生他们几个，算是一座小山头，只是相对于落魄山竹楼一脉来说，没那么引人注意。

朱敛点点头："官府那边暗地里放出消息去了，不许外乡人随便靠近落魄山。我们处州这边勘验关牒本就严格，一来二去，算是帮忙拦下了许多慕名而来的求道野修、问拳武夫。他们也没敢有什么怨言，经过前些年的适应，大骊朝廷的规矩，算是真真正正深入人心了，毕竟各家仙府门派的祖山之巅都还立着碑呢，不是开玩笑的事。"

陈平安笑道："果然还是官府说话更管用。"

朱敛说道："我猜这不是刺史吴鸢，更不是那宝溪、龙泉几个郡守的意思。官场讲究多，担心画蛇添足，说不定是……"

朱敛说到这里，抬起花枝，指了指天——是大骊皇帝陛下的授意。

陈平安点头道："不出意外，就是宋和给吴鸢的一道旨意。"

朱敛笑道："有心了。"

而后朱敛好奇问道："皇帝陛下既然如此有诚意，先前还曾亲自参与那场婚宴，当面邀请公子出山，公子为何不答应大骊宋氏担任国师？是有哪方面的顾虑吗？"

于公于私，于情于理，自家公子接替崔瀺担任大骊国师都是众望所归的事情，合则两利，更是毋庸置疑。当然，如此一来，公子就要在山下事务上分心极多了，毕竟大骊不是小国，占据着宝瓶洲半壁江山呢。公子的性格脾气，朱敛再熟悉不过，若是真答应"出山就仕"，至少一甲子，都会耗费大量心神、精力在大骊京城、陪都洛京两地。与此同时，获利最多的自然是大骊皇帝宋和，因为一旦公子答应担任国师，除非宋和主动禅位，以兄传弟的方式传承国祚，否则洛王宋睦是绝无可能更进一步了。

陈平安点头道："顾虑很多。"

朱敛也不细问："那就再缓缓，等等看。"

看了眼公子腋下夹着的棉布包裹，朱敛笑问："是送给那对璧人的礼物？"

陈平安解释道："是送给曹荫的一些善本。镇妖楼青同如今是青萍剑宗的记名客卿，她先前送了仙都山不少价格不菲的珍稀书籍，我就挑了些在外边被划归为散佚一流的孤本。"

朱敛笑问："公子给仙都山留下了几成孤本？"

陈平安拍了拍老厨子的肩膀："做人要大方，行事要大气。嗯，我当时就是这么劝那位得意学生的。东山听进去了，还多嘴问了一句余下数量更多的善本要不要多带些回落魄山。既然学生跟先生客气，那先生还跟学生客气什么？"

朱敛忍住笑："崔宗主在公子这边，还是很尊师重道的。"

陈平安说道："暖树'走水'一事，我已经有个大致框架了。昨夜我跟暖树主动聊起，她还是没答应，不愿意我在这些事上分神。暖树就是太懂事了，我哪里舍得说半句重话。呵，要是换成陈灵均，我早就把他的头按在地上了。"

朱敛放声大笑。大概这就是养闺女跟养儿子的区别？他好不容易才收敛笑意，点点头，正色道："有一说一，暖树的破境难度确实是要比陈灵均的更大，大很多。涉及虚无缥缈的文运一事，可遇不可求。暖树最怕麻烦别人，怎么可能会答应公子这种事情。"

陈暖树是昔年书楼文运化身火蟒，如今是龙门境，所以寻常意义上的水裔走江化蛟对暖树并无意义。

最早跟随公子的粉裙女童与青衣小童性格刚好相反，一个外柔内刚，一个外刚内柔……陈灵均可能都不算柔，那叫屄。

陈平安说道："所以除了我这边的一些安排，还需要些外物。我打算跟九嶷山购买一盆三千年岁月的文运菖蒲，刚好九嶷山神君主动邀请酡颜夫人去做客，邵剑仙肯定会与酡颜夫人同行。这种道龄的菖蒲总共就那么几盆，是九嶷山神君的心头好，不愿意出售实属正常，难度不小啊。不管如何，我都是势在必得。万事好商量，可既然关系到暖树的大道，那就得另算了。要是邵云岩跟九嶷山谈不拢，以后我和刘景龙一起游历中土神洲，肯定也会走一趟九嶷山。"说到这里，陈平安拧转手腕，"别逼我顺手牵羊，丢下钱就跑。"

如今落魄山泉府一把手，管着财库的财神爷韦文龙依旧还是金丹境。韦文龙是剑仙邵云岩的嫡传弟子，自当初倒悬山春幡斋一别，师徒就再没重逢。陈平安想着是不是让邵剑仙先来一趟落魄山。

朱敛突然道："既然要为封姨和百花福地当个和事佬，就得送出那枚彩色绳结。劳烦公子下次游历福地时顺便帮我求证个事儿——志怪书上说的那种花神庙司番尉，是否当真掌管花信香泽。这些福地仙官皆是女子，还是亦有男仙，也恳请公子上上心。"

陈平安笑着答应下来。

朱敛说道："崔宗主先前赠送曹荫三本道诀秘籍，分别对应曹荫的观海境、龙门境，以及如何打破龙门境瓶颈结金丹。光是崔宗主的亲笔批注就洋洋洒洒多达六千字，由此可见，崔宗主才是真正的营造大家，鬼斧神工，能够以曹荫的人身小天地作为地基，大兴土木，量身打造。裴钱和隋右边在拜剑台结茅修行的那段时日，也都曾为曹鸢教过几次拳。"

曹荫，字凤生，剑修，观海境瓶颈。曹鸢，小名梧桐，四境武夫巅峰。

当初正阳山举办宗门庆典，作为最重要的观礼客人，曹柸选择提早离开。这位巡狩使大人等于是对诸峰观礼客人释放出了一个再明显不过的信号，都不是什么暗示，而是明示了：正阳山跟大骊朝廷的关系实属一般。故而如果大骊在落魄山和正阳山之间一定要作取舍，那么曹巡狩就已经帮忙给出答案了。

通过关翳然的牵线搭桥，陈平安与上柱国曹氏秘密达成了一桩长达三百年的盟约，曹氏出身的修道坯子和武学奇才都可以送来落魄山修行，甚至只要曹氏开口，陈平安还可以帮忙介绍给别洲宗门,到时候曹氏子弟只需带上一封陈平安的举荐信,就能去往俱芦洲的太徽剑宗、婆娑洲的龙象剑宗等处。如今又多出了数个选择,其中有桐叶洲的蒲山云草堂、俱芦洲大源王朝的崇玄署云霄宫,甚至可以是青同的镇妖楼。所以陈平安打算让曹荫与家主曹枰通个气。

曹枰定然留给曹荫一条联系渠道了,不是曹枰就一定如何看中这个曹氏旁支子弟,即便曹荫是一个剑修坯子,对已经做到大骊朝堂武臣极致的曹枰而言还是不算什么。只是既然选中了曹荫在落魄山修行,就意味着只要曹荫学有所成,曹荫这一支曹氏偏房在上柱国曹氏地位的水涨船高就势不可当。

一棵参天大树,有些原本粗壮的树枝会在风雨中腐朽剥落,有些纤细枝条却会逐渐成长为粗壮的枝干,再生长延伸出更多的枝丫,绿叶葱郁,供后世子孙乘凉,就是祖荫福报。

陈平安和朱敛来到后山宅子,大门已经打开,庭院内刀光闪闪。曹莺正在开辟为演武场的庭院内练习一门从沙场技击脱胎而来的曹氏祖传滚刀术,少女额头的发丝被汗水凝结成条状。

朱敛在门口停步,小声笑道:"小姑娘太要强了,不管学什么桩架,用什么兵器,都是在练刀。就像与人对敌,就是奔着杀人去的。"

陈平安道:"若无争胜之心,还要学武做什么?"

按照朱敛的说法,习武和修仙,最大的区别就是,同样的天才,练气士可以一路享福,破境顺遂,几个灵光乍现,就是腾云驾雾往上蹦,境界嗖嗖嗖往上攀升。武夫则没这好命了,甚至越是天才越是得吃苦,否则过快破境,噔噔噔跑上山,在每一级台阶上停留不久,就会底子不牢靠,境界真是真,绣花枕头也是真。

曹莺瞧见门口的两道身影,立即收刀,神色慌张,手足无措。

朱老先生是常客,又和蔼可亲,故而并不生疏,有亲近心,但是那一袭青衫实在是让曹莺紧张万分。一来,到了落魄山,她才与陈平安见过一次。二来,天底下的剑修,山上金丹即可被誉为剑仙,但是世间的止境武夫屈指可数,更何况眼前这位看似神色和煦、眉眼温柔的年轻山主曾亲手教出一位同样是止境大宗师的开山大弟子。他还曾去过剑气长城,在那剑修如云处当过末代隐官,独守城头多年才返乡⋯⋯

一桩桩一件件,对于曹莺来说,都是天边人做的天边事。所以要论敬畏之心,面对拥有无数身份的陈平安,曹莺比起主人曹荫,肯定只多不少。

少女此时的心境就像一个大声背书的蒙学稚童突然发现门口站着一位学究天人的儒家圣贤、一个尚未登堂入室的习武之人遇见一位已在山巅更去登天的止境大宗师,当然会将对方奉若神明。

朱敛倒是不奇怪少女的紧张拘谨,实属正常。

陈平安也曾这般看过别人，如今别人也是这般看着他。仿佛人生路上的山重水复，我与我之外互为风景。

陈平安跨过门槛，笑着提醒道："曹鸯，方才你收刀，体内一口纯粹真气的收拢似乎纰漏较多，以合谷起，至偏历，再到曲池，速度过慢。除此之外，气机到天府时反而当稍作停顿，才可以温养皮肉、气血和筋骨更多，须有水流绕山缠绵之势。此后由灵府至灵墟，再到伏兔、梁丘和下巨虚，又需要一鼓作气，转为瀑布直泻，气机流转，能有多快就要有多快，营造出一种蛟龙撞幽潭，溅起千层水的气象，落在大钟穴位方能响若雷鸣，直透涌泉。

"故而你方才一味追求脚步立定，刻意收拢气机为一细线，而舍此拳法真意，自然是错的，拳桩看似稳，然意思已无，属于定中求定，太过死板了。若能按照我的那个建议，将真气汇入涌泉穴，如以拳锤鼓，打得涌泉气血翻涌，宛如湖心坠石，大水浩浩荡荡。千万别怕这种'乱局'，须知此即武夫淬炼体魄的意思所在，与你们曹家武学心法亦是契合的。你再借此看似气机散乱、浪花激荡而生出的云蒸霞蔚之势收敛心神，迅速提起一口纯粹真气由放转收，恰似一尾鲤鱼就此跃龙门，层层攀高，至关元处转至后背四渎处，真气稍作停歇如龙蟠，将刀法融入曹氏心法，驾驭真气如龙滚壁，犹如战场冲阵，蓄势待发。随后铁骑开关而出，此时又需要你活用刀谱心法，作高下转移为前后之假想，观想一人持刀即万骑凿阵于平地之上，冲至阳，沿神道，过风府如敲门，登高如履平地，最终气归神庭。"

曹鸯听得目瞪口呆，额头渗出细密汗水，好似比练刀更累人。

陈平安笑问道："没记住？那我再说一遍。"

陈平安又复述一遍，曹鸯屏气凝神，一字不差，记住所有内容。

陈平安站在原地，笑道："我再演示一遍，会放缓真气流转的速度，你暂时境界不够，肯定无法探究我的真气流转，就是看个意思。就像我们外行人看待字画真迹，很难说出个所以然，但是好与坏，是有体悟的。以后你下山历练，肯定也会看人出拳，也是如此，先看意再有思。"

陈平安言语之时，伸出一只手作握刀状，再挪一步，与曹鸯先前收刀如出一辙，所有细节丝毫不差。

曹荫也已经走出屋子，站在廊道檐下，不敢出声打搅陈山主为曹鸯的"传道授业"。

朱敛悄悄来到曹荫身边，蹲在台阶上轻声笑道："你小子别瞎学啊，这是我们山主专门为曹鸯设置的一条路线。武夫真气流转如人行，道路方向和脚步快慢都是极有讲究的，曹鸯可以立即拿过来现学现用，可你要是依葫芦画瓢，只会处处岔气，一不小心就会殃及脏腑，反受其害。"

曹荫赧然一笑。难怪方才尝试按照陈山主的"导引术"运气，瞬间就觉得气闷不已。

朱敛笑道:"要是你真想学拳,可以自己与山主开口请教。但得根本莫愁末,群魔不能乱真说。我家山主与人教拳,机会难得,何止是千金难买。曹荫,你倒是可以试试看,近水楼台先得月嘛。"

曹荫摇头道:"贪多嚼不烂,炼气习武难兼备,小子不敢提出这种无理要求,耽误陈山主的宝贵光阴。"

看着那位青衫男子的气定神闲,再看看曹莺有所明悟的满脸惊喜神色,最后看着陈山主轻轻点头,好像认可了曹莺的演练,少年心想,大概这就是传说中的宗师风范吧。

陈平安笑道:"光是说与听没大用,于静处走桩练拳,再多下苦功夫打熬体魄、练熟招数,就跟老学究在书斋的空头讲章,见不着真正功夫,没有大量的切磋和实战,任你学会了千百种高明拳招,还是花拳绣腿,遇到那些招数不多却能融合三两拳理为真意的同境武夫,很容易几拳就倒地。曹莺,不如你我搭搭手?"

曹莺满脸涨红。她还真不太敢。

朱敛轻声调侃道:"到底是小姑娘脸皮薄,换成白玄,这会儿已经龙精虎猛咋咋呼呼出拳往山主那边冲去了。"

曹荫以心声说道:"曹莺对陈山主最是敬重,平日里每每与我聊起山主,她就跟变了个人一样。"

朱敛聚音成线,与少年密语道:"放心,曹莺只是礼重我们山主,不涉及男女情爱,今年心头喜欢之人还是去年之旧容颜。"

曹荫本没有往这方面去想,结果被老厨子这么一说,霎时间就红了脸。

陈平安将腋下包裹轻轻抛给朱敛,再伸手一抓,将演武场兵器架上边的一杆木枪驾驭在手。五指指尖微动,木枪在手心处旋转数圈,如蛟龙滚壁,蓦然握紧,枪尖嗡嗡作龙鸣。

一身青衫长褂,脚踩一双布鞋,陈平安手持木枪,站在庭院中央,说道:"刚好借此机会让我见识一下你们曹氏武夫立身之本所在。"

陈平安的言下之意再清楚不过了,曹莺输拳没什么,只是别丢了曹氏刀法的脸。

陈平安说道:"武夫问拳没有身份高低,只有拳法高低;没有年纪大小,只有意思大小。曹莺,你要是担心伤到我,当然可以手下留情,我自会在这场切磋里边与宅心仁厚的曹莺还礼致谢。"

少女哑口无言。

檐下观战的曹荫总觉得眼前的青衫男子与上次在竹楼外和颜悦色与他们闲聊的陈山主很不一样,判若两人。

朱敛会心一笑。从竹楼二楼走出来的武夫,为人教拳喂拳,说话都这样,寥寥数语,往往比拳头更有力道。

陈平安眯起眼,好像要提木枪前行。

刹那之间,曹莺便持刀后退一步,低头弯腰,死死盯住那个气势浑然一变,宛如一座巍峨青山的男子。直觉告诉她,对方只需递出一招,自己就会死,而且是那种连怎么死都不知道的憋屈死法。

陈平安却依旧站在原地:"退?你能退到哪里去,怎么不靠墙站着去?或者干脆撞破墙壁,从退变逃,中途胡乱挥几下刀,就算与我交手过招了,传出去好歹也是个名声。"

陈平安嘴上是这么说,其实曹莺的那一步撤退是不差的,这说明曹莺的神识是极其敏锐的,这就是武夫拳意上身才有的一种本能,能够帮助一位纯粹武人能够在不知不觉中趋利避害。但是这还不够,在陈平安看来,依旧属于舍本逐末。

陈平安的言语,其实已经算含蓄了,不然要是按照竹楼崔前辈的话说,就是遇敌就退,竟敢身退意更退,既然这么学拳,喜欢捡了芝麻丢西瓜,那就别学了,饿死拉倒,学什么拳,出门讨饭去,捧着个破碗见人就磕头,无非是多认几个异姓祖宗,丢什么脸,回头上坟祭祖,还可以邀功呢,就说帮各位多认了些亲戚,多孝顺……

曹莺一咬牙,一步跨出,并未笔直一线持刀前奔,身如轻燕一个横移,蜻蜓点水,体内纯粹真气急速运转,瞬间去势更快,便来到陈平安身侧方位。少女持刀手势是曹氏刀法中极负盛名的大雪拖枪走,曹氏刀法从战场而来,汇集百家之长,千锤百炼,并不拘泥于刀法本身。只见曹莺手腕拧转,刀光如雪,从侧面劈砍向那人。

"光有狠劲有何用,空耗气力给谁看。"

也不见陈平安如何出手,木杆长枪就已经戳中曹莺额头。少女脑袋一个剧烈晃荡,整个人倒飞出去,额头以肉眼可见的速度红肿起来。

曹莺手掌拍地,身形旋转,再以刀尖数次戳地,演武场上顿时火星四溅。她强行扳回身形,围绕那一袭青衫,绕弧而走大半圈,再次递出倾斜一撩一刀,不等刀尖接近青衫就被那杆木枪以更快的速度与刀身错过,砰一声,直接撞在曹莺肩头处,打得少女肩头一歪,身形原地旋转。等到曹莺回过神,静止不动的木枪枪尖已经抵住自己的脖颈。

"与强者对峙,心不稳,只会逞血气之勇,莫非出手之前就自认必输无疑,一门心思只求速死吗?"陈平安撤回木枪,"再来。"

随后,不管曹莺如何发起攻势,仍旧近不得青衫之身,不多不少,双方身形次次都差着一杆木枪的距离。其间陈平安木枪横扫,狠狠砸中少女腰肢。曹莺被一挑而起,整个人在空中弯曲如弓,再被长枪一段木柄给敲中心口,撞上墙壁。少女双膝微屈,踩在墙上,借力反冲向那个闲庭信步而来的一袭青衫。后者好像都懒得以长枪对敌了,只是抬起一手,双指并拢,就像"轻轻"推开刀尖,再就是一记肘击,打得曹莺满脸血污,倒地不起。一枪戳地再斜挑,少女身形这一次再无法凝聚纯粹真气,在空中翻转数圈,结结实实撞在兵器架上,哗啦啦作响。曹莺口吐鲜血,单手撑地,跟跟跄跄站起身,眼神坚毅，只是那条握刀的胳膊不由自主地颤颤巍巍。与此同时，曹莺开始挪步，始终面对那个朝自己缓缓走来的男人。

陈平安不易察觉地点点头。老厨子果然没说错，少女确实吃得住苦，而且学东西很快，就像此刻，恐怕曹莺自己都不清楚，她已经用上了陈平安先前传授的那条真气流转路线。

这就是天赋，师父领进门，修行在个人，持之以恒，长此以往，弟子不必不如师。

陈平安脚步不快，说道："人生提气最难而泄气易，学武武学，究竟之学，还在做人。什么样的人，就能钻研出什么样的拳招，悟出几个拳理熔铸拳法中。曹莺，习武之外，有想过自己为何要学拳，要学什么拳，你自己又是怎么个人吗？"

曹莺一愣，结果只听陈平安笑道："大敌当前，还敢分心？"

砰一声，少女再次撞上墙壁，颓然跌坐在地，以刀拄地，几次想要起身都是徒劳。最后脚尖重重点地，背靠墙壁，才得以缓缓起身。

只是下一刻，她眼前一花，下意识转头，耳边便传来墙壁的破碎声。若是她没有这一躲避，估计就要被木枪当场戳穿脑袋了。

朱敛笑着安慰身边少年："不用担心，山主每一次出手都极有分寸。如果教拳只是停留在招数、拳理两事上，那山主才是在浪费自己的光阴。你因为是局外人，所以并不清楚，曹莺此刻真正的煎熬之处在于她的直觉已经被山主有意牵引，笃定一着不慎就会被伤及根本，被随随便便打断武学路。如此一来，才算切磋，否则就只是轻飘飘地喂拳了，这样的教拳，就像山主说的，意思太小。归根结底，在曹莺内心深处，会有一种自己立于不败之地的想法，可事实上，外人觉得是毫无悬念的胜负之分，对局中人曹莺来说，却是生死之别。

"武夫之拳路，就是我们的人生路程，每一步都脚踏实地，从不落空，想要苦尽甘来，就只能多吃苦。真气流转路线这等细枝末节，可以教可以学，但是人之念头与一身拳意，欲要追求两纯粹，就只能苦上加苦地苦熬了，每个当下，就连苦尽甘来的念头都不能有。"

最后朱敛笑呵呵总结："估计公子会再添一把柴火。"

果然，陈平安没有拔出那杆钉入墙壁的木枪，说道："曹莺，休息片刻，估计你心里会不服气，觉得我是学拳早，境界高，才能只与你说几句大话空道理，居高临下惹人厌烦，属于以道压术。那我就再压一境，以三境武夫之身与你切磋切磋，只凭撼山拳的入门拳招，看看你能撑几招。"

只要不是给裴钱教拳，哪怕是在谪仙峰为叶芸芸喂拳不停，最终机缘巧合之下帮她跻身止境气盛一层，陈平安都觉得不难。

真是……收了个好徒弟，以至于当师父的，教拳比自己练拳还难。

之后陈平安就以三境武夫之身再次将曹耷打得毫无招架之力。曹耷单膝跪地，以刀拄地，满脸鲜血，一滴一滴，滴落在地面上。

曹荫以心声道："朱先生，曹耷不会有事吧？"

其实此问是不妥当的，等于是质疑陈山主的教拳手段，若是再上纲上线一点，便是怀疑陈山主的用心了。但是少年忍不住。

朱敛搓手笑道："山主出手是不轻，却也不重，反正都在曹耷能够承受的范围之内。"

曹枰作为上柱国曹氏的当代家主，还是有几分识人之明的，晓得将曹荫、曹耷送来落魄山。从今天起，这对未曾被世俗浸染本心的少年男女算是真正入了自家公子的法眼，呵呵，公子以后肯定会常来。

说实话，要是公子再晚点返回落魄山，朱敛都要去仙都山抢人了，怕就怕那只大白鹅做事情不地道，故意以人心束缚公子。要是真被打得一手好算盘的崔东山得逞了，那还得了？公子到底是落魄山的山主，还是仙都山的山主？

等到曹耷摇摇晃晃站起身，陈平安说道："接下来看好了，我只演练一遍，你能学到多少是多少。这套拳法出自桐叶洲蒲山云草堂叶氏，源于祖传的六幅仙人图，分别名为观瀑、打醮、捣练、斫琴、高士行吟和竹篮捞月。云草堂武学都从图中来，传到当代山主叶芸芸手上，已经演化出六十多个桩架、拳招，自古就有'桩从图中来，拳往图中去'的说法，其中能够对外示人的有四十余个，外人学拳无忌讳。"

曹耷点点头，抬手擦了擦脸庞，瞪大眼睛，生怕错过任何一拳。

之后陈平安就故意放慢身形，为曹耷演练了四十余个桩架、拳招，与此同时，再详细指点少女不同桩架搭配的真气路线。

习武的门槛虽说确实是没有成为练气士、登山修行那么高，但也不是随便丢几本拳谱就能学的。想要成为一个名副其实的纯粹武夫，到底不是空架子的江湖武把式，能否凝聚出一口纯粹真气，是天壤之别，能否让这一口气与拳招真正融合，相辅相成，又是云泥之别。

陈平安停下最后一个拳桩，笑问道："都记住了？"

曹耷深吸一口气："都记住了！"

朱敛刚起身，突然又重新蹲下。因为只见自家公子并没有就此收工的意思，反而卷起双手袖管，正色道："再传你一套拳法，桩架拳招皆无名，来自剑气长城一位女宗师，更是我的长辈。"

被自家公子称呼为前辈的山上修士可能不在少数，毕竟是出门在外的礼数嘛，但是被自家公子诚心诚意视为长辈的人就不多了。

陈平安打完一整套拳法，好像是生怕曹耷会记不住，就又重新演练了一遍，而且再次放缓速度。身架、脚步挪移极内敛，但是出拳极快，而且没有半点脂粉气。曹耷看得出来,这套拳法,最是适宜女武夫修行。

陈平安收拳后,笑道:"先前那两场切磋,你要有两份心思。今日输拳是必然,不用想太多,以后赢拳也可能,要多多思量。

"曹鸳,别的武夫我不多管,人人有命,各有缘法,但你既然来到落魄山习武,我就必须提醒你一句。学拳先有救己性命之想,才有资格递拳胜、杀他人。"

曹鸳双手抱拳,嗓音沙哑道:"晚辈谨遵教诲!"

今日陈山主两场喂拳,其实一般来说是只有嫡传弟子才有的待遇。面授机宜,秘传心印,是谓亲传!

陈平安微笑道:"赶紧把脸上血污擦一擦,大白天也怪吓人的。"

曹鸳立即告辞,走向后院。

曹荫心中感叹不已:果然不再给人教拳的陈山主又是那个熟悉的陈山主了。

朱敛已经跑去收拾木杆长枪,再重新竖起兵器架。

曹鸳很快返回,之后一行人在正屋侧厅饮茶闲聊,都不用曹鸳这个侍女忙活,朱敛就给一手包办了,何况茶叶都是他亲手炒制的。

陈平安好似教拳上瘾了,就像从曹鸳这儿找到了一点为人师的信心,喝茶喝到一半,就从袖中取出一幅卷轴摊放在书桌上,喊曹荫、曹鸳一起观摩这幅出自天水赵氏家主的真迹。货真价实的长卷,远胜书桌长度,足足长达三丈,以至于需要陈平安和朱敛站在两边托住玉轴。即便如此,曹荫和曹鸳依旧无法看到这幅字的全貌。

一字一行,开篇是"元嘉六年苦寒之地水患稍平,见一青衣拨棹孤舟翩然渡江",收尾八字是"一笑横江,秉烛夜归"。字如长枪大戟,气势雄壮,简直就是扑面而来的咄咄逼人。

陈平安解释道:"曹鸳,拳意不止在日复一日年复一年的桩架上得来,天底下真正的好拳,必然来自拳谱之外,前者教我们武学底子打得牢固,后者却教我们在武学路上一拳独高。就像这幅字,形神兼备,可能文人雅士、书法大家来看,是观其笔意,最多就是临摹字帖,但是换成我们武夫来看,就可以看出更多意思,甚至是创出自己的拳招。过段时日,我就教你们这一拳,你们就知道我所言不虚了。"

朱敛帮忙收起卷轴,陈平安一本正经地道:"道理之外,也好与你们显摆显摆我的收藏。"

少年男女面面相觑。

朱敛系好卷轴绳结,轻轻递给陈平安:"收藏丰富不算什么,兜里有点钱就行,可要说收藏之精之美,能够力压同行,一骑绝尘,让人难以望其项背,就很考验收藏之人的鉴赏眼光了。"

陈平安笑着将卷轴重新收入方寸物中。老厨子这种好话,确是大实话。要知道,裴钱小时候就曾私底下与老魏诉苦，说老厨子的狗腿学都学不来。老魏点点头，说有些人的看家本领在天成不在人力，最后不忘补上一句："比如你的察言观色与我的酒量。"

各自重新落座，陈平安打算喝完一杯茶水就离开，问道："曹荫，修行有没有遇到什么难题？"

"暂时没有。"曹荫摇摇头。有那崔仙师给的三本秘籍帮忙开道，再不开窍的练气士也能循序渐进。

陈平安笑道："若是以后有任何问题是自己如何都想不明白的，就跟崔东山请教。我虽然也是剑修，但是在这方面的传道授业解惑远远比不过崔东山，到时候你自己去雾色峰剑房飞剑传信桐叶洲仙都山，不用担心会麻烦崔东山，我会跟他说好，所以你要是不问，就等于白白浪费了。"

曹荫起身作揖致谢，曹鸳便跟着起身抱拳。

陈平安笑着点头致意，就要起身离去，曹荫却主动开口问道："陈山主，我能不能聊点自己的修行心得，再与山主请教一事？"

陈平安笑道："当然可以。"

朱敛已经为几人分别添上茶水。

曹荫说道："我觉得，练气士的修道，甚至是武夫的练拳，都是一连串的术算解题。"

陈平安笑道："怎么说？道如虚宅理如柱，不如你举个例子。"

曹荫就举了个将武夫淬炼体魄拆解为皮肉筋骨的具体例子，由此可见，身为剑仙坯子的曹荫并不担心自己的修行，却很在意曹鸳的习武之路。

朱敛笑着不说话。两小无猜，青梅竹马，其实很容易在未来形同陌路，只因为少年翻书太快，少女看书喜欢折角。

陈平安听得仔细，点头赞赏道："这个举例就很好。"

曹荫有些腼腆，说道："可能资质不好的人才会如此拆解。"

陈平安刚想再夸奖少年一句"你的这个想法与我不谋而合"，结果听到曹荫的这个说法，立即把到了嘴边的话咽回肚子。

其实曹荫的这个见解没有任何问题，甚至可以说是一个极有见地的修行感悟。

曹荫当然是天才，如此少年，就已经是观海境瓶颈的练气士，而且还是剑修。可问题在于，世间确实有那么一小撮天才中的天才，比如宁姚、曹慈、裴钱、柴芜。

陈平安笑问道："对佛家典籍了解吗？"

曹荫答道："看过些，但是不多。"

陈平安就问了一个问题："怎么看待佛家禅宗南北的顿渐之别？"

曹荫有些惶恐不安。这种涉及佛门一次大分流的重大问题，岂敢随便妄言，何况少年从未深思过。

陈平安又问道:"那我问你,当真能够立地成佛吗?顿悟之后如何立定在那个顿悟而来的境界中?"

曹荫似有所悟,只是好像心中文字反而成了诉说本心的大敌。

陈平安笑道:"慢慢想。"他喝了口茶,"方才你想要请教什么问题?"

曹荫回过神,鼓起勇气说道:"陈山主每天具体的时间安排是怎样的,能不能细说?我想要照搬,能学到几分真意是几分。"

看待他人的人生,就像看一幅堪舆图,标注出来的山川,名气大,但好像总是与自己无关。可如果有机会接近那些名山大川,就是不一样的风光。宛如天气晴朗时分站在远处眺望一座落魄山,不觉其高,越走近此山,仰之越高,等到走到了山脚,就会发现是何等高耸入云。只是进了山,身在此山中,又是另外一番风景。

朱敛吓了一跳,连忙咳嗽一声,提醒少年这个问题并不合适。

陈平安摇头笑道:"说当然可以说,只是你学不来的。修行一道,讲究实在是太多了,因人而异,因时而异,因地而异。不同的门派、师承,就有不同的道法传承。呼吸吐纳之术千差万别,各自本命物的不同,昼夜阴阳的时辰变化,修行火法和水法的练气士,就会有截然不同的作息和道场选择。"

故而在山上,想要找个能够在遇到关隘、症结时指点迷津的明师何其难,才会有拜师如投胎的说法。有了明师,就可以少走许多弯路,少吃许多不必要的苦头。公认野修心性坚韧,你以为他们自己当真愿意?

虽然坦然告诉少年学不来,不用学,可陈平安仍然是认真想了想,作为开场白的一番话,就让朱敛只觉得今日此行不虚:"我年少时离乡,匆忙赶路居多,那会儿走桩练拳不停是为了吊命,边走边出拳,争取每一步都在调整呼吸吐纳,每当停下休歇时,也会练习撼山拳的剑炉立桩,躺下睡觉前,就去演练睡桩千秋,争取让拳意上身,越多越好,一万拳、数万拳、十万拳、百万拳。只知道拳意上身就可以神明附体,当时不信也得信,就像书法一道,腕下有鬼神相助,异想天开。一有空闲,我就会看点书作摘抄,坚信好记性不如烂笔头。第二次到了剑气长城,在那避暑行宫,其实能够潜下心来修行的机会不多。真正符合一般意义上修道之人的作息,可能只有前不久在桐叶洲仙都山的一处道场内。所以我才会说,你学不来我的修行作息。可话说回来,如果将修行尽量拆解到极致的小,呼吸、行走、睡眠,我觉得是没有任何问题的,所以归根结底,还是一个万法无定法,万法却在一法中。"

曹荫笑容灿烂:"懂了!"

修行到了某些阶段,练气士就会无事可做,现在少年就觉得自己有很多事情可以去做了。

曹鸢到底是女子,心细如发,便有些疑惑:陈山主不是一位已经证道的大剑仙吗,怎么好像都有白头发了?

朱敛安安静静坐在一旁,看着那个与少年娓娓道来的年轻山主:这样的公子,什么样的女子见了不动心?

陈平安微笑道:"以后再有类似的问题,多问。如果我没来,你就主动去找我。"

朱敛轻声感叹道:"原来佛理只道平常话。"

陈平安置若罔闻,站起身,最后与少年说了三句话:

"子曰,十五立志于学。

"好乐无荒,良士休休。

"少年怎么可以不喝酒。"

第一句话,曹荫听出了陈山主对自己的期许。第二句话,也是劝诫自己不要太过执着于破境,亦是极有道理的金玉良言。只是这第三句话,让少年有点蒙,一时间不知如何作答。

一起走出宅子,曹荫满脸憧憬和期待,壮起胆子问道:"陈山主见过至圣先师吗?"

陈平安笑道:"见过的。"

曹荫一时无言,看着那位青衫剑仙的背影,心情久久无法平复。

朱敛稍晚挪步,拍了拍少年肩头,笑呵呵道:"若干年后,有人询问一句,曹剑仙见过陈先生吗?"

曹荫蓦然而笑,一旁少女也是笑颜如花。

"下次来,咱们得喝酒啊。"朱敛双手负后,身形佝偻,快步追上自家公子。

曹莺小声说道:"朱先生在上山之前,肯定也有很多江湖事迹吧?"

曹荫使劲点头。肯定啊。

陈平安放慢脚步,等着朱敛跟上。

"公子,有句话不知当讲不当讲。"

"不当讲。"

"先前欣赏公子教拳,行云流水,我就有点想法。"

"手痒了? 来,过过招。"

落魄山的年轻山主与落魄山的老厨子,就在山间小路上过起招来,双方的出拳速度堪称"惊世骇俗",总之就是你一个蹦跳递拳,我一个摆头躲避;你一个黑虎掏心,我一个猴子摘桃。辗转腾挪,乌龟爬爬,尽显高手风范……

亏得那对少男少女不曾亲眼目睹这场问拳,不然也就别再谈什么宗师风范陈剑仙、慈眉善目朱先生了。

风流子弟江湖老,从少年悠悠到暮年,其实酒杯不曾空过,因为喝完杯中酒,就以故事续杯。

大泉王朝京城蜃景城。

清晨时分,雨后初霁,杨柳依依,清景在新春,绿黄才半匀,诗家道得此时此景,百姓言语道不得,却也看得真切。

三辆马车在城西一处街道缓缓停下,一众男女纷纷下了马车,旁边就是一座池水幽幽的荷塘,一个身材修长的锦衣女子没有着急去往目的地,而是走向池畔。她伸出雪白如玉的手掌,扶住微凉的青石栏杆,雨过碧玉天,水浮团圆叶。

这女子比美景更动人,她弯曲手指,擦了擦手心,随意拧转手腕,转头望去。其余人没有打搅她,只是站在巷口耐心等着。女子看到其中一个一只袖管空空的男人,身边站着个看似性情温婉的佩刀女子,会心一笑:难为自己还要给他们当月老牵红线。姚家之字辈的男女如今都不年轻了,唯一一个没有着落的就是这位京城府尹大人了,只因为在战场上捡回一条命,落了个瘸了条腿少了条胳膊的下场,这些年就有点破罐子破摔的嫌疑。当然,弟弟的眼光确实也高,一些个趋炎附势奔着他的身份头衔而来的权贵女子,他自然是瞧不上眼的。

这三人便是大泉女帝姚近之、京城府尹姚仙之,以及小名鸳鸯、道号宜福的女修刘懿。刘懿如今是大泉王朝的三等供奉,前不久朝廷一纸调令,将她调到了蜃景府尹衙署,担任姚仙之的贴身扈从。这当然是皇帝陛下假公济私,只是刘懿也没有拒绝。

一行人中还有新任国师韩光虎、首席供奉刘宗、少年简明,以及姚岭之——大泉女帝的妹妹,京城府尹的姐姐。自从丢了那把名泉,姚岭之就彻底收心了,不再跟各路江湖人氏和绿林豪客打交道。

姚近之要去一座小道观见一个本该喊她一声嫂子的前朝皇子,如今礼部金玉谱牒上边的龙洲道人刘茂。小道观名为黄花观,位于蜃景城最西边。

姚近之走向巷口,抬起双手,呵了口雾气。姚岭之丢了个眼神给弟弟,示意他别傻愣着了,赶紧走在前边给陛下带路。

大泉王朝历来崇道,京城内道观数量众多,黄花观是一座历史悠久的小道观,曾是大泉立国没多久,太宗皇帝用来祈福的敕建道观,供奉在道家谱系中地位尊崇的三官大帝。

稍大一点的马车难以通过那些曲折的狭窄巷弄,姚岭之陪着姐姐走在光线昏暗的陋巷中,轻声道:"陛下,司礼监和礼部衙门都有人通知刘茂今日准备好接驾事宜,不过原本是让他在辰时候着,我们这会儿提前了一个时辰,不知道刘茂那边……"

姚近之笑道:"黄花观那边,观主加上常住道人总共才三人,让他刘茂还怎么接驾?都随意了。"

其实刘茂大清早就等在门口了,换上了一身洁净道袍,持一柄拂尘,双手叠放在腹部,闭目养神。

还有俩孩子,不情不愿地陪着观主师父起了个大早,揉着眼睛,打着哈欠,迷迷糊糊的。师父也没说要迎接谁,这都等了小半个时辰了,实在累人。

就在前不久,刘茂说自己准备结丹了,希望朝廷能帮忙安排一处道场。

道观大门上张贴有两张气态威严的彩绘灵官像,等人高。

在那位赊刀人曾先生的引荐之下,于今年开春时节担任大泉国师的韩光虎笑道:"陛下,这刘茂的修道资质不差啊,四十来岁就有机会结丹。"

只要不跟那些不讲道理的年轻修士比较,这位大泉前朝的三皇子殿下若真能在不惑之年结金丹,当得起"天才"一说。现在就看陛下的想法,是打算让龙洲道人就此鱼跃龙门,还是打算让他这辈子就留在龙门境修为了。可能这个答案,需要等到陛下与那位昔年的小叔子见过面才得知,也可能其实陛下心中早有定论,今日驻跸黄花观,就是走个过场而已。

据说刘茂每年都会主动将亲笔撰写的青词绿章、三官手书和节庆符箓请人送入宫内,陛下也会转赠给一些依旧在朝堂当差的文武老臣。其实意思很简单,就是刘茂借此机会,帮着皇帝陛下证明一事:大泉刘氏先帝的儿子刘茂还活得好好的,陛下隆恩,刘茂感激涕零,故而潜心修道之余,愿为姚氏新朝略尽绵薄之力。

不知不觉,走着走着,姚岭之就与韩国师更换了位置,与师父刘宗,还有少年简明一同走在小巷最后。

走在前边的姚仙之一瘸一拐,放缓脚步,转头笑道:"国师,这个刘茂可不是省油的灯,打小就城府深沉,擅长算计和笼络人心,要不是他跑去当道士了,轮不着我当京城府尹,我姐那边的江湖事也该是刘茂一并打理了。这厮的才情确实是好,就说当年前朝编撰的那部《元贞十二年大簿括地志》,四百多卷的大部头著作,其实真正负责提纲挈领的总裁官就是刘茂。

"前些年我一直盯着他,还算老实。而且刘茂还是个精通术算的高手,书架上边好些算数著作我都是看天书。不过我觉得刘茂这些年修心养性,可能一开始还有点想法,如今却不是做做样子,是真打算安心修道了。上次我来这边,他还与我说了些推心置腹的言语。当然,话是难听了点,反正刘茂打小就喜欢跟那些他打心底瞧不上眼的人故意说些阴阳怪气的话。"

姚岭之小心翼翼地瞥了眼皇帝陛下的脸色,看不出什么,就加快脚步,伸手拧了一把这个弟弟的肋部,提醒他别妄言。

姚仙之犹豫了一下,还是没有说出真正的心里话。陈先生说过,刘茂这家伙是真的心灰意冷了,只需运作得当,说不定大泉王朝未来百年之内可以多出一个帮忙绵延国运的元婴供奉。正因为陈先生有这个判断,姚仙之才敢在今天这么说,不然当了这么久的府尹大人,真当他是个酒囊饭袋吗?

姚近之笑了笑,不置可否。

姚仙之轻声道:"到了。"

刘茂收敛心神,手捧拂尘,走到小巷中央位置,等到皇帝陛下一行人走近,刘茂打了个道门稽首:"黄花观住持道士刘茂,拜见皇帝陛下。"

刘茂起身后,再次行稽首礼:"刘茂见过国师、府尹大人。"

姚近之笑道:"不必多礼。刘茂,我们好像多年没见面了吧?"

相较于那个野心勃勃、狂悖无礼的大皇子,姚近之跟这位三皇子其实没有太多私人恩怨。

道观里边的两个小道童当场傻眼,什么礼数都给忘了。何况他们懂什么礼数,师父平日里也没教过啊。所幸那位皇帝陛下好像也不生气,反而是姚仙之伸手按住一个小道童的脑袋,调侃道:"怎么不皮了? 平时的那股子横劲呢?"

刘茂神色越发恭敬,再不行道门稽首,而是以臣子身份行弯腰揖礼,轻声道:"启禀陛下,距离上次一别,十余年,快若弹指一挥间。"

韩光虎打量着这个观主。刘茂作为前朝余孽,能在陛下的眼皮子底下活到今天,果然不是没有理由的。

进了道观,姚岭之临时提出要去主殿祭拜。众人视野所见,唯有飨殿和寝殿各一,因为是皇家敕建,道观虽小,规格却不低,飨殿深广肃穆,光线略暗,暖阁去主殿不过三尺,两者间以黄色龙幔遮掩,铺设有一张华贵地衣,放了两把古色古香的交椅,褥以团龙黄锦,用孔雀翎织正面龙。只是神台上祭品简陋,簋中只有肉三块、黍数粒而已,礼器粗朴,多是朱红木器。

刘茂立即取来一支香筒,等到皇帝陛下拈出三炷香,众人皆脚步轻轻,退出大殿。

皇帝陛下敬过香,没有立即走出大殿,而是推开那道黄幔帘子,去暖阁看了一会儿。

其实刘茂这一脉在前朝大泉刘氏的皇家宗谱上不属于高祖皇帝子嗣,而是太宗皇帝后裔。所以姚近之有意将刘茂安置在这座太宗皇帝敕建而成的道观,也不能说她是毫无用意。

姚近之跨出门槛,不去更为宽敞的客堂,反而说要去刘茂的书房坐坐。人多屋子小,尤其书房内就两把椅子,而且一看就是崭新的木工。

刘茂始终面无表情。修道之前,贵为皇子,满堂华贵,觥筹交错,御制红烛粗如臂,夜白如昼,主人也嫌不够热闹。修道之后,两人共处,就觉喧哗。

韩光虎眼尖,瞥见书房墙上一幅装裱简陋的小字,抄录自道教经典《黄庭经》。乍看之下,一气呵成,浑然天成。可若是细看,却是两种字迹,末尾十六字,是"分道散躯,恣意化形，上补真人，天地同生"。

老人双手负后，又仔细看了会儿，小声点评道："后来者居上。"

姚仙之乐不可支，搬了把椅子，打算请陛下落座。姚近之却让他坐着好了，府尹大人也不客气，坐下后轻轻握拳捶腿。一到雨雪天气，这条老腿就造反，经过这些年的调养，其实已经好了很多，前些年刚当国舅爷那会儿，才叫遭罪。好在有陈先生送的羽衣丸，服用之后，效果立竿见影。陈先生当时还曾调侃一句"小伙火力壮，屁股能烙饼"。

姚近之视线随意游弋，笔筒里的两支鸡距笔想必是刘茂专门用来抄写经文的。

事实上，这座黄花观，尤其是这间书房内的每一支笔、每一本书，包括它们各自放在什么地方，姚近之都一清二楚。比如笔筒内那两支铭刻有"清幽""明净"的鸡距笔，连同那本属于朝廷禁书的《天象列星图》，还是先前"抄家"时，她故意留给刘茂的，目的是好心劝诫这位黄花观的年轻观主：身处"清幽"之地，就得有与之相契合的"明净"之心。修道之余，闲来无事，还可以翻翻《天象列星图》这类书。既然是修道之人，多抬头看天，就不要一门心思盯着地上事了。

至于刘茂能否心领神会，姚近之倒是全然无所谓，反正黄花观的龙洲道人什么事情做差了，该是什么下场就是什么下场，难不成还要她这个已经放过他一命的皇帝陛下对他如何一而再再而三地大度仁慈？

姚近之挪步去往书架，抽出那本禁书，瞬间眯起眼。她快速翻阅，略显拥挤却寂静无声的屋内，唯有书页哗啦啦作响。

书的扉页和尾页上各钤印有两方并排印章："无限思量"和"退一步想"，"知足"和"知不足"。

姚近之将书随便放归原位，转过身，朝那位身穿道袍的观主伸出手，虚按两下，眼神温柔，示意刘茂坐在最后一把椅子上。

刘茂犹豫了一下，见姚近之神色依旧，只得坐下。居养体宜养气，眼前这位昔年柔柔弱弱的女子确实很有帝王威严了。

简明双臂环胸，斜靠房门。很奇怪，他本来是想将腋下这把镇国至宝归还大泉姚氏的，只是这位国色天香的皇帝陛下却没有收回去，反而随手就赠予自己。作为交换，简明担任刑部录档的朝廷三等供奉，会具体参与之后对几个藩属小国的搜山一事，按功升迁。可能是因为韩老头担任大泉国师的关系，简明随时随地可以放弃供奉身份，离开大泉王朝。

姚近之走到书桌旁，伸出双指，轻轻敲了敲笔筒，笑道："刘观主，你知不知道如今我们大泉造办处新设置了文房司，其中就有匠人专门制造这鸡距笔，厂址就选在距离黄花观不远的荷花桥，在户部的宝泉局和仓场衙门旁边。这笔即将远销一洲南北，就是不知道接下来的销量如何。早先工部呈交上来的几种官制样式，我看过之后，都不太满意，总觉得差了点意思。"

大泉王朝的鸡距笔最适宜书写小楷，名动一洲，各国达官显贵和文人雅士曾经都喜欢购买一些鸡距笔，搭配云窟福地出产的落梅笺，作为书信往来的诗词唱和。

而这桩买卖，就是大泉工部与那座青萍剑宗联手，不过用了对方后边的一个建议，改"官制"为"御制"。一字之差，价格就直接翻了两番。

作为开凿大渎的盟友之一，南边的玉圭宗连同整个云窟福地在内，加上碧城渡在内的几座仙家渡口，与大泉王朝预订了三万支鸡距笔。

刘茂小心翼翼说道："敢问陛下，不知这鸡距笔定价如何？"

姚近之笑道："一支御制鸡距笔，一枚雪花钱。玉圭宗神篆峰已经跟我们预订了三万支，光是定金的数额就不小，所以我才会这么为难，总不能让造办处文房司随便捣鼓出些制式低劣不堪的鸡距笔来糊弄玉圭宗吧，此事可大可小，神篆峰真要追究起来，就不是退钱的事了。"

刘茂一时无言。抢钱吗？以前大泉鸡距笔种类繁多，如果刘茂没有记错的话，撇开那些私家订制、穷尽豪奢的鸡距笔不谈，只说市面上批量出售的，其中工艺最佳、价格最高的，也不过十几两银子。御制？放眼一洲版图，哪家朝廷的内廷造办处能够一口气御制出三万支毛笔？

姚近之看到一脸欲言又止的龙洲道人，似乎心情不错，从笔筒中抽出一支鸡距笔，在手指间迅速翻转几圈，看了眼铭文，是"明净"。她微微挑起视线，瞥了眼一旁始终正襟危坐的刘茂，将笔随便丢回笔筒内："等你出关之后，若能成功结丹，就不要太清净修行了，不妨一边稳固境界，一边在红尘里边炼心。按照你们山上的说法，涉足红尘，亦是修行。比如朝廷即将印发新钱，既然黄花观距离宝泉局和文房司厂址都这么近，你就多去走走，回头我着刑部给你个合适的官场身份，放心，肯定是个清贵闲散的差事。"

刘茂连忙起身，与皇帝陛下作揖致谢："微臣领旨，谢陛下恩典。"

姚近之笑道："那就预祝刘观主结丹功成，道场一事，护关人选，姚府尹最晚在三天之内会帮你敲定。"

刘茂再微微侧过身，与姚仙之出声致谢。

姚仙之气不打一处来：咱俩私底下相处，怎么没见你这么彬彬有礼？

姚近之率先走出屋子，姚岭之留下了一件礼物在桌上。

刘茂将一行人送出道观大门后，轻轻扯了扯姚仙之的袖子。

姚仙之停下脚步，压低嗓音，疑惑道："有事？"

刘茂轻声问道："府尹大人，道观内私藏禁书，与朝廷礼制不合，能否恳请陛下命人带回这本《天象列星图》，上缴书库？"

姚仙之笑骂一句，腹诽不已：这刘茂真是个人精。不过仍是答应下来，转身跟上一行人。

原路返回，走在小巷中，韩光虎皱眉道："陛下，万瑶宗的韩绛树到底是怎么想的，就这么一直拖着，也不给个确切说法。订金都给了，至今也没有一个与朝廷接头的修士，她那三山福地就这么笃定我们找不到别的买家？"

姚近之微微皱眉："确是怪事。"

之前韩绛树找过她，万瑶宗准备与大泉王朝订购一艘跨洲渡船，双方谈得还算愉快。这位家族拥有一块福地的上五境女仙从头到尾并无半点倨傲，反而好说话得像个有事相求的人。

韩光虎冷笑道："陛下，要是按照我的意思，再过一个月，韩绛树如果再没有回复，这笔订金，万瑶宗就别想要回去了，到时候不管是谁找上门来，我来负责替陛下说理。别说是个玉璞境，就是她那个当宗主的父亲亲自登门，也休想在我这边讨到好。"

刘宗叹了口气。人比人气死人，这就是一位止境武夫的说话底气了。要知道，就连皇帝陛下都不敢过多催促万瑶宗，只是让礼部寄了一封书信给韩绛树指定的福地联系人，可惜如泥牛入海。

万瑶宗本就是"宗"字头仙府，按照大泉王朝的推算，凭借那份砸钱砸出来的战功，文庙极大可能不会阻拦，故而万瑶宗一定会在数年之内拥有一座下宗。只是不知为何，韩绛树作为万瑶宗的话事人，在桐叶洲现身后，好似惊鸿一瞥，就杳无音信了，与大泉朝廷预订跨洲渡船雷车一事就一直搁浅。

姚近之微笑道："就这么办好了。这万瑶宗，宗门势力再大，也大不过一个理字。"

先前大泉王朝半买半造，拥有了第一艘跨洲渡船鹿衔芝。跨洲渡船最昂贵的就是那张被各大宗门列为头等机密的图纸，如果只是购买一艘渡船，价格其实还不至于高到令人咋舌。皑皑洲那座宗门之所以愿意出售图纸和船坯，一来，大泉王朝会跟他们签订契约，承诺不会对外泄露图纸；二来，渡船某些关键部位的后续检修事宜，以大泉工部目前的实力，即便拥有图纸，还是无力承担，这就需要将来跟出售方一直保持长远合作；三来，对方也希望通过出售渡船，帮助自己在桐叶洲拥有一座最大的渡口；最后，大泉以后依循图纸打造出来的每一艘崭新渡船，那个宗门都是有分成的。

大泉姚氏就打算在接下来的十到二十年之内再打造出两艘跨洲渡船，分别命名为峨眉月和雷车，大泉会自留一艘，卖出一艘，以填补购买图纸和打造三艘跨洲渡船的国库窟窿。目前有意雷车的两家仙府，除了万瑶宗，还有北边的金顶观。葆真道人尹妙峰和邵渊然这对道门师徒都曾是大泉王朝的一等供奉，金顶观的首席供奉芦鹰与大泉接洽过，只不过金顶观的开价要比万瑶宗低三成。

姚仙之拿肩头轻撞刘宗一下，朝老人挤眉弄眼。

刘宗呵呵一笑，故意装傻。

见姚仙之还在那儿不消停，刘宗就转头看了眼身后与徒弟并肩而行的女修。

姜还是老的辣，府尹大人立即败下阵来。

先前按照刘宗的提议，大泉自留鹿衔芝、峨眉月两艘跨洲渡船。前者走南北航线，途经桐叶、宝瓶、俱芦三洲。后者建成后，就跟皑皑洲刘氏联手开采极北冰原，途经婆娑洲、中土神洲和皑皑洲，与龙象剑宗在内的十数个宗门、仙府和山下王朝总计十六座大型仙家渡口结盟，签订渡船停靠的详细条款。

此事已经通过了御书房议事，只不过有资格参与议事的明眼人都心知肚明，能够给出这种方案的人，肯定不是刘宗这位首席供奉。而且等到韩光虎担任国师后，方案又有更改，主要是路线有变，可以走芦花岛、雨龙宗和扶摇洲以及金甲洲这条商贸航线。毕竟韩光虎在金甲洲极有威望，山上山下都有极为可观的深厚人脉和香火情。

韩光虎并不觉得刘宗提出的路线方案如何高明，只对一点赞不绝口，说刘宗眼光长远，极有见地。按照刘宗的建议，渡船途经的所有宗门仙府、王朝各大渡口，大泉定要一口咬死价格，与各家签订年限极长的条款。

如今的浩然天下，绝大多数跨洲渡船都被文庙征用了，各个渡口要维持运转和保证盈利，就很需要鹿衔芝、峨眉月这样未被文庙抽调的跨洲渡船靠岸商贸，带动人气和稳定财源。所以大泉王朝在这个时间段与渡口签订条款，就可以用一个远远低于往年的价格，而年限越长，以后大泉王朝每年交给渡口的过路费和买路钱就省去越多。

省钱就是挣钱，这个粗浅道理，谁都懂。

姚近之一番权衡利弊，一时间确实难以取舍，思来想去，不如再打造出一艘跨洲渡船？她连名字都取好了：火珠林。

姚岭之早已为人妇。最向往江湖的女子却嫁了个书香门第的读书人，如今儿女双全。先前陈平安拜托姚仙之转交给她的子女两个红包，前不久正月里拜年时，弟弟这一手，一下子就把俩孩子给彻底镇住了。以往俩孩子总是对舅舅的诸多说法将信将疑，如今礼数周到得一塌糊涂不说，见面就拍马屁："舅舅，几天没见，瞧着又年轻了，越发英俊了。我帮你跟鸳鸯姐姐当说客吧，你要是不反对，我就直接喊舅妈了啊……"

毕竟对于孩子来说，山上众多神仙之中，就数剑仙最令人神往，没有之一。而那位来自剑气长城的年轻隐官，又是剑仙中的剑仙嘛。

其实姚近之也好，姚岭之也罢，甚至姚老将军，对这件事都是乐见其成的，只是姚仙之一直不开窍，就耽搁了。

刘懿是大泉本土人氏，家族是地方郡望，六十三岁的龙门境，但姿容年轻，这就意味着她的修道资质极好。

之前刘懿在京畿和蜃景城两处战场舍生忘死，胆子很大，却极有韬略，以龙门境修为积攒下来的战功竟是不输几位金丹修士。但是最后刘懿只跟大泉朝廷要了一个三等供奉的身份，其实按照战功，二等供奉绰绰有余。

有些事情，女子不反对，本就是再明显不过的表态了，还要她如何大胆？

姚岭之看着身边的刘懿，笑了又笑。

刘懿假装不知，只是悄悄红了耳朵。

姚岭之替她倍感不值，于是快步向前，踹了姚仙之一脚，踢得后者一个趔趄，连忙伸手扶住墙壁，转头问道："又怎么了？"

姚岭之没好气道："管得着吗你？"

姚仙之气笑道："姐，你无缘无故踢个瘸子一脚，还有理了？回头我非得跟外甥外甥女说道说道，看看到时候他们帮谁。"

姚岭之呸了一声："瘸子？傻子才对吧。"

难怪听说爷爷跟陈先生在渡船上有过一场对话，一个说姚仙之配不上某个姑娘，一个附和说自己也觉得是如此。

姚近之并不理会后边的打闹，继续与老国师商量正事："文房司总不能只靠着一桩鸡距笔买卖，大泉王朝境内也是有些封禁多年的老砚坑的，退一步说，新坑石材也不一定就不如老坑。就说南方边境的洮河，我小时候还经常跟岭之和仙之一起去砚坑里边玩耍。那里开采颇早，出产一种润泽若碧玉的制砚石材。其实要我看，发墨不输其他名砚，迄今有一千二百多年的历史了，只是荒废多年，地处边陲，确实得之不易。"

姚仙之闻言点头道："只是那几个主要矿坑都位于洮河深水之底，如果不动用一定数量的练气士，寻常石匠开采难度太大。最大的问题还是从无专门的书籍著录。在我们大泉，洮河砚尚且名隐而不显，就更别提卖给别国了，否则那几个我们小时候经常逛的眉子坑，还有庙前青、庙后红，石材质地真心不差。可惜山上山下都喜欢厚古薄今，否则价格合适的话，加上量又大，朝廷只需在旧坑中续采，就是一笔不小的收益。"

刘宗捻须笑道："我听说大几百年前曾经有本专门鼓吹桐叶洲各地老坑名砚的《洞天清禄集》，里边罗列了十几种珍贵砚台？不如我们重刻一版，在翰林院找几个文采好点的笔杆子往里边偷偷加上一篇《洮河绿砚》就行了，笔墨着重写那洮河砚如何好，开采如何难，再添加几笔志怪仙迹。有钱的读书人喜欢厚古薄今？这不就很'古'了嘛。"

姚近之转头看了眼首席供奉。姚岭之更是大为惊奇：师父老人家这是跻身了远游境，连着生意经都一并灵光了？

姚仙之憋着笑，偷着乐，朝刘老头伸出大拇指：可以可以，厉害厉害。

韩光虎思量片刻，点头道："一本万利的勾当，可以做，运作得当，打出名号，除了本洲，借着跨洲渡船与鸡距笔在内的大泉特产一同远销别洲，确是一笔不小的财源。"

老国师再次对刘宗刮目相看：真不是个吃干饭的主儿。

刘宗捻须而笑。遥想自己年轻那会儿，江湖上"小朱敛"的绰号不是白来的。

黄花观那边，两个小道童蹲在檐下叽叽喳喳，雀跃不已：皇帝陛下真好看！

书房内，刘茂打开桌上那只小锦盒，里边装着一块宫廷御制的圆形墨，正面隶书"君子修之吉"，额题"九寿攸叙"，阴识填青，墨背绘有一幅"金木水火土"五行图。

刘茂长呼出一口气。不得不承认，此次能够渡过难关，真得感谢那个姓陈的。

临近马车，皇帝陛下绕路走回先前停步的栏杆旁，沉默片刻，与身边的老国师问道："听说马上就要开始最新的三教辩论了？"

韩光虎点点头："之前因为那场大战，拖延了好些年。"

姚近之犹豫了一下，问道："以国师的身份，能够旁听辩论吗？"

韩光虎哑然失笑，摇头道："我只是一介武夫，可没这个资格。当年在金甲洲，即便有个国师身份，一样无法参加这种大事中的大事。"

姚近之点点头，似乎有些遗憾。

约莫是提到了金甲洲，老人便难免有几分思乡之情。

皆有所念人，相隔远远方。

姚近之亦是眼神迷离，神色恍惚。人在远方，也在心乡。

第二章

后生可畏

虞氏王朝，年号神龙。

与崔东山分别后，王朱身边只带着宫艳和王琼琚，至于黄幔、李拔、溪蛮三个，既然都被青萍剑宗拉了壮丁，需要实地勘验未来那条大渎的走势和沿途山川，总不能当了出力出工还被克扣工钱的冤大头。王朱几个则更像是一路游山玩水，行停不定，只看这位东海水君的心情。双方就此分道扬镳，约好了时日，在洛京积翠观碰头。

洛京的宫城和皇城之间有条白米巷，护国真人吕碧笼住持的积翠观就位于此处。道观建筑是清一色的皇家官窑烧制碧绿琉璃瓦，观内松柏郁郁，树龄悠久，常年绿荫葱葱，故名积翠。

不过黄幔几个却要比无事一身轻的三人更早到达洛京，就在京城外一处驿站门口的茶摊等着。果不其然，今天日头高照的晌午时分，官道上出现了一辆简朴马车，车夫是那斜背红皮葫芦的少年王琼琚，一看装扮，外人就知道他是修行中人，凡夫俗子外出游历，不会傻了吧唧背着这么个引人注目的大葫芦。

一袭雪白长袍的王朱走下马车，锦衣华服的宫艳紧随其后，停马饮茶，坐满一张桌子。唯独王琼琚没资格上桌喝茶，只能端着茶碗蹲在路边。

宫艳忍不住开口说道："水君，我们真要跟这个虞氏王朝扯上关系？"

她对这虞氏王朝观感实在不佳，一路走来，所见官员多务虚，喜清谈，好大喜功，地方上许多政策都是华而不实的花架子。一项出自洛京六部衙署的政令，层层下达，可能最终老百姓只得了三分实惠，妙笔生花的地方官员就能够吹出十一分的效果。

最新出炉的桐叶洲十大王朝,大泉王朝高居榜首,大崇王朝第三,虞氏王朝位列第五。而就是这么个名声早已烂大街的王朝,官员好像都打了鸡血,嚷嚷着要保五争三。

李拔说道:"大泉水极深,不易掌控,假设大泉姚氏国力是十,虞氏是五,那么大泉能够为我水府所用最多二三,但虞氏却是五,有多少就愿意给多少,这么一比较,水府自然是扶植虞氏王朝更划算。唯一的问题是,就怕这个虞氏王朝混不吝,扶不起,反而连累我们水府惹来一身骚。"

黄幔微笑道:"简而言之,就是姚近之不服管,这娘儿们骨头太硬。也正常,要不是这种脾气,如何守住大泉国祚? 记得当时蛮荒妖族给蜃景城开出的条件还是很好的,独一份。反观那个躺在病榻上的虞氏皇帝就很听话,出气都比进气多了,还想着怎么讨好咱们呢,就不知道继承大统的太子虞麟游是怎么个态度。这趟洛京之行,李拔,你也是当过国师的人,可得好好帮忙掌掌眼。"

宫艳瞪眼道:"你给我说话客气点,别一口一个娘儿们。"

黄幔哑然失笑。阿妩啊阿妩,这就胳膊肘往外拐,与那姚近之同仇敌忾了?

王朱冷笑道:"扶植? 虞氏王朝与我水府每年按时纳贡而已。"

宫艳瞥了眼洛京的外城墙。虞氏王朝这座京城的护城大阵形同虚设,最多能够抵御一位金丹修士的冲撞,是户部为了帮国库省钱,还是太过倚仗城内那位护国真人的道法庇护?

王琼琚立即掏出一只装满碎银子和铜钱的钱袋跑去结账,随后一行人施展缩地法,径直来到了一座道观门外的街道上。

不同于以往的车水马龙,如今白米巷戒备森严,巷子两端都有禁卫军把守。据说护国真人近期在闭关,整个洛京都议论纷纷,尤其是相对熟稔山上事的达官显贵们,更是翘首以盼:难不成我们虞氏王朝要有一位玉璞境神仙了?!

一个瞧着三十来岁的貌美女冠,头戴一顶碧玉太真冠,脚踩一双绿荷白藕仙履,手捧一柄雪白拂尘,从京城外驿站那边收回视线,缓缓走下属于道观内最高建筑的观月台——此人正是积翠观观主,如今虞氏王朝的护国真人,国师吕碧笼,道号满月。

吕碧笼身形一闪而逝,顷刻间来到道观门口,下令让门房道士立即打开中门。

"积翠观吕碧笼,见过东海水君。"

吕碧笼走下台阶,身穿一件凤沼法袍,即便是见着了一位在浩然天下拥有神号、品秩最高的东海水君,依旧显得神色自若。她一挥拂尘,以心声微笑道:"先前已经收到主人密信,得知诸位要莅临敝观,等候已久,就有请陛下抽调出殿前司禁军,将白米巷附近戒严,免得道观附近太过喧闹。"

黄幔在扈从中修为最高,总觉得眼前这女国师有点古怪,只是具体哪里古怪,又说不上来,就像缺少了一点人味。

王朱眯起眼：竟然是个瓷人。她跨上台阶，道："让虞麟游和黄山寿立即来见我。"

吕碧笼侧过身，等到王朱率先跨上三级台阶才跟着挪步，点头而笑："水君稍等片刻，我这就喊人过来。"

她从袖中摸出一只折纸而成的青鸢，双指并拢夹住，放在嘴边轻声言语："东海水君驾临积翠观，有请太子殿下和大将军黄山寿一同赶来此地相会。"随后轻轻抛向空中。青色纸鸢流光溢彩，如飞鸟振翅，去势极快。

吕碧笼将这一行外乡贵客领到一间雅致房间，取出一套御制茶具，屈膝而坐，开始煮茶。

王朱盘腿而坐，单手撑膝，托着腮帮，也懒得在意对面那位鸠占鹊巢的女冠，只是转头望向外边的庭院。

宫艳以心声笑道："听说那黄山寿是个远游境武夫，才四十来岁，也无明师指点，一身武艺都是沙场上搏命厮杀出来的，如果传闻不假，短短十年之间，连破三境。"

李拔说道："难得一见的庙堂大才，虞氏王朝就靠他撑着了。"

黄山寿出身贫寒，读书不多，年少就投身边军行伍。当年一洲陆沉，黄山寿没有跟随虞氏老皇帝一起逃往青篆派秘境，而是在妖族大军的重重包围之下，拉起一支精锐轻骑，以战养战，很大程度上牵扯了一座蛮荒军帐的精力。蛮荒妖族曾经专门派遣一位玉璞境截杀此人，数次抛出鱼饵设置陷阱，黄山寿却好像拥有一种未卜先知的战场直觉，从不曾咬饵。直到两座天下的大战落幕前期，黄山寿的那支精骑也不曾停止对妖族在虞氏王朝各地驻军的袭扰。所以天目书院的新任副山长温煜曾经公开评论黄山寿是虞氏王朝这个茅坑里的玉石——毫不掩饰自己对黄山寿的赞誉，以及对虞氏王朝的厌恶。

黄幔伸出两根手指，轻轻捻动鬓角一缕发丝，笑眯眯道："才是不惑之年，就到了功无可封的地步，这不是功高震主是什么？"

宫艳冷笑道："要不是温煜那句话，以虞氏老皇帝的猜疑性格，估计他当不了几年大将军就可以养老去了。"

结果黄山寿没来，只来了一个虞氏王朝的太子殿下。

虞麟游坐在吕碧笼身旁，满脸歉意，解释说黄将军除了主持一国兵部事务，兼领刑部尚书衔，刚好有个紧急会议，涉及两部衙署所有重要官员，故而实在脱不开身。

吕碧笼似笑非笑，转身递给太子殿下一杯热茶。

难为虞麟游了，帮黄山寿找了这么个合情合理的借口。

王朱依旧没有转移视线，盯着庭院里的一株矮树，漫不经心道："既然黄山寿的架子这么大，那就劳烦你们虞氏王朝多给几个荣衔，例如太子太保之类的，让黄山寿就此告老还乡去。反正仗都打完了，还要一个大将军做什么，不如好好休养，用心钻研武学，说不定熬个二十年，你们虞氏王朝就能多出个镇压武运的止境宗师了。"

虞麟游脸色微白，五指攥紧茶杯，怔怔无言。

王朱直起腰，转头望向这位太子殿下："听不懂人话？"

虞麟游颤声道："黄将军是我虞氏王朝的国之砥柱……"

王朱摆了摆手："那我就说得再清楚一点，让你在皇位和黄山寿之间选一个。反正等老皇帝一死，朝堂上边，你们只能有一个露面，要么是你虞麟游坐在那张龙椅上，要么是黄山寿继续站在文武官员的班首位置。这次喊你们一起过来原本就只是这么件小事，如果是你没来，黄山寿来了，我就会问他有无兴趣更改国姓，不然就辞官归隐好了。"

虞麟游神情变幻不定，显然是陷入了一场天人交战。

王朱讥笑道："不都说生在帝王之家的龙子龙孙，但凡有机会坐一坐龙椅的，莫说是男子，就连女子都有几分帝王心性吗？这么简单的选择，你还需要犹豫？"

黄幔以心声笑道："我还以为虞麟游会勃然大怒，义正词严拒绝此事，宁可舍了王位不要，也要保住黄山寿的官身。"

李拔淡然道："等着看吧，虞麟游离开积翠观就会立即秘密寄信给大伏书院，与文庙申诉此事。"

宫艳嫣然笑道："真不怕跟我们水府彻底撕破脸皮啊，太子殿下果真如此涉险行事的话，算不算富贵险中求？"

吕碧笼起身相送，虞麟游失魂落魄地离开积翠观，心情沉重，坐在马车上一言不发。

宫艳笑问："这是？"

王朱随口道："无聊，闹着玩。"

不像是开玩笑。

黄幔后仰倒地，双手作枕，跷起腿一晃一晃："我的水君大人，何必自找麻烦，如今儒家书院管得多宽啊，尤其是那个天目书院的温副山长，更是个出了名的刺头，招惹谁都别招惹这个温煜。"

王朱神色淡然道："我就是虞氏王朝的过路客人，有幸与太子殿下在积翠观偶遇，相谈甚欢，喝了杯茶，再提了个私人建议，虞麟游不接纳就是了，我又不能将虞氏王朝如何，从今往后，各走各路。"

黄幔也不愿与王朱就这个问题掰扯什么。真有这么轻巧就好了。位高权重的水君大人做事说话向来如此，想一出是一出，他们这些扶龙之臣习惯就好。

教她"做人"？别忘了，王朱可是一位货真价实的飞升境大修士，更是世间唯一的一条真龙！

只说掌管一座天下陆地水运的澹澹夫人，这个骤然显贵起来的飞升境大妖被文庙亚圣亲自封正之后，道号青钟升格为金玉谱牒之上的神号，在同样拥有神号皎月的南海水君李郇侯和神号碧水的西海水君刘柔玺跟前其实是颇有几分架子的，虽然大家在文庙的神位品秩相同，可澹澹夫人等于是自立山头，故而隐约高出同僚半头。唯独与王朱相处时，和颜悦色，细声细气，都不是恭敬，而是谄媚了。

私底下，黄幔几个水府扈从猜测澹澹夫人在斩龙一役之前是不是有把柄落在王朱的祖辈手上。毕竟三千年前，桀骜不驯的龙蛟，由于属于远古登天一役的功臣，得以占据整座浩然天下的水运流转，后世但凡是个修行水法的练气士，不管是什么出身，遇见这些行云布雨的水运主人，往往都要礼敬、避让几分。

只是关于此事，谁都没敢与王朱询问。龙有逆鳞，千真万确。

王朱看着那个完全与真人无异的瓷人："那个真的吕碧笼如今躲哪里去了？"

吕碧笼微笑道："回禀水君，那个真名为龙宫的万瑶宗谱牒修士如今在天目书院喝茶呢。"

黄幔眼睛一亮，看热闹不嫌事大，坐起身好奇问道："拥有三山福地的万瑶宗？我记得宗主好像叫韩绛树，据传是个很能打的仙人，尤其精通符箓一道，杀手锏极多。"

王朱并不在意一个仙人境修士。手段再高再多，也还只是个仙人，桐叶洲的一条地头蛇罢了。即便已经是飞升境的浩然山巅修士，王朱如今也没几个瞧得上眼的，既是自负，更是自信。何况就算是十四境又如何？她也可以是。而且时日不会太久，这就是王朱为何愿意担任东海水君的唯一原因，将来等她闭关，有个身份，可以更稳当些。

她的死敌，唯有一人——剑修陈清流。在那场斩龙一役途中，陈清流曾经在渌水坑暂作休歇，还有过一场鲸吞东海水运的玄妙炼剑。

当然，澹澹夫人当年是形势所迫，逼不得已才打开渌水坑禁制，主动邀请那位剑仙进入其中。只是王朱如今恢复真龙身份，管你这些什么情不得已的所谓苦衷？

此外，澹澹夫人与李郇侯、刘柔玺不一样，她是妖族出身，又是修行水法，故而先天被真龙压胜克制。

但是没关系，除了王朱，以及上次文庙议事期间碰到的几个"闲聊"的得道之人——火龙真人、符箓于玄、龙虎山大天师赵天籁还让澹澹夫人战战兢兢外，她如今在中土神洲，每次外出巡视辖境，还是很威风八面的。

只是在这之外，犹有一桩让澹澹夫人犹如哑巴吃黄连的无妄之灾，让她在王朱跟前越发没办法说半句硬话。

昔年道祖手植葫芦藤，结出七只养剑葫。

东海观道观，碧霄洞主的烧火童子拥有一只斗量，被小道童斜背在身后。

这个臭牛鼻子老道在去往青冥天下之前做了件对浩然水运影响深远的大事，让王朱颇为愤懑：老观主下了一道法旨，让小道童或请或捉，将几乎全部的东海蛟龙装入斗量葫芦,这也是渌水坑名下的歇龙石前些年再没有一条蛟龙休歇的缘由所在。

此外,老道士又以术法通天的手段让大海倾斜,西北高东南低,注入斗量之中。

按照王朱的估算,这个臭老道至少带走了浩然天下的一成水运,但是文庙竟然从头到尾都没有阻拦。青冥天下原本水运稀薄,远远逊色于浩然天下,若是臭老道倒出了葫芦里边的海水,青冥天下就可以凭此增加三成水运。

澹澹夫人觉得老道士如此作为跟自己毫无关系,但先前在那艘通过归墟去往蛮荒天下的渡船上,王朱偏偏问她为何不阻拦。澹澹夫人差点没当场崩溃,只觉得一肚子苦水,又不敢晃荡:我的小姑奶奶,你让我一个飞升境修士怎么拦一个喜欢吃饱了撑的与道祖掰手腕的十四境?

王朱站起身,走出屋外,抬头望天。

即将迎来新一次的三教辩论了。浩然天下这边,中土五岳神君与四海水君都有资格旁听。

三教之争,坐而论道。浩然文庙、西方佛国、青冥天下白玉京都会各自派遣君子贤人、道种和佛子参与辩论。儒家这边,横渠书院的年轻山长、亚圣的关门弟子元雱不出意外是肯定会参加的,青冥天下那边,道祖的关门弟子,那个道号山青的年轻道士多半也会参加。

三教能够参加论道的人数一般是三到九人不等,并无定例。毕竟这又不是打群架,人数多寡并不重要,甚至在三教辩论的漫长历史上已经证明了人数多全无用处。但是只派出一人也是极少,将近万年以来就只有三次。最近两次,一次是青冥天下派出离开家乡的陆沉,后来的白玉京三掌教;一次是文庙让一个只有秀才功名的读书人参加辩论,此人就是后来的儒家文圣。

陆沉那次,他最先开口,之后就再无人开口,其余两教的"书生"和僧人直接认输。另一场辩论,那个姓荀的读书人最后发言,结果直接让多位道种、佛子转投儒家门下。故而如今已经得到文庙邸报的高位山水神祇和顶尖宗门都有一个共同的疑问:文庙会不会让那个老秀才的关门弟子参加此次辩论?

一位身材修长,地位更是尊崇的山君跟一个身材瘦削的老秀才就那么大眼瞪小眼。双方身高悬殊,所以老秀才就踮起脚尖,腋下还夹着两盆青翠欲滴的菖蒲。

呸,这叫偷吗? 这叫抢。

九嶷山神君真名宁远,道号玉琯,神号苍梧。

宁远拦住这位文圣的去路,板着脸说道:"你自己觉得合适吗?"

"我觉得合适。"老秀才点头道,"你要是再让我多拿一盆,腾不出手来,就真的不合适了。苍梧老哥,别瞎讲究,咱俩谁跟谁? 就凭咱俩这关系,别整那些虚头巴脑的,跟我客气,犯不着。两盆菖蒲,够够的了。"

宁远黑着脸:"姓荀的,你差不多得了,我脾气比穗山周游好不到哪里去。"

方才喝过了酒,聊得好好的,老秀才就告辞离去,结果很快,文运司主官就急匆匆跑过来说文圣老爷拿走了两盆文运菖蒲,大摇大摆走出园子,一路见人就说是山君送的。

老秀才想了想,开始晓之以理动之以情:"苍梧啊,做人可不能光长个头不长良心。你自己说说看,这九嶷山最拿得出手的榜书是咋个来的? 啊?"

九嶷山中碑碣林立,古迹之多,在浩然不计其数的名山之中只逊色于中岳穗山。而且白也从未在穗山留下过诗篇崖刻,却在九嶷山中一写就是数篇。只因为白也曾与刘十六一起登山,据说是在刘十六的建议之下,白也才如此不吝笔墨和才情的。而刘十六之所以如此,又在于九嶷山的神君苍梧不光是对先生的学问推崇备至,最关键的是,先生还曾亲口透露过一事,说这个宁远极有见地,称赞自己是为人极清苦,故而文章最高古。这也不算什么,如今先生小有名气,这类好话,大街上遍地捡就是了。但是宁远的某个见解就很有嚼头了,说我这个老秀才的文章如日月星辰,经纬天地,有生之类皆知仰其高明,你那首徒,绣虎崔瀺则不然,其道如元气,行于混沌之中,万物由之而不知也。

先生总是这般,从不介意别人称赞自己的学生,哪怕是评价甚至高于自己:你夸我老秀才本人,乐和乐和就行了,谁当真谁是傻子。可谁要是夸我的学生,而且还言语真诚,那我老秀才可就要当真了!

宁远无奈道:"好歹留下一盆。"

老秀才打了个酒嗝。

宁远闷声道:"大不了我给你换一盆,不足三千年,也有两千年岁月了。"

其实上次文圣恢复文庙神位,这位九嶷山神君前往功德林道贺时就送出了一盆千年的文运菖蒲。不是宁远不肯拿出更好的贺礼,而是身处山水官场,是有些顾虑的,否则以宁远跟老秀才的私谊,当时就送出一盆三千年岁月的菖蒲根本不算事。这就跟山下市井包份子钱是一样的道理,差不多家境的道贺客人都是一两银子的红包,结果有个人非要包个十两银子的,就是打别人的脸了。

倒是那个烟支山女神君没有这些忌讳,送出的礼物是当时最为贵重的,这其中又自有她的理由。

老秀才埋怨道:"酒桌怕劝酒,做人怕小气。我印象中的苍梧兄何等的胸襟气魄,今儿再扭扭捏捏,我可就要看你不起了!"

苍梧神君气笑道:"先前不让你心爱的弟子登山,外人不知真相也就罢了,觉得我是在摆架子,你老秀才跟我装什么傻?"

老秀才这么闹,说到底,还是心里边有气,不讲道理地护犊子呗。先前九嶷山没让陈平安登山,学生前脚吃瘪,先生后脚这就来找茬了。

老秀才疑惑道:"什么真相?"

"少跟我明知故问。"

老秀才怒道:"你要是非要这么说,我可就不乐意听了,容我跟你好好掰扯掰扯。"

"是至圣先师的意思,你别跟我装傻。"

"那你把至圣先师喊过来啊,我与老头子面对面对质,勘验真假!"

苍梧满脸苦笑:有你这么耍无赖的吗?

结果有人按住老秀才的肩头:"怎么个对质法?说说看。"

老秀才转头望去:哦,是至圣先师啊。

肩头一歪,脚尖一拧,老秀才就已经转身,站在至圣先师身旁,腋下还夹着两盆菖蒲,一本正经胡说八道:"苍梧神君要送我三盆菖蒲,我说不用,苍梧神君就不乐意了,拦住路不让我走……"

宁远与至圣先师作揖行礼,至圣先师笑着点头致意,率先挪步,老秀才立即屁颠屁颠跟上。

宁远犹豫了一下,老秀才转头朝他使眼色:别杵在那儿,跟上。

至圣先师说道:"有无打算?"

老秀才满脸尴尬地道:"还是算了吧。"

至圣先师笑呵呵道:"你倒是有自知之明。"没有推荐陈平安去参加三教辩论。

老秀才说道:"毕竟还年轻,他如今又忙,咱们文庙这边别总是烦人家。"一边说,一边将两盆菖蒲交给宁远,说是先帮忙拿着,然后卷起两只袖管,摆出一副干架的架势,"实在不行,如果一定要赢,就让我来。"

宁远满脸疑惑:三教辩论是有规矩的,已证道果的、儒家陪祀圣贤、道教天仙、佛门常驻罗汉是不可以参加辩论的。

结果只听老秀才说道:"反正撤掉神位也不是头一回了,等我吵赢了,再搬回去。"

宁远深吸一口气,至圣先师都懒得搭话。

老秀才叹了口气:"在五彩天下,我跟那个小和尚聊过两次,确实佛法高深,我觉得浩然天下年轻一辈的读书人没谁吵得过他。"

至圣先师说道:"如果李希圣会参加辩论呢?"

老秀才摸着下巴给出一句公道话:"比起我参加的那种稳操胜券,略逊一筹。"

至圣先师微笑道:"你陪我走趟韶州。"

老秀才突然一把拽住至圣先师的胳膊:"不急不急,晚点去。"

至圣先师拍了拍老秀才的手背,示意撒手。

不顶事，根本不管用。

至圣先师抬起手就要一巴掌拍下去，老秀才依旧没有放手，反而加重力道。

古乐有《韶》，子曰尽美矣，又尽善也。

至圣先师没好气道："姓荀的，不要逼我骂人。"

老秀才松开手，满脸伤感，喃喃道："天下读书人，我们读书人，从来不需要一尊高高在上的泥塑雕像，需要有人冷眼热肝肠，看着我们读书人的所有犯错和改错！"

至圣先师微笑道："后生可畏，焉知来者不如今也？"

老秀才揉着下巴，点头小声道："过奖了，怪难为情的，可不能让礼圣和亚圣听去。"

然后宁远就听到至圣先师说出一句……三字经。

这好像还是陈平安第一次踏足处州这座州城。

处州，宝溪郡和屏南县，州府县治所同城，其中宝溪郡府衙，榜额黑底金字，一看就是天水赵氏家主的手笔，楷书，略带几分古碑神韵。初看法度森严，一丝不苟，若是细看，规矩之中又有自由。

陈平安是要来见一个认识没多久的朋友，宝溪郡新任郡守荆宽，京城吏部清吏司前任郎中。

朋友的朋友未必能够成为朋友，但能够与荆宽这样的真正读书人成为朋友，陈平安觉得很荣幸。

如今新处州的官场，大小衙署不设门禁，至于这个传统由何而来，有两种说法。一种是源于袁正定的龙泉郡太守衙门，也有说最早是从曹耕心在任上的那座窑务督造署开始的。按照那位酒鬼督造的说法，小镇老百姓只要别来督造署晒谷子，晒得官吏们没路走，就随便逛，可如果带了酒，那也是可以商量的！曾经有稚童的断线纸鸢坠入衙署，还是曹督造亲自送去家中的。不过也有人说了，是因为那个穿开裆裤的小娃儿有个姐姐长得很水灵，曹督造是醉翁之意不在酒呢。

像曹督造这样当官的，好像没有留下太多值得在县志上大书特书的清明政绩，但是可能对小镇百姓来说，对大骊官员的印象就多了一种，而且是好的。总之在那之后，上行下效，从槐黄县衙开始，久而久之，就成了整个旧龙州约定俗成的官场规矩，上任刺史魏礼对此也没有异议。

只是可以随便进衙门，不代表可以随便在衙署公房走门串户。

得知是落魄山的陈山主登门造访，立即有人通报荆大人。

簿书堆案使人忙，身穿公服的荆宽揉了揉眼睛，放下手中一份关于辖境内河渠沟防的公文，快步走出衙署公房，见着了陈平安，这位郡守大人只是抱拳而已，也没句客套话，不过脸上的笑意不算少。

陈平安抬起双手,玩笑道:"两手空空就拜山头来了,回头荆大人去落魄山喝酒,我先自罚三杯。"

荆宽连忙摆手道:"去落魄山坐一坐毫无问题,喝茶就很好,陈先生现在就别跟我提喝酒了,上次在菖蒲河,够呛,喝得我现在闻到酒味就头疼。"

陈平安说道:"我就是来逛逛,不会耽误荆兄公务吧?"

荆宽说道:"要说客套话,作为一郡主官,今儿就是整天陪着陈先生闲逛都是公务。可要说实诚点,衙署待客不周,忙里偷闲两刻钟,倒也不成问题。"

陈平安笑道:"那就带我随便逛逛衙署?两刻钟足够了。"

荆宽小有意外,不过这没什么,不算破例。说实话,陈先生不管有多少个身份,底色还是儒家门生。虽然双方其实只见过两次面,喝过一顿酒,荆宽对自己的这个感觉十分笃定。

之后荆宽就带着陈平安逛过一座府衙的诸多公房,一路上,陈平安也会询问诸多提调学校、祀典驿递等诸多细节,也亏得荆宽是个极为勤政,并且喜欢且擅长追究琐碎细节的官员,否则还真未必能够当场答上来那些可谓刁钻的问题。

一问一答,两刻钟光阴很快就过去,陈平安也逛遍了整座衙署,就此告辞离去,只说邀请荆兄得闲时去落魄山喝个小酒,他亲自下厨,桌上不劝酒。再就是问起如今作为宝溪郡首县的屏南县新任县令是不是叫傅瑜,来自京城兵部车驾司辖下的驿邮捷报处。荆宽点头说是,还说此人是上任宝溪郡主官傅玉的弟弟,因为府县治所同城,荆宽经常跟这个下属碰头,不过暂时看不出这位首县主官的为政优劣。

陈平安就此离开衙署。上任宝溪郡太守傅玉是京城世家子,跟吴鸢一起来的小镇,属于最早进入骊珠洞天地界的大骊官员,去年入京述职,升为詹事院少詹事,职掌左春坊,一等一的官身清贵。可惜傅玉不是科场进士出身,也未曾像刘淘美那样投身沙场。缺少这两种履历,对于傅玉未来的升迁之路来说是一个不大不小的阻碍。

屏南县内有条河蜿蜒过境,河上有舟子撑船捕鱼,山中竹笋抽时,春涨一篙添水面。今天傅瑜刚处理完一桩公务,不着急返回县衙,就让几个佐官胥吏先行打道回府,独自坐在河边开始垂钓,都是出门就备好了的。

傅玉刚好比傅瑜年长一轮,长兄如父,再加上傅玉仕途顺遂,平步青云,所以傅瑜很怕这个平日里总是不苟言笑的兄长。毕竟捷报处是个无实权的小衙门,一把手也才正七品,跟那遍地都是郎中的南薰坊相比,一个天一个地。

傅瑜一手持竿,另外一只手里攥着个羊脂玉的手把件轻轻摩挲。

这次出京为官,离开那条本以为会再多待几年的帽带胡同,属于平调。不过处州本就是大骊上州,而屏南县又属于上县,成为这个县的父母官,当然是重用了。傅瑜与那位槐黄县的县令,即便到了刺史府邸,与几位太守说话,嗓门都是可以大一点的。公文传达到捷报处时,在那边优哉游哉混日子的傅瑚一头雾水,起先误以为是父亲或兄长暗中加了一把劲帮忙运作,才让自己得了这么个地方的实缺。

结果吃完一顿年夜饭,与傅玉一起熬夜守岁的时候,傅瑚鼓起勇气主动问起此事,兄长却摇头说不是他和家族的作为,直言自己只是詹事院少詹事,还没有这本事,能够靠着几句话就决定一个大骊上县主官的人选。最后傅瑚就稀里糊涂地来这处州屏南县走马上任了,辖境内多山多竹林。

傅瑚眼角余光瞥见一个头别玉簪、提着钓竿、腰系一只鱼篓的青衫男子缓缓而来。对方挑了个相邻钓点,有借窝的嫌疑,一看就是行家里手。傅瑚也不计较这些,天下钓客是一家,只要这家伙别眼红自己的鱼获,回头往水里砸石头就行。结果对方抛竿撒饵半天也没条鱼上钩,看来就是个半桶水。主要是几次提竿都有点着急了,不跑鱼才怪。那人便放下钓竿,挪步来傅瑚这边蹲着,伸长脖子看了眼鱼篓,再与傅瑚对视一眼。双方瞬间心领神会,各自点一下头,都不用废话半句,就算达成共识了:回头傅瑚会从鱼篓里拿出几尾鱼送给这个萍水相逢却钓技不精的同行。如此一来,那人回家可以少挨顿骂。毕竟只要不空手而归,还能怪鱼情不好,与钓技关系不大。

那人开始没话找话:"这位兄弟,鱼线打结很有讲究啊,以前没见过,一开始就是奔着三五十斤重的大青鱼来的?"

傅瑚笑道:"想学?"

那人点头道:"只要兄弟愿意教,我就学。"

傅瑚便干脆收竿,与此人详细讲解绳结的诀窍。那人小鸡啄米,看样子是学到了。

之后傅瑚再次抛竿入水,发现这家伙也没有回去继续钓鱼的意思,忍不住笑问道:"老哥,放心,等会儿我收竿,肯定让你随便挑两尾大点的鱼。你总这么盯着我算哪门子事,怕我提溜起鱼篓就跑路啊?不至于。"

蹲在一旁的男人却笑道:"钓鱼有三种境界:喜欢钓鱼但钓不着、每次总能满载而归,以及钓鱼只是钓鱼,不求鱼获。再往上还有一层境界,可遇而不可求,得看钓鱼人的天资了。"

傅瑚笑道:"哦? 还有一层更高的境界? 怎么讲,老哥你说说看。"

那人一本正经道:"比起钓鱼,更喜欢看人钓鱼。"

傅瑚竖起拇指,哈哈笑道:"拐弯抹角,原来是自夸,老哥可以。"

京城子弟,有那盛气凌人的,也有傅瑚这般和和气气的,用傅瑚的话说,就是靠着祖辈混口饭吃而已,成天只会拿寻常老百姓找乐子,跌份儿。

那人问道:"听兄弟的口音,不像是我们当地人。"

傅瑚点头道:"京城那边来的,做点小本买卖,混吃等死。老哥你呢,哪儿的人?"

"槐黄县那边的,来这边走亲戚。"

"槐黄县？离我们屏南县可不算太近。"

"不算什么，以前当过窑工，经常上山砍柴烧炭，走这几步路都不带喘气的。"

傅瑍笑道："老哥聊天是要比钓鱼强些。"

那人也是个脾气不错的，被调侃一句反而蹲那儿傻乐，傅瑍就觉得这哥们儿能处，问道："我姓傅，龙窑师傅的傅，老哥呢？"

那人笑答："我姓陈，耳东陈。"

傅瑍的家世还没好到让他能够拥有家族扈从的地步，家族供奉自然是有的，只是哪里轮得到他傅瑍，即便是兄长傅玉，除了出远门，平时在京城也不会每天有练气士跟着，再说了，在这处州，他傅瑍好歹也是个七品官，怕什么？

既然如此，牛气哄哄个什么劲儿？真有资格横着走的是曹耕心、刘洵美这种，在意迟巷、篪儿街，老人都不太在他们跟前摆谱的。至于傅瑍，只要是能够消磨光阴的活计，比如钓鱼，还有鸽哨，他都喜欢，典型的不务正业，这就叫高不成低不就，胸无大志。

陈平安说道："咱们处州可是个很容易升官的好地方，老一辈都说这里官运足，能出大官，而且口碑都不错。"

傅瑍撇撇嘴："都说旧龙州，如今的新处州，各级官员精明能干，要我看啊，真也是真，呵。"

陈平安笑着说道："就是？"

傅瑍摆摆手："不聊这个，老哥你个老百姓，我一个满身铜臭的商贾，操这闲心不是吃饱了撑的嘛。"

陈平安说道："我猜傅老弟的大致意思是觉得处州各级官员太会当官了，骨子里太把当官当回事了？事情也做，做得确实也比别地官员更好，就只是官味重，骨子里的官威大，让人总觉得哪里不对……嗯，就跟傅老弟教我的鱼线打结差不多，环环相扣。"

傅瑍转头望向这个串门走亲戚的男人，微有白发，面相看着还是年轻的，所以不好确定真实年龄。傅瑍笑了笑，随便敷衍一句："大概不这样也无法做到官运亨通，对吧？"

陈平安点点头："傅老弟能够这么想，不去当个县老爷真是可惜了。"

傅瑍犹豫了一下，说道："陈老哥，咱俩投缘，我就与你透个底。方才诓你了，其实我是在县衙公门里边当差的。京城人氏出身倒是没骗你，上个差事是在一个叫驿邮捷报处的地儿坐冷板凳，老哥听都没听说过吧？哈，清水衙门，名副其实的屁大地盘，谁要是放个响屁，整个衙门都听得见，最大的官帽子也才是个七品，戏文上边说的芝麻官。"

交浅言深在哪里不是忌讳？陈平安微笑道："傅老弟说话也风趣，跟钓技一般好。"

傅瑍懒洋洋道："当个好官，不敢奢望，当个清官，摸着良心都敢说的。"

但是接下来这个姓陈的当地百姓所说的一席话听得傅瑍头皮发麻。只听那人神色平静，看着河面，娓娓道来："功过分开算，上任刺史魏礼其实是有失职之处的，不在事,而在教化。清平狱讼、籍账驿递、缉捕盗贼、河渠道路诸多事务,魏礼作为一州主官,当然都得管好,这是他的分内事。但是一州之政,按照大骊律,亦有宣风化以教养百姓的职责,这恰恰是京察大计和地方考评无法具体量化的。可能通过一州境内多了几个科场举子、进士勉强可以看出些端倪,只是依旧远远不够。

"郡守似乎是一个亲民之官,实则不然,作为封疆大吏的刺史大人就更算不上了,一年到头见不着多少老百姓。虽说职责在督导,在引领,在统筹,在调和,只是一个朝廷的官衙运转,从上到下,总不能州、府、县三级官员人人只在做官一事上下功夫吧? 否则在我来看,一个越是官吏干练、运转快速的衙署,隐藏、遮掩错误的本事就越好,就越是神不知鬼不觉。

"在那官吏手段蛮横的地方,老百姓受了委屈,至少谁都知道受了委屈,旁人瞧见了,心里跟明镜儿似的。但是在这处州,或者说以后的处州可就不好说了,如车驾过路,自有人跟在车驾后边帮忙抹平痕迹,主官不欲人知,人便不知。上边的朝廷庙堂、下边的老百姓都不会知道,唯有官员同僚、上下级之间早有默契,就如你我方才相视一眼便知'规矩'如何。所以我可以断言,如果以后的大骊朝廷就是一个更大的处州官场,是很有问题的。在这件事上,前任刺史魏礼留下了一个看不见的烂摊子给吴鸢。"

傅璃怔怔无言。让他倍感震惊的地方不在于对方一口一个魏礼、吴鸢,随随便便直呼其名,甚至都不在于对方的那些观点。

说实话,在京城官场,就说他当一把手的那个捷报处,私底下说谁不是说,关起门来骂几句六部尚书又如何? 我要是谁谁谁就如何如何的空话废话大话,越是小衙门,相互信得过的同僚间越是每天都有一箩筐,他傅璃当年就特别喜欢跟那个闷葫芦林正诚聊这些。所以真正让傅璃觉得震惊的地方在于此人这番话恰好说中了傅璃的一桩心事,终于让他明白哪里不对劲了。

前不久刺史衙署一个专管文教的官员喊上一州境内诸府县所有的县教谕,大致意思是刺史大人极为重视此事,专程腾出整个下午的时间邀请诸位去衙署闲聊谈心。刺史大人说了,大家可以畅所欲言,多谈问题,多提意见,多说不满意的地方……这些都不算什么,最让当时也在场的傅璃觉得别扭的地方是那个官员临了的话:"这等机会在往年在别地可都是不常见的,诸位都是读书人,应当珍惜这个机会,有幸见到了刺史大人,言语尽量简明扼要,少攀扯那些无关紧要的,刺史大人公务繁忙……"

傅璃倒是不怀疑那位从五品地方官的用心,肯定没有什么恶意,但恰恰是对方身上的那种"官味",那种天经地义觉得官阶、等级就是一切的官场气息,让傅璃这个在京城见惯了朝堂权贵、大官威严的世家子都觉得极其不适应。

好不容易才回过神,傅璃苦笑道:"娘亲唉,陈老哥,这种话可别乱说,说了也就说了,这儿就咱哥俩,你说过我听过就算,假装啥都没发生,千万千万别外传!"

你一个"老百姓"可以不当回事，我也不管你到底是胆大心更大，还是读过几本书就喜欢扯这些有的没的。可我傅璐好歹是个正儿八经的县令，虽说肯定不至于因言获罪，但是被官场同僚听去了，还不得一年到头被穿小鞋？

见那人笑了笑，傅璐就越发心里边打鼓：莫非是个混山上的？毕竟这处州境内，山上修道的神仙确实为数不少。

傅璐说道："话说回来，陈老哥，就冲你这份见识和气魄，要是去当官，当个县令都屈才了，得是府尊起步！"

陈平安微笑道："傅老弟的眼光比钓技更好啊。"

傅璐乐得不行，不再那么心弦紧绷。接下来，他就见那人蹲下身，双手插袖，轻声道："傅老弟，我觉得这样不对，远远不够好，你觉得呢？"

傅璐叹了口气："陈老哥，还来？那我就真得劝你一句了！"

那人主动接话道："别咸吃萝卜淡操心？当着平头老百姓，操着朝廷一部正堂官的心思？"

傅璐大笑不已，伸出手拍了拍那人的肩膀："知道就好，知道就好。"

"傅老弟，可曾听说过南丰先生？"

傅璐摇摇头。他打小就不爱读杂书，对付那些科场典籍就已经够累人的了。

"那我跟你推荐这位老先生的几篇文章，估计你会喜欢。《越州赵公救灾记》和《宜黄县学记》，我觉得这就是天底下最好的道德文章。当然，这只是我的个人见解。"

傅璐无奈道："好的好的，有空就去翻翻看。"你咋个还跟我较真了呢？

接下来，这个姓陈的倒是不客气，扯起傅璐的鱼篓就开始"搬鱼"了。

得嘞，估计就是个在科举一道时运比较不济的穷书生，酸秀才？亏得自己方才还觉得对方是个山上修道之人。

傅璐忍不住打趣道："陈老哥，魏大人如今在京城可是当了大官，新任刺史吴大人更是厉害得很，以后有机会见着他们，敢不敢当面讲这些话啊？"

那个长褂布鞋的男人已经走回了自己的位置，手持钓竿，系好腰间鱼篓，微笑道："也就是咱哥俩投缘，蹲着聊天也是开心事，换成魏礼和吴鸢他们两个，这些个道理，我坐着说，他们得站着听。"

傅璐闻言再次无语，朝那家伙竖起大拇指。

好家伙，看把你牛气的，你姓陈，咋个不叫陈平安呢？！说话这一块，我傅璐算是服气了，还是陈老哥你更高。

"欢迎傅老弟去落魄山做客，我家有座黄湖山，鱼更大。"那人与傅璐挥手作别，笑道，"对了，我叫陈平安，耳东陈，平平安安的平安。"

骑龙巷压岁铺子,坐在门口晒太阳的白发童子显得有点无精打采,见着了来查账的陈平安,竟然也只是闷闷地喊了声隐官老祖。

此处比起以往略有不同,相邻的两间铺子间多了条乡野村落最为常见的长条木凳,街坊邻居,有事没事,有个地儿落脚,坐一起聊几句。

陈平安坐在一旁,抖了抖青衫长褂,跷起腿,意态闲适,笑问道:"想不想去桐叶洲修行?那边有座小洞天,白玄、程朝露他们几个如今都在。我可以让崔东山给你建一座道场,钱我来出。整个宗门地界,方圆数百里如今都是自家地盘,你到了那边,要是有兴趣,还可以指点程朝露他们的修行。其中有个小姑娘名叫柴芜,修道资质极好,是魏羡的开山大弟子,你学问驳杂,想必教谁都没问题。有喜好的山头,你就跟崔东山说是我的意思,让他直接划拨给你,就当不举办庆典的开峰了。青萍峰祖师堂的谱牒身份,供奉客卿,随你挑。以后遇到了资质好的,想要收为弟子,你都可以随意。"

因为白景的到来,骑龙巷很容易引来某些有心人的窥探,反倒是青萍剑宗那边,更能藏人。一位飞升境巅峰剑修,尤其还是活了万年之久的蛮荒妖族,无论是身份还是实力,都远远要比一座新生宗门更能引人注意。

箜篌还是提不起精神,病恹恹道:"路太远,去不动。在这儿当个杂役弟子挺好的,都混得熟了,好过去那边从头再来,费心费力。给人传道教拳更是麻烦,我不擅长这个。

"隐官老祖,你可不能喜新厌旧啊,只是多了几个类似崔花生、谢狗的货色就赶我走。不说别的,就我这份忠心耿耿,别无分号。"

陈平安笑道:"既然不愿意挪窝就算了。"

箜篌抽了抽鼻子,左看右瞧,鬼鬼祟祟地从袖子里摸出一本册子:"拳谱,活的。总计三十六幅图,就是三十六种拳招,青冥天下止境武夫数得着的成名绝学,压箱底的好货,普通的都没资格被记录在册。某人的眼光如何,是何等挑剔,你比我心里更有数。"

陈平安笑道:"早几年给我还有用处,现在意思不大了。"

话虽这么说,他伸手的动作倒也不慢,看也不看就收入袖中。

这句话倒不全是得了便宜还卖乖,就像蒲山出自六幅仙人图的拳法,对于如今陈平安拳法造诣的神益其实就极为有限,如果不是需要为人教拳,陈平安可能都不会那么耗费心神去完善、改良蒲山拳理,试图降低一般武夫的学拳门槛,再来编订成册。

好像学拳越多,自身境界越高,就越能感受撼山拳的难能可贵。

陈平安当然也想要编撰出一部完全属于自己的拳谱,能够让两宗弟子中的纯粹武夫在以后的十年百年千年里按照这部拳谱渐次修行,稳步登高,然后再如蒲山云草堂一般,后世子弟能够不断完善拳谱,青出于蓝而胜于蓝。

陈平安突然问道:"你听说过关于武夫止境三层的另类见解吗?"

箜篌摇摇头:"我又不是习武练拳的,跟我说不着这个,估计就算说了,我可能也没当回事。"

陈平安歉意道:"不该聊这个的。"

筼筜咧嘴一笑:"都不像隐官老祖了。"

归真之下,从武夫九境,到止境气盛一层,还很重视拳招、拳架的数量,尤其是气盛,更需要武夫的眼界和宽度。等到跻身了归真一层,武夫就需要将自身武学心得、桩架招数、拳理拳法熔铸一炉,求个"凝练"二字,证得返璞归真一语。至于何谓"神到",陈平安还在摸索,也只能是靠自己去琢磨,别无他法。

当年在竹楼二楼练拳,老人从不聊这些,偶尔沾边的言语,也多是些不中听的话,例如"就凭你陈平安这种体魄如纸糊、心性稀烂如糨糊的废物也敢奢望山巅之上的十境?这辈子能够打个对折,成为五境武夫,就该烧高香了"……

在陈平安看来,朱敛就是每天趴窝在远游境的境界,结果成天想着归真一层的玄妙和关隘。

拳有轻重,法无高下。这个道理,平常人说出口,底气不足。但是朱敛不用开口,就是这么个道理。毕竟是藕花福地历史上首个将其余天下九人屠戮殆尽的武疯子,朱敛心气之高、心境之广,就连陈平安都不敢说能够看个真切。

筼筜从坐着变成蹲着,可能是这样显得个儿高些。此后两两沉默,一起晒着初春时节的和煦阳光,懒洋洋的。

陈平安神游万里,思绪如脚踩西瓜皮,想到哪里是哪里。

佛家禅宗一直有"头上安头"和"本来面目"两说,陈平安突然就想起当年神仙坟的众多残破神像,好像其中就有一尊三头六臂降魔法相的神像。

抖了抖袖子,陈平安闭上眼睛,冥想片刻,睁眼后犹豫了一下,没有起身,就只是坐着掐道诀、结法印,速度极快,转瞬间就有二十余种,不过很快就收手了。

筼筜假装浑然不觉,等到陈平安停下那一连串眼花缭乱的动作才突然嘿嘿而笑:"一加一等于二,穿开裆裤的孩子都知道。五加五等于十,答案也明显。但是你说一加一等于二,再加三等于五,再加二加三最后等于十,就会偏有人要说等于八,或者等于九,偏偏见不着一个一,一个二。

"一加十是十一,一不是十一,十也不是十一,少了十,谁都看得见,所以这类纰漏不太常见,但是少了一,相对隐蔽。

"十尚且如此,一百又如何?一万呢?百万呢?所以某人说过,天下学问都在铁了心做减法,最好减到一个一都不剩下,几乎就没有谁愿意做加法的。"

陈平安先是会心一笑,继而笑出声,然后整张脸庞都泛起笑意,最后干脆哈哈大笑起来。这下反而轮到筼筜觉得奇怪了:"很好笑吗?"

这其实只是吴霜降当年的一个古怪说法。那会儿道号天然的岁除宫女修就没觉得有什么好笑的，只当是吴霜降在胡思乱想，反正他历来如此。

陈平安当然是一个很含蓄内敛的人，不是那种将喜怒形于色的，只是也不是那种成天阴郁、长久沉默的人，即便是在剑气长城老聋儿的牢狱里边，陈平安也会苦中作乐，经常会有些莫名其妙的滑稽举动，用陈平安自己的话说，就是人可以吃苦，却不可有苦相。但是在笒篌的记忆里，陈平安像现在这样笑得合不拢嘴，确实是从没过的事情。

陈平安确实不是假装，而是真的挺开心的，好不容易才止住笑，点头道："很好笑！"

笒篌努努嘴："你们都是怪人。"

陈平安跷着二郎腿，双手叠放在膝盖上，微笑道："读书人吵架，哪怕是君子之争，往往最不喜欢按部就班、环环相扣讲道理，嗯，确实也不擅长。难得从头到尾都还算讲理的，例子不多，那场鹅湖之辩当然能算一个，次一等的，昔年苏子门下相互之间的诗词体格之争也是很好的，再次一等的，就开始搬出仁义道德了，最下作的，估计就是只拿私德说事了。世事好玩的地方就在于往往是最后这个反而最有杀力，流传最久，比如翁媳扒灰、拷打妓女……每每提起，先下定论再反推。反正既然德行有亏，肯定所有学问就是糟粕，哪里清楚儒家诸脉的具体发展脉络。历代儒生先贤，当然，我是说那些真正有担当的读书人，他们到底做过多少尝试，走了多少弯路，为此付出了多大的心血和代价……真不知道如今是这样，千年以后，万年以后，又会如何。"

而在佛家历史上，不光是有着大乘小乘之别，后来最蔚为壮观的禅宗一脉，与早先的地论师、佛理精深的经师、持戒严格的律师，其实都有很大的分歧，即便是在禅宗内部，也是纷争不断，相互诘难，这才有了那么多的公案、灯录、颂古拈古和看念头……陈平安在避暑行宫时就经常会将《碧岩录》《空谷集》和《从容庵录》反复阅读。

不喜欢读书，自然就认可书上说的百无一用是书生；喜欢读书，自然就对读书是为下辈子而读心生欢喜。但是喜不喜欢读书，与到底成为怎么样的人，好像关系不大。大概就像昔年藕花福地心相寺的那位住持老僧所说，我们如何看待这个世界，这个世界就如何看待我们。

笒篌淡然道："就一定要多读书吗？"

陈平安笑道："我说的读书，又不单指书本身。"

能够把不顺遂的生活过得从容不迫，陈平安自认做不到，但他见过这样的人。

在书简湖鬼打墙的那段岁月里，他曾经见到一个衣衫洁净的贫寒老妪，以至于他觉得这样的人就是苦难人间里的菩萨。

一个孩子渐渐长大，尤其是等到爹娘走后，就像一家门户少了一扇大门，门外就站着死神，轮到这个人去与之对视。

笒篌转过头，轻声说道："隐官老祖，把眼泪擦擦。"

陈平安愣了一下，抬起手，只是不等触及脸庞，气笑不已，就一巴掌拍过去。

笤箕歪头躲开，心情大好，放声大笑。

陈平安站起身，走入铺子，代掌柜石柔立即拿出账簿。谢狗没在铺子里，估计又去张贴那些狗皮膏药，跟福禄街和桃叶巷的有钱人家斗智斗勇了。

陈平安站在柜台旁，随手翻阅账本，瞥了眼那个低头看一本志怪小说的孩子，问道："俊臣，听红烛镇的李掌柜说，你在那边买书喜欢赊账？"

要让这个自己开山大弟子的开山大弟子主动喊自己一声祖师，很难。

周俊臣难得有几分心虚，当起了小哑巴，想要蒙混过关。

陈平安要是跟他谈师门辈分，周俊臣从来不怵，唯独谈跟钱有关系的事，孩子就有点胆子不足了，三文钱难倒英雄汉呗。

陈平安说道："我先前路过书铺，帮你把那几十两银子的账给结了，还帮你垫付了些，以后买书别欠钱。"

小兔崽子买起书来真是大手大脚，气概豪迈得很，也不知道是谁教的，给孩子当师父的裴钱绝不会这么教。

周俊臣一听，笑逐颜开，在祖师这边难得有个诚心诚意的笑脸。

不料这位祖师立即补了一句："我的意思是你别跟书铺赊账，传出去不好听，欠我钱就没有问题，以后可以慢慢还，就从每个月的俸禄里边扣。"

石柔忍住笑。关于此事，与她无话不说的小哑巴很是胸有成竹，原本是想要跟师父裴钱借钱还债的。按照周俊臣的小算盘，你一个当师父的，借钱给徒弟，以后好意思开口要债？结果今天被这个祖师横插一脚，这笔糊涂账就一下子变得半点不含糊了，周俊臣这会儿已经悔青了肠子，早知道就不买那么多了。

陈平安又问道："牛角渡的那块招牌是谁出的主意？"

周俊臣大包大揽道："我一个人想出来的法子，跟别人没关系！"

孩子到底是江湖经验不老到，此地无银三百两。

石柔立即有点担心，落魄山的门风、规矩极为宽松不假，可是当山主的陈平安一旦认定某事，那就一定会很较真。

小哑巴依旧半点不怕。烦得很，自己果然跟这个祖师爷不对路，师父怎么找了这么个师父？

石柔伸出手，在柜台底下轻轻扯了扯孩子的袖子，示意他赶紧服个软，别犟。不料陈平安点点头："还是太小家子气了，回头可以补上风雪庙魏晋和俱芦洲指玄峰袁灵殿。他们都是咱们落魄山的客卿，而且是正式记名的那种，即便以后路过牛角渡，瞧见了牌子，也不会找人兴师问罪。还有桐叶洲玉圭宗那边，韦宗主的两位嫡传弟子韦姑苏和韦仙游相信以后都是名气很大的陆地剑仙，你也可以补上名字，记得写明境界，如今都是金丹境，然后在名字、境界后边各自加个括号，来日剑仙再来此地。"

周俊臣疑惑问道："以后才是剑仙？那现在写上名字有啥用，占位置吗？蹲茅坑不拉屎的，白白拉低了其他铺子客人的身价。"

"你懂什么，以后补上才没啥用，等到他们跻身了元婴境，甚至是玉璞境，就有说法了——吃了压岁铺子的糕点，可以破境。"

周俊臣蓦然瞪圆眼睛。还能这么耍？本来以为谢狗为了挣钱已经够不要脸皮的了，不承想眼前这位更过分。

陈平安提醒道："就只是个建议，跟我没关系啊。"

周俊臣咧咧嘴，再次破例给了陈平安一个灿烂笑脸。

这个成天不着家的祖师爷，果然还是有几把刷子的，难怪可以买下那么多的山头。

陈平安笑道："不谈修行成就，只说做生意这块，你小子跟我，还有跟你师父，都差得远。"

周俊臣自动忽略掉这句话，想了想，认真思量一番，问道："这么胡说八道，不会犯山上忌讳吗？"

陈平安斜靠柜台，随手翻阅那本不厚的账簿："犯啥忌讳，这叫美谈。我跟你打个赌，将来那两位都姓韦的剑仙肯定还会来买糕点的，而且半点不生气。"

"不赌，一文钱都不赌。"

"小赌怡情，就几钱银子好了，输赢都有数的。"

"门口那个白头发矮冬瓜说你当年在剑气长城名气大得很，什么新老四绝都有份，与人切磋一拳撂倒，还有坐庄无敌手，赌品奇差，只要上了赌桌的人，来一个杀一个，来两个杀一双，来三个全杀光……"

陈平安一笑置之。

在门外晒太阳的筜簧立即急眼了，一个蹦跳来到门口，跳脚骂道："小哑巴，你嘴巴给我放干净点，我啥时候说隐官老祖赌品奇差了？"

周俊臣哦了一声："你是说陈平安赌品极好，我反着听就是了啊。"

筜簧一时间竟是无法反驳小哑巴的歪理，眼神哀怨道："隐官老祖，我冤枉，我委屈！"

陈平安也不理睬这个活宝，只是伸手揉了揉周俊臣的脑袋："你就皮吧，在我这边只管横，有本事当你师父的面说这种话。"

周俊臣呵呵笑道："我脑子又不像某些人，缺根筋。"

筜簧双手叉腰："小哑巴，你再这么阴阳怪气说些混账话，小心我骂你啊。实不相瞒，平时跟你吵架都是故意让着你，只发挥了一成不到的功力！"

周俊臣嘴角翘起，满脸不屑道："那就骂呗，随便骂，有本事就祖宗十八代一并骂了，反正我师父又不在这里，你怕个锤儿。"

筜簧是真给气到了：哟呵，还会斜眼看人了，学谁呢，谁教的……

只是当白发童子发现又多出个人斜眼看自己，就立即消停了，抽了抽鼻子，皱着脸，抬头望天——心里苦啊。

石柔双手叠放在柜台上，满脸笑意地看着这一大两小插科打诨，等他们暂告一段落方以心声说道："山主，先前裴钱托人送了盒胭脂给我，谢了。"

再不是她平时那种刻意沙哑低沉的嗓音，而是柔糯的女子嗓音。

陈平安笑着点头："不用跟她客气。"

当年裴钱在这儿有过一段学塾读书的短暂岁月，也就是那会儿，裴钱才开始跟石柔亲近起来。

犹豫了一下，陈平安以心声问道："石柔，想不想换一副皮囊，恢复女子姿容？山上除了沛湘的狐皮美人符箓，仙都山也有一种玉芝岗秘法制造的符箓，都可以让你……换个住处。"

石柔摇头道："山主，不用了，这么多年已经习惯了，我真心不觉得有什么不好的，况且这副仙蜕就是一处练气士梦寐以求的绝佳道场。"

周俊臣难得正儿八经跟陈平安商量事情，甚至还用上了尊称："祖师爷，既然你这么会挣钱，咋个不替我们压岁铺子，还有隔壁的草头铺子出出主意？"

陈平安笑道："神仙钱也挣，碎银子与铜钱也都要挣的，只要是正门进的钱财，不在数额大小，要求个细水长流；不求财源滚滚，求个源远流长。"他伸手按住孩子的脑袋，"等你长大了，就会明白这个不是道理的道理。"

周俊臣点点头。虽说道理不值钱，可不值钱的道理好歹也是个道理，又没收自己的钱，听听看也好，等等看便是。

陈平安微笑道："其实不懂某些道理更好。"

很多书上看见很多道理，一个苦处明白一个道理。

只看见，不明白，就是幸运。

陈平安离开骑龙巷，筼筜闲着也是闲着，就跟在隐官老祖身后当个小跟班。

他们先去了杨家药铺，当下只有一个年轻伙计看店。因为当年的那场变故，这些年铺子生意一直不算好。不过杨家底子厚，根本不在意这个。

店伙计叫石灵山，来自桃叶巷门户，虽然不在四姓十族之列，在小镇也算是好出身了。只是可能他如今还不知道自己是后院那个老人的关门弟子，更不知道他的师兄到底有哪些，又是如何的名动天下。

筼筜坐在门口，没进铺子。一屋子药味，没啥兴趣。

陈平安跨过门槛，笑问道："苏姑娘不在？"

石灵山说道："师姐外出游历了。"

没说去哪里，不过看着像是出远门，很远。可能明年就回来，可能后年回，可能很多个明年过去了她都不曾回来，总之他在这里等着就是了。

石灵山好奇问道："陈平安，你找师姐有事？"

都是小镇本地人，再加上师承的关系，石灵山对这位落魄山的陈山主其实没什么特别的观感，身份再多，跟他也没有一枚铜钱的关系。若是发迹了就瞧不起人，那就别登门，反正谁都不求谁；若是登门，臭显摆什么？我也不惯着你，谁稀罕看你脸色。

最重要的是，按照铺子东家那边的一些个小道消息，就是不敢对外宣扬，好像陈平安小时候是受过药铺一份不小恩惠的。

陈平安笑道："没事，随便问问，本来有些以前的事想要跟苏姑娘当面聊几句。"

石灵山心生警惕："你跟我师姐有什么可聊的？"

陈平安忍俊不禁，打趣道："石灵山，你再防贼也防不到我头上啊。"

石灵山撇撇嘴，这可说不定。吊儿郎当的郑大风曾经说过，老实人是不吃香，但老实人有了钱，就格外吃香了。

一直竖耳聆听的笭箵直乐和，没来由想起一桩落魄山"典故"。据说李槐小时候跟着陈平安一起去大隋山崖书院求学，双方混熟了之后，就一路给陈平安当拖油瓶，一门心思想要让陈平安当自己的姐夫，结果这个小傻子思来想去得出个结论：我姐不配。

他娘的，小米粒所在的那个"帮派"都是人才，我咋个就不能混进去？笭箵双臂环胸，也开始认真思量起来。难道我就只能从朱衣童子手中接任骑龙巷右护法一职？那岂不是名副其实混得比一条狗都不如了？！

铺子里，陈平安问道："我能不能打开抽屉，看看几味药材？"

石灵山没好气道："开门做生意，反正都按照规矩来，我跟你又没仇，你随便看。"

陈平安习惯性抬起手，蹭了蹭身上青衫腰肋部，再走向药柜，看着上边的标签，轻轻打开一个抽屉。

采药、抓药、熬药，在这些事上，陈平安可能比经验老到的药铺郎中都不逊色。

都说一方水土养育一方人，药材也是一样的道理，最认土地，同样的药材，生长在不同的山头地界，药性就会差异很大，那么用药的分量就得跟着变化。这些年，西边大山都成了私人产业，那么入山采药就成了一件不容易的事情，所以药铺的很多药材都需要另寻渠道，比如从红烛镇那边与各路商贾采购。

笭箵越想越气，猛然站起身跑入屋子，打算走捷径，直接绕过裴钱这个总舵主，跟隐官老祖请下一道法旨，直接让自己当个副总舵主得了，知足常乐，不嫌官小啊。

笭箵压低嗓音与隐官老祖说了这茬，结果毫不意外，隐官老祖直接让她滚蛋。

陈平安又拉开一个抽屉，嗅了嗅。这味草药的名字很有意思，叫王不留行。他轻轻推回抽屉，转头笑着建议道："石灵山，以后铺子进山采药，可以随便去仙草山、朱砂山，还有蔚霞峰这几个地方，差不多能有五六十种药材，可能都要比从外地购买的好上几分，还能省下点钱。"

石灵山打着算盘，心不在焉道："你跟我说不着这个，进山采药不归我管，我就是看店面的伙计。不过我可以跟某个家伙说一声，事先说好，那家伙不靠谱，说话比放屁响，干活比放屁少，光听打雷不下雨，铺子靠他，至今还没关门，都是祖坟冒青烟了。"

陈平安一笑置之。小镇民风历来就是这般淳朴，说话总是喜欢夹枪带棒，个个是无师自通的江湖高手，石灵山这样出身桃叶巷的，最多只能算是这个门派的外门杂役弟子。

笤箕在一旁敬石灵山是条汉子，竟敢这么跟自家隐官老祖说话。

即便时过境迁，福禄街、桃叶巷与其他街巷留下来的当地人，抛开藏在幕后的那种仙俗之别，其实变化不大。还是会有穿洁净长衣、念过书说子曰的人，也会有指甲里总有泥垢、喜欢满口骂娘的人。

陈平安离开药铺，跨过门槛后，站在原地片刻，之后就路过了那座螃蟹坊。

陈平安绕着牌坊楼缓缓走了一圈，双手笼袖，始终抬头望着。

当仁不让，希言自然，莫向外求，气冲斗牛。

笤箕则始终站在原地。没啥看头，四块匾额如今都没剩下丝毫道意了。

陈平安继续散步，街旁属于小镇最高建筑的那栋酒楼的生意依旧很好，本地人每逢摆喜宴，都喜欢来摆个阔。一些个在这边买了宅子当道场的练气士也喜欢来小酌几杯，不过他们喝的酒跟老百姓喝的自然不一样。

一口铁锁井，早就被县衙圈禁起来，砌上了石围栏，老百姓再也无法挑着水桶来此汲水了，老槐树更是没了。

沿着县城主街一路走去，就走到了小镇最东边的那栋黄泥房子，是自家落魄山的首任看门人郑大风的。

再往外走去，就是昔年杂草丛生的神仙坟，可以绕路去北边的老瓷山，不过分别被大骊朝廷建造成了文武庙。

陈平安在路边的木桩上坐下，对笤箕道："别跟着了，容易让人误会。"

笤箕故意装傻，高高举起手，比画了一下双方高度："就咱俩，能误会啥？"

不过说实话，要是真能当上隐官老祖的闺女，想来是一件蛮幸运的事情吧？

看看裴钱、陈暖树、周米粒，就知道这家伙将来要是有个女儿，得有多宠了。

那你倒是与宁姚来个饿虎扑羊，赶紧生米煮成熟饭哪。尿包一个，活该打光棍。

陈平安懒得跟她一般见识，坐在木桩上，转头望向一直蔓延向远方的道路。

剑气长城，剑修如云，要说剑修之外的练气士不宜在剑气长城修行并不奇怪，那边剑气太重，沛然浩荡充斥天地间，对练气士来说就是一种煎熬。

但是有件事,陈平安始终百思不得其解,越想越觉得透着一股玄乎,那就是剑气长城历史上的止境武夫数量实在太少,甚至可以说少到了一种令人发指的地步。

白嬷嬷曾是止境大宗师,只是在战场上受伤跌境,才是山巅境。

按照避暑行宫的档案记载,再往上追溯,剑气长城在极长一段岁月里也只有一位止境武夫,而且同样是女宗师,就好像剑气长城的武运只为女武夫网开一面。

陈平安手指轻轻敲击膝盖,蹙紧眉头。

在金色长桥上,她曾经一语道破天机。古星启明,又名长庚,其实就是那座古怪山巅所在。

纯粹武夫,肉身成神,可惜那位兵家老祖未能真正走通这条大道。

剑气长城的三个官职按照设置的初衷,是刑官主杀伐,隐官主谋略,祭官职掌祭祀。避暑行宫的绝密档案上,历代祭官的档案都极为详细,唯独上任祭官只有只言片语的记载:剑修,玉璞境,战功寥寥——可以说毫不出彩。

记得宁姚说过,她第一次来小镇时,曾经在杨家铺子听杨老头主动提及一事,说曾有一位过路剑仙留下了一部山水游记。按照老人的说法,是经常翻阅这本游记,所以知道了一些外边的事情。

与来自剑气长城的宁姚提及一位剑修,老人却是用了个"剑仙"的称呼。以前陈平安没怎么在意这个细节,现在就由不得陈平安不去深思了。所以陈平安怀疑避暑行宫关于上任祭官的档案都是刻意作假,于是自然而然就联想到了于禄。

陈平安站起身,没有去神仙坟,而是原路折返,穿街过巷,再离开小镇,走向那座石拱桥。

箜篌还是跟在身后,大摇大摆,走上石桥后,指了指河畔的一片翠绿好奇地问是啥。陈平安瞥了一眼,说是蒌蒿,炒肉极清香,很好吃,但是属于时令野菜,不是什么时候都有的。

春风里,万物茂盛生长,好像什么都有,等到了冬天,好像又什么都没有。挖冬笋其实并不容易,尤其是大雪满山的时候。

陈平安笑着说蒌蒿见于诗,可能最早是苏子的手笔,只需要三言两语,苏子就可以写出极动人的节令风物之美。箜篌就问老厨子会不会炒这道菜,陈平安说他自己就会,箜篌只是哦了一声,却也没有想要去摘野菜的想法。

陈平安站在桥上举目远眺,突然发现河里的鸭子好像又多了起来。对了,刘羡阳和圆脸姑娘都不在铁匠铺,难怪,难怪。

箜篌走过桥面,一屁股坐在台阶上,说道:"隐官老祖,我在这边等着啊。"

因为她知道陈平安要去做什么。很多事情都可以百无禁忌,但是在有些事情上,不该开玩笑。

陈平安转头笑道:"跟着就是了,又没什么讲究和忌讳。"

他要去坟头敬香和添土。

这趟桐叶洲之行,又去过了好些山头,返回落魄山途中,在老龙城下船,跟宋前辈走了一段山水路程,道别后,陈平安其实又悄悄跟在老人身后,直到老人走向一处城门,突然抬臂挥挥手,默默跟随的陈平安这才笑着离开。之后又路过和驻足好些青山,有些犹有积雪。

陈平安敬过香添过土,再拿出一壶酒,蹲下身倒在坟头,笤篌就蹲在远处看着。

陈平安转头望去,身后的坟头遥遥对着远山,其中有双峰若笔架。

陈平安愣了愣。他还是第一次察觉到此事,曾经年少无知,哪里知道这些门道。后来离乡多次,懂了些望气、堪舆的皮毛,只是每次上坟,也从未看一眼远处青山,此刻他就干脆坐下来,默默望山。

由此可见,当年爹娘走后,坟头选在这里,是有讲究的,可能是早年小镇懂这些的老人帮忙选的。

家乡小镇,年复一年,老人少了,年味就淡。

听裴钱和小米粒都说过,如今年夜饭都不热闹了。

有一年陈平安不在家,还是小黑炭的裴钱几个在泥瓶巷祖宅守夜,一大清早就开门放爆竹。要不是陈平安早就有过叮嘱,估计那会儿兜里已经有几个钱的裴钱都能买下一整座铺子的爆竹。

周米粒曾经有个谜语——真是黑衣小姑娘自己想出来的,不是陈平安教的——问什么东西跑得最快,什么东西跑得最慢,却又都是追不上的。陈平安给了很多答案,周米粒都说不对,还真把脑子还算灵光的陈平安给难住了。小姑娘开心坏了,乐得不行,高高兴兴地给好人山主说出谜底:"是昨天和明天!"

好像就是这样的,所有的昨天都不可追回,所有的明天又都在明天。

笤篌一直没有打搅他。

山温水软,杨柳依依,草长莺飞,春暖花开。

第三章
愁者解自愁

一起徒步返回，走向石拱桥，拾级而上，陈平安走到拱桥中央位置时突然停步坐下来，双腿悬在桥外，箜篌就有样学样地坐在一旁。

陈平安转头望向落魄山。好像小米粒刚巡山到了雾色峰祖师堂，走得不快。

落魄山右护法巡山之勤恳是出了名的，早晚两趟雷打不动，从无一天赖床偷懒。朱衣童子也是每月按时点卯，但自认比起周副舵主的每日巡山还是差远了。

巡山途中，在那四下无人处，周米粒就开始演练一套武林绝学，是裴钱传授的那套疯魔剑法。只是裴钱属于单手持剑，她就不一样，一手行山杖，一手金扁担，双手持剑，威力加倍——别羡慕，羡慕不来的，因为这就叫自学成才。

剑法演练完毕，周米粒就去溪涧里边扒开石头找螃蟹猜拳——没得意思，总赢不输，毫无悬念。不过这等行径也确实幼稚了点，不像话，下次不欺负那些手下败将了，抓条鱼去，本巡山使先出布，再轻轻一按腹部，鱼儿一张嘴，就是个拳，唉，又是稳操胜券。

好人山主不在家的时候，周米粒巡山就走得快，总是跑来跑去的。要是好人山主在家，巡山就走得慢，优哉游哉，半点不着急，在山路上耗费的光阴至少得翻一番。

好像只要她跑得快些，好人山主就可以快些回家，那么同理可得，只要她走得慢些，好人山主就可以慢点下山远游。

陈平安笑着收回视线，抬起脚脱下布鞋，盘腿而坐，掸去鞋底的些许泥土，再轻轻拍打几下鞋面，问道："那部拳谱？"

箜篌好似与隐官老祖心有灵犀，满脸无所谓道："只要别猪油蒙心，交予山下书商刊印，卖了挣钱就行。"

陈平安笑道："说正经的。"

山上金玉谱牒之所以用"金玉"二字作为前缀，历来有两层含义，一层务虚，提醒修士谱牒身份来之不易；一层务实，金书玉牒，材质本身极其考究。而那本拳谱，与宗门秘传的珍贵道书一样，寻常材质的纸张根本承载不住那份浓厚道意。简而言之，翻刻摹本极为不易，最多是打造出次一等真迹的拳谱，说不定还需要陈平安设置重重山水禁制。如果用个比喻，这部拳谱就是一座山头，山中有道气，需要护山阵法来稳固天地灵气，才不至于让书中拳意外泄流散。

箜篌说道："除了隐官老祖自己观摩、演练，将来出身落魄山和仙都山两宗的弟子，甭管是老祖的亲传如裴钱、赵树下等，再传如周俊臣等，还是未来开枝散叶了，三传弟子外加四五六七传，只要是有谱牒身份的嫡传，都可以翻阅此拳谱，但是不可外传。"

陈平安点头道："就当我欠你一份人情。"

一看就不是吴霜降的授意，吴宫主可没份这闲情逸致，肯定是身边这个落魄山外门杂役弟子自己的主意。当然，也可能是吴霜降故意为之，有意让陈平安欠箜篌，而不是落魄山欠他吴霜降和岁除宫一个人情，前者可有可无，后者则全无必要。

箜篌眼珠子急转，试探道："隐官老祖，我有个极有远见的建议，不知当讲不当讲。"

要是搁在以往，话聊到这里就可以结束了，可毕竟拿人家的手短，于是陈平安微笑道："说说看。"

箜篌神采奕奕，说道："我虽然只是外门杂役弟子，可也是落魄山的一分子，理当略尽绵薄之力，就想着鞠躬尽瘁，呕心沥血，夜以继日，给隐官老祖和落魄山霁色峰祖师堂诸多大佬编订一部考据翔实、辞藻华美、精彩纷呈的年谱！"

山下文人和山上门派都有编订年谱的习惯，前者多是后人记载家族先贤的生平事迹，围绕谱主展开，以年月为经纬主干，后者也类似，不过范围更广。按照约定俗成的规矩，顶尖宗门可以记录所有上五境修士的履历，一般宗门和较大的仙府只记录金丹修士的，一般门派就记录洞府境在内的中五境练气士，总之都是有一定门槛的。

落魄山当然早就可以做此事了，之所以一直没有动笔，大概还是山主自己不提，所有人就跟着假装没这回事了。

执笔人有点类似山下王朝的史官、起居郎，往往由掌律一脉的修士负责。

陈平安也不说话，低头开始掏袖子——先归还拳谱，再来跟你算账。先前在骑龙巷，咱俩就有一笔旧账要算。

箜篌赶忙双手攥住陈平安的胳膊："别这样别这样，编订年谱一事又不着急，隐官老祖不用这么着急送我空白册子。"

陈平安刚打算起身，箜篌拿起一只被陈平安整齐搁放在双方中间的布鞋，仔细瞧了瞧：“好手艺，看得出来，很用心。”

陈平安拿回鞋子，重新放回原位，好像改了主意，说道：“编订年谱在山上不是小事，下次我在霁色峰祖师堂议事时会将其纳入议程，如果无人提出异议，就由你来负责。”

笔筷开始得寸进尺，试探性问道：“那我能不能署名啊？”

陈平安又开始掏袖子。

笔筷一拍石桥，沉声道：“罢了罢了，做好事不留名。”

陈平安抖了抖袖子，说道：“由你来编订山门年谱没问题，我只有两个要求：第一，文字推崇朴实，措辞简约，事迹求实，不许花哨，尤其不可文过饰非，也不必为尊者讳。第二，从我十四岁开始编订，在那之前的事情你就不要写了，也没什么可写的。”

笔筷立即小鸡啄米，双手互搓，打算大展宏图。有了这笔功劳，当个舵主啥的还不是手到擒来？

陈平安沉默片刻，笑道：“你要是自己不提这茬，我其实是会主动提醒你的，可以在年谱上署名。”

笔筷懊恼不已，双手挠头：“是我画蛇添足了，小觑了隐官老祖的胸襟，怪我，怨不得隐官老祖的小肚鸡肠。”

陈平安提醒道：“你再这样就真别想署名了。”

笔筷立即收敛神色，挺直腰杆，转头看了眼西边大山，好奇问道：“那座真珠山只用了一枚金精铜钱就买下了？”

陈平安点头道：“你是因为境界高才看得出其中玄妙，最早那会儿，谁乐意花这冤枉钱买下个什么都没有的小山包。”

笔筷问道：“隐官老祖是暗中得了高人指点？”

陈平安摇头道：“我当时就是觉得一座落魄山跟一座真珠山听上去是差不多的。再就是真珠山离小镇最近，最容易被看见，而且想要入山，真珠山就是必经之地，我就想借这个机会，用一种不需要大嗓门说话的方式默默告诉整座小镇，泥瓶巷的陈平安如今有了钱了，不管你们开不开心，在不在意，都得承认这个板上钉钉的事实。

“这个说法属于题外话，你在年谱里边别写。”

笔筷难得没有嬉皮笑脸，只是点头答应下来。

人生可能没有真正的同悲共喜，大概就像两个人就是两座天地，各有所思，你情我愿，此消彼长，叫人间没个安排处。

笔筷在骑龙巷待久了，对于陈平安和落魄山的大致发家史还是很清楚的，因为陈灵均经常去跟贾晟喝酒打屁。一个青衣小童总嘴上嚷嚷着好汉不提当年勇，一个马屁精功夫出神入化的老道士便埋怨说酒桌上又无外人，他们兄弟二人昔年的豪情万丈，此间的辛酸与不易，与外人道不得，难不成还不能拿来当一小碟子下酒菜？彼时笔筷就坐在门槛上,一边嗑着瓜子,一边听那俩活宝瞎显摆和相互吹捧,偶尔喝高了还会抱头痛哭——是真哭,一老一小就坐在桌子底下,哭完了再找酒喝。

落魄山和真珠山,加上最早租借给龙泉剑宗三百年的宝篆山,以及彩云峰和仙草山,就是陈平安第一次花钱买下的五座山头。好像那一年,陈平安就是十四岁。

之后他又买下了落魄山北边相邻的灰蒙山,宝瓶洲包袱斋主动撤出的牛角山,清风城许氏主动放弃的朱砂山,此外还有鳌鱼背和蔚霞峰,以及位于群山最西边的拜剑台。在陈灵均的牵线搭桥之下,又买下了一座黄湖山。

这属于落魄山的第二次扩张地盘,落魄山拥有了十一座藩属山头。

再往后包括照读岗在内的山头,就属于第三次招兵买马了。

笭箵小心翼翼问道:"隐官老祖,宝篆山在内三座山头,如今是怎么个说法?"

前不久龙泉剑宗突然更换宗主,变成了刘羡阳,结果就连祖山都搬走了,但是那三座山头都没动。

陈平安说道:"我用二十七枚谷雨钱,等于跟龙泉剑宗租回三座山头二百七十年。"

笭箵翻了个白眼,觉得这不是脱裤子放屁吗,那个阮邛是不是脑壳有坑啊?难怪陈灵均经常吹嘘自己如何与阮圣人一见如故是忘年交,原来真是一路人。

陈平安站起身,说道:"你回骑龙巷吧,我沿着龙须河抄近路去落魄山。"

途中,陈平安路过了那座被当地人说成青牛背的石崖,之后绕路,路过一直不曾动土开工的真珠山,再徒步进入西边大山。陈平安没有径直返回落魄山,准备先走一趟衣带峰。远亲不如近邻,下山再去拜访鳌鱼背的珠钗岛,那艘翻墨龙舟和牛角渡包袱斋留下的铺子,这些年来其实都是刘重润和珠钗岛谱牒女修在帮忙打理。

说来奇怪,陈平安对于那些数目惊人的神仙钱收益不能说不惊喜,却也没有过于上心,但是对于任何细水长流的收入,哪怕再少,陈平安都会额外上心。

这种想法,陈平安没跟谁提起过,反正说了也是一通马屁。可刘羡阳要是听到,肯定少不了要笑骂调侃陈平安就是小时候穷怕了,对大钱没概念,只觉得小钱是真的。

最早宝瓶洲山上每每论及泥瓶巷陈平安的发家史,都绕不过北岳披云山和龙泉剑宗,准确说来,是绕不过魏檗和阮邛。

北岳披云山在内,在小镇西边,曾经总共有六十二座山头,自然早就都名花有主了。之所以说曾经,缘于最后一任坐镇骊珠洞天的兵家圣人阮邛卸任了宗主之位,让弟子刘羡阳接任,然后龙泉剑宗就将祖师堂所在的神秀山,与挑灯山、横槊峰在内的所有自家山头搬去了北边旧北岳所在的京畿之地,但是留下了当初与落魄山租借的三座山头。

在外人看来,这可能是大骊宋氏的意思,不愿意两座宗门挨得太近,防止出现一山不容二虎的趋势,又或者两座山头之间确实出现了某种外人不得而知的嫌隙,毕竟如果所传消息不差的话，陈平安这个出身骊珠洞天本土的后起之秀曾经在龙须河畔的铸剑铺子当过短工，但是他却没有参加过龙泉剑宗的宗门庆典，就连好友刘羡阳继任宗主也不曾露面。而落魄山这边，最早成立山门，一样没有邀请龙泉剑宗，之后跃升为"宗"字头，也不曾邀请阮邛，据说当时就只有刘羡阳一人现身霁色峰……

陈平安又来到了衣带峰。此山古木参天，好似苍松化龙，翠柏成鸾，是一个极幽静的风水宝地。且山中草药种类多，泥土更适宜烧造瓷器，陈平安当年很是中意。只可惜衣带峰的价格要比其他山头贵出一大截，在买下衣带峰和同时买下仙草山、彩云峰之间，陈平安最终选择了后者。

衣带峰山主刘弘文是金丹老修士，来自黄粱派，按辈分，是现任掌门高枕的师伯。当初他执意要用剩余的一袋子金精铜钱买下衣带峰，说是要在此清净修行，省得留在黄粱派惹人厌。

刘弘文的孙女刘润云养了一只年幼白狐，曾被某些人撺掇着跑去开了场镜花水月，看客寥寥，却好像还真被她挣到神仙钱了。

刘弘文曾经带着包括宋园在内的一拨嫡传弟子去落魄山拜访过陈平安，不过是多年前的事情了。那会儿落魄山尚未跻身"宗"字头，刘弘文跟朱敛还经常约酒，等到落魄山变成天下皆知的名胜之地，老修士反而刻意与落魄山疏远了。

不过每逢节庆，名叫陈暖树的落魄山小管家还是会按时来衣带峰，带些骑龙巷的特色糕点、朱敛亲手炒制的茶叶之类的礼物。最早陈暖树身边还会跟着个黑炭小姑娘，再往后就多出了个手持行山杖、肩扛金扁担的黑衣小姑娘，再后来，那个叫裴钱的孩子就不跟着了，听说好像是要练拳，又后来，周米粒也不登山了，好像是在红烛镇闹了一场风波，胆子小了，不太敢离开落魄山了。

黄粱派如今有三位金丹地仙，除了刘弘文，还有掌门高枕和那位刚刚举办了开峰典礼的祖师堂嫡传。高枕更是一位剑修。如此一来，黄粱派已经稳居宝瓶洲二流仙府前列，只差一位元婴修士了。至于玉璞境，依旧是不敢奢望的事情。

老仙师手捧一只黄杨木灵芝，笑脸相迎，单手掐一山门指诀，以礼相待："黄粱派刘弘文，见过陈山主。"

陈平安拱手还礼："晚辈见过刘老仙师。"

刘弘文笑道："不敢当，山上辈分不以岁数定，陈山主以道友称呼即可。"

陈平安主动致歉道："这么多年，我极少来衣带峰拜访刘仙师，确实不太应该。"

刘弘文洒脱笑道："没什么，陈山主不必计较这种事。正因为离得太近，好像就几步路，反而不觉得非要着急见面，拖着拖着，山下多成遗憾，山上倒是无妨，若是经常见面，容易把话聊完，再见面就只能说些今儿天气不错的尴尬言语，反而不美。陈山主以后也不必刻意如何,照旧便是,如今儿一般,得闲了,起了兴致,就来衣带峰逛逛。"

老人说得诚挚且随意。显而易见,这位金丹境老修士大道仍旧无望,却也并没有把陈平安的那些新身份看得太重。君子之交淡如水,只觉得再过个几百年,自己就要眼睛一闭,还管什么世故人情。

在这西边大山,当年通过金精铜钱购买山头的仙家门派,撇开鳌鱼背那边的珠钗岛女修不谈,恐怕除了阮邛的龙泉剑宗,就数衣带峰与落魄山的关系最为亲近。如今刘老仙师在整个宝瓶洲山上都有了个"烧得一手好冷灶"的说法,虽算不得美誉,但也显见羡慕之情。

老修士的住处前有块空地,小河界之,水清微甘,可以煮茶。绕屋设竹篱,种植各色草木百余本,错杂莳之,不同时节的花开花谢,浓淡疏密俱有情致。石上凌霄每逢开花如斗大,是山中既有百年以上古物也。墙角有株鹅黄牡丹,一株三秆,极高茂,枝叶离披,错出檐甍之上,可遮烈日,每逢酷暑时节,花影铺地,清凉避暑。

在陈平安眼中,衣带峰刘老仙师就是一个纯粹的修道之人,修为境界兴许不算太高,但是清净修行一以贯之,从来眼中无是非,便是修道自在人。

刘弘文取出山中自酿的一壶酒和两只龙泉郡烧制的青瓷酒杯,往陈平安杯中倒满酒水,笑道:"我们都自饮自酌,要是觉得已经喝到位了,就不用硬喝。"

看来老人跟朱敛学了不少俗土话。陈平安这样想着,便笑着点了点头,双手持杯:"就这第一杯酒,我得把多年余着的礼数补上,敬老仙师一杯。"

两只酒杯轻轻一碰,敬酒之人杯微低,各自仰头一口饮尽。

第二杯酒是陈平安帮忙倒满,刘弘文笑道:"亏得陈山主愿意从百忙中抽身,亲自参加此次黄粱派的开峰典礼,给了我好大面子。这不,高掌门前不久回信一封,说他最晚在暮春时分就会带着几位祖师堂供奉一起来衣带峰拜会我这个当师伯的。"

反正知根知底,老修士就不用刻意在陈平安面前假装什么师门和睦、关系融洽了。

陈平安笑道:"高掌门管着偌大一个门派,在祖师堂坐头把交椅的人,方方面面都需要权衡,很多事情由不得他自己如何想就如何做。"

刘弘文说道:"看来陈山主对高枕的印象还不错。"

陈平安玩笑道:"都是需要经常求人的人,就容易惺惺相惜。"

刘弘文似乎解开了心结,如今提及高枕这个曾经与他相看两厌的师侄,心里早就没什么郁气了,故而闻言点头笑道:"高枕确实是最合适的掌门人选,在这件事上,我其实从来不怀疑师弟的决定,要是换成别人来当掌门,我估计都不会来衣带峰,只会放心不下,就算明知惹人厌烦,也要留在那边满嘴喷粪。"

陈平安笑道:"哪天要是连骂都懒得骂,才真是失望透顶了。"

刘弘文点头道:"就是这么个话糙理不糙的理儿。"

回头高枕这家伙来山上,得教一教师侄这个道理。

之后就是各自喝酒,一壶酒喝完,不劝酒的老人又去屋内拿了一壶酒过来,大概这才叫真正的劝酒。

刘弘文从袖中摸出一只锦盒放在桌上,打开后,其内是一枚朱红丝线穿起的白玉诗文璧,坠有一颗珠子。老人将锦盒轻轻推给陈平安,笑道:"不能光喝酒,忘了正事,这是我恭贺落魄山跻身宗门的礼物。说实话,一直舍不得送出去,并非礼物本身有多珍贵,实在是喜欢得紧。诗文玉璧这圈文字刀工不俗,寓意更好。收下,赶紧地,莫要说些君子不夺人所好的屁话,再跟我客气……"

好家伙,不等老仙师继续说下去,年轻山主已经道了一声谢,落袋为安了,之后竟然开始询问修行事,老金丹便借着酒劲,只管答以心中话。

"敢问前辈,何谓修行?"

"自己走路,独过心关。"

"何谓得道?"

"大家都好。要说此语作何解,并非故弄玄虚,一句平常话而已,无非是出门有路,过水有桥,你来我往,无人阻挡。"

"前辈肯定读过很多三教典籍吧。"

"不多。"

"那就是前辈有古贤风范,看书吃透,绝不泛泛。"

"这倒不算过誉。陈山主你也不差,读书没点悟性,岂能有今日造化,别人说你是福缘深厚,我却说你是惜福。"

"不如前辈多矣。"

"你我最多相差毫厘,所以不必过谦。我这儿藏书颇多,以后随便借阅。"

最后,刘老仙师又拿来一壶酒,陈平安喝了个微醺,满脸通红走下衣带峰。

闭户观书多岁月,种松皆老作龙鳞,挥毫落纸走云烟,文字哪争三两句,胸怀要有数千年。

陈平安走到鳌鱼背,在山脚溪涧边掬水洗了把脸。

当年刘重润花了三十枚谷雨钱跟落魄山租借鳌鱼背三百年,之后再重金聘请墨家匠人和机关师打造出一系列连绵府邸,由于材质特殊,每当日光照射或是月色洒落,山中建筑群的屋脊便熠熠生辉,使得如今的鳌鱼背无意间成了一处小有名气的风景名胜。

当时珠钗岛就那么几个谱牒修士,很多宅子都空置着,刘重润也不在乎,一掷千金之后,也不愿意将那些建筑租借出去。事实上,不少宝瓶洲门派和谱牒修士都愿意给出一笔价格不菲的租金,在这西边大山的某个山头名义上拥有一座宅子,让自家子弟或是山上好友来往游历能有个落脚的地方,怎么都是个面子。

那会儿郑大风还是落魄山看门人,不曾去往五彩天下,就曾与刘重润当面诉苦:"重润妹子,下次别这样了,真的,只会欺负大风哥哥这种厚道纯朴人算哪门子事嘛,山上这些建筑就不止三十枚谷雨钱了,你可以骗我钱,但是不可以伤我的心。要是一个不小心,让天下少掉一个老实本分的好男人,多出一个浪迹花丛的风流汉,谁负责?重润妹子,你要是愿意负责,今儿咱俩就先把这桩亲事定下来吧,我这就收拾包裹,去鳌鱼背住下……"

其实光是落魄山首席供奉周肥的手笔,就远远不止三十枚谷雨钱了。早年周首席财大气粗,出手阔绰,一口气拿出了四件品秩不俗的山上法宝作为灰蒙山、朱砂山、蔚霞峰和鳌鱼背的压胜之物。这些重宝落地生根,与山根水运紧密衔接,等到刘重润打捞起那座故国遗物水殿,与前者相得益彰,使得鳌鱼背的水运越发浓郁。刘重润就打算早些跟落魄山补签一份新地契,珠钗岛想要在三百年的基础上,再续签……六百年!

因为按照第一份契约的约定,三百年到期后,珠钗岛修士搬迁离山,可是带不走那些建筑的,不能拆走那些作为栋梁的仙家木材,也不能迁徙山中的仙家花卉草木,届时全部自动转为落魄山名下的产业——没法子,这份契约是朱敛做主签的,白纸黑字,一条条写得一清二楚。

珠钗岛女修当年对此颇有埋怨:若是那位青峡岛的账房先生亲自来跟岛主谈买卖,怎么可能会如此刻薄、锱铢必较呢?绝无可能。

处州的鳌鱼背,若是再加上书简湖的珠钗岛,跟黄粱派差不多,也算有了上山和下山。

作为帮忙在大骊王朝眼皮子底下打捞遗址的报酬,刘重润送出一艘龙舟给落魄山,此外还有个双方五五分账的口头承诺。

作为旧国藏宝之地,除了水殿、龙舟两件仙家重宝,其实还有不少珍藏宝物。刘重润的这笔收入,按照朱敛当时的估算,怎么都有五六百枚谷雨钱,只不过当年朱敛故意对此视而不见,刘重润也就乐得顺水推舟,假装没这么一回事。后来刘重润主动提出愿意担任翻墨龙舟的管事,很大程度上就是因为这件事,算是投桃报李,帮珠钗岛补上了一份人情债。其中那件被仙人中炼的重宝水殿,如今就被刘重润安置在祖师堂附近。

落魄山的年轻山主主动做客鳌鱼背,好像还是头一遭的稀罕事——主要还是陈平安常年在外的缘故——最开心的肯定不是一直在为如何开口续约犯愁的刘重润,而是那些早就与青峡岛账房先生熟悉的年轻女修。

前些年,落魄山主动示好,让刘重润挑选了几个性格沉稳、资质出众的嫡传弟子去莲藕福地的两处风水宝地潜心修道,为期十年。一处是济渎灵源公沈霖赠送的一部分南薰水殿,另一处是龙亭侯李源赠送的一条溪涧,都是水运充沛之地,极其适宜修行水法的练气士,简直就是为她们珠钗岛修士量身打造的最佳道场。

这些年,刘重润由于已经跻身了金丹境,再想百尺竿头更进一步很难,所以曾经有过两次外出游历,新收了一拨弟子。小门小派的,对于修道坯子的资质要求不高,能有希望跻身中五境的修道资质就已经算是捡个不小的漏了。

此外她还收了很多山下孤苦少女上山,名义上说是婢女,其实如果能修行,也是有机会加入谱牒的。至于那些不能修行的女子,就每个月领取一笔俸禄,山外若有家族和亲人,平摊下来,每个月约莫能够拿到几十两银子,这是以前想都不敢想的好事。

如此一来,鳌鱼背上莺莺燕燕,便越发热闹了几分。

陆续赶来三名女修,异口同声道:"陈先生!"

她们还是习惯称呼年轻山主为陈先生。

陈平安笑着点头,她们的名字都记得清楚:"流霞、管清、白鹊,你们好。"

当然,只是陈平安记性好的缘故。青峡岛的账房先生是出了名的不解风情,言行举止一板一眼,只会大煞风景。何况当年在书简湖,因为那个驮饭人出身鬼修的关系,当说客的陈平安在珠钗岛渡口吃了很多次闭门羹,别说见着刘岛主,都没办法登山。

其实这件事在珠钗岛内部是极被津津乐道的:呵,咱们珠钗岛是小门派不假,但是我们山门的架子大啊!试问天底下有哪家山头能够一次次拦着陈先生不让登山?是那正阳山还是神诰宗啊?肯定不行也不敢吧!

不过刘重润管得严,谁都不敢往外传,因为一经发现就会被直接剔除谱牒,驱逐下山,没有任何余地。

陈平安跟三位女修闲聊几句就告辞离去。

等他走远,白鹊哈哈大笑,伸出手:"愿赌服输,都赶紧地,掏钱掏钱!"

她是刘重润的小弟子,当年她们几个曾经拿陈平安当赌注,结果只有白鹊挣了钱,因为只有她押注陈平安可以登山,结果就是通杀!

陈平安停步转头,那边立即停下笑声。毕竟今时不同往日,陈先生的身份多了,还一个比一个吓人。以前她们能做的事情,如今再做,尤其是当面,就有点不合时宜了,结果还被逮了个正着。

陈平安站在原地,笑着打趣道:"管清,听我句劝。第一,别跟白鹊师妹赌钱,她赌运是真好。第二,就算真要赌钱,也别跟流霞师姐一起押注,师姐押什么,你就反着来。"

三名女修一时哑然,等到那一袭青衫走远,才蓦然大笑。

性情古板的陈先生偶尔言语风趣起来还是很好玩的,就像当年流霞埋怨陈先生害她输了十枚雪花钱,陈先生就问如果他说一句"活该",还能不能去见岛主。等到流霞不情不愿说"可以",陈先生果真就撂下一句"活该"。

白鹊抬起手，做了个挥手的动作，自顾自说道："帅气！"

当年，有个挣钱挣到双手捧不下的少女与那个年轻账房先生的背影大笑着道谢，身穿青色棉衣的男人没有转头，只是抬起手挥了挥，大概是示意不用客气。

白鹊双手攥拳，使劲晃了晃，满满当当都是雪花钱呢。她兴高采烈道："哈，这件事可不能让师父知道。"

挣钱开心，当然，与陈先生重逢，陈先生还是这般没两样，好像是更开心的事情。

"为什么我们怕师父，都不怕陈先生呢？"

"我觉得就算陈先生以后境界更高，再见了面，还是不怕他的。"

"是不是因为陈先生跟我们一样是穷苦出身，所以对我们就没什么架子，还不是那种假装的平易近人？"

"可也不是谁变得富贵了都会这样啊。就说书简湖那边，境界高了就翻脸不认人的还少吗？他们作践起别人来不是更凶更狠？五花八门的手段，只有我们想不到的，就没有他们想不出的，如今离书简湖这么远了，还是想想就后怕。"

"那是为什么呢？"

"因为陈先生天生就是个好人呗。"

"这种理由亏你想得出来……不过仔细想想好像也是。"

珠钗岛的祖师堂名为宝珠阁，女修们议论纷纷之时，刘重润就独自站在门口等着陈平安现身。她梳高髻，体态丰硕，方额广颐，习惯性眯起那双极为狭长的丹凤眼，看着那一袭青衫渐行渐近。

这位昔年垂帘听政多年、主持一国朝政的长公主殿下，当初若非被旧朱荧王朝那个出身皇室的剑修纠缠不休，原本有望成为宝瓶洲第一位女帝。

严格意义上说，真正首个与落魄山正式缔结山上盟约的门派，是刘重润的珠钗岛。

万事开头难，这份香火情可不算小了。

当年珠钗岛所有祖师堂嫡传都跟随魄力极大的刘重润迁徙到龙州，在鳌鱼背落脚，开府立派，等于放弃了旧家业，从头再来。

刘重润这些年修行并不曾有片刻懈怠，再加上将一座水殿作为道场，故而如今是金丹境瓶颈，主修水法，兼修符箓。当初她一眼相中藩属山头中的鳌鱼背，就因为此地水运最为浓郁。主要是那会儿落魄山还没有买入黄湖山，不然如今珠钗岛祖师堂估计就不在鳌鱼背了。

春日融融，刘重润就直接在白玉广场上摆了几案，搁了一盆瓜果和各色点心，亲自煮了一壶茶水待客。她给陈平安递过去一杯雾气袅袅的仙家茶水，在阳光的照射下，水杯上出现了一道袖珍彩虹。

长情之人，都喜念旧。陈平安接过茶杯，道了一声谢，笑道："如今这虹饮茶叶已经被真境宗垄断,价钱都是按两算的,一般仙府有钱都买不着了。"

双方刚开始喝茶,就来了个半点不怯生的活泼少女,走路带风,毫不拘谨。

刘重润笑着介绍道:"我新收的徒弟,叫芸香。"

难怪少女胆子这么大,敢擅作主张来此,只能用皇帝爱幺儿来解释了,像流霞她们几个是绝对不敢来凑热闹的。

等到芸香跟陈平安行完礼,刘重润就让她自己去搬个绣凳过来坐。

刘重润直截了当问道:"陈山主大驾光临,不知有何吩咐?"

陈平安笑道:"无事相求,刘岛主不用紧张,就是随便逛逛,邻里之间的串门而已,珠钗岛已经帮了我们太多忙,哪敢有什么吩咐。"

刘重润顿时哑然。

一旁正襟危坐的芸香眨了眨眼睛:啧啧,听听,陈先生真会说话。不过也难怪师父话里有话,毕竟都快成落魄山的二管家了。

陈平安笑问:"刘岛主,嫡传当中,最近有没有人有机会结丹?"

刘重润一听这个就来气,冷笑道:"你当所有山头都是你们落魄山吗?"

陈平安哑然失笑。

除了陈平安这个当师父的,外人可能都并不清楚,当年那个被他带出福地一起走江湖的小黑炭曾经由衷羡慕两个人。

一个是紫阳府的开山祖师吴懿。第一次跟着师父过去蹭吃蹭喝时,只见广场上,修士、侍女、杂役弟子加起来一千多号人物,浩浩荡荡地给吴懿跪地磕头,口呼"老祖"。这种排场,这种阵仗,一下子就把裴钱给震慑住了,暗自下定决心,以后闯荡江湖,就得按照这个标准来衡量是否混出名堂了:麾下千百号喽啰,见着自己,哗啦啦跪倒一大片,一声声"裴老祖"喊得震天响,打雷一般!

再一个就是珠钗岛的刘重润了。裴钱听老厨子说过,这位刘岛主当年可是垂帘听政的长公主殿下,小黑炭想一想就觉得厉害:一座朝堂大殿之上,左边站着一长排满口之乎者也的文官,右边是带兵打仗杀人如砍瓜切菜的将军,我这个流亡民间的公主毕竟是个冒牌货,拿来随便唬人的,刘姨可不一样!

再加上刘重润做了多年的龙舟渡船管事,按照陈暖树的说法,自家财库每个季度的入账可是好大一笔神仙钱,仅次于牛角渡从各路渡船收取的分账。所以裴钱那会儿就对刘重润格外亲切,发自肺腑觉得刘姨有义气,做事敬业,贼能赚钱,做人真讲究!佩服佩服,必须佩服!

小时候的裴钱能躺着绝不站着,能站着绝不挪步,只有陈暖树去鳌鱼背串门送礼的时候才会跟去,见着了刘重润,一口一个"刘姨",喊得热络亲切。而刘重润也从不让她失望,次次都有礼物赠送。

落魄山的竹楼一脉有自己的谱牒，门槛之高，就连陈平安这个山主都没能加入，更别提陈灵均了。能够同时让裴钱仰慕、陈暖树感激、周米粒亲近的还真不多，刘重润算一个。

做事，归根结底还是做人，日久见人心。时至今日，一般而言，珠钗岛不说在宝瓶洲横着走，至少根本不用怕惹事。

何况之前在龙舟渡船上，米大剑仙与刘重润也是混成脸熟的，虽说基本上不聊天，但是珠钗岛女修们都喜欢跟那个叫余米的家伙多聊几句——一个男人长得那么好看，多聊几句而已，又不吃亏。可惜就是余米太沉默寡言了，都不怎么爱说话，实在是脸皮太薄了。所以她们就更喜欢拿他开玩笑了，调侃几句，呵，他偶尔还会脸红呢。

刘重润其实不太愿意跟陈平安聊生意，只是对方都登山了，她便忍着心中不适，硬着头皮开口道："我想要跟落魄山续签鳌鱼背六百年。"

加在一起，就是九百年。占据一处道场长达近千年光阴，其实这等于是跟陈平安直接购买鳌鱼背了。

陈平安抬起茶杯，抿了一口虹饮茶水。

在俱芦洲的龙宫小洞天之内，陈平安买下了对他来说意义非凡的凫水岛，耗费八十枚谷雨钱。当然，这是一个极低的价格，毕竟有灵源公沈霖和龙亭侯李源以及剑仙郦采的浮萍剑湖帮忙。这些身份显贵的大人物对于水龙宗而言都是潜在压力，何况水龙宗本身也愿意凭此与陈平安多出一份山上的香火情。所以刘重润都不好意思提出价格，想着陈平安要是断然拒绝，她就用水殿秘藏的一种水丹药方来作为交换。

陈平安思量片刻，说道："先前三百年是三十枚谷雨钱，那么续约六百年，就按照先前的价格算，再给我们落魄山六十枚谷雨钱，刘岛主，你觉得怎么样？这个价格当然是很低了，不过就像我前边说的，这些年珠钗岛帮我们极多，出人又出力，落魄山不能不念这份情谊。"

若是少年时，别说租借六百年，将整座鳌鱼背送给珠钗岛就是了。只是年岁越长就越明白一个道理：哪怕是予人善意这种事，我之心无愧疚，对待某事不曾多想，与他人之心思百转，反复思量，同一件事会是两种心思。懂得这个道理不叫无奈，而是成长，照顾他人内心本来就不是什么简单的事情。

刘重润难掩讶异和惊喜，憋了半天，才试探性开口问道："不再添点谷雨钱？"

陈平安竖起大拇指，赞叹道："刘岛主做买卖可以的，我见过变着法子砍价的，就没见过主动涨价的。"

刘重润眯眼而笑："我这不是良心上过意不去嘛。"

陈平安假装什么都没听懂，只是呵呵一笑，低头喝茶。

之后两人只是闲聊，意态闲适，美若画卷，落在一旁安安静静的少女眼中，二人不涉情爱,却俱是神仙中人。

离开鳌鱼背后,临近落魄山,陈平安停下脚步。

路边有座行亭,里边摆了张桌子,始终没有撤掉。

听说白玄就在这儿认识了不少江湖豪杰,最终编撰出了一本英雄谱。

白首没答应上榜,到底是接连吃过大苦头、栽过跟头的。倒是才与白玄见过一面的九弈峰邱植稀里糊涂就登榜了。

陈平安走入行亭,暂作休歇。

去了一趟鳌鱼背,他很是想念裴钱这个自己看着长大的开山大弟子。

当年他不在家乡,裴钱每天都会去学塾读书。骑龙巷附近曾经有个不依不饶的妇人说裴钱打死了她家的白鹅,小黑炭赔了钱,但始终坚持不是她干的,陈平安甚至完全可以想象她满脸倔强的模样。那可能是裴钱第一次攒了钱又送出去,心不心疼?

还有那些被裴钱藏在某地的泥偶。按照她当时的说法,是下了场大雨,她一不小心忘记了,不曾鸣鼓收兵,都给滂沱雨水一浇,打散了。但是陈平安很清楚,是被同龄人砸碎了,可能都不是丢远,而是故意砸碎丢了一地。生不生气?

但是可能在小黑炭心中,再如何难过,也比不过年幼时逃难路上,娘亲在一天夜里,背着她爹和她,偷藏了个馒头再偷吃掉。

很多苦难、困顿、坎坷,都可以用一个美好的童年来与之为敌,不落下风。就像寒冬可以用怀念暖春来抵御,不轻松的时日总会过去的。

也可能很多辛苦努力和沉默付出都是在心中与各自不那么美好的童年做一场不为人知的艰难拔河,最多打平,绝无胜算。

其实陈平安自己就是熬过来的,所以会比一般人有更多的耐心和恻隐之心,但是真正让陈平安心软的,还是那些……懂事。比如受了委屈却不觉得有什么的小米粒,比如当年还是顽劣小黑炭的裴钱。

当年,陈平安第一次在五月初五这一天收到礼物,所以这么多年来一直好好珍藏着,放在方寸物而不是咫尺物中,始终随身携带。

年少喝酒,总是喜欢用那只养剑葫。成年之后,好像取出养剑葫饮酒的次数就少了。

我与我之外,即是天地之别。有人与这个世界有过情人一般的旖旎和争执,也有人与这个世界有过仇人一般的怨怼与和解。

一个头戴貂帽、两颊红彤彤的少女突然出现在行亭外边,看着那个单手撑在桌面上发呆的青衫男子。

陈平安转头笑问:"谢姑娘觉得拜剑台的风景如何?"

谢狗笑呵呵道:"不错,相当不错。"

陈平安取出两壶酒,微笑道:"介不介意站着喝酒?"

谢狗眯眼而笑,大步走入行亭:"都是走惯了市井乡野的江湖儿女,不瞎讲究,只要有不花钱的酒喝,还有啥不满意的。"

不知为何,见着先前那个"陈平安",她又不是傻子,当然压力很大。别看她当时从头到尾都在小心翼翼提防着那个持剑者,可其实凭借直觉,她对那个被小陌喊作公子的家伙更为忌惮。等到瞧见眼前这个神色和煦的年轻山主,奇了怪哉,压力更大!

谢狗看似随意地问道:"你记得之前的事情?"

陈平安笑道:"知我见,也是一种修行。"

谢狗喝口酒,点头,不知是觉得酒水好喝,还是觉得这句话说得有道理:"那么在陈山主看来,该如何安顿无限心呢?"

陈平安摇头说道:"就不跟谢姑娘聊这个了,我费神,你费酒……嗯,好像还是我的酒水。"

谢狗笑呵呵道:"觉得我是个门外汉,或是那自了汉,聊不到一块去?"

换成别人,她就要换个说法了,比如尿不到一个壶里去。只是如今寄人篱下,谈吐得讲究点。

之前可不就是因为说话不得体,被朱老先生给赶下山了嘛,要是再惹恼了眼前这位真正当家做主的隐官大人,岂不是惨兮兮? 还能把自己往哪赶? 在槐黄县城买栋宅子? 那岂不是混得还不如那个白头发的矮冬瓜? 那她还不如直接花钱盘下天都峰在内的三座山头呢。唉,就是那三个门派开价不低啊,欺负她不懂山上行情,杀猪呢。

陈平安明显不愿意跟她聊这些,转移话题,笑道:"说真的,我一直很奇怪,你为何独独喜欢小陌。"

谢狗先是满脸哀愁,最终释然,其间神色之复杂、心情之递进,如一条山中清涧下山之婉转。只见她狠狠灌了一口酒,幽幽叹息一声,给出一句话作为答案,一下子就把陈平安给彻底整蒙了:难道如今蛮荒天下的大妖都这么有文学素养了吗?!

那句话是:"此身原本不知愁,最怕万一见温柔。"

酒逢知己千杯少,话不投机半句多。跟谢狗也好,与白景也罢,其实都没什么可聊的。喝过一壶酒,陈平安临时起意,告辞一声,说要去一趟北岳山君府。谢狗就追着问她能不能回落魄山:"总这么贬谪在外也不是个事,耽误小陌修行不是? 他炼剑资质本来就没有我好,我是吃喝拉撒随时随地都能炼剑的,飞升境圆满只会更圆满。再这么耗着,距离越拉越大,小陌就会更没面子。丢了面子,小陌就更不想看到我了。唉,死要面子活受罪,男人啊……"

陈平安听到这里,其实就没什么耐心陪着她絮叨了,只是看架势,谢狗好像已经打定主意，要是今儿没个说法，她就一路跟到披云山去。陈平安只得站在行亭旁，让她给个能够说服自己的理由。

"我回去后，肯定比以前更加谨言慎行，每天学那骑龙巷左护法，夹起尾巴做人。山主要是不信，我可以发誓。用白泽老爷的名义发誓，还能不当真？"

"压岁铺子的生意怎么办？和周俊臣合伙做买卖才刚起了个头就甩手不管了？"

"肯定不会不管啊，隔三岔五就会去铺子的。只是生意难做是真难做，只说福禄街和桃叶巷，如今已经派了专人来堵我了……"

陈平安没好气地道："有你这么做生意不地道的吗，正月里就往人家大门上贴告示。亏得你还有点底线，没往门神脸上贴，当是贴金呢？"

谢狗闻言委屈不已："我都跟那些门神商量过了……事先说好，我可没有用那啥请神降真、拘鬼押灵的山上手段，都是跟那些门神老爷好好商量的，他们一个个都说没关系，老和气了。"

陈平安无言以对，沉默片刻，看着那个皱着脸委屈巴巴的貂帽少女，只得说："回吧回吧，到了落魄山，记得少说话，不然再被赶下山，谁都帮不了你。"

随后陈平安施展缩地法，隐匿身形，在僻静处现身，然后走到披云山山脚。

作为一州北岳祠庙所在，来披云山敬香的善男信女数量众多，只是谁都知道披云山是魏檗的道场，却极少有香客能够亲眼见到这位传说中风姿卓绝的北岳山君。

谢狗总算得了一道山主法旨，如获大赦，心情不错，晃晃悠悠地走向落魄山。

别的不说，在落魄山，陈平安放个屁都是香的，山上一大帮各显神通的马屁精，也难怪她会不合群——谢狗似乎完全忘记了方才离别时自己一个劲儿抱拳嚷嚷着山主英明的样子。

山门口还挺热闹，仙尉和周米粒坐在桌旁喝茶，一旁趴着骑龙巷左护法。

除此之外，难得岑鸳机也在练拳走桩间隙在此闲坐片刻，还有从州城隍庙赶来的朱衣童子，不为点卯，就是想着来沾沾陈山主的仙气，不奢望能聊上天，远远看几眼就算满载而归。而棋墩山的一条白花蛇作为朱衣童子的赶路坐骑，也蜷缩在桌底，显得极为温顺。

一个秉拂背剑的中年道士刚刚游历至此，他面白如玉，手持紫竹杖，腰悬葫芦瓢。

周米粒和仙尉都知道对方的身份，因为先前各自见过一面。周米粒是在仙都山青衫渡与那位自称道号纯阳的吕道长聊得蛮好。仙尉则是因为先前吕喦拜访过一次落魄山，就在山门口喝了一碗热茶。两人十分投缘，仙尉吹嘘自己的道法不比这山头更低，还问纯阳道友怕不怕。吕喦笑而不言，仙尉开心不已，说自己吹牛呢。他还曾邀请对方担任落魄山的客卿，说自己愿意引荐一番，以他跟陈山主的关系，这种事情，不敢说一定成,但绝对不会一定不成。不过仙尉没说这客卿是记名还是不记名,说话得留点余地,不能学陈灵均,说话结实得跟个糯米团似的,好吃是好吃,就是容易撑到,不如一碗白米粥养胃。

吕喦这趟将整个疆域广袤的古蜀地界逛了一遍,连一些个至今尚未被大骊朝廷发现踪迹的龙宫遗址也都去看了看。像他这般境界的练气士,自然就只是访仙探幽了,俱是人去楼空的场景,满眼荒凉,人世变幻,沧海桑田不过如此。

经过黄庭国时,他沿途游览了寒食江,在那座曹氏芝兰楼内看了几本传承有序的旧藏善本。翻看旧书如与故友重逢,天下古籍,总是这般分分合合。随后他又路过白鹄江、紫阳府,再从红烛镇沿着山路过棋墩山,一路缓行,这才来到落魄山,看着热热闹闹的山门口,捻须点头而笑:一般仙府不会出现这种画面。

修行一途,既有那么多个境界划分,人心就难免跟着起伏不定。一个山上门派,修道之人修心有成虽难,却也不算罕见,但是想要人心如一,简直就是个奇迹。

这趟登门,吕喦是有事相求,有一场红尘历练需要陈山主帮忙护道,只是听黑衣小姑娘说山主下山去小镇了。

周米粒认真问道:"纯阳仙长着急见山主吗?"

若是有急事,她就只需要在心中默念三遍魏山君,就跟敲门一样,魏山君马上就能听着,那么只要在北岳地界,她就可以与好人山主立即说上话了。

吕喦微笑道:"不着急,贫道等着陈山主返回再一起登山好了。"

桌上除了茶水和瓜子,还有周米粒从棉布挎包里取出的两袋溪鱼干。

上次在青衫渡,她舍不得拿出仅剩的一袋鱼干待客,这次终于有机会补上了。

其实在那之后,周米粒就养成了一个习惯,每次出门,必须在被昵称为祖师堂的棉布挎包里边装两袋以上的溪鱼干,以备不时之需。

见着了那个头别木簪的年轻道士,如今真名年景,道号仙尉,谢狗就彻底放心了。她的道理很简单,在一条街上不能先后捡着两块银子嘛。在这骊珠洞天旧址,我还能碰着谁?昔年天下十豪之一的人间首个"道士"都已经见着了,她不能再有这般"好运道"了吧?北边偌大一个俱芦洲,不也就趴地峰的火龙真人能入她的法眼?至于南边的桐叶洲,是玉圭宗剑修韦滢,还是镇妖楼那棵梧桐树,或者是三山福地的万瑶宗?

结果等到谢狗临近山门口,第一眼看到那个陌生面孔的中年道士,竟然瞬间就让她有一种如临大敌的压迫感。万年之前,跟小陌处了那么久都从无这种古怪感觉……可能就只有一次,当年她追到落宝滩,那个碧霄洞主现身,奉劝她别越界,过了界就别走了,人过界留人,腿过界留腿,飞剑过界留飞剑……

他娘的,谢狗至今想起那个臭牛鼻子老道还是一肚子憋屈。

没理由啊,这么点大的宝瓶洲,咋个这么藏龙卧虎嘛。

谢狗眯起眼，放慢脚步，那张不起眼的桌子还真有点龙潭虎穴的意思了。

瞧见身材消瘦的貂帽少女，朱衣童子站在桌上，双手叉腰，笑着招呼道："小谢回了啊，我听仙尉说你这段时日去骑龙巷赚私房钱了。"

谢狗板着脸点点头，却与岑鸳机笑容灿烂道："岑姐姐，休息呢？"

傻子好骗，所以谢狗对岑鸳机的印象是很好的，不像那个州城隍庙的香火小人儿，别看浑身冒傻气，其实是个人精。

瞧见个站起身的黑衣小姑娘，嗯，就是那个让筌篌嚷着要组成黑白双煞结果对方没答应的落魄山护山供奉，洞府境的小水怪。要是搁以前，谢狗就要伸手按住那个小姑娘的脑袋摇晃几圈了，只是吃一堑长一智，这会儿她笑眯眯道："哟，是传说中的右护法大人啊，幸会幸会。我叫谢狗，是小陌未过门的媳妇。"

仙尉一口茶水喷出来，呛着了，一边咳嗽不已，一边赶紧拿袖子擦拭桌面。

周米粒更是瞪大眼睛：啥，小陌先生都有道侣啦？！

谢狗最后才望向那个道士："这位老人家在哪里高就啊？"

吕喦微笑道："四海为家，云水生涯。"

谢狗说道："我觉得以道长的本事，就算学那中土神洲的符箓于玄，同时拥三五个宗门，都绰绰有余。"

吕喦笑道："姑娘谬赞了，不敢与于玄前辈相提并论。"

仙尉有点听不下去了。这就像夸奖一个读书人，你可以昧着良心说人家学究天人，才情宇内无双，但是你直接说对方的学问跟亚圣、文圣差不多，这不是当面骂人是什么？看来谢姑娘在骑龙巷算是白闭门思过了，估计这跟贾老神仙不曾坐镇草头铺子也有关系，不然但凡跟贾老神仙学来一成功力，说话也不至于这么不讨巧。

谢狗盘腿坐在长凳上："你们刚才聊到哪里了，继续，当我不存在。"

周米粒双手捧起茶碗，抿了一口茶水，轻轻放在桌上，开心笑道："方才纯阳仙长在我们每个人的茶碗里都放了两三片艾叶，说是练气士长久饮用这种茶水，再辅以一门导引术，就可以驱寒，壮大阳气，全真保灵哩。"

谢狗伸长脖子瞥了眼小姑娘碗中的三片艾叶：哟呵，竟是取太阳真火烹制而成的。她道："道长精通古法？看来师承悠久啊。"

后世万年修行如何，谢狗走过一趟俱芦洲，看了个大概。拜月、摘引星辰之术都算常见，唯独炼日一道相对数量稀少，因为门槛更高。而且方才凝神定睛一瞥，那几片艾叶的细微脉络落在她眼中就是纤毫毕现，大如山脉蜿蜒。

谢狗自然要比岑鸳机这些身在福中不知福的门外汉看出更多内行门道，眼前道士极有可能是个能去火阳宫逛荡一圈的高人，如此说来，与自己岂不是半个同道？

吕喦笑着不说话。

谢狗又问道:"道长还是一位剑修?"

吕喦说道:"略懂剑术,勉强算是剑修吧。"

谢狗追问:"不知道长如何看待修行?"

本就是随口一问,不承想对方还真就给出答案了。只见那道士微笑道:"古人立法,食必用火,故万代苍生得以活命;居必逐水,故亿兆灵真得以立身。"

吕喦伸出手指,指了指天上大日:"在贫道看来,天之至宝,显而不隐者,人人可得,只此悬空一丸红日。"他再轻轻呼吸,吐出一口清灵之气,白雾朦胧,如云行水流,其中有一丝红线蜿蜒浮沉,宛如一条纤细火龙在其中腾云驾雾、按敕布雨,"人之大宝,虽隐而不显,犹可自求,只此一息真阳。此物至精至粹,修道之人,徐徐见功,凝为一团,便是自身纯阳。故而纯阳则仙,纯阴则鬼,人居阴阳之半,仙鬼之交,是仙是鬼,只在修行,自证其心,自炼其神,火者阳气也,火乃人身之至宝。"

谢狗笑呵呵道:"道理好是好,就是空泛了些,听得人云里雾里的,不触天不抵地。"

吕喦微笑道:"就像这位岑姑娘,虽非练气士,作为纯粹武夫,习武练拳,与炼气一道有异曲同工之妙。武夫习武,以一口纯粹真气淬炼体魄,就像一条火龙走水,气血为浩荡长河,筋骨为绵延山脉。而且看得出来,教岑姑娘拳的师傅极有武学造诣,尤其是拳桩配合吐纳,能教旁人耳目一新。缘于此人传授了岑姑娘四种截然不同的吐纳术,故而真气运转轨迹昼夜有别、冬夏各异,所以才能够一直压境而不伤体魄神魂,反而因此拳意扎实,滋养真灵,异于常人。"

岑鸳机愣在当场。朱老先生教给她四种真气流转路径,她练拳这么多年,当然一清二楚,只是从没想过会藏着这么大的学问。难道她破境慢其实并不是资质太差的缘故?朱老先生一直说她练武资质很好,也不是什么安慰言语?

谢狗笑道:"道长高啊。"

吕喦一笑置之。

谢狗当下还不清楚,这位道号纯阳的陆地散仙正是至圣先师眼中的未来天下十豪之一。

陈平安没有沿着敬香神道直接去往山巅祠庙,而是手持行山杖徒步登山,去往披云山一座次峰,在登山人流中,与来此山文昌阁烧香许愿的文人雅士无异。

披云山中有寺庙道观十数座,当年大骊朝廷曾经评选出一洲版图上的六山十刹,都是佛家名山大寺,其中披云山广福禅寺就是大骊宋氏皇帝敕建,御笔题写匾额,赐下紫衣和法号,还曾诏令住持入京书写金字经文。

半山腰处有座歇脚凉亭,凉亭匾额"海天无极",崖畔有古松,枝干斜出,如在天外。旁有茶摊,多是山中挑夫在此饮茶,陈平安抬头看了一眼:掏钱结账的来了。

陈平安跟摊主又要了一碗茶水，魏檗施展了障眼法，可让俗子对面不相识。落座后，魏檗劈头盖脸就问道："小陌先生怎么没来？又是被陈山主拦下了？不合适吧？"

陈平安立即还嘴："魏山君什么时候举办夜游宴？我好像一次都没喝上山君府的美酒，实属人生憾事，必须找机会补上。"

老话都说久住令人贱，频来亲也疏，落魄山与披云山便无此顾虑，可其实如今山君府诸司主官，小三十号山水神灵，陈平安一个都不认识。

"如今落魄山都有下宗了，要是在俱芦洲再有个下宗，落魄山和青萍剑宗岂不是就要顺势升迁为正宗和上宗？"

"这等美事，想想就好。"

"到时候再来几个好事之徒，评选什么浩然天下十大宗门，你们肯定有一席之地。"

"什么'你们'，这话说得伤感情了，得是'我们'。"陈平安笑道，"桐叶洲开凿大渎一事已经有了眉目，很快就会动工，我让青萍剑宗帮你留了个缺口，数目在一千四百到一千八百枚谷雨钱之间，你有没有想法？要是披云山财库紧张，我可以先帮忙垫上。"

对于一般练气士而言，参与开凿大渎，可能就是挣与亏的钱财往来，甚至挣钱越多，与功德就相去更远，包袱斋张直、皑皑洲刘氏都在此列，不过多少能够帮助各自门派、家族挣下些福缘，只是这些福缘不太会流转，寻常只会在大渎周边兑现，比如转化为一份数额不定的财运，无形中帮助包袱斋生意兴隆、财源广进，这也是张直为何一定要在所有渡口开设店铺的唯一理由。与一洲气运紧密相连的镇妖楼青同是例外，可是对于山水神灵来说，都是有实打实功德在身的，属于稳赚不赔。

魏檗点头道："那我就掏两千枚谷雨钱，凑个整数。"

陈平安讶异道："魏山君，一口气拿出两千枚谷雨钱，眉头都不皱一下的？我们北岳山君府的财库不得是金山银山？来都来了，不如带我逛逛，开开眼界？"

魏檗扯了扯嘴角："是'你们'，不是'我们'。"

陈平安微笑道："日落山水静，为君起松声。容我倾耳听，说是说不是？"

魏檗无奈道："陈隐官的打油诗和集句诗，名气已经足够大了。"

"但是魏山君不能否认，还是很应景的。"

魏檗突然微微皱眉，陈平安问道："怎么了？"

"你们落魄山来了个云游道士，我竟然看不出对方的道行深浅，对方反而立即察觉到了我的窥探。"

茶碗涟漪起云雾，浮现出一幅画面。只见落魄山山门口围坐一桌，其中就有个仙风道骨的中年道士，只是这幅山水画卷很快就消散了。

陈平安看了一眼，笑道："很正常。这位前辈姓吕名喦，道号纯阳，是真正意义上的得道之士，当之无愧的证道之人。他不欲人知晓自己的踪迹，别说我们落魄山，或是你们披云山，恐怕就算在穗山山脚，神君周游一样察觉不到。"

魏檗赞叹道："纯阳？这么大的道号，一般人可承受不住。"

他仔细翻检心湖片刻，以心声询问道："我记得黄庭国历史上曾有道士丢掷酒杯入江化作白鹄，与这位道士可有渊源？"

陈平安点头道："正是这位纯阳真人的手笔。当年他与程山长一同乘船游江，酩酊大醉即兴而为，这才有了后来的白鹄江水神娘娘。"

魏檗欲言又止，陈平安摇摇头。

关于这位喜欢游戏人间的纯阳真人，还曾涉及一桩陈年旧事。

老皇历上都是尘封已久的老故事，比如如今住在京城火神庙的封姨就曾有个"燃艾草灼龙女额"的山水典故。再比如昔年百花福地的众多花神曾经求助于一位身负气运的崔姓男子来抵御封姨，而此人也成了大雍朝的开国皇帝，与百花福地一直极有香火情，至今犹有举国簪花的习俗。昔年斩龙一役之初，天下真龙及诸多龙宫水府也曾寄希望于一位得道之士的出手相助，那人正是纯阳吕嵒。

魏檗便不再刨根问底，转而抱怨："那个化名谢狗的小姑娘你打算如何处置？"

一位飞升境圆满的剑修，还是蛮荒妖族出身，每天就这么杵在北岳地界，魏檗都觉得瘆得慌，以至于到现在都没有跟山君府诸司主官泄露天机，说有这么一号人物就在槐黄县城逛荡，免得他们心惊胆战。

陈平安开始撇清关系："她是你那位小陌先生的爱慕者，你跟我抱怨不着。"

魏檗说道："方才我算账算错了，如今山君府处处都要用钱，捉襟见肘，怎一个'穷'字了得，那两千枚谷雨钱，恳请落魄山泉府帮忙垫上，我可以立下一张借据。"

陈平安只得保证道："谢狗那边我来约束，肯定不会由着她乱来，出了任何纰漏，你找我就是了。"

魏檗问道："纯阳真人都在山门口露面了，你还不赶紧去现身待客？"

陈平安笑道："肯定要去的，只是不着急，总得容我陪着魏山君把一碗茶水喝完吧，做人不能太喜新厌旧。"

这就是心里有底，说话硬气了。有小米粒负责待客，哪里需要他这个山主去锦上添花，完全没必要。访客若不是飞升境起步，我们落魄山都不屑搬出右护法。可要是换成陈灵均这个大爷，你看陈平安急不急，保管早就火急火燎跑去落魄山门口了。

陈平安喝过两碗茶水，让魏山君不必相送，潇洒告辞离去，到了落魄山的山门口，吕嵒起身笑道："叨扰。"

双方一起登山，拾级而上，直接去了山巅。

吕嵒开门见山道："有一事相求。"

陈平安也几乎是异口同声，差不多的意思，有事相求。

吕喦笑道："陈山主先说说看。"

陈平安也不客气，说道："可能需要与道长讨要一张火符，品秩越高越好。"

吕喦心中了然："是为了文运火蟒的走水一事？"

陈平安犹豫了一下，问道："我家小暖树道显于黄庭国曹氏芝兰楼，这事莫非与道长有关？"

吕喦抚须笑道："贫道曾经在蜀地画符于一栋书楼的梁柱之上，初衷只是用来庇护书籍，只不过那会儿还不是什么芝兰楼，至于如何一路辗转落入曹氏之手，想来只是随缘而已。"

陈平安作揖致谢，吕喦摆摆手："无须如此。"

吕喦继而问道："文运火蟒走水大不易，天然水火冲突难以调和，陈山主对此可有谋划？"

陈平安笑着点头，刹那之间，吕喦环顾四周，微微一笑。原来他已经置身于一条由陈平安两把本命飞剑造就的光阴长河之中，最奇异之处，在于两岸皆是文字成山，文运盎然，气象不俗。

吕喦说道："凭借这份底蕴，陈暖树将来跻身玉璞境都绰绰有余了，有无贫道的那张火符，差别不大。"

看陈平安一副欲言又止的模样，吕喦笑道："贫道本就是登门求人来的，岂会吝啬一张符箓。"

陈平安好奇问道："不知道长所求何事？"

吕喦说道："护道一场。"

陈平安疑惑道："以晚辈如今的境界，真能胜任？"

吕喦点头道："贫道现在完全不担心陈山主能否胜任，就怕陈山主护道护得太过尽心尽力，贫道自己反而无事可做。"

陈平安问道："道长能否细说护道一事？"

吕喦笑道："不着急，还需等个火候。"

陈平安收回两把本命飞剑，吕喦从袖中取出两张符箓。

陈平安说道："一张就够了。"

吕喦笑道："就当是好事成双，火符送给陈暖树，至于另外一张水符，是送给你们右护法的。"

当初在仙都山青衫渡，黑衣小姑娘紧紧攥着棉布挎包的绳子，因为纠结一袋鱼干到底是拿出来待客还是留给米裕，紧张得满头是汗也浑然不觉。她一直皱着眉头绷着脸，让吕喦哭笑不得，又不好开口劝说对方溪鱼干留着就是了。

陈平安刚好取出养剑葫，吕喦也摘下了腰间那只葫芦瓢，两人对视一笑，大概这就是白也诗篇所谓的山中与幽人，对酌山花开。

吕喦仰头灌了一口自酿酒水："你可知道骊珠洞天这些山脉诸峰的由来？"

陈平安点头道："崔东山曾经说过些内幕。西边群山总计六十二座山头，大半是古蜀地界的山峰迁徙而来，有据可查的有四十多个，我猜测是三山九侯先生的手笔，以后看看有无机会当面询问。但是像我们脚下的落魄山，魏檗那边的披云山，还有那座拥有斩龙台的山头都比较古怪，没有任何文字记录，后者被大骊户部秘档记录为甲六山，于春徽年间封禁，按照我们这边的土话俗称为龙脊山，半山腰处有大片斩龙崖石，来历神秘，可能知晓真正根脚的就只有昔年药铺后院的杨爷爷了。"

吕喦笑道："杨爷爷？你是说那位青童天君？"

青童天君，十二高位神灵之一，昔年掌握一座飞升台的男地仙之祖，却是人族成神。就像一个孤零零的点灯守岁人，在人间守岁足足一万年。

陈平安轻轻点头。如果不是杨爷爷，他活不到今天。有些事情，长大以后可以熬，但是熬不到长大。

其实陈平安原本有很多话想要与这个老人好好聊一聊，与身世和天下大事都无关，就只是些家常话。

生活道路上，少年和年轻人始终前行，好像老人们却已经停步，前者再回头，就只是回忆了。

陈平安至今还清清楚楚地记得第一次见到杨爷爷，是年幼时蹲在药铺门外，等了片刻，没有等到扫帚砸在脑袋上，仰起头，看到了那个神色严肃的老人。

"买东西给钱，生意人赚钱，是天经地义的事情……我先赊给你，但是你以后得还钱，一分一毫也不许欠铺子的。"

最后老人问孩子听不听得懂，孩子站起身，懵懵懂懂，只是递出那只始终紧紧攥在左手的钱袋子。

吕喦举目远眺，视线一路绵延而去，远如山脉。不管如何物是人非，山河风景变化倒是不大。他感慨道："昔年我经常游历古蜀地界，只记得蜀天夜多雨，蛟龙生焉，剑光与风雨同起落，蔚为壮观。只说那座龙脊山，如果我没有记错的话，最早位于古蜀边境，曾有洞天名为括苍洞，依山傍海，蟠结斩如刻，上有倒挂仙，疑是帝所谪，快意雄风海上来。此山古名颇多，有真隐、天鼻、风车、寮灯等，可惜后被剑仙与蛟龙厮杀摧破。最早山脉一路绵延入海，可与某座海底龙宫气息衔接。

"红烛镇有条冲澹江，水性极烈，湍悍浑浊，我如今这瓢葫芦酒就是用那边的江心水酿造而成。在上古时代，经常白昼雷霆，与如今的禺州相呼应，所以如今地方县志上所谓'此水通海气'，并非穿凿附会之语。那个在小镇开书铺的水神李锦其实就是上古龙种之一,只不过可能李锦都不清楚自己的出身,一直误以为是骊珠洞天的龙气流溢,散入冲澹江,他才得以开窍炼形,或是被上古仙人以龙王篓带离骊珠洞天,实则不然。

"至于后世被剑修拿来砥砺剑锋、奉为至宝的斩龙台,其实就是字面意思。远古天庭两座行刑台之一的斩龙台,在登天一役被剑修斩碎,坠落人间,四散天地间,龙脊山石崖就是最大的一块,古蜀地界因此蛟龙繁衍,剑修亦多。剑气长城那边也有一块,如果贫道没有记错的话,就是你那位道侣的家藏?

"斩龙之人陈清流就曾在括苍洞之内炼剑多年,那里可算是他的证道飞升之地。后来所谓的蝉蜕洞天,其实只是括苍洞的一部分,就相当于你们落魄山的霁色峰。他在蝉蜕洞天内一口气斩杀了订立生死状的十四位剑修,其中上五境就有八个,包含两个仙人境和六个元婴境。虽然境界不高,但是每一位剑修的本命飞剑的神通都极适合围杀。元婴境剑修杀力高低如何,配合飞剑本命神通,围杀效果又会如何,你来自剑气长城,应该最清楚不过了,结果仍是被陈清流反杀殆尽。经此一役,宝瓶洲断了十余条剑脉法统,由于陈清流是别洲人氏,宝瓶洲的剑道气运就开始一蹶不振了。"

这位在两座天下萍踪聚散不定的纯阳真人博古通今,诸多典故娓娓道来,云淡风轻。

人生路上,我们好像都是在翻书看他人,不知何时才能成为他人仔细、反复翻阅的书籍。

记得郑大风曾经说过一个道理:一个人如果到了四十岁还不信命,要么是实在命好,要么就是不开窍。不说荤话时的大风兄弟除了模样丑一点,兜里钱少了点,还是很有几分独到风采的。

陈平安诚挚道:"老话说得好,家有一老,如有一宝。将来等到吕前辈成功出关,不知能否恳请前辈为一洲修道之人设法坛传道业? 至于地点,无论是落魄山、披云山,还是南涧国神诰宗、黄粱派娄山,或是宝瓶洲任何一地,都是无所谓的。"

毕竟这位纯阳真人,严格意义上说来,就是宝瓶洲的自家人。

吕嵒对此不置可否,只是笑问道:"自家人不说两家话,先有蝉蜕洞天一役,后来又有斩龙一役,贫道既然是宝瓶洲本土修士,又与诸多龙宫颇有缘法,为何两次都没有出手,陈山主难道就不好奇?"

陈平安提起养剑葫,与吕嵒那只紫气萦绕的葫芦瓢轻轻一磕,如碰酒杯,只是给了个含糊其词的说法:"红尘历练,修真我证纯阳,不昧因果。"

各自饮酒,陈平安擦了擦嘴角,吕嵒会心一笑:"言而当,知也。默而当,亦知也。"

陈平安突然笑道:"先前拜访衣带峰,听一位老前辈说修行事,不过就是心关独过,大家都好。"

吕嵒点头道:"修行是自家事,若是以天地为家呢?"

陈平安沉默片刻,问道:"吕前辈接下来要游历何方?"

吕喦说道:"打算走一趟俱芦洲。贫道曾与白骨真人同游白玉京青翠城,此外别有一番境遇,算是欠了陆掌教一份人情。

"贺小凉作为陆掌教新收的弟子,成为一宗之主,一路攀至当下的仙人境,因为她自身福缘深厚,修道资质够好,所以都算轻松。此次剑仙白裳以闭关作饵,贺小凉性格外柔内刚,一着不慎就会咬钩,想必生死无忧,但是以白裳的行事风格,这种自行咬钩之鱼再被他抛入水中时,鱼儿肯定是要吃大苦头的,只是碍于陆掌教和天君谢实的面子,会留她一命,却肯定会伤及她的大道根本,跌一境至玉璞是跑不掉的,加上刚好能够让贺小凉错过即将到来的这桩机缘,以后贺小凉再想按部就班跻身飞升境就不容易了。

"贺小凉光有一个师兄曹溶,最多再加上顾清崧,即便他们三人联手,对上一位闭关即可出关的飞升境剑修还是十分勉强。如此涉险行事,太过托大了,所以贫道打算离开落魄山后就去北边看看。"

陈平安点头道:"贺小凉一定会去找白裳的麻烦。"

吕喦笑着打趣:"陈山主,你能够与陆掌教产生这么多的因果纠缠,看遍历史,屈指可数。只说这一点,就足以自傲了。"

陈平安点点头,沉声道:"这些年看了些佛家典籍,经律论之外,其余公案评唱拈古颂古,洋洋洒洒不下八千,然后我就发现一件事,历代高僧引用陆沉著作中典故的次数,甚至要比引用所有儒家圣贤加在一起的次数还多。所以不管小看谁,都不能小看这位陆掌教。"

吕喦点头道:"我们外人再高看陆沉,也未必就是陆沉的真正高度。"

他又突然问道:"就不问问看为何会提及这西边诸山的由来,莫非贫道就只是与陈山主显摆自己见多识广?"

陈平安思量片刻,试探性问道:"是在提醒晚辈,这也是一种广义上的'道化'?"

吕喦点头道:"这可能就是道门与佛家的根柢差异之一。"

陈平安微皱眉头,继而心中豁然,只是又起疑惑,毕竟大乘佛教亦有"无众生不得成佛"一语,刚想言语,吕喦便笑道:"这只是后世祖师禅的调和法之一,与更早的如来禅关系不大。"

崔前辈曾经给过一个说法:纯粹武夫,七境八境死家乡,九境山巅死本国,十境止境死本洲。而这位道号纯阳的吕祖,曾经已经一只脚跨入十四境门槛却自己退出门外的道门真人,当初选择远游青冥天下就很好解释了,只需将前理反推即可。

一直在偷听山顶对话的某位貂帽少女晕乎乎的:你们到底在聊个啥?

陈平安深吸一口气,收起养剑葫,侧过身,拱手抱拳,神色肃穆道:"晚辈倒是有一大问,斗胆与前辈请教。"

吕喦面带微笑，摆摆手，示意陈平安法不传六耳。

陈平安心中悚然，竟然没有丝毫察觉到谢狗在偷听，因为他方才在山顶设置了一道类似袖珍剑阵的禁制。

吕喦双指并拢，看似随意地轻轻一推，便有一缕并未成剑气的粹然剑意与天地融合，回到登山道上。与此同时，山路那边亦有一缕隐蔽剑气被谢狗伸手推回山顶。

吕喦调侃道："你们两个算不算礼尚往来？"

陈平安略显尴尬。

吕喦正色道："你在桐叶洲是不是已经两次试图跻身玉璞境未果？"

陈平安点头道："心魔出乎意料，我怎么都没有想到会以这种方式出现，第一次是措手不及，第二次是自以为能够凭借包括《祈雨篇》在内的六种解决方案跻身，结果还是不成。"

吕喦笑道："绣虎确实给你出了个不小的难题。"

陈平安苦笑道："浩然天下如果因为我的重返家乡，因为我的隐官身份而提起剑气长城，就需要一个上五境的末代隐官。"

所以当年造化窟一觉醒来，在剑气长城都还是元婴境的陈平安就莫名其妙成了玉璞境。

这其实是崔瀺给了陈平安一个介于真伪之间的玉璞境。说真，在于陈平安的确属于靠打破自身瓶颈跻身的玉璞，只不过陈平安自己忘记了那个具体过程而已；说伪，则是陈平安的心路，因为被崔瀺抹掉记忆，出现了一段空白，长远来看，就是极大隐患。不过崔瀺的解决方案再简单不过：等着未来的师弟自己跌境再重返玉璞即可。至于这一跌再返间会不会横生枝节，引发道高一尺魔高一丈，崔瀺大概是全然无所谓的。在他看来，如果连这种小事都处理不好，就不用去青冥天下自取其辱了。

吕喦也不细问心魔为何，只是提醒陈平安再慎重些，不要急于恢复玉璞境，然后很快就岔开话题："毕竟人言可畏，众口铄金，崔先生的做法无可厚非，剑气长城的末代隐官是不是玉璞境剑修是一道分水岭。是，提到陈平安便多是溢美之词，最坏顶多调侃几句，捏着鼻子说你年轻有为，老大剑仙敢于用人，可若你只是元婴，浩然天下对你个人，甚至对整个剑气长城的观感就要变了。"

世事繁多，生活不易，多是看过一个热闹再等下个热闹而已，哪有闲工夫去求个究竟。人心不古，古人之心，就在于求学不易，得了一两个道理，就愿意开掘极深。当然，今人也有今人的优势和长处，这就是两条道路了。古人从一到万，反证其一，就像道门所谓的人法地，地法天，道法自然；今人从万到一，就像佛家所说的法门无量誓愿学，最终得见不二法门。先生就曾感慨："要说书上的道理和学识，只谈广度不提深度的话，岂是前贤能比的？那么是不是现在随便从书院拎出个读书人，再丢到万年之前，估计都能让当初那拨书生一个个跑来虚心求教?"

陈平安点点头。他当然能够理解这种差别,只是这里边的艰辛,可谓有苦自知。陈平安甚至猜测,当下试图打破的元婴境瓶颈遇到的那个心魔,极有可能,本该是自己在飞升境后,再试图跻身十四境,才会遇到的某种心关。

吕喦笑道:"陈山主有个好师兄啊。"

陈平安无言以对。

吕喦重新别好葫芦瓢,转头瞥了眼北方,略带几分讥讽道:"塞翁失马,焉知非福。白裳与那田婉暗中勾结,试图操控一洲剑道气运流转,也就是最终未能得逞,不然贫道如今重返宝瓶洲,可不介意什么飞升境的剑修,什么邹子师妹的身份。"

贫道又不是吃素的。

连同谢狗在内，先前与纯阳真人同桌喝茶的这拨人其实在陈平安他们率先登山后，觉得喝茶也喝饱了，就也开始登山赏景。

只有岑鸳机继续练拳走桩，反而要比仙尉、周米粒他们速度更快。这么多年过去了，千篇一律的走桩她也不觉枯燥乏味，今日被那位纯阳真人道破天机，就更有斗志了。

朱衣童子骑乘在白花蛇之上，头一遭翻山越岭不累人：不算违禁之举喽。陈山主与那外乡道士登山之前，约莫是怜惜自己劳苦功高，闲聊许久，还专门降下一道法旨，允许自己与白虹一同登山游玩，以后再来落魄山点卯，仙尉道长都不会拦阻。

朱衣童子到底是讲江湖义气的，硬着头皮将那条棋墩山白花蛇引荐给山主大人。上次与陈山主一起赶路返回落魄山，都没来得及正儿八经介绍白虹，结果今天得知白花蛇暂名白虹之后，陈山主还很是表扬了一番，说取名本事不小，因为依循儒家《礼记·月令》篇记载，季春之月，也就是暮春时分，一年春天的尾巴上，自古有那"虹始见，萍始生"的说法。虹为天地二气交汇、阴阳激耀生成，凡日旁气色白而纯者，即为虹。

白花蛇早已开窍通灵，闻言大喜，只是暂时还无法出声言语，连忙晃了晃头颅。朱衣童子心领神会："山主大人，白虹想要用这个真名。它特别喜欢，只是如今被外人点破了，又非它亲自取名，若是拿来作为真名，有无山上忌讳，会不会无法获得天地封正认可，反而经常遭天谴挨雷劈啊？"

陈平安当时笑望向身边的纯阳真人，吕喦抚须点头，笑言："山中精怪取名不易，既不可真名过大，承载不住，反受其咎，也不可过小，最好还要与一地山水相契合。若是你不担心落魄山有人泄露天机，最后闹得路人皆知你的真名，那么叫白虹倒也无妨。"

陈平安便拱手笑道："落魄山陈平安在此预祝白虹道友炼形成功。"

吕喦单手掐剑诀，微笑道："虹洞青天，阴阳耀日，壮士挺剑，气激白虹。纯阳吕喦，预祝白虹道友成功炼形，修行顺遂。"

一直冷眼旁观的谢狗啧啧称奇。一条比蝼蚁都不如的白花蛇，三言两语就赚取了一份好大造化。

白虹这个名字是朱衣童子随口胡诌而来，再到陈平安牵线搭桥，有意让纯阳真人顺水推舟给出答案，最终由吕喦亲口认可白虹堪为真名。这就像青冥天下道门法统的符箓与符印之别，一张符箓之上加盖一方真人法印，便可威力暴增。

符箓执掌于法官之手，如一座衙署内的胥吏，真人仙君如统领众人的一衙主官，加盖官印的法令才可颁布，名正言顺。冥冥之中，这条棋墩山白花蛇的真名一事，就像纯阳真人来做主钤印，落魄山陈平安担任见证人，陪同签名画押，为次。

这里边藏着弯来绕去好些学问呢，就这么件小事，谢狗就可以看出陈平安这家伙心思有多重，城府有多深。呵，也难怪如今蛮荒天下那几个补缺王座的飞升境都对年轻隐官念念不忘，总想着文庙亚圣都能够从青冥天下拐来个元婴，白泽怎么不干脆从浩然天下将那陈平安套了麻袋，再丢到脂粉窟里？英雄难过美人关，生米煮成熟饭，可不就是自家人了。

在谢狗悄然收拢那缕剑气之时，道号赤诚的朱衣童子盘腿坐在白花蛇的背脊上，很有几分睥睨天下的气势，不由得感慨道："仙尉道长，你官儿不大，偏偏规矩最多。再看看我们陈山主，多和蔼多亲切，万事好商量，你这个当看门人的就不惭愧吗？"

仙尉没好气道："我惭愧什么，宰相门前三品官，职责所在，平时不难缠点，难道就任由阿猫阿狗随便登山吗？当大官的确实表面上都平易近人，和蔼可亲，那是因为跟你根本犯不着如何疾言厉色。等你再升几级，有机会跟陈山主多接触了，就会明白一个道理。"

朱衣童子蔫儿坏，已经准备好小账簿了，却故意满脸讶异，催促道："哦？啥道理，怎么讲，等我官当得大了就会如何？"

仙尉说道："就会发现，我们山主是真的平易近人。"

朱衣童子未能得逞，朝仙尉竖起大拇指。

谢狗翻了个白眼：乖乖，落魄山风气真是可以。

那条早就能够炼就人形却迟迟不肯炼形的骑龙巷左护法屁颠屁颠地跟在谢狗身边。它怕裴钱是有一百个理由的，往事不堪回首。但是它自然而然就亲近这个貂帽少女，却像是毫无道理的事情，不然总不能是因为对方名字里边有个"狗"字吧？

谢狗来到山顶，瞧见了栏杆旁的那两个身影，就想凑近多聊几句——主要还是那个道号纯阳的道士让谢狗觉得不简单，很不简单，她得问问对方是否去过火阳宫。

各座天下、福地的明月各异，后世大修士都可以建造长久道场，即便是在万年之前，也有无数月户得以跻身其中，唯独在一轮轮大日之中，万年以来，从无任何一位修士敢说自己是主人，境界高如白景，在蛮荒天下的那轮骄阳之中，依旧都只能算是暂住。

这就涉及一桩内幕，因为即便日月皆是某尊高位神灵摹拓而成，但是后者更趋于实相，前者却更为玄妙，数量在天外不计其数，但是最大的玄妙就在于所有悬空太虚中的大日都可以通往那座唯一的火阳宫。即便旧天庭成了遗址，这座宫殿依旧存在，且完好无损。只是不同修士去往同一座火阳宫，都好像被自动分流到不同光阴长河的河段内。唯一勉强可以称为共同点的地方，就是后世修士踏足火阳宫都不曾碰到过那位真正的主人，相信也没有谁愿意见到对方。

人间避暑地，天上广寒殿，混沌凿开元气窟，老龙独占水精宫。

龙宫水府皆喜好构建水精宫，人间三伏节，此地十分秋，故而被仙家誉为清凉国。而那座丹霄绛阙火阳宫，如今被道家说成了帝室之一，在谢狗看来，也不算胡说八道。至于上古龙族，是否证道的门槛之一，就是能否去火阳宫听真人传授道法。谢狗看得出来，这个吕喦，与上古蛟龙渊源不浅。

周米粒见谢狗挪步，好像要去好人山主那边，赶忙拦路，又觉得不太妥当，就赶紧侧过身，轻轻扯住谢狗的袖子，压低嗓音，神色着急道："谢姑娘，好人山主要与吕老神仙谈正事，你等会儿再去，不急不急，稍等稍等。"

谢狗抖了抖手，然后双臂环胸，转头看着这个跟白发童子差不多个头的小水怪："右护法好大的官威啊。"

周米粒挠挠脸。

陈平安也是双臂环胸的姿态，背靠栏杆，看着那个好像记性不太好的貂帽少女。

黄帽青鞋绿竹杖的小陌凭空出现在谢狗身边，先与纯阳真人点头致意，再伸手按住谢狗的肩膀，力道不轻，出声提醒道："谢狗！"

谢狗抬起手，就要去摸小陌的手背，结果小陌立即抬起手肘抵住脸颊。谢狗不怒反喜，咧嘴嘿嘿一笑，使劲歪头，含糊不清道："你来了啊，我跟右护法闹着玩呢。"

周米粒咧嘴而笑，使劲点头："是啊是啊，我俩闹着玩呢，哈哈。小陌先生，你的道侣谢姑娘两颊酡红可喜庆，个儿还挺高哩。"

小陌收回手，揉了揉眉心，不知该如何跟周米粒解释自己跟白景的关系。

陈平安朝周米粒招招手，周米粒飞快跑过去，一个站定。

陈平安掏出那张暂不知名的水符，笑道："是吕前辈送你的，别客气，收下吧。"

周米粒一脸难为情，与吕老神仙鞠躬致谢，连忙打开棉布挎包，小心翼翼将那张符篆请入自家"祖师堂"内。了不得了不得,麾下又得一员大将!

吕喦捻须笑道:"此符名为龙门,是贫道独创,算不得什么化腐朽为神奇的大符,就是将来去白帝城,凭借此符可以直接进入黄河小洞天。"

小陌笑了笑。这要是还不算大符,天底下的大符就太少了。不愧是一位被公子敬称为"吕祖"的得道高人,还能够与至圣先师一起现身镇妖楼。

谢狗幽幽叹息一声。要说羡慕,倒也不至于,一张可以让天下水裔直接跨过那道龙门的符箓而已。可问题是这张符箓之中蕴藉着"纯阳"二字真意,如……两尊门神,小水怪手持此符,遇到紧要关头,越是山巅修士越知晓轻重利害,无异于遥遥与这位纯阳真人问道或是问剑嘛,后果自负。

周米粒笑得合不拢嘴:暖树姐姐,景清景清,泓下供奉,云子……珍贵符箓只有一张,好像不够分。

陈平安伸手按住她的小脑袋,笑道:"别想着送人,自己留着用。"

周米粒拍了拍棉布挎包,开心道:"要是不送人,就不舍得用,要好好珍藏的!"

先前在青衫渡,一大一小嗑瓜子,黑衣小姑娘坐在石头上,优哉游哉晃着脚丫,陪客人一起闲聊。落魄山和青萍剑宗的事情是绝对不多说半句的,她的江湖经验老到得很嘞,只是担心那位前辈觉得无聊,所以就聊了些自己的小事,无非是看崖外胖胖瘦瘦朵朵白云路过家门口,就帮它们一一取个名字之类的。纯阳真人便笑着说门外荣辱排队过,困穷之后福跟随,家教门风之所以重要,就是可以让人吃得住苦,接得住福。小姑娘觉得很有道理,轻轻鼓掌,然后就试探性地说:"纯阳仙长,我有个朋友,只是山上的朋友啊。她的境界太低了,但是山头又很大,所以我这个朋友出门在外,总是胆子跟本事一样小,咋个办……"

此刻谢狗站在小陌身边,一本正经道:"小陌,我在路边行亭跟你家公子偶遇,聊得贼好,他还主动请我喝了一壶酒呢。这可不是我瞎编胡造的,你要是不信,等会儿可以自己问你家公子去。他还邀请我回落魄山呢,不然就我的风骨和犟脾气,能自个儿跑回来自讨没趣?在行亭里边……对了,小陌你别误会啊,千万别多想,虽说是孤男寡女,但你信不过我,也要信得过你家公子嘛。总之,我觉得山主这个人真不错,值得仰慕。家境出身是差了点,但书上不是说了个道理,无限朱门生饿殍,几多白屋出公卿?看看福禄街和桃叶巷那边好些个高门子弟,也就跟小富小贵稍微沾点边就不拿正眼瞧人了,想来前程有限。但是咱们山主不一样啊,都这般凭本事挣来个家大业大了,还是不动如山的,年纪轻轻,稳重,必定厚福无疆!

"我算是琢磨出个道理来了,天底下真正聪明子,言语木讷优容,深计远虑,所以不穷!小陌,你挑人的眼光不孬,这就证明我挑人的眼光更好。对了小陌,我最近读书勤快,学问暴涨,才情如泉涌,挡都挡不住,你听听看,给点评点评。事先说好,亦诗亦词,如那苏子写词,别开生面,条框是绝对拘不住人的,也学你家公子,格律暂且搁一边。有道是:'客子光阴诗卷里,彩笔题桐叶,佳句问平安。杏花消息雨声中,又逢新年春,更有好花枝!'你要是喜欢就拿去用,诗词中嵌有'平安'二字,你家公子听了肯定喜欢……"

小陌一开始是打算装聋作哑的,越听到后边越别扭,实在是忍不了,黑着脸说道:"你到底要从朱先生那边剽窃多少学问?!"

谢狗学周米粒挠挠脸,干笑道:"文字就那么多,我们读书人抄东抄西的,都是相互借学问不用还的,咋个能叫剽窃呢?"

一个双手负后的佝偻老人笑眯眯刚走上台阶,驻足片刻,听到谢狗最后那句话,就立即退回去,打道回府,溜之大吉。

周米粒眼尖,看到了老厨子的身影,立即与好人山主和纯阳仙长告辞一声,中途再与小陌先生打了声招呼,一路飞快跑到朱敛身边,一起走下台阶。她拍了拍棉布挎包,再伸手挡在嘴边,小声说道:"老厨子,有宝贝。"

朱敛忍住笑问道:"啥宝贝,能吃吗?"

周米粒双脚并拢,蹦跳着下台阶,哈哈笑道:"猜个谜语,走路嚣张,妖魔心慌!"

朱敛恍然大悟:"原来是一张宝塔镇妖符啊。"

周米粒嘿嘿笑道:"不一样,我这张叫龙门符。裴钱可宝贝她那张宝塔镇妖符啦,以前我想要见一面都难哩。"

朱敛笑着点头。当年的小黑炭,一遇到害怕的事情就喜欢往自己脑门上贴符箓壮胆,不然就是走累了,拿出那张符箓,啪一下,美其名曰给自己增加了至少一甲子内功:"我脑门上顶着一栋宅子,大摇大摆行走江湖,走路怎么会累呢? 跟在师父身边,一起翻山越岭,腾云驾雾!"

对啊,怎么就长大了呢?

朱敛带着周米粒来到一栋宅子外边,敲门而入。庭院内有人正在练习剑炉立桩,睁开眼,笑道:"朱先生,右护法。"

朱敛点点头,神色玩味道:"赵树下,从明天起,你终于要拜真佛了。"

赵树下听得一头雾水,周米粒嘴唇微动,提醒赵树下那个答案。因为来时路上,老厨子跟她说了,好人山主要正式以师父身份,人生第一次真正意义上为弟子教拳了。

赵树下瞬间紧张起来。

朱敛笑道:"赵树下,紧张就对了,毕竟小三十年内有资格在竹楼二楼学拳的只有三人,我相信以后也多不到哪里去,甚至说不定你就是最后一个,所以要好好珍惜。"

三人学拳于竹楼二楼,陈平安、裴钱、赵树下。

陈平安和裴钱先后与崔诚学拳,从明天起,赵树下就会与陈平安学拳。

竹楼二楼,教拳与学拳,总计四位纯粹武夫,结果就有三位止境大宗师!

朱敛有一种直觉，眼前的赵树下就会是山主陈平安在拳法一道的关门弟子。

春日树发花如锦，山中黄鹂成群忽起忽落。

吕喦微笑道："落魄山作为一座宗门，谱牒修士是少了点。"

明明拥有十多个藩属山头，山多人少，也是奇事。

印象中，俱芦洲那边，火龙真人的趴地峰在浩然宗门中已算人少的仙家道统了，依旧拥有四条道脉。太霞李好一脉历来擅长除妖役鬼，涉世最深，桃山一脉的道牒修士精通雷法，白云一脉练气士擅长符阵，袁灵殿的指玄一脉属于道门剑仙流派，四条法脉加在一起，百多号谱牒道士肯定是有的。反观落魄山，一直没有那种寻常仙府的大规模开枝散叶，可能在收徒一事上，祖师堂成员，各自门槛都不低。

陈平安笑道："崔东山的青萍剑宗可能过不了几年，人数就会翻几番。有枣没枣打三竿，我们崔宗主志向远大，扬言以后每逢下宗观礼上宗，浩浩荡荡跨洲祭祖，在人数上必须胜过落魄山，绝对不能输了气势。"

之后吕喦主动说要去霁色峰祖师堂敬香，陈平安虽然有几分意外，终究不会拒绝这种好事。吕喦笑言在青冥天下云游时曾经有幸旁观过几次三教辩论，多是听得想要打瞌睡的，但是文圣参加的那次最为精彩，很提神。

只是他们刚要挪步，就有个手持书册和鸡距笔、腰悬龙泉剑宗剑符的白发童子火急火燎御风而至。

先前隐官老祖准许由她这个杂役弟子来编订年谱，那么记录贵客登门，亦是编谱官职责所在。至于这个编谱官，当然是白发童子自封的官衔，就跟小水怪的那个巡山使节是一样的。

方才在骑龙巷，这只化外天魔就察觉到了落魄山次峰山巅的异象，吓了一大跳，急匆匆跑到骑龙巷台阶顶部，施展一门岁除宫秘传的望气术，瞪大眼睛远眺落魄山。只见一层层赤红色光晕漾开，即便只是远远看着，也觉得置身于一座数条火龙盘旋的熔炉中。一番天人交战过后，笭箵还是硬着头皮赶来了落魄山——为了当好编谱官，真是把命都豁出去了，好个新官上任三把火！

吕喦看了眼笭箵，颇为讶异：槐黄县城内竟然藏着一只飞升境的化外天魔？不犯文庙忌讳吗？不过吕喦很快就释然：文庙应该早就知晓此事了，选择睁一只眼闭一只眼而已。何况陈平安有崔瀺这种师兄帮忙护道，再有老秀才这样的先生在文庙恢复了神像位置，就算有谁揪着这种事情不放，想必也掀不起风浪。

陈平安以心声道："一言难尽。"

吕喦点点头。家家有本难念的经，自己一个外人就不多问了。

文庙之所以选择默认，主要还是因为这只化外天魔来自剑气长城。儒家三位正副教主、学宫祭酒和众多文庙陪祀圣贤也许可以不给一位年轻隐官面子，但必须给老大剑仙面子。

箜篌见着吕喦后神色越发慌张，就像自个儿跳入炼丹炉里转圈，悔青了肠子：不该来的，绝对不该来的。这个道士不知修行了什么神通，竟然能够天然压胜化外天魔。吕喦只得刻意归拢一身道法，凝为一粒精粹至极的真阳，盘踞栖息在一处本命窍穴内，身上道袍不易察觉地出现了一阵涟漪。箜篌瞬间如释重负，拗着性子道了一声谢。

陈平安笑着介绍道："这位吕真人道号纯阳，是我们宝瓶洲本土修士出身。吕前辈，她叫箜篌，暂时没有加入雾色峰谱牒，在骑龙巷帮忙，如今负责编订山头年谱。"

在祖师堂敬过香后，陈平安走出大门，发现除了正横出一只手按住谢狗脑袋的小陌，箜篌和仙尉也都赶来凑热闹了。陈平安关上门，收起钥匙入袖，箜篌笑嘻嘻解释说恰逢盛会，得留个纪念，她编撰的这部年谱得跟一般宗门的年谱区分开来。陈平安听得茫然，也就没有着急说同意与否，心里犯嘀咕：纪念？编写年谱是一件很严肃的事情，这家伙还想如何作妖不成？箜篌就说自己其实是一个隐藏极深的山水画家，难得大伙儿都聚在雾色峰，不如就以祖师堂为背景，留下一幅类似雅集的传世名画。如此一来，年谱就生动了，某年某月某日，山主与贵客纯阳真人于雾色峰祖师堂外，再加上供奉小陌、看门人仙尉等等，共在一幅山水画卷中。

陈平安笑眯眯道："年谱带画，除了文字记录还有插图，而且还是彩绘的，是吧？这就是你所谓的不一样？"

他已经后悔让这个家伙主持年谱编订一事了。嗯，下次祖师堂议事正式召开之前，得先跟朱敛、暖树、小米粒他们几个通个气——山主亲自举荐你担任这个职务，结果只有山主一人点头，不顶用啊。

谢狗放弃纠缠小陌，双手扶正貂帽，拍了拍脸颊，高声附和道："好，这个主意好，我要站在小陌身边。"

不承想吕喦捻须笑道："在一座祖师堂前作画留念，还会被编入年谱，头一遭的新鲜事，贫道倒是觉得不错。"

箜篌感激涕零，抽了抽鼻子。终于遇到知己了！纯阳道长人真好，难怪道行修为这么高，先捞个十四境，再来咱们雾色峰当个挂名的副山主得了。

陈平安只得顺了箜篌的意，只不过箜篌是主谋，也别想跑。

箜篌先让五人站成一排，自个儿先走到对面去，在那儿掐诀步罡，蹦蹦跳跳哼哼哈哈的，看得陈平安直绷脸：你搁那儿作法呢？

眼见隐官老祖神色不悦，箜篌赶忙站定，双手气沉丹田，再一个手腕拧转，原地出现了一个身形缥缈不见真容的女子身影。她左手一抹，摊开一幅雪白画卷，再提起右边的袖子，右手持一支萦绕五彩琉璃色的彩笔，要开始作画了。

陈平安面无表情:还挺像回事。

画卷中,山主陈平安和客人吕喦一起站在中间,左右两边依次是小陌和谢狗,仙尉和箜篌。

持彩笔女子在落笔之前一再端详了众人,抬起头,嗓音清灵,笑道:"山主大人别板着脸啊,稍微给点笑意……嗯,还是不够真诚,要发自内心……对了,双手插袖显得太懒散了,双手负后又过于倨傲了点,不如双手叠放……算了算了,两条胳膊还是自然垂落吧……别急眼啊,你看旁边纯阳道长就很好,气定神闲,秉拂背剑,果然仙风道骨。

"仙尉道长你是不是太紧张了?赶紧地,把额头汗水擦一擦,又不会张贴到槐黄县城的大街小巷,别太拘谨了,深呼吸……嗯,现在就好多了。

"我的好箜篌,别笑得那么不淑女,把嘴巴合拢一下,要吃人吗?

"谢狗!不许踮脚尖!脑袋摆正,别一个劲往小陌怀里钻!双臂环胸的姿势也成,就是脑袋再低一点,都鼻孔朝天了。

"小陌,你是不用肩靠肩紧挨着谢狗,可也别推她嘛。"

这一天,是大骊淳平六年,正月二十二。

落魄山雾色峰祖师堂广场。

山主陈平安,头别白玉簪,青衫长褂布鞋。

落魄山看门人,道士年景,道号仙尉,身穿一件棉布道袍,脚踩蹑云履。

散仙吕喦,道号纯阳。

供奉小陌,黄帽青鞋绿竹杖,化名陌生,道号喜烛。

貂帽少女,如今化名谢狗,曾经用过的道号有一大串,白景、朝晕、外景、耀灵等。

白发童子,化外天魔,化名箜篌,真名天然。

总计六位,其中一位止境武夫,四位飞升境,还有个下五境的假冒道士。

等到箜篌与那收起彩笔的女子重叠为一,陈平安就与吕喦一起下山,小陌默默跟在他们身后。

谢狗来到箜篌身边,使了个眼色。

箜篌鼻子不是鼻子眼睛不是眼睛的:"干吗呢?"

谢狗伸出手:"别跟我装傻,麻溜儿的,赶紧裁剪一下,画卷上边只需要有我跟小陌就足够了,送我一幅,留作纪念。"

箜篌双臂环胸,冷哼一声:"这种山水画卷,以你的境界,还不是想要怎么画就怎么画,跟我求个什么?"

谢狗眼神瞬间冷漠,盯着这个白头发矮冬瓜片刻。

箜篌歪着脑袋,伸长脖子,示意对方有本事就往这儿砍。

有隐官老祖在,我还怕你不成?飞升境圆满剑修?厉害啊,哎哟喂,真是吓死个人了……哈哈,我又不是人。

谢狗蓦然而笑,破天荒露出几分谄媚神色,低头搓手,小声道:"咋个能一样嘛,咱俩好姐妹,有啥不可以商量的? 要钱是吧? 说吧,开个价,几枚雪花钱?"

箜篌伸手拍打心口,故作惊悚状,嘴上言语得寸进尺:"也不知道方才是谁想要用眼神杀人哩。"

谢狗嘴角抽搐,笑哈哈道:"大人有大量,宰相肚里能撑船,跟我一个豆蔻少女计较什么?"

箜篌还想说几句,谢狗故意转头看了一眼,自言自语:"他们仨走得有点远了。"

箜篌的脸蛋立时笑成花儿,从袖中摸出一幅裁剪过的小品画,工笔写意相参,勾勒点染精妙老到,笔法极具宫廷院体画的神意,画中果真只有并肩而立的谢狗和小陌,只是不知何时,画上还有了新添的落款署名。箜篌抬起头,眼神诚挚道:"谢姐姐,装裱一事,需不需要代劳?"

谢狗手持卷轴,一手重重拍在箜篌的肩膀上,神采奕奕道:"算我欠你一份人情,以后帮你砍人!"

下山途中,陈平安问道:"吕前辈,青冥天下的奇人异士数量比之浩然天下,是多是少?"

吕喦笑道:"奇人异士? 如何定义? 所以这个就很难说了。如果只说境界,两座天下山巅修士的数量暂时差距不大,只是接下来百年之内会很乱,某些飞升境得大机缘跻身十四境有之,老的新的十四境修士放开手脚杀飞升亦有之,而趁着时局未定,飞升境之间抓紧机会了断旧怨或是你争我抢再起新仇的,相信只会更多。

"原本最为尊崇纯粹自由的蛮荒天下因为多出一个白泽,反而可能是相对最稳定的。我听说西方佛国那边主张看念头一脉的禅师与持戒严谨的佛门律师一派都快要演变成势同水火的处境了,再加上密宗与禅宗,以及禅宗内部对历史上某位著名高僧的法统归属异议很大,以至于各自编撰祖谱,都想要将其划拨到自身法统谱牒之内。这直接涉及两支佛门显著禅系的位置,到底应该坐在哪边,自然不是什么小事。至于历史久远的那场经教之争,最近千年,虽然佛门龙象一直试图模糊其界线,但是分歧依旧不小。贫道游历多年的青冥天下,'天下苦余斗久矣'这个修士前些年只敢放在心里的看法,好似水落石出一般,变成了一个说法,开始逐渐流转于十四州道官中,白玉京那边好像也没有刻意弹压这种议论,已经有了野火燎原的势头——你要知道,当下可不是陆掌教坐镇白玉京,而是余斗本人。

"放心,不管怎么说,贫道这样的,往前三千年,往后三千年,都是屈指可数的。"

临近山脚,吕喦说道:"陈山主不必继续送了。"

陈平安便停下脚步。

吕喦微笑道："流水千年，随山万转，入庙烧香，出了山门，还需各自修行。"

陈平安点头道："山下百年，人有万年心，山上修士动辄长寿百年千年，所谓修行，只此一心。"

吕喦问道："没有收到邀请？"

陈平安无奈道："就算邀请了，我也不敢去，谁来劝说都不会答应。"

吕喦说道："这是因为你还不曾真正说服自己，所以说道理太多也不好。白骨真人曾经有个比喻，就像打群架，养蛊。"

陈平安思量片刻："好比喻。"

吕喦打了个稽首，说道："下次再见，就有劳陈山主帮忙护道一程了。"

陈平安拱手还礼："定当尽心尽力，不负前辈所托。"

吕喦以拂尘指了指山顶："方才箜篌道友曾以心声言语，邀请贫道担任你们落魄山的副山主，还口口声声说是她自己的意思，与山主绝对无关。这算不算一脉相承，甭管有枣没枣，先打三竿试试看？"

陈平安笑容尴尬，只得再次拱手："多有冒犯，我替箜篌与前辈赔礼。"

吕喦摆摆手："习惯就好。"

陈平安以心声问道："敢问前辈，青冥天下的林江仙，拳法如何？"

吕喦微笑道："这位林师，拳法极高，剑术更高。"

陈平安就不再多问。

吕喦说道："送出一张火符，贫道与陈暖树的机缘就算告一段落，所幸还算善始善终。至于将来缘法如何，就随缘而走了。"

陈平安点点头。

吕喦收回拂尘，环顾四周，说道："一山当需百花开，莫要噤若寒蝉，结果落个人人学谁不是谁。十步香草，好过一木参天。"

小陌说道："纯阳道长，别的不敢多说，这个道理，道长算是白讲了。我家公子在这件事上，已经做得最好。"

吕喦笑着点头："贫道在市井待惯了，临行之前，不抖搂几句仙气飘飘的高人言语，总觉得哪里不对劲，见谅见谅。"

小陌笑道："那我也邀请纯阳道长来落魄山当个副山主好了，诚心诚意，绝无客套。"

吕喦啧啧称奇："你们落魄山的风气委实厉害，贫道这一身纯阳道法都扛不住。"

陈平安愧疚地道："怪我当了太多年的甩手掌柜，威严不够，一个个的，太不噤若寒蝉了。"

按照一条不成文的山上规矩，访山入山门，离山出山门，吕喦来到山脚后就直接施展了缩地法，一步跨越小半个宝瓶洲，来到最北端的一座仙家渡口，施展望气术，举目眺望北边的俱芦洲。视野中有三粒莹光分散在白裳闭关的山头附近，看样子贺小凉暂时还不会出手，吕喦便再次缩地山河，刹那之间来到海面上，定睛一看，一挥拂尘，随意劈开海面，掀起百丈巨浪。吕喦身形一闪而逝，去往一座尚未被真龙王朱发现踪迹的海底龙宫遗址，重重禁制形同虚设，纯阳真人闲庭信步，如入无人之境。

登山路上，小陌以心声提醒道："公子，谢狗性格喜怒不定，她如果留在落魄山，随时随地都有可能捅娄子，不如还是我来找个法子？"

对纯粹剑修来说，尤其是蛮荒妖族，看待自身之外世界的方式其实很单一，就是仔细考量战力，面对不同的修士，自己需要递出几剑。在白景看来，哪怕是纯阳真人这种暂时看不出道行深浅的隐世高人，她也是丝毫不怵的，若是在蛮荒天下，白景甚至早就主动启衅问剑一场了——既然看不出道行深浅，那就打出个答案嘛。

陈平安玩笑道："法子？什么法子，以身相许吗？小陌啊，有你这么当死士的吗，竟然还需要出卖色相？"

小陌欲言又止。

陈平安说道："我知道你的想法，跟她来个类似约法三章的规矩，告诉她如果行事过界，你就会祭出本命飞剑。你当然是认真的，白景也会相信你是认真的，但是我觉得没必要。行了行了，你别总担心这件事，我既然答应让她回山，你就放宽心，只管好好炼剑。他娘的，这个白景，先前说你资质不如她，叽叽歪歪一大堆，把我气个半死，估计你也听到了，所以小陌啊，要好好修行啊。"

小陌无奈道："跟随公子这段时日，修行一事不曾懈怠片刻。"否则也不可能寻出一条跻身十四境的道路来，只是晚了一步而已。

陈平安笑道："先前道祖莅临小镇，问我关于修道的见解，我曾经以一首苏子诗篇作答：'儋州云霞钱江潮，未到百般恨不消，到得元来别无事，儋州云霞钱江潮。'"

小陌会心笑道："苏子被誉为词宗，此诗却极有禅意，一个读书人跟道祖聊这个，海内唯公子一人。"

陈平安学自家先生的口气，唉了一声，埋怨道："别瞎说，是你多想了，我可没有这种较劲的念头。"

他随即解释："之所以聊这个，是想告诉你，男女情爱一事，很多时候也是这般道理，心心念念，求之不得的，其实都只是心目中的那份儋州云霞钱江潮，牵肠挂肚，百般恨千种怨，怎一个愁字了得，可等到真正得手了，儋州云霞钱江潮还是儋州云霞钱江潮，心却变了。风动耶？幡动耶？心动而已。"

"我现在不担心谢狗会如何，只担心你哪天真正喜欢她了，然后形势倒转。你自己也说了，白景性情不定，喜爱之心由浓转浅，到时候就要轮到你开始还债了，有你苦头吃的，我可不想看到你每天借酒浇愁，邋里邋遢，酒鬼似的。

"至于为何我会对谢狗比较宽容，自然是因为哪怕过了一万年她也还是钟情于一人，为了能够与那人重逢，主动跨越两座天下前来，我觉得这是一件很了不起的事情。"

小陌默然。

陈平安说道："小陌，退一万步说，即便仍旧不喜欢她，也要心里有数，别只是觉得厌烦，至少平时言语，稍微有点耐心。"

小陌点了点头，突然说道："公子的这个道理，听着确实有道理，只是好像公子来说，就没什么说服力了。公子与宁姑娘，你们从相逢相识相知到相思相亲相爱，就从无变心。"

陈平安动作极快，眨了眨眼睛。

小陌疑惑不解，陈平安也没有解释什么，只是拍了拍小陌的肩膀，重新双手笼袖，缓缓登山。

小陌啊，你跟谢狗能够凑一对不是没有理由的，境界高，想法少，简单来说，就是单纯，好骗。这就叫说似一物即不中，就白景那一根筋的犟脾气，不得跟我赌个气，哪天你回心转意喜欢她了，反而更喜欢你小陌？

刚刚成为朋友的谢狗跟笭箵一起蹲在广场边缘的白玉栏杆上，伸长脖子作竖耳倾听状。

笭箵好奇问道："谢姐姐，隐官老祖跟你男人聊了啥？"

谢狗揉了揉貂帽："两个大老爷们儿之间的肺腑之言，骂我居多，所以真诚嘛，不过听着叫人感动，感动啊。"

笭箵好奇万分："到底聊了啥，给我说说呗。"

谢狗突然说道："不站不坐偏偏蹲着，姿势不雅，瞧着像是蹲茅坑拉屎。"

笭箵哈哈大笑。

谢狗突发奇想："笭箵，咱们也组建一个小帮派吧，比如先拉上骑龙巷左护法入伙，官衔封号还不是随便给？"

笭箵皱着眉头："斜封官？没啥含金量啊，好像难以服众。而且落魄山就这么点人，很难骗人入坑的。唉，早知道我就答应隐官老祖去桐叶洲忽悠几个不知底细的新面孔了。"

谢狗点点头："那就不着急，建大功成大业者，必须深谋远虑，从长计议。回头约个时间，咱俩好好商量商量。"

箜篌道："咱们读书那么多，你汗牛充栋，我学富五车，可别秀才造反，十年不成啊。"

谢狗揉着下巴，显得有些愁眉不展，继而舒展眉头，以拳击掌："这就叫将谓偷闲学少年，君子居易以俟命。"

箜篌使劲点头："这话说得有点学问了。周米粒的那个帮派，跟暂时只有咱们俩的小山头没法比，差远了！"

"你为何对陈平安这么亲近？"

"不管是什么事情，明明很如何，偏要假装不如何，都是一件很辛苦的事情。比如陈平安，他是一个曾经只是听说过宫柳岛刘老成某个故事就能满脸泪水、把心伤透的痴情种，所以他内心其实很怜悯我，却从不怜悯我丝毫，这让我很感激。"

"是啊，此身原本不知愁，最怕万一见温柔。"

箜篌翻了个白眼。这句话要不是朱敛说的，我就吃屎去。

"朱敛要是愿意以真相示人，再举办几场镜花水月，我可以肯定，一年之内，至少有百余个女修愿意更换门庭，跑来落魄山修行。"

谢狗深以为然，点点头："如果只说相貌，我家小陌跟朱老先生大概差了一百个陈平安吧。"

箜篌翻脸道："谢姑娘，朋友归朋友，我不允许你这么贬低隐官老祖！"

"那就只差十个？"

"这还差不多。"

一把本命飞剑悄然离开。

谢狗咧嘴一笑。以为飞剑化虚，潜藏在那个臭牛鼻子老道留在山中的道意里，如鱼潜渊，姑奶奶我就猜不到你陈山主的手段啦？

谢狗摸出一壶小镇按斤两售卖的市井土烧酒灌了一口，沉默许久，冷不丁问道："无忧无虑无拘无束，变得不人不鬼不神不仙，你会心怀怨恨吗？"

箜篌嘿一声，神色淡然地道："山里的草木，田地的庄稼，各有各命，想要如何，又能如何？"

谢狗喝着酒："不自由至极，会不会也是自由？"

箜篌沉默许久，突然扬起拳头，振臂高呼："我想明白了，胜败在此一举！"

谢狗说道："别咋咋呼呼的。"

箜篌压低嗓音说道："谢姐姐，要想后来者居上，风头压过裴总舵主、矮冬瓜那一脉，有个至为关键的胜负手！"

谢狗问道："朱老先生？"

白发童子摇头，咧嘴笑道："郭竹酒！"

那边,小陌发现公子重新拿出养剑葫抿了口酒,闷闷不乐的样子。

陈平安说道:"小陌,你说以后,比如一百年、两百年后,或者更久,落魄山也有了几百号甚至千余人的规模,我们再回头看今天,会不会觉得有些陌生?"

小陌笑道:"大概会,大概不会。"

陈平安气笑道:"闲人站着说话不腰疼。"

之后小陌回宅子炼剑,陈平安去了竹楼,继续纠结某本拳谱的序文该如何落笔。

有那本撼山拳谱珠玉在前,陈平安就一直头疼此事,坐在书桌前愣了许久,干脆看书去。

夜深人静时,陈平安开了门,踩着那几块跟崔东山一起铺在地上的青色砖头,来回六步走桩。走完再回屋子,脱了布鞋,万事不想,倒头就睡。

陈平安岂会没有私心,为曹荫、曹莺教拳尚且如此认真上心,赵树下是入了祖师堂谱牒的嫡传弟子,自然只会更加用心,所以陈平安让赵树下从骑龙巷搬到了落魄山上,最终将教拳地点放在竹楼二楼。

自从喝过拜师茶,正式收取赵树下为嫡传,陈平安其实就一直在认真思考如何教拳,想要自己亲自编订一部拳谱只是其中一环而已。

教什么拳?是继续传授撼山拳以及一些学自种秋桩架的校大龙,或是朱敛的拳桩、黄庭的白猿背剑术、演化自蒲山云草堂六幅仙人图的新架子,再加上签筩赠予的那部拳谱,帮助赵树下从低处往高处走,采百家之长,融会贯通,将来等赵树下跻身了五境,再在六境继续打熬体魄……还是直接一口气教给赵树下包括神人擂鼓式在内,陈平安自创的拳法剑术不分家的花开、片月等?

具体如何教?压不压境?压几境?就像在鹿衔芝渡船上给磨刀人刘宗喂拳一般?

在何处教?是拣选黄湖山、灰蒙山这样的藩属山头,学那青萍剑宗云蒸山,以赵树下作为开始,专门用来培养纯粹武夫,继而形成一个落魄山武夫学拳的定例,还是选择在竹楼二楼?若是地点最终选在竹楼,是继承某种不成文的传统,以前辈崔诚的方式来教,还是按照自己的法子来做尝试?若是两者都可,兼容并蓄,那么各自比例占多少才最适合赵树下?

这些都是摆在陈平安眼前的很实在的问题,他这个当师父的,总得心里有数,先有个章法,才能正式为弟子教拳。陈平安这些日子就在反复考虑,推翻了一个又一个的设想。不过刚好借此机会,陈平安对自己的习武生涯做了一个回顾。

今天清晨,天才蒙蒙亮,陈平安独自在崖畔石桌旁坐着,没多久,陈暖树就跟周米粒一起走来了,两个小姑娘各自斜挎了个包裹,还一起扛着个……木制衣架?

陈平安给看乐了,站起身笑道:"你们这是做什么?"

周米粒哈哈笑道:"暖树姐姐说了,这次回家,好人山主要长长久久待在山中喽,昨夜我俩一合计，就决定好好拾掇拾掇。"

陈平安打趣道："就把这么个衣架给拾掇过来了？看着像是老厨子的手艺，不会是你们连夜催促他赶工的吧？"

周米粒赶紧抿起嘴，陈暖树点头笑道："是我让朱先生帮的忙。"

周米粒立即说道："一起，一起的。"

其实昨夜是她出的馊主意，暖树姐姐本来是想早上再说的，只是经不起她撺掇，就一起去半夜敲门了。唉，自己还是不够铁骨铮铮，难怪裴钱才是总舵主。

陈暖树解释道："朱先生说了，老爷如今的身份，经常需要待客，倒不是咱们需要看人下菜碟，就是有些个半生不熟又可登山的仙师由衷仰慕老爷，老爷明明这么英俊，一等一的神仙风采，总是穿着青衫长褂，难免枯燥了些，偶尔换几身不同装束的衣衫、法袍，不说外人如何惊叹吧，也能让咱们自个儿养眼提神，我和小米粒都觉得朱先生说得在理……"

周米粒使劲点头："是嘞是嘞，老厨子几句话就道出了我们的心声哩。"

陈暖树眼神闪着熠熠光彩，摆好衣架后，周米粒蹲在地上左看右看，说丝毫不差，陈暖树便自顾自忙着打开两个包裹，取出一整套衣衫，明显早就打好腹稿了，主动开口跟老爷讨要那件青纱道袍。

陈平安原本想说一句可拉倒吧，见她俩都是这么个态度了，只好捏着鼻子不发表意见了，默默从咫尺物中取出那件青纱法袍交给陈暖树。

陈暖树一边从包裹里精心挑选那些整齐叠放好的衣衫，一边笑道："一定要搭配好。昨夜朱先生就说了，回头他会再亲手打造一顶绝不俗气的金冠，届时老爷这般装束，再穿上小陌编织的蹑云履，甭管是手持一支白玉灵芝还是手捧一柄拂尘，呵，米剑仙瞧见了都要自惭形秽，只恨自己不是女儿身……"

陈平安默然无言。老厨子要是赶来看热闹，那就可以直接去二楼切磋切磋了。

除了衣架，陈暖树和周米粒还带来了一些很用心的闲余物件。比如插有一枝刚折下的梅花的青瓷花瓶，还有一串铃铛，刚好可以挂在竹楼屋外檐下。

陈平安玩笑道："暖树，由俭入奢易，由奢入俭难啊。"

陈暖树笑道："老爷可不需要担心这个。"

周米粒在旁小鸡啄米："没得必要。"

陈平安哑然失笑，坐在门外竹制廊道中，闲来无事，就让周米粒帮忙搬来那只竹编小箩筐，里边装满了各色邀请函和请帖。多是来自宝瓶洲和俱芦洲的，比如那个石毫国皇帝就找自己叙旧了。也有几封来自两洲之外的书信，比较出乎意料，其中就有一个扶摇洲海外女船主的请帖。

崔东山那边扩张速度会很快，因为跟落魄山的作风截然不同。崔东山坦言青萍剑宗会大开门路,广收弟子,与大泉姚氏在内的几个王朝都开始搭上线了,各自国境内但凡是剑修坯子的,有几个算几个,仙都山会帮忙栽培。崔东山前不久就从云蒸山吾曹峰寄来一份密信,说那个一分为三的大渊王朝即将重归一统,自立为帝的袁砺和袁泌都愿意自降为藩王,尊奉袁盈为皇帝。此外,汪幔梦跟钱俊都对陈平安仰慕得五体投地,赶都赶不走,哭着喊着非要加入青萍剑宗。至于武夫洪稠,也不差了,小赌怡情没能挣钱,就干脆赌一把大的,投靠了皇帝袁盈,正所谓豪杰赌命报天子嘛。只是在这封信上,我们崔宗主又开始拐弯抹角询问赵鸾的修行一事如何了。

周米粒趴在廊道上,双手托着腮帮,仔细数着崖外过路的白云。今儿雾大,云就胖,一大坨呢……嗯,就是云海。

陈暖树扯了扯周米粒的袖子,周米粒立即心领神会,打了一个滚儿,再一个鲤鱼打挺,跳起身站定:"好人山主,我得巡山去了!"

陈平安笑着点头:"忙去吧。"

将书信和请帖都重新放回小笤筐,陈平安站起身,再次走到崖畔,看过了云海,站起身,来到赵树下在山上的宅子前,敲开门,正在练习走桩的赵树下还是习惯性喊了声陈先生,陈平安也不以为意。

听说要带自己去竹楼二楼,赵树下神色复杂,重重点头,默默跟随。

如今赵树下的武学境界是四境瓶颈,也还是四境武夫。因为当年陈平安送出过一本《剑术正经》,所以赵树下这些年练拳之余,还会研习剑术。

陈平安说道:"崔东山想要收赵鸾为亲传弟子,你觉得怎么样?"

赵鸾的修道资质,崔东山觊觎已久,是真心想要收她为嫡传。崔东山对她的评价很高,说就算比不得柴芜这种当之无愧的天才,赵鸾也算是名副其实的地才了,搁在浩然天下任何一座宗门,都是值得精心栽培的香饽饽。

陈平安还是打算先问过赵鸾自己的意思,虽说崔东山给出的修行之路确实会比留在落魄山让她走得更快,而且不是那种走捷径的拔苗助长,所以不会有隐患。说实话,教拳还好说,为他人指点修行,陈平安还真底气不足。

为了能够说服先生答应此事,崔东山信誓旦旦保证,赵鸾结金丹一事早已万事俱备,只等赵鸾到云蒸山吾曹峰,相信过不了一两年就可以正式闭关,他这个当师父的会亲自护关。与此同时,崔东山还暗示自家先生,吾曹峰的下任峰主位置自然是肥水不流外人田的,更进一步,他年顺势升迁转任绸缪山的山主也是可以想一想的。

青萍剑宗三山,仙都山是剑修道场、云蒸山由纯粹武夫当家做主是崔东山亲自订立的宗门祖例,而剑修之外的练气士都被安排在了绸缪山,主峰景星峰,首任峰主曹晴朗。作为崔东山的师弟,还是内定的下任宗主,曹晴朗是不是绸缪山的山主确实意义不大,还不如腾出个位置给别人。

崔东山拍胸脯保证将来赵鸾结丹若是没个二品气象，陈平安只管来青萍剑宗找他兴师问罪。陈平安都懒得跟他废话：都是你的嫡传弟子了，即便赵鸾没有丹成二品，我还能说什么？要说不要脸，还是崔东山这个当学生的更有天赋，狗掀帘子全凭嘴呗。

　　赵树下说道："我猜鸾鸾未必愿意去青萍剑宗修行，不过她一向听陈先生的，如果是陈先生建议她去，她多半是会答应的。何况能够被崔宗主器重，成为嫡传弟子，我也替她高兴。"

　　赵鸾如今是龙门境练气士，而且修行顺遂，几乎没有什么关隘，自然而然就破境了，反观年纪更大的赵树下，练了两百多万拳，一路磕磕碰碰，如今才是四境武夫，并且当下瓶颈难破。

　　陈平安说道："时间过得真快。树下，过完年，你都虚岁三十六了吧？"

　　记得当年初次见面，是在彩衣国胭脂郡，赵树下还是一个手持柴刀的消瘦少年。

　　赵树下咧嘴笑道："陈先生没记错，是三十有六了。"

　　陈平安笑着打趣道："年纪老大不小了，也曾走南闯北，就没遇到过心仪的姑娘？是你喜欢的瞧不上你，喜欢你的你又瞧不上？就这么高不成低不就，拖着了？"

　　赵树下赧颜道："就没往这方面想过。"

　　陈平安自嘲道："不提这个不提这个，毕竟催婚一事讨狗嫌，不能才当了没几天师父就摆这种最不讨喜的长辈架子。"

　　陈平安的嫡传弟子暂时有五人：崔东山、裴钱、曹晴朗、赵树下、郭竹酒。

　　崔东山已经是下宗之主，裴钱更是名动天下的止境武夫。曹晴朗是一等一的读书种子，大骊科举榜眼出身，如今也是金丹地仙，刚刚成为景星峰的一峰之主。郭竹酒来自剑气长城，金丹剑修，出身避暑行宫一脉，在家乡年轻一辈剑修中是佼佼者。好像就只有赵树下寂寂无闻，不但如今没有任何值得说道的事迹，再往后，可能与那几位同门之间的差距只会越来越大。

　　赵树下也设想过自己的未来，可能再过二三十年，他最多也就是个金身境武夫，可能都没有，境界只是长久停滞在六境。因此之前陈先生突然收他为嫡传，入了雾色峰祖师堂的谱牒，最意外的不是别人，正是赵树下自己。

　　由于陈先生经常出门远游，其实在学拳一事上，朱老先生费心极多，只是赵树下的每一次破境，距离那种能够挣得武运的"最强"二字，还遥不可及。

　　赵树下的宅子里边有块房匾额，是陈平安亲笔手书：求实斋。

　　大概这就是陈平安对赵树下的最大期望。

　　陈平安领着赵树下，两人一前一后走上竹楼楼梯。陈平安走得慢，缓缓说道："树下，在我看来，一个人拥有两种极为可贵的天赋，看得见的是天资，看不见的是努力。赵鸾是前者，你属于后者。当然，不是说赵鸾就不努力修行了，也不是说你就全无天资，能够成为四境武夫，就已经算是登堂入室、拳意在身了，是多少习武之人梦寐以求的事情。可能在山外，如果只是个江湖中人，就不可妄自尊大，眼高于顶，但是落魄山比较特殊，我得让你不可妄自菲薄，过于自我否定。裴钱是裴钱，赵树下是赵树下，练拳首先在己，与人问拳分高下在后，这里边的先后顺序，不能错了。"

说到这里，陈平安玩笑道："师父太好，师姐太强，有些时候，也是一种负担？"

赵树下嗯了一声。果然是个实诚人。

来到竹楼二楼廊道，陈平安没有着急开门。

"只是当我们为某件事付诸努力，长此以往，也看得见，就是容易被视而不见，因为努力之人和旁观之人都不觉得这是一种天赋。

"我一直觉得，不咬紧牙关真正努力过，是没资格谈天赋的。认准一条道路，再得其门而入，能够不分心，在正确的方向上持之以恒，脚踏实地，再猛然抬头，这会儿你看不见背影的、走在你前边的人就是天才。输给他们，是命，再有抱怨，就可以大大方方怨天不怪己了，吃饱穿暖，睡觉安稳，问心无愧。

"知道了自己与那些天才的差距，就是努力过后的收获，不要觉得没有用处，这对于你以后的习武和人生大有用处。因为在武学道路上，我与曹慈，大致就是这种关系。"

赵树下犹豫了一下，还是决定实话实说："师父，不是谁都可以追赶曹慈，并且能够一直看见曹慈背影的。"

陈平安笑着点头，欣慰至极。很好啊，先有学生曹晴朗，后有徒弟赵树下，谁还敢说我落魄山的风气不正？

陈平安说道："树下，那你有没有想过，我们人生道路上可能都会有一个类似曹慈的人存在？"

赵树下点点头，沉声道："明白了！"

陈平安问道："树下，你觉得裴钱作为师姐，最大的优点是什么，或者说你最想从她身上学到什么？"

赵树下毫不犹豫道："师姐既吃得住大苦，又有自己的想法，这两点，师姐都跟师父很像。"

比如裴钱在这里学拳一段时日，曾经每天跳下山崖……问拳大地！这种事情，赵树下自认就算再练拳一百年都想不出来。所以赵树下从不觉得裴师姐只是因为练拳天赋好，就能够拥有今天的武学成就。

陈平安站在廊道中，扶栏而立，眺望远方，微笑道："跟你说一句我从没跟外人说过的心里话。我其实一直有个心愿……"

赵树下神色认真，静待下文。

陈平安突然改变主意，笑道："这句话等会儿再说，得关起门来说。"

浩然天下，中土大端王朝，女武神裴杯，弟子有曹慈，还有马癯仙在内的三位嫡传。而落魄山这边，陈平安和裴钱也有师徒两止境。但落魄山还有朱敛，有如今身在五彩天下的郑大风，犹有种秋、魏羡、卢白象。年轻一辈，还有岑鸳机、元宝、元来、周俊臣。

青冥天下，被尊称为林师的林江仙，除了自己是当之无愧的天下武学第一人，听说在教拳一事上也极有功力。

至于蛮荒天下，由于大修士过于蛮横，纯粹武夫一直不成气候，即使得以跻身止境，要么沦为附庸，要么就被修士打死，几乎无一宗师能够在蛮荒天下称得上是真正意义上的自立门户，屹立不倒。

故而几座天下，就悄然形成了"拳分三脉"格局的雏形。

赵树下到底还是耿直，下意识又改口更换称呼了，说道："陈先生，关于未来武学成就，朱先生早年与我说过些预测，他说我这辈子如果不是遇到陈先生，极有可能跟裴师姐差三境，我觉得这应该就是事实了。"

朱敛确实曾经与赵树下有过一番推心置腹的实在话："如果你不曾遇到山主，可能一辈子习武再勤勉，运气好，在江湖上没有被人打死，就是个六境，成为一个小国的顶尖高手，在一座水塘大小的江湖里呼风唤雨算是最好的结果了。等到你进了落魄山学拳，无异于天地大开，就有希望跻身金身境，还可以奢望，当然只是奢望一下第八境，真气羽化，能够学那练气士覆地远游。如果哪天你侥幸成了我们山主的亲传弟子，那你这辈子就有希望跻身九境。不过虽然是山巅境，也还只是站在人间武夫山巅，依旧只能乖乖伸长脖子仰头看天。"

陈平安笑道："老厨子就是个山巅境，懂个屁，看人不准的。"

一个双手负后的佝偻老人走在小路上，刚要岔入竹楼，咳嗽几声，只得原路折返，不去自讨没趣了。

赵树下听到那边的咳嗽声，顿时无比尴尬。他对朱敛是极为尊敬的。

陈平安继续说道："我先在竹楼帮你打好底子，之后我要去郓州那边，在一个叫遂安县的地方当个学塾先生，你到时候就跟我一起去，我会随时指点你的修行。"

位于白鹄江上游的铁券河，神祠名为积香庙，类似紫阳府的家庙。铁券河数百里水域如今都已经划拨给白鹄江水府，大骊朝廷礼部、披云山北岳山君府和黄庭国朝廷都已分别录档，那位被山上仙师誉为美人蕉的白鹄江水神娘娘萧鸾因为兼并了铁券河，得以顺势提升一级神位，与寒食江水神品秩相当。

调离铁券河的原河神高酿也官升一级，因为郓州多出了一条大骊封正的大河，高酿得以建庙，重塑金身神像。关键是作为源头的浯溪还藏着一座大骊朝廷前不久刚刚发现的古蜀龙宫遗址，小溪与龙须河差不多，都建造有一座差不多规制的石拱桥，名为万年桥，当然，不曾悬挂古剑就是了。据说遂安县每逢久旱不雨，就有那老人上山喊雨的习俗。

陈平安掏出钥匙打开二楼竹门，转身坐在地上，脱下布鞋。赵树下见状，忙照做。

陈平安缓缓卷起袖管，说道："最早在这里教拳的崔前辈是止境神到一层巅峰，并且还曾等于了一只脚跨入了十一境。你师姐何时跻身神到，我不敢说，但跻身归真一层，相信不会太久。至于我自己，想要神到当然很不容易，但还不至于说是奢望。

"老话总说事不过三，既说有些事不宜接连发生四次，也说事情可一而再再而三，难到四。如果说我对你期望不高，那肯定是骗人的话，你可以傻乎乎相信，但我自己都说不出口。我当然希望在此学拳的赵树下有朝一日能够成为继崔诚、陈平安和裴钱之后的第四位止境武夫，如此一来，竹楼武夫皆是止境。"

陈平安转头望向赵树下，微笑道："所以现在唯一的问题，就是你了。"

赵树下挺直腰杆，身体紧绷，其实头脑早已一片空白。

陈平安笑问道："别说做了，是不是连想都不敢想？"

赵树下赧颜点头。

"赵树下，得敢想！"陈平安说道，"这就是你从今天起，在正式入门进屋之前，与我陈平安学拳的第一拳。

"想都不敢想的事情，何谈做成？人生在世，与自己少说几句'我不行'。道家讲究心斋坐忘，你就要独自一人坐断太虚，心斋独自成天地。佛家说面壁坐禅，你就要把蒲团坐穿，把墙壁打破，若前路不通，就以拳开道。

"赵树下，你跟我不一样，你只是个纯粹武夫，我既是武夫，也是山上修道人，武夫寿命终究有限，我希望你将来年老，已经递不出一拳时，即便不曾跻身止境，也要问心无愧。临了，扪心自问，敢说一句'我赵树下这一生习武学拳，不曾愧对"纯粹"二字'。

"进门！"

陈平安转身大步走入屋子，沉声道："再关门！"

赵树下跟着陈平安走入屋子，再转身关上竹门。

要不是昨天朱敛和周米粒的提醒，可能赵树下此时此刻根本意识不到师父说出"关门"二字的真正含义。

从这一刻起，赵树下，昔年手持柴刀的消瘦少年，就是师父陈平安在武学道路上的关门弟子！

陈平安站在屋内一处位置，赵树下站在陈平安的对面，差不多就是当年陈平安以及后来裴钱站立的位置。

陈平安微笑道："关起门来，我就可以说那句话了。

"我要让天下——不止浩然天下——天下武夫见此竹楼，如见祖师堂！"

接下来，陈平安既没有传授赵树下拳招桩架，也没有着急给赵树下喂拳，而是在竹楼内先留下了七幅人体穴位图，分别对应陈平安自身武学从三境到九境，人身小天地的不同景象。画像刻意抹去了血肉筋骨，仅仅余下穴位和经脉，与人等高，气府窍穴多达千余个，数量要远远多于一般修道之人的认知，至于市井药铺郎中的针灸木人，自然就更无法媲美了。七幅图，不同穴位，星罗棋布，光亮闪烁，颜色各异，映照得整间屋子熠熠生辉，宛如一幅幅悬在天外太虚中的璀璨星图。

"习武与修道，其实两者界线没有我们想象的那么分明。我甚至还有一个暂时无法验证的猜测：每一个山上的符箓修士，都是天生的金身境武夫根骨。

"要学拳，你就必须先了解自身。赵树下，我们就从最简单的呼吸开始看，如同居高临下，仙人掌观山河。"

随着七幅画像中"陈平安"的每一次呼吸，七座星罗万象的天地就有好似银河倒挂、白虹横空、星斗相互牵引旋转等诸多异象生发。

每一幅画像就像一座五彩绚烂的星象阵法，"陈平安"的境界越低，呼吸越快，间隔越短，星图的变化就越大，好像整座天地都在追随一人的每次呼吸，随之扩张、回缩，循环往复，生生不息。

境界越高，星图天地就越稳固，可细看之下，就会发现事实上恰恰相反。

陈平安双手负后，缓缓道："这些人身穴位，天下医书和诸家道书上有明确记载、视为关键气府的，撇那些只是名字说法不同、实则穴位位置一样的，我收集汇总了这么多年，想来误差不会太大，其实就只有七百来个。如果再加上各个宗门、门派的种种秘传及无意间找出的秘境，我再查阅避暑行宫秘档和文庙功德林记录，又增添了将近一百个好似沦为遗址被人遗忘的穴位。有些确实属于公认的鸡肋气府，得到反复验证，才被练气士渐渐抛弃，但是不少穴位，练气士想要开府，却因为门槛过高才被冷落，继而失传。此外，某人曾经暂借一身十四境道法给我，又多出了不少。你看这第七幅图，其上总计有千余个穴位，故而一口武夫纯粹真气行走道路更长，所以就能够牵动更多的人身天地元气，继而融为拳意，出拳自然就重了。"

当年在泥瓶巷，陈平安刚刚拿到那部撼山拳谱，宋集薪和稚圭离开骊珠洞天时丢了一串钥匙给他，最终陈平安在隔壁宅子的灶房里发现了一个被劈开的木人，刻满了人身穴位经脉。对于学拳之初的陈平安，如果说拳谱是用来吊命的登高道路，那么这个被他重新拼凑起来的木人就是柴刀，就是开山斧。

其实那会儿陈平安就知道这是稚圭故意为之，因为她很清楚，若是完整的木人，陈平安是肯定不会捡走的，说不定都不会多看第二眼。只有这般作践了，以陈平安的财迷心性和勤俭持家的品格，肯定愿意搬回隔壁祖宅，配合一本被他奉为圭臬的破烂拳谱，细心钻研其中学问。

这件事，曾经的泥瓶巷婢女稚圭，后来的东海水君真龙王朱，与陈平安几次相逢都始终不曾提过一句半句,可能是就当没这回事,也可能她早就忘记了,但是陈平安一直记在心里。

陈平安问道:"记住多少了?"

赵树下闭上眼睛再睁开,说道:"大致能记清楚七百多个穴位的位置。"

陈平安点点头,突然一个探臂,闪电出手,手掌轻轻贴住赵树下的脖子,随便一甩,赵树下整个人就在竹屋内滑出一个圆圈。等到赵树下刚好返回原位,惊骇地发现这一个圆圈上站着数十个自己的星象图。陈平安随便扫了几眼,看着那些"赵树下"的人身天地与气机流转的一张张摹本,没来由点点头,笑道:"如此教拳才对,更有信心了。"

教赵树下这样的徒弟,才有成就感嘛。

陈平安双指并拢,朝着其中一幅星象指指点点,速度极快,瞬间就标注出了三四百个穴位名称,全部是赵树下一口武夫真气"火龙走水"路过的关隘、府邸,就像精准画出一幅堪舆形势图。他再让赵树下屏气凝神,尝试一次六步走桩,之后就又临摹出一幅堪舆图。他一挥袖子,两幅星图重叠合一。

陈平安道:"可以仔细看看两者差异在哪里,先观察一炷香工夫,之后再来一趟六步走桩,如果没有明显的改善,我就可以让老厨子去准备草药和水桶了。"

一炷香后,赵树下躺在地上,昏死过去。

陈平安喊道:"朱敛,开工。"

佝偻老人立即高声喊道:"来了来了,早就备好了。"

朱敛来到二楼,看着既没有浑身浴血,也没有抽搐走桩的赵树下,感叹道:"公子还是宅心仁厚。"

陈平安背着赵树下走下二楼,去往这个关门弟子的宅子,解释道:"树下始终紧绷着心弦,今天不适合教更多了,慢慢来吧。你说我该怪谁?"

到底是谁让赵树下早早知道"关门"二字含义的?

朱敛立即揭发自己:"必须怪我提前泄露了天机啊。"

陈平安一时无言。

朱敛小声笑道:"公子,今儿就算了,明天后天呢?真正练拳哪有不半死的时候?"

照理说,要是换成崔诚,赵树下不死去活来个七八回,是绝对出不了屋子的。不过在朱敛看来,赵树下作为陈平安的关门弟子,若是真能跟随等于差了两个辈分的崔诚学拳,却也未必就是这么个惨淡光景。隔代亲一事,没道理可讲的。

陈平安点点头:"一时半会儿还真下不了狠手,所以我也在调整心态。"

朱敛轻轻叹息一声。公子当年学拳,只有陈暖树和陈灵均知道具体情况,可是后来裴钱学拳,朱敛是从头到尾看在眼里的,不谈在二楼屋里吃了多少苦头,只说当年小黑炭经常低头吃着饭,等到再抬起头时,就是眼眶和耳朵都渗血的瘆人模样了。裴钱自己往往浑然不觉,反而咧嘴一笑:"你们看啥看,看个鬼呢?吃饭!"估计公子要是亲眼看到这些场景,别说心疼了,都会心碎,肯定会去竹楼跟崔诚拼命了吧。

陈平安突然问道:"你打算何时跟我问拳?给个时间地点。"

朱敛搓手笑道:"公子要是不主动问,我都不好意思提。"

陈平安笑呵呵道:"跟我客气什么,问拳时,我又不会跟你客气。"

言下之意,陈平安是绝对不会压境的,毕竟朱敛是一个距离止境只差一层窗户纸的山巅境。

朱敛想了想:"那就今年冬天,挑个大雪时节,地点就在莲藕福地的南苑国京城?"

陈平安点头道:"可以。"

第五章
须臾少年

很凑巧，落魄山收到飞剑传信，翻墨龙舟和风鸢渡船会在一天内到达牛角渡，不过隔了约莫一个时辰。

除了周米粒，陈平安还喊上了泓下、云子和骑龙巷的崔花生。他们几个都会跟随风鸢渡船去往俱芦洲，会先跨洲到达骸骨滩披麻宗，再沿着东南沿海航线在春露圃停靠，再沿着济渎去往中部的崇玄署云霄宫辖下渡口，南下云上城……虽说是乘坐渡船远游，可好歹也算去过小半个俱芦洲了，就像当下泓下无所谓，云子和崔花生就颇为高兴，而后者更多的是欣喜——能够再次见着那个失散多年再重聚认亲的大哥，且他如今已是一宗之主了呢，她这个当妹妹的最近睡觉都会笑醒。

距离龙舟渡船靠岸还有一些时间，陈平安一行人就逛着自家的店铺。周米粒跟那些鳌鱼背女修都很熟悉了，相互间热络地打着招呼。

包袱斋在牛角山这边留下了不少建筑，耗费了不少仙家玉石和木材。吴瘦作为包袱斋在宝瓶洲的话事人，显然一开始是想着将大骊牛角渡作为一个大本营好好运作的，结果就像挖井挖一半跑路了。也难怪老祖师张直会故意带着他走一趟仙都山，在青衫渡喝了顿茶，估计没个一甲子百年来的修身养性，吴瘦那颗道心是缓不过来了。

如今开门做买卖的铺子只占了不到三分之一，除了春露圃培植的各种山上草木，还有兰房国的名贵兰花，为此老厨子专门编了一部《兰谱》，听说销量比兰花更好。

此外还有各种古董字画和杂项器物，价格都不低，不过可以保证都是真品。马笃宜精心搜集而来的一大堆宝贝都寄放在这儿售卖，她是个不折不扣的财迷，把所有积蓄都砸进去了，有不少次捡了漏，也有打眼了的，总体还是赚了不少。

几乎所有刘重润的嫡传弟子都曾在这儿帮忙卖东西，而且都是没有酬劳的。赵鸾和田酒儿也经常来，纳兰玉牒这个小算盘继承了家族的优良传统，小小年纪就想要专门管着一栋楼的生意。反正空置的铺子那么多，开张之前，她会跟落魄山签订契约，保底，亏了算她的，挣了再分账。

每次路过牛角渡，陈平安都会忍不住想起地龙山仙家渡口青蚨坊那个叫洪扬波的老人。上次专门走了趟青蚨坊，陈平安用五枚小暑钱买下《惜哉帖》摹本，算是极为贴近真迹原貌的了，字帖开篇五字，"惜哉剑气疏"。

对孩子来说，什么叫长大？大概就是能够爹娘不管，想吃什么就吃什么。

对成人而言，什么叫有钱？也许就是可以不看价格，想买什么就买什么。

去往牛角渡口，陈平安看了眼那块矗立在路边的扎眼木牌，点点头。周俊臣手脚还是很勤快的，半点不拖拉。

如今自家上下两宗共拥有三艘渡船，最早的龙舟翻墨，之后的风鸢渡船，再后来刘聚宝和郁泮水观礼青萍剑宗时共同送出了一艘桐荫渡船，品秩与龙舟相当，虽非足可跨洲的巨型渡船，但是航线跨越半洲之地毫无问题，而且载货量还要比作为观赏楼船的龙舟胜出一筹。

如果不是担心有那挟恩图报的嫌疑，陈平安原本都想要与大泉姚氏购买雷车渡船，或退而求其次，与大泉朝廷预订第四艘，无非是在商言商，给一大笔定金，他何尝不想把生意做到扶摇洲那边去？

这对落魄山来说是有先天优势的，这条航线会先后路过芦花岛、雨龙宗，再去扶摇洲，何况扶摇洲那边，陈平安还有件事一直盯着。

此外，霓裳船主柳深就寄来了一封邀请函，说是她所在门派的掌门师父刚刚成功出关，跻身玉璞境了，想问问看年轻隐官有无时间参加庆典。当然，这种邀请也就是走个过场，能够得到一封婉拒回信，柳深就心满意足了，因为她心知肚明，陈隐官是绝对不可能跨海跑到自己门派来观礼的。柳深的门派位于浩然天下西南海上的一座岛屿，蛮荒妖族大举入侵时，所有门人都撤离了，后来返回故地，换了一座邻近岛屿重建祖师堂。

当年在春幡斋议事堂，柳深是一位资质很浅的年轻金丹，在众多船主、管事中，就数她境界最低，所以座椅就摆在门口，邵云岩附近。但是柳深有个师妹却是名副其实的修道天才，二十多岁的金丹地仙，所以当初新任隐官才会威胁她，愿意花两百枚谷雨钱或是等价的丹坊物资换她的师妹接管霓裳。当然，那场剑拔弩张的议事，最终还是没有闹出人命，柳深跟刘禹还得了一份差事，在大堂内当起了记账先生。

翻墨龙舟缓缓靠岸，一个青衣小童大摇大摆走下甲板，两只袖子甩得飞起，身后还有一个手持绿竹杖的少女——二人正是参加过黄粱派开峰观礼，再去了一趟梦粱国京城的陈灵均和郭竹酒。

两拨人碰头后，陈平安笑道："总算回了。"

郭竹酒笑容灿烂，问道："大师姐没有跟师父一起回家？"

陈平安解释道："她要给你们小师兄搭把手。桐叶洲那边要开凿一条崭新大渎，有得忙了，裴钱一时半会儿不回落魄山，你要是想她，随时都可以去桐叶洲。"

陈灵均憋了半天，还是没能忍住，问道："老爷，都喊泓下和云子过去跑腿打杂了，大白鹅有没有邀请我去青萍剑宗共襄盛举，擘画未来？！"

圣旨与密旨，前者是给外人看的，后者更有含金量，陈灵均都已经想好了三请三拒的戏码，官场上不都有这样的讲究嘛。答不答应是自己的事情，可要说崔东山不邀请自己，就过分了。

陈平安说道："没有提到你。"

敢挖墙脚挖到陈灵均这边？崔东山是真没这胆子。可是陈灵均哪里知晓这桩涉及先生、学生"相爱相杀"的内幕，只是试探性问道："大白鹅是知道我要担任梦粱国的皇室供奉，觉得请不动我？怕我事务繁重，实在脱不开身，对吧？一定是这样！"

陈平安说道："我就没跟崔东山聊这个，只说你跟竹酒在黄粱派观礼。"

陈灵均呆滞无言良久。大爷我哪里比同境的泓下、小跟班云子差了？想当年，那云子还是大爷我屁股后边的帮闲呢。他立即捶胸顿足起来："好个大白鹅，当上了宗主就眼高于顶，半点瞧不起患难与共的老朋友了，气杀我也，气杀我也！"

陈平安没好气道："真想去也行，我跟崔东山打声招呼，你等会儿就跟泓下和云子一起乘坐风鸢渡船。"

陈灵均怒气冲冲道："去个锤儿去，大白鹅没半点诚意，等他下次回落魄山，我得跟他好好说道说道，就没他这么当兄弟的。"

见谁都不怂，可如果见机不妙，怂得又比谁都快，总能以迅雷不及掩耳之势服软，假装梦游、蒙混过关不成，就赶紧低头认错，低头认错没效果，磕几个头算什么，大丈夫能屈能伸，丢在地上的面子都不算面子。

郭竹酒笑道："师父，我们在赶往梦粱国京城的路上碰到了一个云游四方的道门高人，中年容貌，背剑秉拂悬酒壶，极仙风道骨，自称道号纯阳，姓吕名喦。"

陈灵均在那仰头抠鼻子。一个连大爷我都不曾听说过的道号、名字，牛气不到哪里去。

白玄在路边行亭辛辛苦苦编订一部非要跟裴钱讨一份江湖公道的英雄谱，陈灵均这些年也没闲着，四处打听，通过山水邸报、镜花水月和各种小道消息，辛辛苦苦收集情报，将整个浩然天下的飞升境、仙人境修士都给一网打尽了，最终汇集成了一本薄薄的册子，取名为《路人集》，就是用来告诫自己，以后见着了这些老神仙，咱就当个与他们擦肩而过的路人、过客，别说话，不高攀。

陈平安笑着点头道："是我之前在桐叶洲认识的一位前辈，是我们宝瓶洲人氏，结丹所在的道场就在梦粱国地界，所以才会故地重游。前不久吕前辈还来我们落魄山做客了，要是你们早点回来，说不定还能挽留前辈吃顿饭，再喝个酒。"

陈灵均立即停下动作，晃了晃手，蹭了蹭衣服，使劲朝郭竹酒挤眉弄眼，暗示她别往下说了，没啥意思，就只是一场萍水相逢，喝了个小酒，闲聊几句有的没的，没必要跟老爷显摆这种酒局，些许事迹，不值一提，就让它随风而散吧。

郭竹酒微笑道："早喝过了，陈灵均跟纯阳真人很是聊得来，在渡船上拉着对方喝了顿酒。美中不足的是对方不会划拳，直到现在，陈灵均还犯嘀咕，说也不知道吕老哥到底是不会还是不愿意。当时喝了点酒，陈灵均觉得气氛不错，就问对方是不是十四境大修士，纯阳真人哑然而笑，只是摇头，陈灵均就马上再问是不是飞升境，纯阳真人脸色颇为无奈，不等他说话，陈灵均又问可是仙人，纯阳真人还是摇头，陈灵均就不问下去了。喝到最后，陈灵均要与人称兄道弟，纯阳真人没答应。"

陈平安转头望向陈灵均，笑容玩味。

好个"不等他说话"，总能绕开关键事，这算不算一种天赋？

陈灵均高高举起一只手掌，绷着脸沉声道："老爷，别说了，我都懂！记住了，保证下不为例！"又踢到铁板了呗，这种事，熟门熟路，习惯就好。

"下不为例？"陈平安笑眯眯地摸了摸青衣小童的那颗狗头，"灵均大爷，遗不遗憾？不然山上辈分就又涨了，毕竟我都要喊纯阳真人一声前辈的。"

陈灵均缩着脖子干笑不已，赶忙双手握住老爷的手，给老爷抖抖胳膊，舒展舒展筋骨。

郭竹酒一边告状，一边以心声与师父解释这顿酒的缘由。原来是陈灵均觉得那位道士看她的"眼神不正"，鬼鬼祟祟的，好像别有用心，等到上了酒桌，大体上陈灵均还是很有礼数的，没少说师父的好话。此外，那位纯阳真人与她和陈灵均道别之时，就曾以心声言语提醒她莫要将那把崭新本命飞剑轻易示人。

陈平安以心声惊喜道："都有第二把本命飞剑了？"

郭竹酒咧嘴一笑："在五彩天下某次外出游历时莫名其妙就有了，纯属误打误撞。"

陈平安笑道："戒骄戒躁，再接再厉。"

郭竹酒摇摇头："那不行，不把尾巴翘上天，都对不起自己师父。"

"别跟陈灵均学说话。"

"谈不上谁学谁，共同进步。"

"老爷，手上力道还行吧？"陈灵均听不着师徒双方的心声言语，只是备感委屈，继续拽着老爷的手，因此需要跟个螃蟹似的横着走，"我这不是习惯了小心驶得万年船嘛，走多了江湖,擅长眼观六路耳听八方。先前发现那位纯阳前辈在渡船上多看了两眼郭竹酒,用书上的话说,就是一句'目露赞赏神色'。我担心是个道貌岸然的家伙,就想着去帮忙摸摸底嘛。郭竹酒,你在老爷面前告刁状,怪伤人心的。老爷,你这么不分青红皂白,我心里边怪难受的。"

陈平安呵呵一笑。

阮邛、魏檗、崔诚、陆沉、崔瀺、陈清流、碧霄洞主、道祖、至圣先师、郑居中……这一连串名单,随便挑三个去"挑衅",随便选,恐怕都是一个让人崩溃的天大难题。让一个飞升境大修士闭着眼睛挑选也要道心不稳。碰运气?即便运气最好,选中了兵家圣人阮邛和北岳山君魏檗,还得再挑一位,怎么办?更别提陈灵均如今才是元婴境的修为了,难怪这么多年最大的野心就是挨了一拳不被打死。

早年刚刚跟随陈平安到了小镇,就在铁匠铺当面大骂阮邛老不羞,一大把年纪了还敢跟自家老爷抢,要打他个半死。后来拍过一个年轻道士的肩膀,还不止一次。陈灵均事后复盘,得出一个结论:我咋知道对方是个十四境嘛,怨不得我。

对魏檗,自家老爷不在就是魏山君,自家老爷在就是魏老哥。早年曾经在披云山吃了闭门羹,伤透了心,提起毫无义气可言的魏檗一次就呸一次,要狠狠吐口唾沫在地上,拿脚尖拧了又拧,再蹲下身询问他咋回事,怎么躺在地上不起来。

当年见着了国师崔瀺,没认出对方身份,陈灵均曾经撂过一句狠话:"要想见我家老爷,你就得先打死我,再从我身上跨过去。"

在俱芦洲认识的新朋友,白忙,陈浊流,其实都是一个人。结果与那一起吃过顿结结实实牢饭的白忙道别之际,觉得好哥们儿喝高了说混话,一条当时才是金丹境的御江水蛇跳起来就给斩龙之人的脑袋一巴掌。

有少年道童骑牛从东边进入小镇,陈灵均刚好瞥见,便按下云头,拍牛角,还说"我家山上多草""一听到吃就有悟性了",最后还好心好意建议"道祖"最好改个名字……

听说那个一身白衣的读书人自称是好友的徒弟,就认对方当了世侄……嗯,这个低了一辈的便宜世侄就是白帝城郑居中。

以陈灵均的这份江湖履历,他还能够一直活蹦乱跳,用朱敛的话说,就是见过命大的,没见过这么命大的,陈灵均上辈子得是做了多少好事,积了多少德,这辈子才能够如此福大命大。朱敛极少有想不明白的事情,在陈灵均这里,思来想去,确实是吉人自有天相,只能如此解释了,否则就无解。

陈平安笑道:"其实崔东山有邀请你去青萍剑宗,被我拒绝了。我登船之时,崔东山犹不死心,还想砍砍价,希望我能回心转意,放你去仙都山,被我骂了一通。"

陈灵均啊了一声,双手叉腰,大笑不已。就说嘛,大白鹅忘了谁都不可能忘记陈大爷嘛。

郭竹酒当然知道真相，师父骗人呗，那傻子还就真信了。所以虽然事情是假的，开心却是真的，傻人有傻福。

陈平安笑道："竹酒，给你做了个竹箱，回头试试看，背着合不合适。"

郭竹酒眼睛一亮，神色雀跃道："好，极好极好，一直跟我奔波劳碌的小竹箱终于有个宅邸可以落脚了！"

看架势，她好像暂时不打算归还那只小竹箱给裴师姐了。

陈灵均瞥了眼郭竹酒。唉，长不大，是个憨憨。

陈平安转头笑道："泓下、云子，跟你们谈点事情，边走边聊。"

水蛟泓下一袭黄衣亭亭玉立，居山修行多年，自有幽人独立之仪态。

在陈平安看来，只说泓下的容貌气质，其实不比叶芸芸差多少——他是持身正派不假，可又不是个全然看不出女子姿容的傻子。

陈平安笑道："这趟桐叶洲之行，不是三两年就能回落魄山的，我估摸着短则七八年，长则十几年甚至二十年都有可能。不过放心，你们肯定不会白忙活。比如泓下，青萍剑宗会帮你以功劳换取未来走渎的名额，即便功劳不够，崔东山也可以帮忙补上。至于云子，将来崔东山也会有安排。"

泓下轻声道："山主，其实我自己攒了些家当。"

她在黄湖山潜灵修性极久，差点就成为骊珠洞天昔年台面上最大的五桩机缘之一，那么她的修道资质如何，显而易见。按照崔东山的说法，泓下只要肯老老实实修行，不去惹是生非，捞个仙人境不难。

陈平安笑道："一来，大渎走水，不管是宝瓶洲的齐渎，还是桐叶洲那条新大渎，都不是光靠钱就能办成的。再者，这是公事，没有让你自掏腰包的道理，何况以后等你跻身了上五境，若想开宗立派，需要花钱的地方茫茫多，只有你想不到的，就没有你钱够的时候，多攒点总是好事。"

精怪走水，走江化蛟，尤其是想要走渎成功，关隘从来不止在走水过程中的凶险，更在大渎之外。例如俱芦洲的济渎，历史悠久，拥有三位水正，但是斩龙一役之后，在陈灵均成功化蛟跻身元婴境之前，一洲历史上还没有水裔走江成功的例子。根源就在于大渎沿岸任何一个王朝、仙府山头，连同大源崇玄署云霄宫、浮萍剑湖、水龙宗在内，没谁敢说自己能够保证一位水族走渎畅通无阻，因为很难不被其他势力刻意刁难，整条大渎的水运等于是被切割成一段一段的。最关键的还是水族走江，尤其是蛟虬走渎，都会带走相当一部分水运化为己用，再将大渎水运归还给大海。

何况走水之属，不管是什么出身，行云布雨是天性，很容易兴风作浪，洪水滔天，惹来水患，沿途王朝要么无力阻拦，撒手不管，那么两岸的洪涝灾害就是一场天灾。可若是早有布局，负责收拾烂摊子的练气士就要耗费大量自身灵气，而修士积蓄的天地灵气,归根结底,还不是神仙钱?何况这种损失,更涉及国祚和山河气数。

事实上,浩然九洲的大渎皆是差不多的情况,导致水族,尤其是水蛟,极难通过走水来提升境界。但是现在出现了一个例外,就是宝瓶洲的齐渎是被大骊朝廷完整掌控在手中的。所以据说如今一洲蛟龙后裔、水仙之属都在排着队打点关系,苦苦等待大骊礼部颁发那道价值连城的通关文牒。在此之外,大骊京城和陪都都已经开始着手创建九座道场水府,可以供修行水法的金丹地仙闭关,有希望出现九位崭新的元婴境。

因此,桐叶洲练气士中如今最希望凭空出现一条崭新大渎的,当然是那些有望通过走江来提升境界的川泽水灵精怪。就像蒲山附近的东海妇寇渲渠,她之所以会找到埋河碧游宫,就属于与水神柳柔借用水路。

如今人神鬼仙,身在世间,何处不是江湖?陈平安那一箩筐书信,其中就有一封来自旧钱塘长出身的大渎淋漓伯曹涌,询问陈平安能不能帮水府与大骊朝廷讨要一个额外的走渎名额。曹涌说话直接,说淋漓伯府是有一个既定名额的,但是已经送出去了,现在还需要一个,好像长春侯杨花就没打算使用那个名额,所以不知陈山主能否帮忙先与杨花通个气,等于是长春侯府将名额转送淋漓伯府,想必大骊朝廷肯定不会阻拦,只要陈山主愿意牵线搭桥,事成之后必有重谢。

泓下喜欢幽居道场潜灵养真,却半点不怀疑山主是在试探人心。可若是换成崔东山来问,估计她这会儿就已经心惊胆战,绞尽脑汁想着如何表明心志了。所以泓下就只是心平气和地道:"山主,我从没有开山立派的念头。我知道自己的斤两,这辈子只适合独自修行,靠着水磨功夫笨法子一点一点增长修为,根本当不好什么开山祖师,别说是一座宗门,就算是只有几十人的小山头,我也注定当不好。所以长久待在落魄山,碰到这样的事情,能够为宗门做点事情,再返回道场继续修行,就是最适合我的选择了。"

陈平安犹豫了一下:"落魄山已经有了小米粒担任右护法,你可能也猜出来了,我是打算让陈灵均担任左护法的,如此一来,就不可能有更多的护山供奉了,所以你在落魄山,即便跻身了玉璞境,甚至是以后……大道成就更高,只说在身份这一件事上,落魄山实在无法给你更多。"

泓下微笑道:"这件事,估计只有景清仙师自己没看出来了。"

在山主这边,泓下是不那么拘谨的。但是在雾色峰祖师堂或是祖山集灵峰,都由不得她不紧张。这也怪不得泓下,落魄山上不是剑仙就是武学宗师,练气士的元婴境算个什么?用如今已经是闺中好友的沛湘的话来说,整个落魄山就数她们俩最尴尬,俩元婴境,还不如小米粒的洞府境来得轻松惬意呢,这地仙境,高不成低不就的,刚好就是个给人看笑话的境界。

陈平安忍俊不禁:"所以你如果愿意的话,我可以跟崔东山提个建议,由你和裴供奉一起担任青萍剑宗的护山供奉。"

我主动给青萍剑宗送供奉，跟崔东山这个当学生的在那儿挖墙脚是两回事。

泓下脸色微变，连忙摇头道："山主好意心领了，只是我宁可待在黄湖山不挪窝，也绝对不敢去崔宗主身边当差。"

陈平安笑道："看来崔宗主口碑堪忧啊。"

泓下会心一笑，保持沉默，不承认，但也不否认。

山主又不会胡乱嚼舌头，今天这些对话内容，传不到崔宗主那边去。

陈平安朝陈灵均招招手，陈灵均立即甩着袖子，大步流星过来。他终于逮着个说教的大好机会，润了润嗓子，语重心长道："云子啊，不比在这边有我罩着你，到了青萍剑宗，你境界不高，又需要经常跟外人打交道，人生地不熟的，记得收一收脾气。出门在外要与人为善，多交朋友，可别仗势欺人，别稍微遇到点磕磕碰碰就跟人龇牙咧嘴。气量大一点，坏了咱们落魄山的名声，老爷不收拾你，我也要收拾你。一定要多学学我，逢人就给笑脸，遍地是朋友。切记切记！"

云子默然点头。大概整座落魄山，只有云子最为坚定地认为这位灵均老祖是真有本事的，对他很有几分仰慕。

陈灵均双手负后，点点头，转头望向泓下："是大姑娘了啊。只是千万要小心，外边的风气到底不比咱们这儿淳朴，你尤其要多注意那些瞧着人模狗样、年轻有为的谱牒修士，可别听了几句不花钱的花言巧语，就对那些绣花枕头神魂颠倒。算了算了，女大不中留，估计你现在也听不进去。无妨，我回头与米首席打声招呼，让他帮忙把把关。话说回来，要是真有合适又心仪的道侣人选，你也不用太过矜持。女追男隔层纱，你模样又不差，只要对方不眼瞎，保管手到擒来。

"云子就是个糙坯子，所以我就要叮嘱他别惹事，遇事能忍则忍。你不一样，千万别怕惹事，有我，还有米首席帮你撑腰呢。"

陈灵均老气横秋得就像一个老父亲在给一双即将远游的子女面授机宜，反复叮咛。泓下笑着不说话。

耐着性子等到陈灵均絮叨完毕，陈平安才笑着从袖中摸出两只青瓷水呈："算是我的临别赠礼，预祝马到成功，万事顺遂，早去早回。这两份礼物品秩差不多，你们自己分，各自看眼缘挑选吧。"

都是陈平安从水龙宗得来的，北宗孙结送了一对牛吼鱼，南宗邵敬芝送了一只别称小墨蛟的蟛蟓。不过两件鹅黄、莲青色砚滴是陈平安自己另配的。在这处州，反正就数瓷器最多，陈平安是行家里手，眼光自然不差，挑选的都是半官窑旧物。

陈灵均伸长脖子，眼馋得很，就对云子挤眉弄眼，暗示对方有点眼力见，先大大方方收下，再偷偷借他要两天。不承想云子这个愣头青就那么直不隆冬点头道："景清道友，我明白了。"

陈灵均愣在当场:你心里明白就好了啊。

果然,脑壳上立即挨了一记栗暴,打得陈灵均抱头。

之后风鸢渡船靠岸,落魄山掌律长命、泉府韦文龙一行人都走下了船。

泓下、云子和崔花生分别与山主陈平安行礼告辞。

明月夜,一路晃荡到山顶的貂帽少女看见了个腰悬抄手砚的清秀少女独自坐在栏杆上,正双手轻拍栏杆眺望远方。

哟,小丫头片子,年纪不大,境界不高,其中有把本命飞剑还是有那么点意思。就这么个看着没啥特殊的小姑娘,真能对付那个已经是止境武夫的裴钱?

谢狗脚尖一点,跳上栏杆,双臂环胸,目视前方,随口道:"喂,想啥呢?"

"喂,想啥呢?"

谢狗愣了愣:"干吗学我说话?"

"干吗学我说话?"

"小姑娘,你脑子有病吧,小心我对你不客气啊。"

"小姑娘,你脑子有病吧,小心我对你不客气啊。"

"我是白痴!"

结果那个少女不再鹦鹉学舌,而是转头朝谢狗竖起大拇指。

谢狗揉了揉下巴。小姑娘家家的,咋这么不可爱呢?

郭竹酒道:"听我师父说,你有一万多年的道龄了,也没把自己嫁出去,老姑娘啊。"

谢狗一时语噎,闷闷道:"你懂个屁。"

"你懂个屁。"

"郭竹酒,你再这样,我可对你不客气了。"

"哦。"

谢狗冷笑一声。终于不学我说话啦?

结果那少女又开始重复:"听我师父说,你有一万多年的道龄了,也没把自己嫁出去,老姑娘啊。"

谢狗有点憋屈。打又打不得,毕竟是陈平安的嫡传弟子,如今在谱牒上边还是等于半个关门的小弟子。骂……好像又骂不过啊。

要说只是泼妇骂街,谢狗在小镇是学了些本事的,可问题是这个叫郭竹酒的小姑娘脑子和思路很怪啊,谢狗怕自己骂了半天,结果小姑娘一句不还嘴,再朝自己递出个大拇指,自己怕是能憋出内伤来。

郭竹酒诚心诚意安慰道:"没什么,我身边多是嫁不出去的老姑娘。"

谢狗坐下来,不太想跟郭竹酒聊天,只是来都来了,就这么走,面子上挂不住。

郭竹酒从袖中摸出一支竹笛，吹了首不知名的曲子，笛声空灵悠扬。

四下无人处，明月分外明。

天地寂寥时，笛声尤其清。

"还蛮好听的，青天鹤唳，云外龙吟，声在庭院。"

谢狗等到郭竹酒收起竹笛，先表扬一句，笼络笼络关系，再随口问道："想家啦？"

郭竹酒答非所问："在避暑行宫时，师父说读书人说过，校书能为古书续命。"

谢狗点点头："校勘书籍就是纠错，书上书外道理相通，你师父说这句话，还是有点深意的。"

郭竹酒咦了一声，转头讶异道："师父怎么骗人？你不是个傻子呀，我差点以为咱俩没啥共同话题呢。"

如果只听前半句，谢狗想砍人，可是再加上后半句，谢狗一时间竟不知如何作答。

淳平六年正月末，处州下了一场滂沱大雨，正午时分，依旧晦暗如夜，只是豁然雷雨收，雨后初霁，洗出满山青翠，春日融融，山中莺雀翩跹枝头，点滴雨珠飞在春风里。

陈平安已经将筌篌赠送的那本拳谱借给朱敛翻阅。既然双方约定要在南苑国京城问拳一场，那就结结实实打一架。

一直在宝瓶洲游览山河的邵云岩和酡颜夫人即将联袂拜访落魄山，因为事先就已经飞剑传信霁色峰告知行程日期，陈平安今天就带着韦文龙来到山门口，喝茶等人。

魏檗凭空出现，萧萧肃肃，爽朗清举，一身雪白长袍，神姿高彻如玉山上行。他往桌旁一坐，给自己倒了一杯茶，说那两位客人已经到槐黄县城了。

陈平安笑道："这种小事也需要魏山君亲自通知？真有诚意，你倒是帮我去小镇迎接啊，这才算给面子。"

魏檗不搭话，只是道了一声谢。

纯阳真人先前施展大神通缩地山河，跨出一步就径直去了宝瓶洲最北端，看架势是要跨海北游俱芦洲了。只是不知为何，真人又返回北岳地界，来到落魄山那处名为远幕峰的藩属山头，在那古松老藤连山蜿蜒如大蟒的山壁上，一手持葫芦瓢饮酒，一手掐剑诀作笔，崖刻了一首道诗。魏檗得了陈平安的心声提醒，立即赶去远幕峰，趁着纯阳真人诗兴大发的关头，措辞委婉，邀请对方去自家披云山依葫芦画瓢一番，哪怕没有完整诗篇，一两个字的榜书也行。吕喦约莫是看在陈山主的面子上，没有拒绝，果真随着魏檗去了趟披云山。山高犹有积雪，吕喦不吝笔墨，稍作思量，便刻下一句好似诗词序文的溢美之词：带酒冲山，雪吹醉面，平生看遍千万山，第一关心是披云。

披云山到底是一座新岳，若论崖刻，实在寒酸。宝瓶洲五岳，可能就只比范峻茂的南岳稍好。

自家山头有了这么一句道气沛然的榜书，魏檗就觉得晋青的中岳——土。

魏檗喝过茶水，笑道："以后再有类似好事，记得一定要算我披云山一份。"

陈平安答应下来，魏檗连忙亲自给陈山主倒水，然后乘兴而来，满意而归。

韦文龙一直绷着脸，时不时望向山间小路。

邵云岩和酡颜夫人徒步而来，双方在山门口见了面。

落魄山的财神爷、泉府一把手韦文龙神色肃穆，与邵云岩低头抱拳道："弟子韦文龙，见过师尊。"

邵云岩只是点头致意，其实他一直不太看好韦文龙这个只喜欢术算的徒弟。要说与韦文龙不亲近，倒也不是，毕竟邵云岩的嫡传弟子就那么几个，可要说师徒如何亲近，同样不至于。再者，韦文龙打小就是个几棍子打不出个屁的闷葫芦，而邵云岩当年在春幡斋内部从来就不是什么和蔼可亲的师父、师祖。

邵云岩转头问陈平安："隐官大人，韦文龙在落魄山祖师堂算是坐第几把交椅？"

陈平安笑道："位置排在他前边的只有我、掌律长命和首席供奉周肥三个，所以韦文龙算是我们落魄山的四把手。"

一般的宗门都会有几个道龄很长、辈分很高的祖师爷，虽然没有实权，但祖师堂位置还是很靠前的，如果跟当代宗主拉开了一两个境界，说不定座椅位置就会仅次于宗主，一宗掌律修士的位置都要靠后。

邵云岩笑道："之前一直没觉得有什么，这会儿站在落魄山的山脚，好像感觉真心不错。"

韦文龙赧颜一笑，察觉到师父瞥来的视线，又立即板起脸，收敛笑意。

陈平安埋怨道："邵剑仙，我得提醒一句啊。韦府主好歹是我们落魄山的大人物，你客气点，别总摆师尊架子，臭着一张脸。"

邵云岩也不跟他吵架："文龙啊，你们山主都批评我了，你觉得呢，我这个当师父的要不要挤出个笑脸？"

韦文龙紧张道："不用不用，师尊与当年一样就很好了。"

等到韦府主再转头与陈平安开口言语，就立即不尻了，神色自若道："山主，师尊一向如此，面冷心热，师尊没必要故意如何，我只会反而不自在。"

陈平安跟邵云岩相视而笑。

酡颜夫人偷偷撇嘴。当年在倒悬山，她还真看不出春幡斋的二愣子韦账房能有今天的机遇和成就，真是人比人气死人。

如今这位酡颜夫人名为梅薮，道号梅花主人。在南塘湖青梅观，她消耗了一百二十年的道行，最终虚报为一百五十年。

先前游历已经改朝换代的雨龙宗，邵云岩受到宗主纳兰彩焕的邀请，酡颜夫人则是昔年跟水精宫云签关系不错，所以如今两人都是雨龙宗的记名客卿了。

陈平安好像总算注意到第二位客人了，笑道："行走天下，与人为善总是不错的。"

酡颜夫人笑容尴尬，心中腹诽不已：隐官大人你这个好为人师的臭毛病真得改改。

陈平安笑眯起眼，好似看穿她的心思："那就改改？"

酡颜夫人故意满脸茫然，陈平安也无所谓，笑道："纳兰彩焕还是老样子，好个谈钱伤感情，连这点俸禄都不给你们。"

主客一起登山，刚好遇到走桩练拳下山的岑鸳机。她与陈山主对视一眼，陈平安笑着轻轻摇头，示意她不用停步言语。

酡颜夫人以心声问道："她这是？"

陈平安懒得回答这种问题。虽然已经飞剑传信给邵云岩，陈平安这会儿还是与酡颜夫人再次说起了九嶷山神君苍梧的邀请，又与她多聊了几句九嶷山的风土人情。毕竟有些事情，尤其是涉及内幕，山水邸报上是不会宣扬的，中土邸报不议五岳事几乎是一条约定俗成的规矩，如有例外，也是偶然。这让酡颜夫人颇为自得——能够让一位中土五岳山君亲自开口邀请做客，不算太过稀罕，可也绝对不常见啊。

陈平安问道："你们接下来是直接返回龙象剑宗？"

邵云岩摇头说道："继续往北游历，回一趟家乡。"

陈平安点头道："是该回去看看了。"

邵云岩这位离乡多年的剑仙其实是俱芦洲人氏。

当年刘景龙带着弟子白首做客春幡斋，当然，身边还有一位女修——水经山宗主的嫡传弟子卢穗，她对刘景龙可谓是倾心爱慕。

那次登门，刘景龙帮徒弟预订了一只春幡斋养剑葫。邵云岩其实给了一个极为公道的价格，不过却让白首听得额头直冒汗。

那根当之无愧的山上先天至宝葫芦藤结出了十四只葫芦，但是按照邵云岩的推衍，最终能够被成功炼化为上品养剑葫的其实只有七只。而从得手一根葫芦藤，到即将瓜熟蒂落，邵云岩等了将近一千年的漫长岁月，春幡斋的建造，就是为了能够培植此物。刘景龙之所以能够预订其中一只，还是因为那七人当中有一人无法按约购买，这才让他捡漏。

竹楼一楼地方小，不宜待客，陈平安就领着两位客人来到集灵峰一栋暂时闲置的宅子里。各自落座后，陈平安从袖中摸出一张纸递给邵云岩，上边罗列着一连串名字和物品。邵云岩仔细浏览一遍，陈平安说道："价格不是问题，只要对方愿意开口，你就只管帮我答应下来。"

邵云岩一下子就看出了门道，疑惑道："你需要这些文运做什么？"

单子上边除了九嶷山的文运菖蒲，还有中土神洲、俱芦洲和婆娑洲的不少大山头和大修士,大多是邵云岩比较熟悉的。关于购买养剑葫的六位修士究竟是何方神圣,当年邵云岩就没有对陈平安有任何隐瞒,反正也没什么好藏掖的。同样作为倒悬山四大私宅之一的春幡斋,其实要比皑皑洲刘氏的猿蹂府、酡颜夫人的梅花园子,以及雨龙宗的水精宫,更有山上香火情。

原本慵懒靠着椅背的酡颜夫人听闻"文运"二字,立即来了兴致:莫非咱们这位隐官大人是想以文圣关门弟子的身份作为跳板,将来当个文庙学宫祭酒,甚至是……副教主?!

陈平安解释道:"我们落魄山的小管家叫陈如初,道号暖树,是文运火蟒出身,暂时是龙门境。结金丹是山上大关隘,因为大道根脚的缘故,她的走水一事就比较特殊。"

邵云岩说道:"就算有了这些外物辅佐,她终究还是需要走水。"

陈平安笑道:"这你就别管了,山人自有妙计。"

刘羡阳曾经送过陈平安一份翻书风,被陈平安转送给了陈暖树,结果最后到了曹晴朗手里。当时曹晴朗主动提及此事,满脸无奈,陈平安就让他别多想了,留下便是。毕竟陈暖树一旦坚持,别说曹晴朗没辙,老厨子也没辙,陈平安一样没辙。

邵云岩想了想:"我跟这些山门和修士是有些拐弯抹角的香火情,只是你单子上的这些物品本就不是价格高低的事情。再者,这些宗门就没哪个是缺钱的,所以我的面子未必管用,能不能搬出你的名头?"

陈平安点头道:"没问题,随便邵大剑仙怎么处理,我只负责掏钱结账。对方如果不想收钱,想要以物易物,或是提出一些与钱无关的要求——打个比方,想让我去观礼或讨要印章之类——也是可以的,你都替我答应下来。"

邵云岩看着陈平安,都有点好奇陈暖树是何方神圣了。

酡颜夫人也直愣愣看着这位年轻隐官,心里边酸溜溜的:凭啥我在隐官大人这边就处处吃瘪受委屈,那条才是龙门境的文运火蟒就是这般……无价宝?

陈平安突然咳嗽一声,提醒两位暂时都别讨论这件事。

很快就有一个粉裙女童端来一盘瓜果糕点。她脚步轻柔,敲了敲门,见老爷笑着点头,便跨过门槛,将盘子放在桌上,与两位贵客施了个万福,嗓音清脆自报名号,然后就要告辞离去。

酡颜夫人打量了一眼这位落魄山的小管家,竟然是个粉雕玉琢的小丫头,模样瞧着倒是挺可爱的。

陈平安从盘子里拿起一个柑橘,笑着递过去。陈暖树笑容腼腆,轻轻摇头,柔声道:"老爷要是有吩咐就知会一声,暖树就在外边院子里候着。"

陈平安也不挽留,笑着点头。

陈暖树离开屋子后,邵云岩笑道:"时隔千年,我这次返乡,主要是去水经山看看。"

陈平安点头道："是该去那边叙叙旧。"

当年邵云岩让刘景龙护送卢穗，将那根仙兵品秩的葫芦藤送去俱芦洲的水经山。这种事情，原本一旦泄露出去就很容易引起大祸，如果刘景龙当时不是玉璞境剑修，师门不是在俱芦洲极有底蕴的太徽剑宗，邵云岩还真不敢开这个口，一个不小心，只会害人害己，丢了重宝不说，还要连累一位天仙坯子的剑修大道夭折。毕竟财帛动人心，更何况还是这根价值连城的葫芦藤。须知下个千年，藤上可能就又结出一大串新的养剑葫了。

邵云岩试探性问道："刘宗主和卢穗……隐官大人能不能帮忙撮合撮合？"

陈平安一阵头大，无奈道："邵剑仙，邵大剑仙！这种事，我一个外人怎么开口？"

何况彩雀府府主孙清不也是刘大酒仙的爱慕者之一？

邵云岩叹了口气。卢穗与刘景龙，卢穗的师父与自己，真像，都是苦相思。

早年邵云岩能在一处破碎洞天的秘境中得到那根葫芦藤，卢穗的师父功劳很大，但是她却毫不犹豫地将重宝送给了邵云岩。双方本该结为一对道侣，只是阴差阳错，种种缘由和曲折之下，最终有情人未能成眷属。邵云岩也担心在俱芦洲守不住这根山上至宝，才独自赶赴倒悬山。所以后来见到卢穗，邵云岩是将她视为亲生女儿的。

陈平安好奇问道："结果一事如何了？"

酡颜夫人伸手拿了个柑橘，几次将橘皮随意丢在地上，被年轻隐官斜瞥一眼，又立即默默弯腰捡起那些橘皮搁在腿上，正襟危坐。

邵云岩点头笑道："结果比预期的更好。肯定可以炼化成养剑葫的有八只，不敢说一定能成却有一定希望的犹有一只，而且一旦炼成，品秩是最好的，就是谁都不敢赌，毕竟我开价很高。说实话，我是故意为之，就没想着卖出去。"

"这是打算送我？"陈平安眼睛一亮，沉声道，"作为我们落魄山创建下宗的贺礼，也太过贵重了点，不是特别合适，不过邵剑仙要是坚持，我就只好恭敬不如从命了。"

酡颜夫人面带微笑。

邵云岩说道："隐官大人只要愿意撮合，我就送出属于意料之外的那只养剑葫。"

酡颜夫人闻言心头微颤：邵云岩，你真是舍得下血本啊。

陈平安笑着摆摆手："免了免了，我要是敢开这个口，刘酒仙非得跟我绝交。"

邵云岩突然欲言又止，陈平安笑问："难道是白裳消息灵通，在闭关之前就与你开口讨要那第八只养剑葫了？"

邵云岩点点头。

陈平安说道："那就别犹豫，卖，干吗不卖，往死里开价。"

邵云岩松了口气。

陈平安笑道："桥归桥路归路，买卖是买卖，这种事情，没半点好矫情的。"

邵云岩如释重负。

陈平安突然问道:"那只说不定买了就栽在手里的葫芦,不说你开的那个天价,如果是熟人要跟你买的话,是什么价格?"

邵云岩伸出一根手指,让陈平安咂舌不已:熟人购买还要一千枚谷雨钱?邵剑仙你这不是做买卖,是抢钱啊!

酡颜夫人说道:"来时路上我就与邵云岩谈妥了,要是隐官大人不买,我就掏钱买下,送给陆先生,就当是作为预祝她跻身飞升境的贺礼。"

陈平安点头道:"有心了。"

犹豫片刻,陈平安试探道:"邵剑仙,都是自家人,一千枚谷雨钱是不是有点过分了?我看五百枚比较公道。毕竟是要赌的,赌输就是打了水漂,足足五百枚谷雨钱呢。"

邵云岩懒得砍价,笑问道:"隐官大人,你真不买?"

陈平安确实纠结,挠头道:"要是没有开凿大渎一事,我咬咬牙也就买下了,这会儿是真穷。"

可以送的人其实很多,但是陈平安对于自己的手气实在是没有什么信心。万一没能炼成养剑葫,再要是不小心被刘羡阳听了去,陈平安完全能够想象自己被刘羡阳勒住脖子、按住脑袋追着骂的样子。他瞥了眼看似满脸无所谓的酡颜夫人,摆摆手,示意不买了,只是同时以心声与邵云岩言语了一句。

酡颜夫人眼神炙热,依旧是小心翼翼说道:"邵云岩?"

邵云岩笑道:"归你了。"

直到这一刻,酡颜夫人才忍不住笑出声。

陈平安扯了扯嘴角:"怎么,只花了一百枚谷雨钱,就让酡颜夫人这么开心了?"

酡颜夫人顿时哑然。

邵云岩会心一笑。大概这就算君子有成人之美?

原来就在方才,陈平安其实已经猜到了,之所以没有截和,想必还是那句"有心了",毕竟酡颜夫人不是给自己留的,而是要送给陆芝。

陈平安转头望向门口,说道:"暖树,帮我们煮壶茶,茶叶就用老厨子炒制的山中野茶好了。"

陈暖树赶忙走入屋内,取出茶具,开始娴熟煮茶。

陈平安笑着介绍:"这位邵剑仙是昔年倒悬山春幡斋的主人,酡颜夫人道号梅花主人,他们两位都是婆娑洲龙象剑宗的祖师堂供奉。

"陈如初,道号暖树,是我们落魄山的小管家,也是最早跟我来槐黄县城祖宅的。"

说到这里,陈平安眼神温柔:"是第一个。"

至于那位景清大爷,先靠边去,排第二好了。

人生美好风景如初见,风景得是多美好。

陈暖树闻言抬头,眼神柔柔而笑。

燐河畔搭建了一座茅草屋,门口摆了个摊子,桌上摆了三只酒碗。

一个白衣少年蹲在河边,叼着草根,两眼放空,抬起双手,来回抛着一颗鹅卵石。

有两人按约而至,离摊子约莫还有两里路。

身材修长的儒衫男子,于禄,远游境武夫,背竹箱,手持绿竹杖。

还有一个谢谢,如今是金丹境瓶颈。

于禄转头看着燐河,心生亲切。是个垂钓的好地方,陪着谢谢沿河走了不到半个时辰就找到了三处绝佳钓点。

至于为何他们不是直接御风到此,当然是谢谢需要稳定道心——毕竟是来见崔东山,甚至还有可能成为对方的弟子。能够坚持不转头跑路,离得崔东山越远越好,于禄就觉得谢谢这些年是当之无愧的修心有成了。

为了让谢谢的心境稍微轻松几分,于禄故意找了个话题,笑道:"傻子都知道这条一洲西海衔接相通的燐河,再加上几条主要支流,长达万里,是个很适合建造仙家渡口的聚宝盆,可问题在于,当傻子都知道某个买卖可以挣钱后,不出意外,就是个坑了。"

魂不守舍的谢谢笑容牵强,她哪里有心情计较一条燐河。

就像于禄说的,事实确实如此。先前在燐河源、中、尾三地附近,桐叶洲中部山河,各方势力相互抱团,呼朋唤友纷纷凑钱,大兴土木,最终先后建造起了三座渡口雏形。其间不少势力都知难而退,觉得胳膊拧不过大腿,不愿花钱打水漂,附近这座渡口的旧主人就是其中之一,而且因为比较后知后觉,还是损失了很大一笔神仙钱。

这些都缘于渡口建到一半时,好不容易打好地基,位于燐河源、尾两地的渡口势力竟然联手了,中部渡口一下子好似被掐头去尾,变得鸡肋了起来。有势力扬言要砸下重金建造一座山水大阵,彻底拦截燐河上游水运,而位于燐河入海口的那个仙家势力更不是个东西,直接重金邀请了一帮丢了神祠、失去香火的水裔精怪当供奉,每天就在燐河中部河段兴风作浪,拼命汲取水运。这些个多是昔年小国地方淫祠神祇出身的精怪还摆出架势,要在附近建造神庙,当那朝廷封正的河伯、水神。最过分的是,撤出渡口的仙家势力事后才发现,位于燐河入海口的仙家渡口竟然只是个障眼法,根本就不曾真正破土动工,摆明了一开始就是想着来燐河中部鸠占鹊巢的。

在这之后,偏偏有个拎不清的白衣少年横空出世,横插一脚,白捡了个现成的渡口地基。过程当然不会那么一帆风顺,那个身份不明、驻颜有术的山泽野修也算是个懂规矩的,就在渡口附近摆了个喜迎天下英雄的擂台——酒摊子。

临近茅屋,谢谢看着那个蹲在河边的白衣少年,顿时不由自主地呼吸急促起来,好像每多跨出一步,就要多耗费不少心神。这些年一起游历宝瓶洲,于禄经常半开玩笑地打趣她,小心以后的心魔就是崔东山。

谢谢是真怕,她怕崔东山,更怕那个"心魔崔东山"!因此,于禄一句半开玩笑的"两害相权取其轻"终于让她下定决心,既然注定躲无可躲,那就直面崔东山!这次硬着头皮赶来燐河,就是希望能够减轻对崔东山的恐惧,否则她一旦成为元婴修士,再试图打破元婴瓶颈跻身玉璞境,万一心魔真是崔东山……谢谢一想到这个,就心生绝望。

当年一起去大隋书院求学,崔东山好像就只针对她一人。但是不知为何,这次在异乡的久别重逢,看着那个蹲着发呆的崔东山,谢谢觉得好像有点陌生了,印象中的崔东山,不会这么……心神疲惫?

崔东山将手中鹅卵石丢入河中,顺便敲晕了一只鬼鬼祟祟来此刺探情报的水族精怪,使其当场现出真身。都说天边泛起鱼肚白,结果这会儿只见燐河水中央浮起一尾至少三百斤的青鱼,白花花的鱼肚子,好大一条啊。这是正月里拜晚年呢?主动送鱼肉来,不仅晚饭有了,村头摆席都没问题。

崔东山站起身抱怨道:"于禄,你怎么不早点来,害我白白挨了一位金身境武学大宗师的凌厉三拳。那三拳,天崩地裂,日月变色,分量之重,外人根本无法想象!我当场吐了好几斤鲜血,差点就嗝屁了,如此一来,岂不是要连累我们这位谢谢姑娘多花一笔冤枉钱?"

谢谢根本听不懂,也不想懂,偏偏崔东山不愿意放过她:"谢谢,说说看,你为啥会花钱?"

就在谢谢脸色惨白的时候,于禄笑道:"崔宗主是觉得你要是听闻噩耗,多半会去买一大堆爆竹好好庆祝一番。"

崔东山朝于禄伸出大拇指,再偏移视线,望向手足无措的谢谢,轻轻叹了口气:愁啊,收了这么个笨徒弟。

谢谢已经紧张得手心都是汗水,当下已经想要返回宝瓶洲了。

没有去过"揍笨处"的人,就根本没资格说她胆子小。

来这之前,于禄跟她打探过一些消息,反正早就传开了。

先来了个七境的武学宗师,拿人钱财替人消灾,其实没想着闹出人命,仍是一拳打得少年满地打滚,又一拳打得少年在空中转了十几圈,最后一拳更是打得少年面门撑地。这倒是弄得那位武夫满怀愧疚,赶紧将那少年搀扶回摊子,算是不打不相识了。

后面又来了个金丹地仙,三道攻伐术法不遗余力,打得白衣少年衣衫破碎,躺在坑里口吐白沫,浑身抽搐,半死不活的。艰难起身后,醉鬼一般摇摇晃晃走向摊子。听说这位少年姿容的野修极有豪气,颤颤巍巍端起碗,先喝了半碗酒,再吐回去半碗鲜血。

最后来了个金丹剑修,同样是山泽野修出身,结果不知为何,与那白衣少年言语几句就临阵倒戈了，反而替那白衣少年守擂——不难猜，肯定是白衣少年给了他一个更高的价格——这就很崔东山了，于禄是半点不奇怪的。

崔东山抖了抖袖子，开始围绕着谢谢转圈圈，笑嘻嘻道："既然来了，就当默认你是我的嫡传弟子了。拜师茶就免了，不喝，我胆子小，怕你下毒，或者往里边吐口水。"

谢谢身体紧绷，面无表情。

崔东山还在兜圈："让我多出个谱牒上边的亲传弟子，谢谢谢谢。"

谢谢额头渗出细密汗水。

于禄这次没有帮着解围。要过心关，走独木桥，旁人拖曳、搀扶皆不可。

崔东山突然问道："于禄，早年龙泉剑宗铸造的剑符有没有带在身上？有的话就拿来，当是帮谢谢给出一份拜师礼了，我替谢谢谢谢你。"

于禄笑着从袖中摸出数把袖珍符剑，说道："放心，都是早年的。"

崔东山接过手，竟然有五把之多，小有意外了，本以为撑死了就三把符剑。他笑问："怎么这么多？"

于禄解释道："当年手边有点闲钱，就与龙泉剑宗报备丢失了两把，又买了两把，龙须河边铁匠铺子的徐小桥可能是看在我跟陈平安关系的分上，没有计较，只是提醒我事不过三。此外，徐小桥也答应了我的某个请求。至于其余两把符剑，是我跟仙师购买来的，价格翻倍，估计对方现在还是觉得做了笔划算买卖。"

当年在骊珠洞天旧址的龙州地界，道场在西边大山的练气士想要升空御风，或是外乡人御风路过龙州地界，都需要与龙泉剑宗购买一把小巧如飞剑的符剑。如今旧龙州变成了新处州，龙泉剑宗也搬去了北方的大骊京畿之地。

其实龙泉剑宗已经不再铸造类似通关文牒的符剑，但是阮邛订立的这条规矩这些年还是人人遵守，没有人敢率先破例，毕竟阮邛如今仍然是大骊王朝的首席供奉。

崔东山赞叹道："于禄啊于禄，你还是聪明。"

他一招手，将那条顺水往下游漂去的大鱼给拽回来，嘴上嚷嚷着，高高跳起，一脚踹在那条大鱼身上。

打完收工，拍拍掌，崔东山自顾自点头道："我这脚法无敌手，硬是要得！"

被崔东山一脚踹飞滚落在地的那条大鱼突然幻化人形，一身尘土，呆呆坐在地上，是个五大三粗的汉子模样。

崔东山伸出手指大骂道："你这撮鸟贼配军，好不正经，躲在水里东瞧西望的，是不是见我徒弟肤白貌美就馋她的身子，要掳走当压寨夫人?!"

不等那晕乎乎的壮汉如何打个腹稿，崔东山一袖子横扫，又将汉子打回原形，重重坠入燐河中，溅起不小的浪花："两军交战不斩来使，这次饶你一命，传话给你家主子，明人不做暗事，有本事就约个地方跟我单挑，他赢了，这座渡口就归他，我赢了……我怎么可能赢过一位威名赫赫的远游境宗师!"

那条青鱼在水中都不敢恢复人身,使劲摇头摆尾往燐河下游逃窜。

崔东山扯了扯嘴角。等到新渡口建成,没个三五十号人马,很难维持正常运转。所幸这些人手都不需要多高的境界,做些不用动脑筋的苦力而已,到时候就将这些个淫祠出身的水神精怪一网打尽,一个都别想跑。至于需不需要给俸禄……都给你们命了,还给啥钱?

在崔东山的建议下,三人一起沿河往上游散步,于禄问道:"渡口有名字了吗?"

崔东山没好气道:"取个雅俗共赏的好名字哪有那么简单,我又不是先生,可以信手拈来。"

宝瓶洲牛角渡,仙都山青衫渡,灵璧山野云渡,这是第四座私人仙家渡口。

燐河沿岸如今小国林立,鱼龙混杂,亡国遗民恢复国祚与自己开国称帝的差不多对半分。只有那么几个被视为术法通玄的金丹老神仙,当国师或是护国真人,忙着拿一堆封号,替新君封禅五岳,封正江水正神,或者开山立派,好不威风,往往同时兼任几个小国的首席供奉、客卿。只是这类事,儒家书院是不会管的,一般来说,只要没有练气士逾越文庙既定规矩,那么山下的改朝换代,书院的君子贤人都是不会过问的。

"于禄,知道桐叶洲名字的由来吗?"

"翻过些地方志和野史,好像在上古时代,中土神洲有位雄才伟略的得道君王,削一片宫苑桐叶为珪形,赐给自己的亲弟弟。后者来到桐叶洲,在旧大渎畔建立王朝。这条消失多年的旧渎名为汾渎,水运最为鼎盛时,主要支流有包括浍河、漱江在内的十二条江河大水。陵谷变迁,如今大泉王朝的埋河只是汾渎入海河段的一小截,至于脚边这条燐河,更是昔年汾渎的一条不起眼的小支流,长不过两千里。桐叶宗、玉圭宗这两个桐叶洲势力最大、绵延最久的南北宗门,追本溯源的话,其实是同源,故而两宗的开山祖师姓氏相同。"

谢谢亦是由衷佩服。于禄一个纯粹武夫,这些年游历途中到底看了多少杂书,她是大致有数的。

崔东山啧啧称奇:"问你一个问题,能给出两个答案,这是买一送一呢?"

于禄微笑道:"就当我顺带着补上了谢谢的答案。"

崔东山感叹道:"哪怕你只是分给我这个嫡传一丢丢的脑子也好啊。"他双手叉腰,"笨徒儿,我打算将你逐出师门,不跟你开玩笑的,严肃点!"

别说谢谢目瞪口呆,不知所措,就连于禄都呆若木鸡:你崔东山都是一宗之主了,还这么儿戏吗?

白衣少年一左一右摇晃肩头,再抬起一只雪白袖子晃了晃,得意扬扬道:"先生不在,你告状啊,去告状啊。"

于禄叹了口气,低头伸手入袖,指尖拈出一个信封。

崔东山以迅雷不及掩耳之势与谢谢斩钉截铁道:"好徒儿,为师跟你开玩笑呢,莫当真!"

于禄依旧动作不停,崔东山健步如飞,一手伸手攥住于禄的胳膊,一手将信封往于禄的袖子里推:"于禄,都是共患难同富贵的好兄弟,别一言不合就干吗干吗的。自家兄弟,别动不动就祭出杀手锏,只会让亲者痛仇者快。"

谢谢越发如坠云雾:于禄这是做什么,崔东山又在做什么?

于禄以心声与谢谢说道:"来之前大致猜到了你的处境,我就偷偷帮你讨要了一张护身符。"

谢谢恍然。如果不是面对崔东山,其实谢谢还是一个极其聪慧、极有灵气的女子。

崔东山板起脸问道:"谢谢,你以后见着了我的先生,知道该怎么称呼吗?"

跟骑龙巷小哑巴一样喊师祖呗。谢谢难得板着脸,于禄悄悄摇头。

崔东山咧嘴笑了笑,也难得没有继续恶心谢谢,双手抱住后脑勺感叹:"做人可以严肃古板,但是说话不可以刻薄。如我这般好皮囊又好心肠的,确实不多了。

"你们两个都曾经是天之骄子,一个是旧卢氏王朝的太子殿下,一个是号称旧卢氏王朝最有希望跻身玉璞境的修道天才,谁知翻天覆地,都成了刑徒遗民。记得你们当年还给我当过杂役,是在二郎巷袁氏祖宅?也算吃过很结实的苦头了……

"一个人在最没钱的时候,遇到的好人坏人好事坏事,都是真。所以我家先生至今记得诸如妇人的一碗饭、某个鼻涕虫递过来的包子、隔壁灶房的木人、老妇人用红纸包起来的几个鸡蛋之类的小事。但是我觉得,一个人记性太好,也不太好。老话都说,人不心狠,钱就不进口袋。好像下下人要想成为上上人就得狠,只能狠,那么硬心肠就是一把锋锐刀子,只伤他人。其实软心肠也是一把钝刀子,却只会消磨自己。每一次咬牙告诉自己不要再做哪种人了,所谓的成熟,都是在给昨天的自己守灵。"

于禄有些奇怪。这会儿的崔东山有点古怪,因为太正常了。当年游学路上,崔东山是从不与他们谈心的,跟人正儿八经讲点道理更是从没有过的事情。

然后崔东山就笑着问了一连串的问题:"于禄,你们赶来桐叶洲之前,旧卢氏王朝京城所在的大骊绛州始终没去过吧?那么谢谢有没有劝说你恢复本来名字,然后在桐叶洲立国?又比如可能得等个二三十年,由她来当国师?再比如劝你走趟蒲山云草堂之类的,好以武夫身份学点延寿益年的仙家术法?"

于禄坦诚说道:"几乎都被崔宗主猜中了,唯一的出入,就是谢谢觉得不用等二三十年,只需在桐叶洲找块地盘,谋划个一二十年就足可立国了。"

崔东山瞪大眼睛:"谢谢,你对自己能够跻身元婴境如此胸有成竹吗?"

谢谢点头说道:"最多二十年,我就一定能够跻身元婴境,这还是做好了第一次闭关不成功的打算。"

崔东山诧异道："那我岂不是又捡到了个现成的宝贝？一个足可打遍燡河两岸无敌手的元婴境欸，不比一座空壳子渡口地基更值点钱？"

谢谢默然。

崔东山转头说道："于禄，不要矫情扭捏了，也不要再故作散淡了。逐鹿者不顾兔，拿出一点大老爷们儿该有的魄力来，一二十年都不用等。于禄，地盘我都帮你找好了，就在这燡河北岸，回头南岸这边，距离不远的地方还有个惊喜等着你，至于是什么惊喜，不着急，容我卖个关子。

"人生最怕相逢无酒钱嘛，按辈分算，咱俩还是同门师兄弟呢，等你当了一国之君，我这徒弟再给你当国师，有这两层关系在，我还能缺酒喝？"

于禄欲言又止。之前他就与谢谢说过一句，既是问她，更是自问："在别洲延续国祚，能不能算是复国？"

崔东山没来由说了一句："要把自己放得很低，眼光看得很高。"

于禄问道："不是看得很远？"

"人在毫无希望的困境里，是绝对看不长远的。"崔东山摇摇头，"但是谁都拦不住我们抬头看天。"

谢谢当然不敢插嘴半句，要是听到陈平安说这种话，她肯定要玩笑一句："这不就是井底之蛙吗？"

崔东山笑呵呵道："对，我们都是井底之蛙。"

崔东山低声喃喃："须臾少年。"

槐黄县城学塾那边，散学下课时天色还早，家境好的稚童纷纷放起了纸鸢。

喝过茶水，聊了些山水见闻，陈平安带着邵云岩和酡颜夫人出门，闲逛落魄山。

行人走上青山头，白者是云碧是树，不知人间第几天。

不承想邵云岩找了个由头，竟然不仗义地自己散步去了，这让与年轻隐官独处的酡颜夫人紧张万分。

陈平安与她一起走向山顶，手中多出好似一枚铜钱的彩色绳结，笑问："认识？"

酡颜夫人神色微变。这彩色绳结是由百花福地众多花神各自抽取一缕精魄炼化而成，与她没有直接关系，却有些渊源——当年她能够活着逃遁至倒悬山，百花福地的数位花神暗中出力不少。所以上次文庙议事，酡颜夫人与百花福地就极为亲切。

陈平安收起绳结，说道："你这次陪着邵剑仙云游中土，可以帮我捎句话给百花福地，就说我下次拜访会携带此物，至于归还一事，需要面议。"

酡颜夫人流露出讶异神色：年轻隐官算是白给自己一份人情？像那山下王朝，给金榜题名的举子报喜可都是有报酬拿的！况且得到此物的惊喜之大，岂是读书人考中进士之喜能比的，百花福地众多花神人人有份。故而酡颜夫人完全能够想象，将来自己与邵云岩在百花福地会是何等的座上宾。不管陈平安与福地花主事后谈得如何，自己说不定都能在百花福地捞个客卿当当——作为梅树成精的上五境草木精魅，酡颜夫人岂会对百花福地没有念想。这就与浩然本土妖族修士将铁树山视为圣地，山泽野修对白帝城心神往之是差不多的道理。

陈平安笑道："这就当是你在南塘湖青梅观消耗一百多年道行的报酬了？"

酡颜夫人嫣然笑道："没问题！"

天下草木花卉精魅，祖师堂其实就只有一座啊。

陈平安双手笼袖，走上山顶："梅净，是叫这个名字，对吧？"

酡颜夫人神色微变，笑容牵强起来。梅净是她在避暑行宫秘档上的真名，她的妖族真名。要想在倒悬山，在道老二那位大弟子的眼皮底下开辟出一座梅花园子，她岂能不自报真名？

陈平安说道："返回浩然天下，衣锦还乡，云游四方，作何感想？"

在倒悬山，酡颜夫人就只能扶持傀儡，担任梅花园子的幕后主人，都不敢离开园子。如今却当了龙象剑宗的记名供奉，公认是陆芝的好友、落魄山的记名客卿，如今与邵云岩做伴，浩然九洲何处不敢去？

酡颜夫人顿时心弦紧绷，反复思量。自从腾空梅花园子交予剑气长城，与那只隐匿极深、化名边境的飞升境大妖彻底划清界限，选择主动跟随陆芝，再一起重返浩然天下，在婆娑洲齐廷济创建的龙象剑宗担任供奉，前不久给雨龙宗担任客卿……怎么思量都没有半点越界之举啊。再说了，秋后算账葛藤禅，也不是这位年轻隐官的一贯作风。别的不说，陈平安做事情还是很爽利的。

陈平安说道："人有心结树有疤，浩然天下，或者说浩然天下的练气士，尤其是谱牒修士，在你心中，就是一个疤。"

酡颜夫人小心翼翼说道："我已经释然了，隐官大人不必担心我会与谁不依不饶，继而给龙象剑宗招惹不必要的麻烦。"

岁月悠悠，反正当年为难她的那拨练气士也没剩下几个了。

陈平安说道："不要跟这个世界达成和解，每一次所谓的和解，不是自欺欺人就是委屈，委屈永远是委屈，不会减少丝毫的。

"只说我自己的一点见解，要小心翼翼，偷偷摸摸，悄悄拆解这个世界，首先就得知道这个世界到底是怎么回事，了解很多人为什么会说那样的话、做那样的事。其实这一点，酡颜夫人做得比以前好多了。贫时靠狠穷靠忍，至于等到下下人翻身变成上上人，到底是一门心思报复曾经的恶意，还是报答当年的某些善意，或者两者兼有，人各有志吧,都可以理解。

"与我关系亲近与否,能否称为朋友,你其实不必用丢几瓣橘子皮来试探,要不是暖树需要收拾屋子,而且暖树绝对不会让我代劳,我才懒得管你。"

酡颜夫人赧然一笑:"隐官大人,是我画蛇添足了。"

陈平安说道:"齐廷济有自己的野心,而且很大。他还是一个极端追求思路缜密、行事严谨的人。换句话说,就是个有强迫症的,有洁癖,只是他一直隐藏得很好。以前在剑气长城管着一个家族,环境逼仄,由不得他流露天性,舒展手脚,如今变成了宗门,在婆娑洲一家独大,所以这个特点会逐渐扩大、显露出来。何况你在齐廷济眼中是有个标价的,这句话说得很难听,而且也有背后说人是非的嫌疑,但我不希望将来因为你,因为某件事,陆芝跟齐廷济翻脸,大好局面付诸流水。不管别人怎么看,只说我,在某种意义上,是将婆娑洲的龙象剑宗和桐叶洲的青萍剑宗视为剑气长城的香火延续的。

"陆芝有自己的剑道追求,分心与人问剑非她所愿,她不喜欢想太多,出手太重,容易不留余地。浩然天下从来委屈不了陆芝,但是陆芝就你这么个朋友,她一旦为你递剑,只会更重。文庙的规矩,陆芝是不太在意的,但是以后百年内,文庙约束大修士只会越来越严格。这不是在危言耸听,就像我自己,因为某个谋划,先前就做好了上下两宗被文庙封山百年的心理准备,然后我自己还得被礼圣丢去跟刘叉做伴一甲子、百来年的样子,每天炼炼剑钓钓鱼。

"邵云岩境界不够,虽是剑仙,却不擅长与人厮杀,况且他志不在剑道登顶,以前是,以后亦然。要我说啊,我们邵剑仙才是活得很通透的人,醉后添杯不如无,渴时饮水甘如露。老来身健百无忧,且作人间长寿仙。就这么两个道理,一个如何为人处世,一个为何上山修道,都被他彻底想明白了,真正做好了。所以邵云岩也不合适为你出头。"

酡颜夫人听得越发迷糊:陈平安你到底想要说什么?

陈平安说道:"弯来绕去跟你说了这么一大通,说得简单点,其实就一句话,你最终能够依靠的,始终是你自己。"

敢情道理前后,正的反的,大的小的,都给你陈平安一个人说了去。

酡颜夫人听到这里,只觉得心都凉了:又添了个天大委屈不是? 有你这么说理的?

陈平安微笑道:"我相信如今的梅净,所以将来遇到事情,找宗主齐廷济求助未必讨喜,让陆芝出面解决,痛快是痛快,可毕竟很容易一发不可收拾,齐廷济哪怕愿意帮忙收拾,不找陆芝说什么,但是你肯定就要被穿小鞋了。所以你就要靠自己了,比如写一封信寄给落魄山,跟我打声招呼,保证随叫随到。"

这样的口头承诺,陈平安只给过两个人:挚友刘景龙,穗山神君周游,后者还是自家先生的缘故。

陈平安笑道:"即便我当时不在山中,甚至不在浩然天下,导致无法第一时间赶到,我也会跟朱敛和崔东山事先打好招呼,将你的请求作为上下两宗的优先解决之事。放心,我一定会让招惹你的人或者宗门知道什么叫自找麻烦。"

酡颜夫人怔怔出神,回过神后,默不作声,只是仪态万方地与年轻隐官施了个万福。

一袭青衫凭栏而立,好像双方不谈正事就没什么可聊的了,一时间都有些沉默。

酡颜夫人突然转过头,问道:"陈平安,今天与我谈心,先取出彩色绳结,再报出我的真名,然后说出齐宗主、陆先生和邵云岩的心性,最后与我说明初衷,是不是也算一种对我的拆解?"

"别把一件好事,一句好话,说得这么怪。"

"对了,陈平安,你前边说的谋划到底是什么,后果这么严重?"

"将已经被文庙赦免的仰止骗出再砍死,再等着被礼圣抓去功德林关禁闭。"

第六章
双喜临门

　　远幕峰与黄湖山相邻，流云至此山如人缓缓登山再骤然奔袭下山，霎时间云海倾泻如瀑。

　　头一遭的稀罕事，陈平安亲自督造远幕峰的营建事宜，与朱敛一起推敲各个细节。

　　因为陈平安常年远游，连同祖山落魄山在内，几乎都是朱敛这个大管家在负责土木营造。

　　陈平安购买了许多大条青石板，打算将整座远幕峰的山路都铺成青石路，两侧竖起竹栏。山中青竹遍地都是，倒是可以就地取材。

　　每天清晨时分，陈平安还会陪周米粒巡山，再去泉府账房与韦文龙和张嘉贞一起对账，回到竹楼后，就亲笔回复一些个请帖。

　　郭竹酒不爱去拜剑台，反而经常去仙草山闲逛，连带着谢狗也跟着，撺掇她一起成立个帮派。

　　陈灵均每天掐点"闭关"两个时辰后就准时出门，要么去山门找仙尉道长唠唠嗑，要么就顺道去骑龙巷视察一番，跟那个升了官的白发童子拌个嘴——谁让贾老哥去当了风鸢渡船的二管事，不着家啊。来回路上，瞧着空落落的行亭，白玄那小兔崽子不在那边摆摊喝茶了，陈灵均觉得挺不是个滋味的，就想着什么时候好好劝一劝老爷，不如把白玄喊回来吧，小心又被大白鹅挖了墙脚去，落魄山岂不是又要折损一员能堪大用的未来大将？一个敢跟裴钱死磕的好汉，不多的，看那太徽剑宗的白首，如今敢吗？所以说白玄这孩子出息不小，年纪虽小，志向高远。

陈平安近期每天拿出至少一个时辰在竹楼二楼给赵树下教拳。

第一次教拳，只是让赵树下见拳法之内在，于自身小天地见其深邃。

第二次教拳，陈平安依旧没有喂拳，却让赵树下见识到了什么叫别有洞天。陈平安双指掐诀，符阵立显，二十四张符箓刚好与一年节气一一对应。陈平安再一挥袖子，屋内只留下小暑、大暑两张节气符箓，二楼顿时拳意弥漫，如酷暑炎炎，让赵树下瞬间汗流浃背。等到陈平安再拈出大雪、冬至两符，屋内顿时就变成了寒冷冻骨的拳意。

陈平安让赵树下拉开桩架，朝自己全力递出一拳。赵树下照做，陈平安抬手轻拂，将拳意打散，再拈出谷雨、霜降两符。赵树下再出拳，结果发现师父根本无须躲避，自己的拳意就自行消磨在两人之间，离师父所站位置好像还隔着千山万水。

陈平安没有撤掉那两张符箓结成的小阵，只是让赵树下先靠墙而立，然后再起一拳架。刹那之间，屋内拳意凝如洪水流淌，四散而开，整座竹楼随之一震，继而整座落魄山的山气、云海轰然而散，赵树下也被早已等在门外廊道的朱敛背着下楼去了。

朱敛道："公子，根本没法打啊，那场问拳，地点不变，不如时间再缓缓？万一今年南苑国京城整个冬天都不下雪呢？不如明年再说吧？后年也行！"

陈平安呵呵一笑："你说巧不巧，我是练气士，更巧的是刚好五行本命物齐全，下雪一事不成问题，想要让雪下多大都行。"

朱敛说道："那我认个输？"

陈平安微笑道："劝你还是省省吧，少示敌以弱。"

自信满满给人喂拳，结果被对方直接一拳砸在面门上，这种糗事，陈平安是绝对不会再犯的。

朱敛嘿嘿笑道："公子不该借那本拳谱给我的。"

陈平安笑道："骗我掉以轻心不成，就开始吓唬我呢？都用上兵法啦？"

之后第三次给赵树下教拳，陈平安这个当师父的可能终于调整好了心态，于是赵树下就开始吃苦头了。虽说没有崔前辈的那些"重话"，但是对于一位四境武夫而言，陈平安的拳脚可不算轻。

熟能生巧，再之后教拳，因为大致确定了赵树下的体魄极限，陈平安能够保证接近一个时辰的喂拳。

这天，晕死过去的赵树下又被朱敛背着去泡药水桶。一楼廊道里，陈暖树和周米粒面面相觑，都轻轻叹了口气，不说什么了。其实比起小时候的裴钱，赵树下还要略好几分。毕竟裴钱还会经常用木棍、竹片绑着胳膊和手指抄书。

陈平安跟她们约好了，每天这个时辰都可以来耍，陈灵均觉得跟两个丫头片子没啥可聊的，经常坐一会儿就走。

最近陈灵均一直找那骑龙巷左护法谈心，骑龙巷分舵新设骑龙巷总护法一职，点卯勤快的朱衣童子顺势升了官。

裴钱每过一段时日就会寄信到霁色峰,按照老规矩,信封上都有一句"右护法亲启,暖树姐姐读信和保存"。

所以朱衣童子从骑龙巷右护法升为总护法一事就算是敲定了,周米粒在山门口传达这个喜讯的时候,香火小人儿先是双手作出捧圣旨状,然后神色肃穆地正了正衣襟,毕恭毕敬地面朝南方,弯腰作揖拜谢三次。

至于骑龙巷左护法,它还能如何,继续趴窝不动呗。陈灵均一直对这家伙怒其不争:也是个扶不起的惫懒货色,自己都不想着升官,让他景清大爷如何栽培、提携?

陈平安在路口默然站立片刻后就走回了廊道,陈暖树好奇问道:"老爷,那只折纸燕子是送人了吗?"

中土五岳烟支山的那位女山君在功德林曾经送出一只折纸乌衣燕子,可以视为一个香火小人儿,只需要放在祖宅匾额或是房梁上,而且离名山大岳越近越有灵气。

陈平安笑着点头:"很不舍得。送了心疼,只是送了也会心安。"

他后仰躺下,双手枕在脑袋下边,跷起腿,笑着问道:"暖树、小米粒,你们说岑鸳机这么辛苦练拳,到底追求什么?"

要说岑鸳机是居山修道,如此不知疲惫,好像还能理解几分,从此仙凡有别,追求证道长生,哪怕修行小成,也可以延年益寿。可是她每天这么练拳,夏去秋至,冬去春来,年复一年,风雨无阻,照理说总得有个想法和盼头,可好像岑鸳机也没有说一定要如何,好像练拳就只是练拳,连陈平安耐心这么好的人有时都会无聊到想要帮岑鸳机大致算一算她这些年到底走了多少步拳桩。

陈暖树想了想,轻声道:"朱先生说她是拳中有自我,裴钱说她是想要证明女子练拳也能有大成就,陈灵均说她是一根筋,各有各的说法。我觉得岑姐姐可能就只是在做一件自己真心喜欢的事情吧,别人眼中的结果如何好像不是那么重要,又可能这个过程就是最好的结果。"

陈平安点点头:"有点明白了。"

周米粒原本正双手托着腮帮数崖外过路的白云,等到好人山主躺下,她就立即一个侧翻,再旋转半圈,一起仰面躺着,与好人山主有样学样,跷起腿一晃一晃。

陈平安闭着眼睛。

他最早的设想是元婴境崔嵬坐镇拜剑台,与九位剑仙坯子一起炼剑修行。所以当时隋右边在祖师堂议事时突然提出要将拜剑台作为道场,他就随便用了个借口拒绝,说别处宗门是金丹境开峰,落魄山得是元婴境。

结果九个孩子中,虞青章和贺乡亭与于樾拜师,离开了宝瓶洲。程朝露、何辜、于斜回又各自拜师,由于他们的师父都是青萍剑宗祖师堂成员,便跟着更换了谱牒,理所当然去了桐叶洲。白玄和孙春王虽然没有去桐叶洲，却也留在了密雪峰上的那处洞天道场内炼剑，所以最后真正留在落魄山的，就只有纳兰玉牒和姚小妍两个小姑娘了。而纳兰玉牒这个财迷还喜欢跟着担任落魄山掌律的师父一起乘坐风鸢渡船走南闯北，跨越三洲之地。据说她随身携带一本册子，方便在各个仙家渡口靠岸时，若是想到了能够挣钱的好点子就立即记录下来。

陈平安睁开眼睛，坐起身盘腿而坐，感叹道："有了青萍剑宗，落魄山这边，以后剑修数量就很难增加了。"

周米粒跟着坐起身，使劲点头道："这可如何是好？"

陈平安伸手揉了揉她的小脑袋："这颗机灵的脑壳帮忙想个主意？"

周米粒点点头，双臂环胸，闭上眼睛，皱着两条疏淡微黄的眉毛。

陈平安也不打搅她，转头笑问："暖树，那些闲置的藩属山头，远幕峰之外，有特别喜欢的地方吗？要是有，就跟我说一声，我帮你留着。"

如今闲置的藩属山头有灰蒙山、朱砂山、蔚霞峰、拜剑台、香火山、远幕峰、照读岗，以及曾经租借出去，现在又再租借回来的宝箓山、彩云峰和仙草山，总计十座，都是可以作为开峰地点的。

远幕峰陈平安已经早早给了李宝瓶，所以先前纯阳真人才会在那儿崖刻一篇道诗。如果蒋去没有成为崔东山的嫡传弟子，更换谱牒，去了青萍剑宗，那么作为落魄山严格意义上的第一位符箓修士，等到蒋去将来成功结金丹，宝箓山就是预留给蒋去的。照读岗那边，林守一、于禄和谢谢各自都挑好了有眼缘的府邸。只是一旦成为儒家君子贤人，就不可担任任何仙府门派的谱牒修士或记名供奉了。

西边大山如今还留着十余个外乡仙家势力，就像作为黄粱派下山的衣带峰。

上次姜尚真说话直接，那些个不熟的仙府，只要买卖双方你情我愿，就有了香火情："天底下就没有一堆谷雨钱解决不了的事情，如果有，就再加钱！"

如果只是这么一句话，就不是落魄山周首席的行事风格了，姜尚真的后边一句话才是精髓："只要今天山主开口，我离开雾色峰就去敲门，明儿但凡有一位仙师不是眉开眼笑搬出山头的，就算我这个新任首席供奉做事情不讲究！"

其实上次雾色峰祖师堂议事，泉府韦文龙早就挑明了，自家落魄山早已还清债务，泉府账簿上边所谓的"略有盈余"指的是还有三千六百枚谷雨钱的现钱，这还不算那六百枚金精铜钱！

陈暖树摇头道："老爷，我还是龙门境呢，金丹都不是，离元婴还远呢，不用留。"

而且她也不愿意离开这里，就算离落魄山再近，也终究不是落魄山啊。

陈平安笑道："那就不着急。"

好像在她们这边，山主说得最多的一句话就是不着急，不知不觉，反复说。

陈平安继续说道："某位大爷就不一样，已经在犯愁到底该选灰蒙山还是朱砂山好了。在牛角渡还故意有此问，给我下套呢，我就没搭茬。"

陈暖树皱了皱眉头，又笑了笑。

就这样，又一天，白云走上青山头，来了又走。

仙草山中，杏花桃花里，笛声悠悠喊来满天月色。

骑龙巷的相邻两间铺子都打烊了。

老厨子犒劳自己，炒了两碟下酒菜，每抿一口酒，就翻动一页拳谱。

小陌在那栋被自家公子取名为两茫然的私宅书楼内瞥了眼窗外，本想说点什么，想起公子的教诲，便忍住没开口。

仙尉道长辛苦看门一天，挑灯夜读，偶尔也会提笔蘸墨写点什么。前人为今人谋福祉，今人也要为后人做点贡献。

有人骑驴入山，摇摇晃晃，意态闲适。

不过当然是一张符箓化成的驴子，修道之人翻山越岭，若想珍惜脚力，都喜欢用这类符箓来代步，就是价格不低，而且损耗颇多，下五境练气士往往是买得起，用不起。

男人不修边幅，满脸络腮胡，骑着小毛驴正在吟诵，摇头晃脑，神色自得。

离落魄山还有段路程，一人一驴就要过溪涧石桥时，对面出现一袭青衫，微笑道："驴背何人，独得诗句。"

刘灞桥哈哈笑道："陈平安，每次看到你，我就觉得自己格外英俊。"

好个开场白。

陈平安面带微笑："灞桥兄，这次下山，已经去过正阳山小孤山了？下次再去，记得报我的名字，多住几天也无妨，只需下榻白鹭渡的过云楼，我与客栈前任掌柜倪月蓉、渡口管事韦月山都是朋友，可以记账的。"

刘灞桥一下子给戳中了心窝子，顿时脸色尴尬："就你屁话多。"

那场观礼风波过后，刚刚跻身宗门的正阳山虽然沦为一洲笑柄，却也不全是坏事，比如早年被风雷园黄河打碎剑心的苏稼返回正阳山。虽然苏稼已经不再是剑修，也仍然被重新纳入祖师堂嫡传谱牒。只是当下外界都不清楚，其实苏稼又有一桩新机缘，得以继续炼剑，经常往来于小孤山和茱萸峰。只是山主竹皇的关门弟子吴提京莫名其妙脱离了谱牒，离开正阳山，不知所终。

作为正阳山的死敌，风雷园园主黄河已经赶赴蛮荒天下，如今身在日坠渡口，犹有师弟刘灞桥这位元婴境剑修坐镇山头，而且刘灞桥还是宝瓶洲评选出来的年轻十人之一。当然，具体名次是跌了再跌，相较于已经拥有两位玉璞境剑仙的正阳山，如果只是比拼纸面实力的话，风雷园到底是落了下风。

陈平安笑问道:"怎么想到来落魄山了?"

"跟师兄约好了百年之内跻身玉璞境,这不是还有九十多年嘛,凭我的炼剑资质,急什么?"刘灞桥翻身下了驴背,"炼剑不能关起门来闷头瞎来,看看风雪庙魏晋,再看看你跟刘羡阳,哪个不是喜欢到处乱晃的? 你们仨都是四十来岁跻身的玉璞境,我之所以到现在还只是个元婴境,就是下山太晚,次数太少。"

对于跻身玉璞境,刘灞桥还真不是自负,确实是有几分底气的,可要说仙人境,师兄黄河看得真准,刘灞桥就只能靠熬了。昔年宝瓶洲地仙联袂登高飞升台,能否得见远古天门,就是一块最好的试金石。

刘灞桥贼兮兮问道:"怎么舍得将隋右边交给下宗?"

下山、下宗势力过大,反客为主,一向是山上大忌。当然了,落魄山不用担心这个。刘灞桥对陈平安还是很有信心的,短短三十年间创建上下两宗不说,陈山主还是他看着长大的呢。

陈平安没好气道:"这有什么舍不舍得的,她是剑修,青萍剑宗是剑道宗门,要是她留在落魄山才叫有鬼了。"

宝瓶洲年轻十人由真武山马苦玄领衔,其他还有龙泉剑宗谢灵、马苦玄的师伯余时务、云霞山绿桧峰蔡金简、落魄山隋右边、姜韫、书院周矩,以及一个名为赵须陀的散修道士等人。在被谢灵和余时务分别赶超后,已经跌出前三的刘灞桥由于与隋右边同为剑修,极有可能会被挤到第五的位置。可隋右边去了桐叶洲,如此一来,宝瓶洲年轻十人就等于出现了一个空缺,这让刘灞桥很开心:躺着不动,啥事没做,就保住了屁股底下的那把座椅。所以最近在风雷园,再瞧见那些个只会说风凉话的师门长辈,刘剑仙腰杆硬,嗓门大,说话冲。

陈平安笑道:"你也就是运气好,风雷园年轻一辈天才多,两三百年内都不会有后继无人的顾虑,不然以黄园主的性格,在下山之前,都能直接降下一道法旨,让你禁足百年,乖乖炼剑。"

李抟景兵解离世之后,他的大弟子黄河挑起了风雷园大梁。正阳山那边,祖山一线峰山主竹皇也好,满月峰上的玉璞境老祖师夏远翠也罢,还真不敢与元婴境的黄河问剑一场。风雷园非但没有就此颓败,反而呈现出一种蒸蒸日上的气势,而且刘灞桥的几个师弟、师侄都是极有天赋的年轻剑修。

刘灞桥点头道:"按照师兄的说法,宋道光、载祥、邢有恒、南宫星衍他们几个未来都有希望跻身元婴境。"他揉了揉下巴,"陈平安,你就没觉得奇怪吗,自从魏晋跻身上五境,如今我们宝瓶洲的地仙剑修怎么好像一下子变得不值钱了?"

陈平安笑道:"可能是某张渔网破了?"

刘灞桥疑惑道:"怎么讲?"

陈平安说道:"多说无益,自己体会。"

刘灞桥牵着毛驴,笑道:"我有个师侄叫邢有恒,你应该没听说过……"

这个每天看似吊儿郎当乱晃悠的邢有恒,其实背地里修行最为勤勉,堪称拼命,每次离开道场时却会假装诧异:某某师兄怎么又在闭关炼剑?

刘灞桥很喜欢他,觉得很像自己。

陈平安却说道:"知道,一个很年轻的龙门境剑修,杀力在同境剑修中算是很出彩了。怎么,这就结金丹了?如果没记错的话,邢有恒如今才三十岁出头吧?"

刘灞桥笑着点头:"有运气的成分,不过到底还是成功结丹了。这里边关系到一桩玄乎的仙家机缘,因为涉及山门内幕,就不与你多说了。反正就是风雷园准备要在立夏这天举办一场小规模的开峰庆典,只邀请些熟人。我那个师伯每天烦我,说我与你既然早就熟识,关系到底有多好,别靠嘴说,赶紧与落魄山敲定此事,我们风雷园也好早点安排座位。而且师伯下了一道死命令,必须得是你亲临,不能让落魄山旁人代劳。还说自从你上次亲临娄山,黄粱派尾巴都快翘到天上去了,我们风雷园怎么都不能比一个黄粱派差了。

"我担心只是飞剑传信一封请不动事务繁重的陈剑仙,到时候随便找个由头就婉拒了,那我丢脸就丢大了,我那师伯脾气不太好,都能把鞋底板砸在我脸上。这不,我就当面邀请你参加这个庆典来了。咱也不整那些虚的,陈平安,要真有事,脱不开身,没关系,人不去,只要别让我今儿空手而归就行,就算没白交你这个朋友。"

如今风雷园那几个辈分高的老古董每天来回来去就只有担心园主、表扬邢有恒他们、骂刘灞桥这几件事可做。

陈平安啧啧道:"见过山上门派庆典收钱的,没见过跑到别家山头讨要贺礼的。"

刘灞桥理直气壮道:"二弟别说大哥啊,就你和魏山君联手捣鼓的那些夜游宴,整个北岳地界都快怨声载道了,我跟你们比,差远了。"

陈平安笑骂:"放你的屁,那么多场夜游宴跟我有半枚铜钱的关系吗?你要是不信,我可以拉来魏檗当面对质,看看到底有没有一枚雪花钱落入我落魄山的口袋。"

刘灞桥恍然道:"你不说我倒要忘了,这次开峰庆典,魏山君若是能够忙里偷闲也是极好的,你记得帮我捎句话给披云山。"

陈平安笑呵呵道:"我也是运气好,交了这么个朋友。"

刘灞桥说道:"别废话,就说你到底去不去吧。"

陈平安无奈道:"去,保证去。"

刘灞桥建议道:"先说不去,今儿先用个贺礼糊弄过去,回头再给风雷园一个惊喜,其实更好。"

陈平安扯了扯嘴角:"这叫人财两得,对灞桥兄来说当然更好,面子里子都有了。"

有人御剑极快，一道剑光拖曳出流萤，御风途中裹挟风雷声，却没有高出山头，选择贴地长掠，转弯绕过蜿蜒山路，瞬间就冲到了陈平安和刘灞桥前方。御剑少女双膝微曲，骤然悬停，飘然落地后掐剑诀，将那把有紫电萦绕的悬空长剑收入背后剑鞘。她满脸歉意，眉眼间藏着些许懊恼，一只手背后，藏着刚才御剑途中还没吃完的糕点，怯生生喊了声刘师叔。

刘灞桥神色古怪，笑着介绍道："这是我的师侄南宫星衍，黄师兄的小弟子，跻身洞府境时，师兄亲自赐下道号霆霓，再赠送一把密库佩剑紫金蛇。

"南宫星衍炼剑之外兼修雷法，很小就被师兄带上山了，家乡在越州那边，山清水秀的好地方啊，既出醇酒也多美人。南宫星衍对你……们落魄山，很羡慕的。"

陈平安点头笑道："见过霆霓道友。"

南宫星衍少女姿容，真实道龄也不大，二十来岁的观海境剑修，很是天才了。

修士甲子老洞府，剑修百岁跻身中五境，意思是说一位修道之人在甲子岁数跻身中五境当然不容易，却已经当不起天才的称呼，剑修却是例外。如桐叶洲九弈峰邱植，就像是汇聚了一洲灵气、剑意而来的，此外还有宝瓶洲出身的柴芜，都已经超出一般意义上天才的范畴了，跟他们比较，没什么意义。

学拳别与曹慈比天赋，炼剑不与宁姚比境界，如今是几座天下山上公认的事实。

刘灞桥忍住笑。南宫星衍今天竟是略施脂粉，这在风雷园可是绝对无法想象的事情，难怪她到了槐黄县城就找个理由离开了，说是要逛逛小镇，最后在落魄山碰头就行。

刘灞桥说道："师叔身边这位就不用多介绍了吧，大名鼎鼎的陈隐官，陈山主。"

南宫星衍一脸恍然和惊喜。此时她已藏好了手中糕点，毕恭毕敬掐诀行礼道："风雷园剑修南宫星衍见过陈山主！"

刘灞桥腹诽不已：装，继续装。

陈平安笑道："幸会。"

刘灞桥翻了个白眼：装，你也继续装。

上次陈平安偷摸去风雷园找刘灞桥喝酒，刘灞桥其实就跟他提过南宫星衍。

刘灞桥笑嘻嘻道："我们一路走来也路过好几座山头仙府了，我瞧着不少谱牒修士也都在山上朝山下张望呢，怎么就没谁来山脚套近乎，与你打声招呼？"

陈平安置若罔闻。

其实，只要是混过官场的都知道缘由。就像在一座等级森严的大衙署里遇见了一把手，不敢也不宜凑上去套近乎，这跟位高权重的主官性格如何没有多大关系。

刘灞桥问道："阮铁匠到底怎么想的，说搬就搬了。"

陈平安摇摇头："不清楚。"

龙泉剑宗搬离处州，刘羡阳接任宗主，山君魏檗帮忙搬山，山空水来，最终造就出了一座巨湖。不过大骊朝廷暂未正式命名,据说礼部已经有官员建议取名为还剑湖或是落剑湖,也有说骊珠潭、放龙湖的。好像如今这座湖泊还与远幕峰的云瀑、日照和月色下的鳌鱼背,再加上红烛镇三条江水等山水名胜凑成了新处州十景。

刘灞桥坏笑道:"来时路上,在一艘渡船上看到两封山水邸报,一封蔫儿坏,说正阳山剑仙竹皇担任大骊首席供奉其实要比几乎从不参加大骊议事的阮铁匠更加众望所归,正阳山就赶紧写了一封邸报澄清。"

陈平安笑道:"你也别忙着幸灾乐祸,等着吧,正阳山的下山篁山剑派可能马上就会换一个字了。"

落魄山创建下宗,而且还是在桐叶洲的剑道宗门,大骊朝廷就没有任何顾虑了,一定会继龙泉剑宗之后再扶持起一个新的剑道宗门,用以聚拢旧朱荧王朝的气数,最终三座剑道宗门形成三足鼎立之势,稳固一洲剑道气运。目前唯一的变数,就看风雷园黄河能否在蛮荒天下战场破境了,如果黄河能够跻身玉璞境,大骊朝廷恐怕就要为难了,不是对风雷园观感不好,而是风雷园剑修太过纯粹,不如正阳山诸峰剑修那么懂得审时度势。

刘灞桥撇撇嘴:"变成篁山剑宗?反正都是虚的。"

正阳山故意将下山放在旧朱荧王朝境内,用心如何,一洲皆知。但是有好事者帮忙做过一番调查,结果显示至少有七成剑修坯子依旧将风雷园作为第一选择。当然,这得好好感谢落魄山,如果没有那场观礼,估计结果就不好说了,说不定形势会颠倒过来,从七三开变成三七开。

刘灞桥犹豫了一下,还是忍不住开口问道:"有我师兄的消息吗?"

陈平安摇头道:"我们落魄山没有文庙的邸报。"

停顿片刻,陈平安笑道:"没有消息就是最好的消息。"

刘灞桥略作思量,笑着点头,很在理。

到了落魄山山门口,瞧见山主带人上山,仙尉立即从竹椅上起身,陈平安再帮忙介绍双方身份。

仙尉与两位贵客稽首致礼过后,小声问道:"就不用记录在册了吧?"

陈平安犹豫了一下,说道:"你这边不用录档了,但是回头跟箜篌说一声,就说风雷园刘灞桥和南宫星衍今天做客落魄山。"

刘灞桥问道:"什么意思?"

陈平安解释道:"落魄山有人负责编订年谱。"

先是纯阳吕喦,再有邵云岩和酡颜夫人,把自封了个编谱官的箜篌高兴坏了,私底下几次要让仙尉道长让贤,换她来当看门人,钱好商量。要不是因为大风哥留下的那座书山,仙尉听了那几个一路攀高的数字,还真就动心了。

刘灞桥立即来劲了:"仙尉道长,记得与那个编订年谱的修士提个要求,别光写名字,最好加上我跟南宫星衍的境界,一个不到百岁的元婴境,一个才二十……十八岁的观海境,都是剑修!"

到了山上,陈平安让老厨子炒了几个佐酒菜,拉着刘灞桥喝酒。

南宫星衍不愿意打搅师叔与陈山主叙旧,就跟着那个叫陈暖树的粉裙女童去一座府邸住下,与刘灞桥的宅子相邻。等到刘灞桥打着酒嗝,拍肚子哼着曲子,醉醺醺返回住处,少女好像刚好出门。

南宫星衍小声感叹道:"刘师叔,你还真认识陈剑仙啊?"

双方瞧着关系确实很好,都愿意亲自下山来接刘师叔呢,上了山还能喝上顿酒。

刘灞桥气笑道:"不然呢?摸着良心说说看,你师叔是那种喜欢吹牛的人吗?"他从袖中摸出一块玉牌交给南宫星衍,"陈山主提前送的贺礼,回头你交给邢有恒去。"

南宫星衍接过那块玉牌,端详一番,疑惑道:"这是?"

刘灞桥只得解释一番。原来当年在春幡斋议事堂,作为新任隐官的陈平安曾经送出去一批避暑行宫秘制的无事牌,形制极为素雅普通,玉牌材质也不算如何珍贵,并无任何出彩之处,只是一面篆刻"浩然天下",另外一面刻有"剑气长城",旁边雕琢小篆"隐官"二字,再加上一个蝇头小楷的数字。

除了没有跨洲渡船的桐叶洲,浩然八洲,不同的渡船船主和管事每人得到了一块篆刻不同数字的无事牌,比如吴觑是九,唐飞钱是十二,扶摇洲瓦盆渡船管事白溪是十三,皑皑洲南箕渡船江高台是十六,西南仙家岛屿霓裳船主柳深是九十六。此外,皑皑洲太羹渡船戴嵩和流霞洲凫钟渡船刘禹等人也各有收获。

陈平安自己只留了三块无事牌,送给刘灞桥的这块就是其中之一,数字是六。另外一块无事牌送给了桐叶洲青虎宫的陆老神仙,数字是八。只余下最后一块,陈平安打算自己留着,数字是五十五。

刘灞桥笑道:"这玩意儿现在很值钱的。"

风雷园剑修从不关心山外事,方才在酒桌上,陈平安也没多说这些无事牌的价值,只是刘灞桥又不是蠢人,当然知道这是有钱都买不着的好东西。

刘灞桥玩笑道:"总算见过真人了,感觉如何,有没有大失所望?"

南宫星衍呵了一声,不屑回答这种白痴问题。

在风雷园,她先前看过了那场镜花水月,便有了句口头禅:"天底下竟有如此英俊的男子?!"

现在看来,等她返回风雷园,口头禅就要稍作变化了:"天底下果真有如此英俊的男子!"

刘灞桥抖了抖袖子,轻声道:"喜欢一个注定不会喜欢自己的人,可能会比较辛苦。"

南宫星衍摇摇头："师叔，我跟你可不一样，绝对不会像你这么半死不活的。"

刘灞桥苦笑不已。

南宫星衍神采奕奕："我是否喜欢谁，与谁喜不喜欢我，半枚铜钱的关系都没有！就像……就像山看水，水流山还在。喜欢之人只管远去，我只管喜欢。"

刘灞桥会心一笑。现在的年轻人，都这么敢爱敢恨了吗？他叹了口气："丫头啊，你之所以如此干脆利落，不拖泥带水，是因为你只是仰慕，不是真正喜欢。"

南宫星衍点点头："可能吧。"哈，她又不是花痴。

刘灞桥摆摆手："自个儿逛去，守身如玉的师叔要倒头睡觉了。警告你可别胡来啊，刘师叔做人很正派的！"

南宫星衍吭了一声，转头就走。

刘灞桥独自呆呆坐在台阶上。喝过了两壶梅子酒，入口好喝酒劲大，他这会儿还没缓过来，醉眼蒙眬。

庭院幽静，丛丛芭蕉绿窗纱，刘灞桥细细品着酒水余味，只觉得梅子酒酸牙齿。

他嘴上说是担心书信一封请不动陈平安，当然是个蹩脚借口。陈平安的念旧，他最清楚不过，别说飞剑传信，就算风雷园不给请帖，只要陈平安听说了此事，只要无事在身，估计都会亲自赶去道贺。

他就只是想要下山而已。

愁思飘到眉心住，老尽少年心。

屋顶上有人贱兮兮地笑道："灞桥兄，别愁眉苦脸的了，愁给谁看呢？来来来，继续喝酒。"

刘灞桥笑骂一声，站起身，脚尖一点，来到屋顶，发现这儿已经放着六壶酒了。刘灞桥立马就有点屁，陈平安也不管他，自顾自揭开一壶酒的泥封。刘灞桥一咬牙，坐在陈平安旁边，将三壶酒往自己身边一搂，骂骂咧咧："咱俩各喝各的，谁劝酒谁孙子。"

陈平安笑道："谁挡酒谁孙子。"

向山下去一回又一回，吾将老。

天下共分明月夜，两个光棍在喝闷酒。

真正饮酒无须劝，醉得不知人间第几天。

竹楼一楼廊道，陈平安手里拿着一本册子，陈暖树和周米粒一左一右坐着，歪着脑袋看那第三页的年谱内容。

笒筅得意扬扬道："我志在删述，垂辉映千秋。隐官老祖，要不是你提醒我年谱行文需要文字质朴，越素越好，否则我就让你们知道啥叫文质相炳焕。"

陈平安笑了笑，卷起那本册子，朝笒筅的脑袋就是一通敲，一边敲一边气笑道："劳烦编谱官给我解释一下,那三个注解是什么意思?"

原来,那年谱上边如是写道:"淳平六年正月二十七日,风雷园元婴境剑修刘灞桥携十八岁观海境剑修南宫星衍做客落魄山,与山主陈平安商议参加风雷园金丹剑修邢有恒的开峰典礼,山主将于今年立夏日下山。正月二十八日,刘灞桥与南宫星衍已时通过牛角渡返乡。

"注一:谎报年龄,南宫星衍真实道龄为二十一岁。

"注二:刘灞桥徒步入山,将龙泉剑宗颁发的关牒符剑借与南宫星衍。

"注三:参加风雷园开峰庆典的贺礼是山主自掏腰包,还是从落魄山泉府财库挑选,暂时未定。"

箜篌委屈道:"难道不是越详细越好吗?"

陈平安将册子递还给她,犹豫了一下,说道:"再弄个副册,所有注解内容全部编入副册,以后落魄山只有三五人能翻阅。"

箜篌试探性问道:"这三五人是山主、掌律、首席、泉府府主、老厨子?暖树和右护法呢?难道小陌先生也不能看?"

陈平安笑道:"怎么,开始挑拨离间了?"

箜篌竖起双指,大义凛然道:"日月可鉴,天地良心!"

陈平安转头望去,一行三人赶来竹楼,皆面露喜色,其中还有个从莲藕福地赶来的狐国之主。

长命对待已经位列上等品秩的莲藕福地,就像精心打理自家菜圃,每次开门入内,都会在那些灵气聚集的山水形胜之地以及人气旺盛的繁华城池取出一到五枚数量不等的金精铜钱,先炼化,再凝聚出一处处类似驿站的玄妙地点。山有山脉,水有水道,财也是有财路的。这些金精铜钱,当然都是她的私房钱。

陈平安大致猜出福地那边的情形,只是笑而不言。

沛湘施了个万福,满脸笑容道:"喜事!"

朱敛笑道:"公子一回家就有好事临门,果然是新年新气象。"

陈平安伸手示意三位都坐下聊,笑问道:"具体是怎么回事?"

沛湘坐在台阶上,侧过身,与山主解释道:"双喜临门!福地出现了'两金'。俞真意当初证道飞升离开福地,给松籁国湖山派留下了不少气运,算是一份祖荫吧,结果真就有人误打误撞,机缘巧合之下,竟然成功结金丹了!还有一位纯粹武夫也是差不多时候跻身了金身境。"

陈平安点点头,问道:"第一位金丹修士不是南苑国老皇帝魏良?至于那个七境武夫,是程元山、唐铁意还是周姝真?"

朱敛摇头说道:"湖山派练气士名为高君,高下之高,君子之君。纯粹武夫名为钟倩,钟情之钟,倩丽之倩。"

长命笑道:"福地出现金丹修士和金身境武夫本身不算什么,最重要的还是说明福地的运转步入了正轨。春种秋收,天理循环。自然生发,生机盎然,天地灵气流转四方。如果说各地祥瑞、精怪并起都还只是征兆,现在就算真正有了仙家古书上所谓'鱼米之乡,禾下乘凉'的气象。"

俞真意曾是昔年福地第一个从武道转入修行仙法的超然存在。修道有成,返璞归真,返老还童,与种秋曾是同乡挚友的俞真意最终以稚童面容、仙人御剑之姿现身南苑国京城。

俞真意在仙蜕飞升之前,为湖山派留下了两本书,一本是汇集百家之长的武学心得,一本就是帮他证道飞升的仙家天书。

如此一来,意味着湖山派越发坐稳了山上头把交椅的位置。因为事实证明,初代祖师俞真意留下的道法传承并非那种只能束之高阁吃香火的高头讲章,而是真真切切能够学以致用的,等于为湖山派后世子弟架起了登天之梯,现在就看这位金丹地仙的湖山派二代祖师能否维持住这个大好局面了。

种秋、曹晴朗虽然也出身福地,如今也俱是修道有成之士,却与福地出现了一层隔阂,因为他们都是在浩然天下走上的修道之路,故而是不被一座崭新天地认可的正统,所以名正言顺的地仙第一人还是那个湖山派高君。此人以后修行,不出意外会比较顺遂,就像为天地大道所钟爱,有望继承正统的嫡长子。

陈平安说道:"魏良还是龙门境?"

沛湘点头道:"魏良最近几年一直是龙门境瓶颈,都两次闭关出关了,始终未能打破瓶颈。"

陈平安说道:"你们找个机会跟他聊聊,魏良得失心重,别一个不小心走火入魔了。说不定第一个察觉到福地天地异象的不是你们,而是魏良。"

南苑国太上皇魏良未能成为第一位结丹修士,陈平安倒是没有太多惊讶,毕竟到底还是年纪大了,且修道晚,在甲子高龄才开始正式登山修行。魏良有秘籍,是落魄山按照约定赠予的石函,内藏道书三卷。而且南苑国为这位主动禅让的太上皇拣选了一处龙气旺盛之地大兴土木,秘密建造了一处道场。加上魏良本人的修道资质确实极好,破境速度不可谓不快,虽说属于走了捷径,在山上却也可以列入旁门左道的范畴,而非心术不正的邪魔外道。如此一来,魏良的地利、人和都有了,结果还是被湖山派高君捷足先登,只差一份天时。这其实也侧面说明莲藕福地大道运转有序,出现了一种对外来势力干涉的无形排斥。不过按照最早落魄山跟南苑国的约定,落魄山只保证魏良能够跻身中五境,怕就怕人心不知足,登高后,眼界一开,野心勃勃,就像把胃口撑开了,总觉得饿,永远吃不饱。

朱敛说道:"被虚无缥缈的大道压胜,导致魏良未能第一个结金丹,对落魄山而言,其实是好事。莲藕福地的大道越发凝练了,说不定将来都有机会出现一位传说中的'小老天爷'。"

这类被笑称为小老天爷的洞天福地之主,类似百花福地的花主、竹海洞天的青神山夫人,都属于应运而生,极其罕见。

陈平安淡然道:"云窟福地当年那场浩劫就是前车之鉴,这种事情,好坏难料。"

姜尚真一直猜测云窟福地当年那场变故,玉圭宗祖师堂几个老家伙的操控只是表面原因,但他找了这么多年,始终没能找出那个存在。这就出现了一场极为玄妙的对峙,姜氏与这个躲藏极深的存在各自能算半个云窟福地的主人。

朱敛笑道:"真有这么一号道友出现,只需公子亲自出马与对方聊几句,坐而论道一场,也就谈妥了。"

何况落魄山对莲藕福地的栽培和养护,不可谓不仁义不公道。

陈平安苦笑道:"说得轻巧。"

当年即将离开尚未被老观主一分为四的藕花福地,陈平安在京城酒楼见到了主动设宴的皇帝魏良。那会儿还正值壮年的皇帝陛下志向高远,励精图治,想要一统天下。后来天下动荡,种秋辞去国师,魏良在天下大一统和独自证道长生不朽之间选择了后者,主动退位给魏衍,二皇子魏蕴被幽禁起来。再后来,魏羡曾经重返福地一趟,作为南苑国的开国皇帝,历史上第一位派遣方士访仙的人间君主,这个老祖宗见着了太上皇魏良、新君魏衍这些子孙,按照裴钱的说法,当时的场景就很搞笑了。想必就是从那个时刻起,魏良就有了修道之心。不过魏良通过国师种秋与落魄山达成了一个口头约定:魏良将来愿意加入落魄山谱牒,但是他希望能够亲眼看到南苑国一统天下。其实这就是魏良在试探落魄山了,若是他修道有成,既然能够呼风唤雨,就要以仙人之姿帮助南苑国吞并松籁国在内的三方势力。

落魄山当初既没说可以,也没说不可以,只因为魏良还是不太清楚,等到天下有了越来越多的练气士,就没有谁敢说一家独大了,自然就会形成相互掣肘的格局。一座天下,例如各国钦天监练气士对武夫宗师的"盯梢",练气士之间的道法切磋,道脉相近者争夺独木桥,每一次山上法宝现世、对每一个修道坯子的争夺,往往都伴随着老辈练气士在钩心斗角中的陨落。此外,沙场军伍武卒对诸多练气士的各种针对措施都会一一出现。

相信如今的魏良已经意识到了这一点,随着松籁国湖山派的蒸蒸日上,出现了越来越多的练气士,在山上修行一事上显然要比南苑国更有先手优势和后劲,未来数十年内,谁兼并谁都不好说,所以这就导致南苑国必须花费更多精力,鼎力扶持五岳山君和江河正神,据地抗衡湖山派的修道之人。

沛湘说道："山主，来时路上，我和朱敛、长命商量了一下，这高君与钟倩总是要见一见的，尽一尽地主之谊。"

陈平安点点头，再问道："这个金身境武夫是怎么破境的？"

沛湘嫣然笑道："是一个北晋国原本寂寂无名的年轻武夫，资质根骨都好，运道更好，在北晋国京城大闹了一场，逃出京城后身陷重围，被两位六境武夫领衔追杀，竟然还被他反杀一个。这归功于临时破境，逃命途中得了份敌对双方都始料未及的武运。"

说到这里，沛湘眼神妩媚，瞥了眼身旁那个笑呵呵的老人。

在那位道法通天的老观主手上，藕花福地天下十人每甲子一役可敲鼓得仙缘，只有"贵公子朱敛、谪仙人朱郎"差点做成了一桩前无古人的壮举，在那南苑国京城内，以一人杀九人。更奇怪的是，朱敛明明可以就此独自敲鼓登仙，就像偏偏活腻歪了，故意白送了一颗人头给丁婴，得了那顶银色莲花道冠的年轻丁婴从此开始武道登顶。

朱敛微笑道："不知何时，莲藕福地才能出现第一位名副其实的剑修。"

陈平安笑道："这种事情求不来的，只能老老实实等着。"

一座福地跻身上等品秩后，天道瓶颈趋于稳固，雷打不动，就无法以人力财力打破了。等有机会出现上五境修士，由内而外，打破瓶颈，才能飞升至浩然天下。

下等福地受限于天地灵气，本土练气士跻身洞府境就是一道极难跨越的门槛。中等福地修士有望结金丹，成为陆地常驻的地上真人，有希望阴神出窍远游，但是阳神身外身难塑。在上等福地，练气士就有希望结金丹、秉天地元气养育出元婴，甚至百尺竿头更进一步，或凭借仙诀秘籍和道书心法，或自创道统法脉，一步登天成为玉璞境。

陈平安笑着起身道："那我去见见那个地仙高君，魏良和钟倩，你们去聊。等各自聊完，霁色峰再进行一场祖师堂议事。"

朱敛点点头。

沛湘嘴角翘起。山主果然还是很不让人意外啊。

在密雪峰，崔东山试探性给过一个建议："让咱们那位仙尉道长去一趟莲藕福地，只要两脚沾地了，都不用仙尉做什么说什么，可能都要比往福地丢下一百部道书管用。这种玄之又玄的事情，恐怕换谁都不成，当真只有仙尉道长才行！"

只是陈平安犹豫过后，还是没有答应。他当然不是不希望莲藕福地能够增长道气，而是担心此举会在无形之中削减仙尉自身的气运。

如果说这只是个半真半假的玩笑，那么崔东山甚至提出过一个异想天开的设想：藕花福地的有灵众生皆有机会修行和习武，各国朝廷、江湖门派、山上仙府广开门路，非但不禁武学秘籍和道书的流传散布，反而大肆刊印相关书籍。野草丛生，生机盎然。

当时陈平安只问了一个问题："几座天下的万年历史上，拥有福地的大小宗门有过这种先例吗？"

崔东山答道:"有过,但是都没有成功,后遗症很重,几乎都变成了烂摊子,经过数百年的休养生息才逐渐恢复元气,所以一般都会选择一座下等福地。皑皑洲刘氏、符箓于玄、流霞洲天隅洞天的蜀洞主曾经都做过类似尝试,但是他们不够用心。这就叫基础不牢,地动山摇,他们几个最大的失误还是想得太少,做得太多,瞎折腾。失败的根本原因就是他们的底层思路不够完善、精准和稳固,那些根本规矩的设置,疏密极不得当,只靠着一帮半吊子术家闭门造车,所谓的大道推衍和脉络演化就是乱来的。"

"那你哪来的信心能够做成此事?"

"当然是因为有先生啊,先生又有我这个得意学生。先生掌控一个至关重要的大方向,学生负责制定十几条根本脉络和调整数万个细节,配合得天衣无缝。"

桐叶洲北方,小龙湫的祖山名为龙眠,祖师堂所在山巅又名心意尖,是一个极有诗情画意的名字。今天,这里即将进行一场祖师堂议事。

新任山主是道号龙髯的仙人司徒梦鲸,来自中土神洲的大龙湫。他坐在祖师堂居中的座椅上,面朝大门,背对着墙上的一幅幅挂像,略显几分滑稽。因为他在大龙湫的谱牒其实要比挂像上那几位小龙湫祖师的道龄、辈分和境界更高。所以新任山主敬香一事就免了,挂像上边的还真承受不起龙髯仙君的礼敬。

这还是司徒梦鲸第一次主持祖师堂议事,之前去而复返,就只是对外宣称小龙湫封山一甲子,都没有通过祖师堂决议。小龙湫修士自然也不会有任何异议,更没有胆子非议半句,私下都不敢。毕竟龙髯仙君曾是最有希望接任大龙湫宗主一职的老祖师,当年只是他自己不愿而已。

司徒梦鲸是第一个到场的,坐在椅子上就开始闭目养神,双手叠放。一位仙人,不怒自威。

当初黄庭问剑小龙湫,就只是递出三剑,就彻底将整座仙府的心气给摧毁殆尽。

第一剑直接斩开护山大阵,第二剑重伤当时的山主林蕙芷,第三剑更是直接将祖师堂劈成两半——这就是剑仙风采,旁观者会觉得目眩神摇,心情激荡,可怜被迫领剑的当局者却只会六神无主,肝胆欲裂。

后来林蕙芷和权清秋都被司徒梦鲸亲自拘押回了大龙湫,是什么下场,小龙湫至今没有得到半点消息,更不敢随意打听。

大战落幕后的桐叶洲,拥有两位元婴地仙就能算是第一流的山上门派了。桐叶洲北方,除去瘦死的骆驼比马大的玉圭宗,金顶观、青虎宫、白龙洞其实都要逊色于小龙湫。虽说现如今小龙湫失去了两位元婴老祖,但依旧不至于太过寒酸。撇开德高望重的龙髯仙君不谈,小龙湫也还拥有五位金丹地仙。

小龙湫的护山供奉是一只极为罕见的摘月猿和一只据说活了大几千年的老鼋。

山外有一条滚山江，两条成精老鱼各自占据其支流，自封旒河大圣和潢水大王。再加上权清秋的嫡传弟子洪艳，这五个都是金丹境修为。

小龙湫有资格参加议事的重要客卿里原本也有个元婴老神仙，便是道号水仙的首席客卿章流注。只不过此次议事，这些客卿小龙湫一个都没喊，反倒是主持野园事务的武夫程秘得以列席，还是司徒梦鲸亲自让人去请的。

司徒梦鲸等所有人都落座后，睁开眼睛，淡然说道："洪艳，去把令狐蕉鱼喊过来。"

洪艳是小龙湫掌律，闻言立即起身告辞，把令狐蕉鱼带来祖师堂，安排她坐在靠门位置。

令狐蕉鱼道号拂暑，中五境，腰悬法器碧螺。按照山上划分，属于喊山之属的法宝，面对一些品秩不高的山神、土地，凭借此物可以训山。只是碧螺的品秩终究不能跟能迁徙山岳、撬动山脉的驱山铎比。

令狐蕉鱼是黄庭在此结茅修行时唯一看得顺眼的小龙湫谱牒修士，也是登上花神山胭脂榜的女修中年纪最小的。

司徒梦鲸开门见山道："林蕙芷和权清秋皆已被大龙湫谱牒除名，他们二人在小龙湫的道脉法统依旧保留，但是修士辈分依次降一等。"

这位仙君话语落定时，墙上的两幅画像就砰然落地。一众修士面面相觑。

有两个年轻女修是同胞姐妹，除了眉眼、神态有些许差异，其余五官、身段，完全就像是一个模子里刻出来的。她们都是林蕙芷的嫡传弟子，上山虽晚，辈分却高，天资好，如今都已经是观海境，突然听闻此事，俱是脸色惨白。

司徒梦鲸又道："由我接任小龙湫山主只是权宜之计，封山一甲子，我就担任六十年的山主。甲子之内，以后祖师堂议事就按照目前的人数来定座位，一般来说，只减不增，除非我亲自请谁落座。除了章流注的首席客卿之位继续保留，其余今天没来议事的客卿、挂名供奉，一律停发俸禄，再各自修书一封，划清界限，让他们以后都不用来了。

"关闭野园，该杀的杀，该放的放。对小龙湫心怀仇恨却不该死的一样放出去。此事先与天目书院说清楚，书院愿意接受妖族就送过去，不愿意就由着它们离开小龙湫地界自生自灭，暗中盯着它们。下山监察的修士由洪艳和程秘带队，可以无视封山禁制，发现妖族中谁敢违禁行凶，就地斩立决，不用与祖师堂汇报。但是小龙湫修士中谁敢滥杀，下场与妖族等同，一经祖师堂查实，斩立决，无须与我通报；若是祖师堂胆敢赏罚不当，就由我来斩立决，我一样无须与大龙湫通报。"

接连三个斩立决，听得祖师堂内人人自危。

接下来，司徒梦鲸直接将那摘月猿和老鼋都关了禁闭，让两位护山供奉自己去离心意尖不远的"别有天"神仙窟内闭关思过一甲子。

老鼋颤颤巍巍地站起身，没有任何废话，只是道了一句"谨遵仙君法旨"便黯然走出祖师堂。摘月猿满脸怒容，正想为自己辩解几句，或是想要与这位仙君讨要一个说法，结果被司徒梦鲸直接一袖子连同椅子一并打出屋外。司徒梦鲸再朝大门外屈指一弹，现出真身咆哮不已的摘月猿便如遭重锤，直接飞出心意尖，庞大身躯坠入潢水，沉入水底，鲜血瞬间布满河水。

疏河大圣和潢水大王的下场更惨，除了即刻起从祖师堂山水谱牒上除名外，司徒梦鲸还不许他们在小龙湫周边地界出现。

变故这么多，而且事情都不小，但是祖师堂内的所有谱牒修士依旧是大气都不敢喘一口，气氛凝重，落针可闻。

那两只老鱼精依旧感恩戴德，与那个降下如此不近人情法旨的仙君作揖致谢，并且主动承诺，绝对不敢提及旧事，离开小龙湫后会改换面容，使用化名，另辟道场，潜心修行，更不敢胡作非为，免得被有心人顺藤摸瓜，折损了小龙湫的名声。

司徒梦鲸神色淡漠道："希望你们说到做到。"

这就是一位中土仙人的威势了，更何况龙髯仙君还有一个姓氏"司徒"。

再者，在小龙湫，新任山主执行家法，名正言顺。

然后是令狐蕉鱼，司徒梦鲸一口气赐下两件重宝给这个首次参加祖师堂议事的洞府境女修。

一只谷雨葫芦，曾为上任山主林蕙芷所有，也是小龙湫的山主信物和镇山重宝，历来只能由山主代代传承。它不可被大炼为本命物，有点类似龙虎山天师府某扇大门上的符箓，层层加持。它也是林蕙芷的师弟权清秋梦寐以求之物，甚至可以说，权清秋会从大龙湫来下山，就是得到爹娘的授意，奔着这件半仙兵而来，因为权清秋与谷雨葫芦大道相契，能够帮助他提升跻身玉璞境的可能性。

一根钓竿，短如佩剑，以银色丝线裹缠，如月色流淌。这是权清秋祖传之物，等同于半只龙王篓，以水中明月作为鱼饵，用来钓引珍稀水族，尤其是拜月之流的水仙精怪，最有奇效。

洪艳满眼艳羡，突然察觉到龙髯仙君的视线，顿时悚然，低下眉眼，迅速收敛心神，再不敢有丝毫非分之想。结果她发现议事堂内出现了不合常理的长久寂静，等微微抬起眼帘，才发现所有人都看着自己，她再偏移视线，又发现那位仙君就那么盯着自己。

司徒梦鲸问道："洪艳，说说看，在你看来，何谓修行？"

洪艳瞬间满头汗水，颤声道："回禀仙君，修道求真我。"

这是太平山的修道宗旨之一，想来无错吧？

司徒梦鲸眯眼道："哦？"

洪艳汗流浃背，如坐针毡。

"你修道二百八十余年，辛苦修道求真，就是修出了一个贪恋谷雨葫芦和钓竿的

'真我'？如此修行，在哪里不能修行，何必坐在这把小龙湫掌律的椅子上空耗心神和光阴，不如去陪两位护山供奉？怎么，是等着甲子之后，封山解禁，我也返回大龙湫，你再作谋划？想要学谁，你师父权清秋的手段还是林蕙芷的心术？"

洪艳赶紧跪地磕头，恳请仙君恕罪。司徒梦鲸身体微斜，手肘靠在椅把手上，双手交错，就那么看着她的额头血肉模糊，泥金砖地面鲜血一摊。

作为半个外人的武夫程秘与令狐蕉鱼一左一右坐在最靠近门口的座椅上。

要说手段，一个仙人境大修士想必搬山倒海都不在话下，施展开来，程秘只会觉得惊怪神异几分，却也谈不上如何震惊。关键是司徒梦鲸心够狠，小龙湫这么一个原本距离"宗"字头只差一步的庞大仙府，就因为此人的到来，地仙修士都要一个不剩了。难道这位龙髯仙君，或者说大龙湫，是打算完全放弃小龙湫和桐叶洲了？

司徒梦鲸终于开口："从今天起，由程秘担任小龙湫掌律，洪艳只以普通修士身份参与下山监察妖族一事，帮助程秘，戴罪立功，如果无功而返，就不用见我了，直接去财库领一笔神仙钱、一件灵器，自动谱牒除名。"

程秘犹豫了一下，起身抱拳道："司徒山主，恕难从命。"

司徒梦鲸笑问："是觉得以武夫身份担任掌律不合山上礼制，还是觉得自己本事不够，当不好一个小龙湫掌律？"

龙髯仙君总算有点笑脸了，二十余人只觉得如获大赦一般。

程秘是沙场武将出身，素来耿直，直话直说道："都有。"

这个魁梧汉子只是一个受了重伤的金身境武夫，花架子，兴许在一些个桐叶洲小国可能还可以抖搂威风，骗个宗师头衔。

司徒梦鲸微笑道："小龙湫如今是我说了算，能不能当好小龙湫掌律，你觉得不行，我倒是觉得可行。"

程秘一时语噎。他娘的，你要不是个仙人，老子就要开口骂人了。

司徒梦鲸说道："小龙湫都封山了，不需要一个抛头露面去待人接物的傀儡，只需要一个赏罚分明、秉公处理的掌律。至于要说给小龙湫撑面子的人物，有我一人就足够了。以后我每月会进行三场传道授业，分三种。第一种，所有祖师堂嫡传和内门外门弟子，甚至是没有修行资质的，不计身份，都可以参加。第二种，只有中五境练气士可以参加。最后一种，所有当下境界瓶颈有所松动的，或是准备闭关的，可以参加。"

一场祖师堂议事，雷厉风行，简明扼要，就这么结束了，与之前动辄耗费一两个时辰光阴有着天壤之别。

司徒梦鲸喊上令狐蕉鱼去了程秘在野园的宅邸，让这位武夫下厨做了三碗油泼面。程秘倒也确实拿手，很快端出三碗面来。

一碗拌面出锅后，先丢下些蒜末，撒一把干辣椒，再淋上热油，滋味绝了。

司徒梦鲸笑着点头，赞不绝口。

程秘早已是无家可归，故国京城极繁华，开国以来不设夜禁，灯火辉煌，黑夜如昼，曾被山上誉为无月城。

先前唯一一个能聊上几句闲天的，那位道号水仙的首席客卿章流注失踪了。程秘问道："山主，都是大龙湫的意思?"

司徒梦鲸摇头道："不是，只是我个人的意思。"

程秘愕然。

司徒梦鲸笑了笑："先斩后奏嘛，等到大龙湫得知消息又能如何，换个人来当山主? 重新举办祖师堂议事，把摘月猿和老鼋放出来，再将斻河大圣和潢水大王请回来? 程秘，你要是大龙湫的宗主，觉得这么折腾有意思吗?"

程秘竖起大拇指，又觉得不妥，赶紧收起手上动作，咧嘴笑道："痛快。"

司徒梦鲸打趣道："大拇指别收回去啊，钱多不压手，礼多人不怪。"

程秘灌了一口酒，抹嘴笑道："说句不得体的话，山主很不像山上人。"

此刻的龙髯仙君，与那祖师堂议事的仙人山主，判若两人。

司徒家族是中土神洲的顶尖豪阀，山上山下都有深厚的根基，除了总祠位于中土神洲，支祠分祠和分支堂号遍及金甲洲和流霞洲，是那种光是搁置族谱就需要柜子堆满屋子的世家。除了司徒梦鲸这位大龙湫仙人，家族内还有两位玉璞境剑仙，一位担任皑皑洲某个宗门的首席供奉，还有一个是散仙，祖籍当然在中土，籍贯却在流霞洲，便是那司徒积玉。此人性格孤僻，一向喜欢独来独往，跟家族关系极为疏淡，在家乡时，即便是山上朋友也没有几个，后来去了剑气长城，只是名气不大，毕竟在那个剑修如云的地方，剑仙门槛有点高。司徒积玉活着回了浩然天下，一样是孤云野鹤，从不参加类似祭祖的家族典礼，依旧不愿意开宗立派。

司徒家族还有一事极负盛名，那就是家族女子常见绝色，所以司徒家族是公认的美人窝。

司徒梦鲸吃完面，放下筷子，长呼出一口气，揉了揉眉心，头疼。

自己跟司徒积玉从无交情，上次见面，是司徒积玉重返浩然，游历中土，其间路过大龙湫。再上次，都记不清楚到底是几百年前的事情了。

先前司徒梦鲸给司徒积玉寄去了一封飞剑传信，挑着说了些能说的，不涉及宗门机密。司徒积玉很快回信一封，司徒梦鲸打开信后，都能感受到一股扑面而来的唾沫星子。对方在信中破口大骂："果然没看错你司徒梦鲸，当年咱俩初次见面，我就觉得你是个油腔滑调的假斯文……"

这让司徒梦鲸哭笑不得，以至于到现在，司徒梦鲸都不知道自己的那封家书到底是哪里出了问题，大致意思只是说那位年轻隐官将来游历流霞洲，答应会找司徒积玉喝酒而已。他娘的,司徒积玉那个王八蛋的措辞真不是一般的不堪入目,大家都是一个祖宗,你骂谁呢? 无所谓了,就当被狗咬了。

司徒梦鲸突然问道:"令狐蕉鱼,知道我为何要将小龙湫封山一甲子吗?"

少女摇头,不是装傻,是真不知道。

司徒梦鲸也没有兜圈子,直截了当说道:"大龙湫希望下山小龙湫能够跻身宗门的想法始终没有变。我在这担任山主一甲子,会亲自给你传授大龙湫秘传道法,你我关系类似不记名的师徒。六十年后,你是金丹境也好,元婴境也罢,都会接替山主职位。即便到时候有同门境界比你更高,比如刚刚被拿掉掌律身份的洪艳,还有林蕙芷的那对嫡传弟子,都不会改变这个我今天就定下的决议。唯一的例外,除非小龙湫突然冒出个类似玉圭宗邱植的不世出天才,能够在六十年内跻身玉璞境。不过这种事情,几乎是不可能的了。"

令狐蕉鱼脸色微白,颤声道:"祖师爷,为什么是我?"

少女觉得自己根本就不是当山主的那块料。别说比不过上任山主清霜上人林蕙芷与师叔祖权清秋,她就算面对那对双胞胎也会有几分自惭形秽。所以她坐在桌边一直心不在焉,想着怎么找理由将那两件至宝归还。

司徒梦鲸笑着反问道:"为什么不能是你?"

令狐蕉鱼无言以对。

"一家之主,一山之主,一宗之主,一国之主。你觉得这些身份的共同点是什么?"

约莫是觉得少女给不了答案,司徒梦鲸便自问自答道:"是水源。

"所以就需要正本清源,唯有源头之水清澈,哪怕水流纤细,都要好过水源浑浊还分出了几条水脉,看似壮大。

"这个说法不是我想出来的,而是那位年轻隐官。对方跟我这么说,既是一种和和气气的闲聊,又是一个不算暗示的明示。所以我在大龙湫提出让你担任下任小龙湫山主,才会很顺利就得以通过祖师堂决议,成为定论。否则光凭我的境界和资历,可以是可以,却少不得要跟人好好掰扯掰扯,磨一磨嘴皮子。原因很简单,宝瓶洲的落魄山,桐叶洲的青萍剑宗,再加上黄庭的太平山,一下子你就多出了三个宗门盟友。注意,是你,而不是小龙湫。等你哪天担任山主了,小龙湫就可以跟着沾光。"

程秘点点头。是这么个道理。

少女先是迷惑,继而震惊,最后恍然:哇,原来我这么厉害啊,自己都不知道的。

司徒梦鲸也笑了笑,就像那位年轻隐官与自己闲聊时最后下的那个结论:欲想移风易俗,首重正本清源。

第七章
山青花欲燃

松籁国湖山派，一处建造在湖畔的雅致精舍，悬匾额天壤阁。

有一女子正在提笔抄录道书，桌案临窗，窗外有数棵老梅树，瓶花落砚香归字。

青霄幽真之地，得道清心之室。

呼吸湖光饮山渌，卷藏天禄吞石渠。前句是湖山派的由来，后句更像是一句谶语。

女子道心微动，微微皱眉，抬起头望向门外，随后站起身。她呼吸绵长，步伐轻灵，行走之间，契合天地。如果一定要用某个说法来形容这种玄之又玄的境地，就是字面意思的"替天行道"，行走之行，道路之道。

在浩然天下，一位金丹地仙可不会拥有这等与天地共鸣的玄妙气象。不过她要是离开福地去往浩然天下，就会自然而然失去这份得天独厚的大道真意。

她身穿一件杏色道袍，气质清冷，姿容绝美，望向站在湖边的那个青衫男子。

湖山派有一幅此人的挂像，珍藏多年。此人容貌虽变化不小，但她还是一眼认出。她打了个稽首："湖山派当代掌门高君见过陈谪仙。"

陈平安就知道这是老厨子和沛湘联手坑自己。他问道："高掌门认得我？"

高君神色不卑不亢，微笑道："曾经有幸追随俞祖师一同去往南苑国京城，只是当时我学艺不精，道行浅薄，有幸亲眼目睹陈剑仙的绝代风采，可惜只能是远远看着，如今勉强认得陈剑仙。"

陈平安开门见山问道："你可知道这座天下的来历，以及与外界的渊源？"

高君点头道："俞祖师羽化飞升之前曾经与我面授机宜，比如外界名为浩然天下，九洲山河广袤，十大洞天和三十六小洞天、七十二福地掌握在一些浩然真仙的门派手中。我们藕花福地位于桐叶洲，谪仙人来此，红尘历练、砥砺道心、游山玩水、嬉戏人间，各有所求。至于陈剑仙的身份、籍贯和背景，却是空白。我曾下山游历三年，知道天时有变，顺带着地利人和皆有极大变化，天下多出了许多前所未有的神异怪事。但是这些年来，我不曾遇到任何一位来自外乡的谪仙人。"

陈平安点头道："洞彻幽玄，体察天心。"

高君犹豫了一下，问道："陈剑仙，能否冒昧问一句，我若是与你作生死相向的道法切磋，有几成胜算？"当年俞祖师下山去往南苑国京城蹚浑水，亦是刚刚结丹而已。

陈平安只得昧着良心给出个说法："高掌门当下占据天时地利，一成胜算总归是有的。"

高君闻言，不觉得对方是在危言耸听，故意诓骗自己，只得幽幽叹息一声。

她这些年修习仙家术法，不可谓不勤勉用心，不承想对上这位重返福地的谪仙人，还是只有一成胜算。对方既然胆敢孤身来到湖山派，必然有所倚仗，或自身实力足够强悍，或是在暗处藏有援手。何况在当初南苑国京城那场各方势力粉墨登场的围剿中，这位少年姿容的剑仙身陷重围，最终仍是脱颖而出，登城头杀丁婴，坐镇京城，使得俞祖师不敢踏入京城一步，经此一役，名动天下。

高君以心声下令道："撤阵。"

俞祖师飞升之前为湖山派留下了一幅亲笔手绘的仙人阵图，只是俞祖师明确交代过高君，这座护山大阵暂时只能是一个空想，必须静待天时变化，等来一场天降甘露的异象，才有机会付诸实施。一向尊师重道的高君谨遵法旨，之后闭关再出关便独自外出游历数年，遍览天下五岳，独自入山访仙，希冀着找到同道中人。与此同时，结合俞真意遗留阵图，登天下五岳而小天下。

在那中岳，高君一路攀高，险峻无路，云中浮现天下脊，才知此山第一尊。在好似孤悬云海中的山巅，高君竟然发现了一处结茅修行的仙人遗迹，茅屋火盆内有残留松柏，高君完全可以想象前辈仙人焚柏吟道篇的画面。

在那北岳，山花异人间，山外酷暑蒸腾时节，山中犹是积雪深重。高君夜观天象，在拂晓时分见到了一位骑白鹿的羽客，自称是此山神灵，神色倨傲，将高君视为"下国人"。不过对方大概是看出了高君的道法不浅，虽然不喜她擅闯山门，却并未恶语相向，只是提醒高君身在此山中，不可恃力取物夺宝。

在那天气晴朗时分便可看见大海的东岳之巅，石罅生紫云，海光浮红日，蓦然雷电交加，风雨大作，白昼晦暗如夜，高君亲眼见到山腰深潭内腾空跃起一条作祟毒龙，青冥结精气，磅礴动地脉，身躯长达百丈，蜿蜒登山，挤碎山石无数。几个眨眼工夫，绕峰游走的毒龙便径直造就出一条好似蛇行十八盘的崭新石道。一位双眼淡金色的高冠男子手持一方古字如鸟篆的白玉法印，不但成功阻拦毒龙登顶，还将蓦然大如山峰的法印砸在毒龙额头，将其重新打落龙潭。随后水面浮现出一篇佶屈聱牙的道诀，数以千计的金色文字宛若法旨仙阵，将毒龙镇压在潭底。手托法印的金甲神人口含天宪，罚毒龙在深潭中潜灵修真三百载才能重见天日。

在那诸峰危似冠、杀气见棱角的西岳，高君见到了一名年轻容貌的文士，满身道气缥缈，盛情邀请一身杏黄道袍的高君去做客。高君神色自若，只是缩手在袖拈符箓。文士的府邸矗立于赤黄两色云堆里，如同一座营建在天上的帝王宫阙。门房老人似是山野精怪，朱门开启，宫女成群，皆非活人，行走其间，微风拂面，带着兰草香气。文士笑言此为熏风，世间皆无，为此山独有，既可入人面门七窍神益修道根骨，也可为凡俗女子滋养容颜。正堂内悬挂一幅神女图画像，立即有侍女取来香筒。文士先为高君拈出三炷香，说人间香火分山水。随后，他带着高君一起焚香祷灵岳，稽首恭上玄。各自落座后，文士询问高君有无婚配，是否愿意结成道侣……

游览过天下名山大川，高君终于完善了俞祖师留下的仙图，设置阵法枢纽，再加上依循道书炼物篇的指示，精心拣选出几件天然蕴藉天地灵气的宝物，与湖山派山根水脉紧密衔接，以俞祖师留下的仙剑为主，最终打造出一座攻守兼备的护山大阵。

陈平安在现身之前有过一番粗略的山水勘探，看得出来，湖山派经过这些年的妥善经营，若是高君有朝一日能够跻身元婴境，坐稳天下第一人的位置，再找到一个合适的继任者，能够再结金丹，那么未来三五百年内，门内弟子人才荟萃，人练武、仙修真灵，两不耽误，湖山派山上第一仙府的宝座极难撼动。

高君问道："能不能再问一句陈剑仙的山上道龄？"

陈平安笑着摇头，言语委婉道："山中客不言寿。"

高君又问道："在浩然天下，如陈剑仙这般通玄境界的得道之士，数量多吗？"

陈平安又只得点头说道："很多。但是还谈不上'通玄'和'得道'。"

元婴境练气士确实多。

高君难免有几分伤感神色，抬头望天："山中修行何其不易，终究只是井底之蛙。"

若是不知晓外边的风景壮阔，天上高风，也就罢了。恰好是高君这般了解天外人事的山顶练气士，忧心忡忡，不敢有丝毫懈怠。

这些年高君一直有个最坏的设想：有朝一日，像陈平安这种外乡谪仙人眼红福地的天材地宝，因利而聚，联袂造访，如雨落人间，只凭她高君如何抵挡外敌？可要说让她现在就暗中谋划，合纵连横，与各国练气士和大宗师未雨绸缪，再与那些山水神灵缔结盟约，又实在让她觉得力所不逮。怕就怕挡得住一两拨谪仙人，之后陈平安这些天外仙真亦是抱团，整座人间岂不是要生灵涂炭？仙人斗法，各显神通，可不比以往历史上的宗师厮杀，最多殃及一城；练气士人数一多，再彻底放开手脚，祭出层出不穷的攻伐法宝,动辄方圆百里之内皆是白骨累累的惨事。

　　所以高君内心深处又有了一个胆大包天的想法:想要亲眼见一见那个在幕后执掌大道运转的"老天爷",日月作道场,山川为庭院;想要亲口问一问对方能否护住这座天下,如何才能够不成为那些外乡谪仙人的历练之地。她逐渐有点明白丁婴的所作所为了——并非认可,但是理解。

　　陈平安说道:"高掌门不用小觑自己,历史上所有能够打破福地瓶颈约束的修道之人,到了浩然天下,几乎无一例外,依旧是当之无愧的山上天才。"

　　刑官豪素就是一个最好的证明。还有自家落魄山、画卷四人,再加上种夫子,离开福地三十年,其中朱敛已经是武夫山巅境圆满,隋右边也是一位元婴境剑修。

　　高君试探性问道:"陈剑仙,我带你走走看看?"

　　陈平安笑着点头道:"有劳。"

　　湖光旖旎,荷花万柄,清风鉴水,两岸桃柳烂漫,山色镜中看。

　　双方走上一座跨湖长桥,高君忍不住问道:"敢问陈剑仙,俞祖师如今如何了,身在何处?"

　　说到这里,高君哑然失笑:好像与这位陈剑仙见面之后,自己就一直在问这问那。

　　在俞祖师离去之后,这座天下还是发生了不少大事。比如魔教新教主陆抬很轻松就归拢了丁婴留下的残余旧部,却无心图谋更大,反而一门心思盯上了湖山派。俞祖师成为陆地神仙之后曾经有过三次闭关,其中两次都因陆抬硬闯山门而强行出关,两场生死厮杀都未能分出胜负,使得俞祖师耽搁了多年岁月,未能证道飞升。双方的御风虚蹈,大打出手,也让大地之上遥遥观战的天下武夫真正领略到了什么叫山上的仙人斗法,可教日月失色,山川震动。

　　后来陆抬虽然无缘无故消失,却教出了一个不修行仙法却剑术卓绝的少年天才,下山后做的第一件事便是问剑湖山派。彼时俞祖师刚好羽化飞升,接剑之人便成了当代掌门高君,她小胜对方半筹,双方约好十年之后再比试一场。但是等到了十年期限,少年剑客却失约了,杳无音信,高君此后访仙,亦有寻找此人的意图。

　　陈平安说道:"他已经在别座天下,境界更进一步。"

　　高君如释重负,心中大石落地。因为那个心思叵测、行事诡谲的魔教教主陆抬曾经偷摸进入湖山派,找到高君后,说了一个极其诛心的比喻,说此地第一人位列仙班后就要垫底了,所以别看俞祖师在这里如何威风,到了天上,就是个在仙君宫阙里打扫庭院的小童子,运气再差点,就只能当个挑粪工浇菜园子。还让高君赶紧劝一劝俞真意,宁做鸡头,别当凤尾:"俞真意很有来历,有那'小住人间千年,常如童子颜色'的谶语,说这句谶语的人,就是……反正道法高无可高了。"

　　陈平安说道:"高掌门将来离开此地,再作远游,是有机会与你家俞祖师重逢的。"

在陈平安看来,只以功绩论,与天下人对湖山派的看法是截然不同的。俞真意与高君,一个是湖山派的开山鼻祖,一个其实完全可以称为力挽颓势的中兴宗主。如果不是高君继承俞真意的衣钵,一跃成为莲藕福地的天下第一人,那么湖山派就会一步慢,步步慢,最终失去先手优势,被南苑国魏良在内的练气士甩在身后。

因为朱敛打造的脸皮明显带着一份符箓真意,所以如今陈平安也在好奇一事:既然朱敛明明已经摸到了修行仙法的门槛,又为何浅尝辄止?虽说那会儿藕花福地的天地灵气还是稀薄,可越是如此,修行登仙的门槛越是高,一旦有人率先修道,如走独木桥,就更容易独自一人占尽天时。

同样是说天外事,高君当然更愿意相信这个陈剑仙。那个故意用言语乱人道心的陆抬,可恶至极!

陈平安缓缓说道:"修道一途,在层层破境攀高,也在修心养性,两者缺一不可。飞鸟窄青冥,会当凌绝顶,山无路时我为峰,或是水穷处看云起,万一禅关砉然破,便闻平地起惊雷。"

高君细细思量一番,点头道:"陈剑仙此言精妙,如云中神人语。"

陈平安哑然失笑。

高君自认不是一个如何精通庶务和人情世故的人,之所以能够担任湖山派掌门,不仅在于俞祖师降下了一道法旨,同时在暗中帮她扫除了一切障碍,还在于她确实天生适宜修行仙家术法,破境最快。对高君来说,就像天地间突然多出了一道天门,曾经世间想要成为傲视王侯的人上人就只能习武练拳,成为武学大宗师,结果人间突然多出了一条道路可走,昔年天下神魔志怪书上的陆地常驻真人、神灵精怪,都不再是遥不可及的缥缈存在,变成了触手可及的身边人事。她就是湖山派最大的幸运儿,因为当年跟随祖师去往南苑国京城,俞真意曾经有过定论,说她高君如果这辈子只是走在武学道路上,最多就是成为种秋、周姝真之流的江湖高手。

高君略带几分愧疚神色:"陈剑仙知无不言,有问必答,高君在此由衷谢过。"

陈平安玩笑道:"高掌门只管询问,我是绝对不会厌烦的,一直被人说有好为人师的习惯,秉性难改。"

高君果然也不再客气,继续问道:"先前陈剑仙说境界层层攀高,修行如拾级而上,那么我们这些修道之人,可有具体境界的划分和名称?"

陈平安点头道:"中五境:洞府,寓意人身与外界天地勾连,如架桥梁,开府门,开始吸纳天地灵气。观海,二字取自'我登楼观百川,入海即入我怀',登高楼观沧海,知晓天下之大。修道之人有了一定数量的洞府之后,不断汲取天地灵气,留得住,反哺肉身、温养魂魄,如川流不息,不断扩张河床水路,拓展经脉,如同铺设驿路官道。

"龙门,练气士散落气府的灵气,仿佛凝为一条水蛟,逆流而上如走水,最终能否一

第七章 山青花欲燃

举跃过龙门,就是一道极大的门槛。成了,金丹,可以找到一间丹室,于玄之又玄中别开洞天,故而有'结成金丹客,方是我辈人'的山上说法;过不去,灵气三次逆流冲关不成,导致丹田气海彻底干涸,很有可能终生跌落,再止步于洞府境。而练气士凝结出一颗金丹,丹成几品,犹如俗世科举会试,又有界限分明的高下之别。一颗金丹的凝练程度,一间丹室的规模大小,以及结丹时能否引来天地共鸣的异象,皆各有讲究。大道无常,天意难测,能否称为真正的修道天才,是否当真算得上得天独厚,在此一举。

"在这之后,便是元婴,可以阴神出窍远游,辅以阳神身外身坐镇小天地,如书上所说,大宗师泠然御风,逍遥游于天地间。一般情况,金丹和元婴统称为地仙之流,练气士单独游历浩然天下一洲山河,哪怕开山立派,担任开山祖师,还是没有任何问题的。我推测你们俞祖师当初是丹成一品,而高掌门的金丹品秩大致属于二品,相当不俗,即便是在浩然天下,拥有一颗二品金丹,也是诸多地仙梦寐以求却求之不得的造化缘法了。"

说来简单,听之易懂。陈平安看着只是聊了些在浩然天下并不算如何高深晦涩的修道常识,可能云霞山的地仙都可以随口道出。但是对于如今一切修行事都需要自行体会、领悟的高君来说,却是字字珠玑的头等金玉良言,有拨云见日之功,珍贵程度不逊色于俞祖师留下的道书。

陈平安也只是话赶话地与高君说了些无关利益取舍之语,归根结底,就只是将她视为未来修行路上的道友,以一颗平常心,说几句平常话。结果等到话语落定时,刹那之间,陈平安竟然内心微动,忍不住环顾四周。冥冥之中,似有某种妙不可言的天人感应,就像得到了此方天地的一种赞赏和认可⋯⋯

陈平安如释重负,再无先前行走湖山派的那种凝滞之感。他在这一刻,对南苑国心相寺那位住持老僧的某句话,以及当年旁观城隍庙夜审的某个道理,感触更深。

与此同时,也验证了朱敛的猜测:这座莲藕福地,极有可能,果真有了"小老天爷"的雏形,只等"开窍",继而"炼形"了。其实先前那个福地文运显化而生的女子现身被长命发现就可以视为某种水到渠成的征兆,今天陈平安时隔多年重返福地,很快就获得了一定程度上的天地共鸣,难不成老厨子的一张嘴当真开过光吗?

高君无法察觉这份天地异象,只是问道:"中五境和地仙之上,又是何种境界?"

"上五境第一境,名为玉璞。"

"璞玉?意思是说返璞归真,美玉无瑕?"

陈平安笑着点头:"归真返璞则终身不辱,好似塑无垢身,起无漏塔,能够不染红尘。修道之人跻身此境界,就算是井底之蛙跳到了井口,虽说离天还远,但是可以用一种更接近全貌和真相的眼光看待天地。"

藕花福地历史上,俞真意才算开了修道的先河,自然从无具体的境界划分。甚至俞真意当年对于阴神出窍远游一事都做了诸多小心翼翼的尝试,极其谨慎,在湖山派不曾留下只言片语的文字记载,只是亲传密授给高君。所以直接导致高君至今都不敢轻易阴神远游,只敢拣选天清气朗的黄道吉日,在那月白澄澈的深夜时分,只在湖山派周边方圆千里之地尝试"出窍"。

当年身边这位青衫剑仙与丁婴那场生死之战,独占天地武运的丁婴不知使用了什么秘法,竟然能够阴神出窍,幻化出一尊与牯牛山等高的巍峨法相,高君至今想来,还是既心有余悸又心神往之。可惜她当时并未修行,外行只能看个热闹,否则就是一场千载难逢的绝佳观道机会,神益无穷。

过了桥来到湖对岸,不远处有一座矮山,上边建造有湖山派祖师殿,暂时只供奉着一位祖师。这是俞真意"飞升"之后才有的,形制都是按照某些秘录记载,与江湖门派的祖师堂规格截然不同。

高君突然问了一个"文与"和"实与"的问题,这本是儒家道统一个极为关键的大义所在。陈平安会心一笑,清楚高君此问大有深意,可还是知无不言言无不尽,同时对高君又有了些新认识:看来这些年她幽居山中潜心修道,看了不少书。

要说让陈平安在前贤学问基础上别开生面、独抒新见,陈平安没有丝毫底气,可要说只是照搬书上见解,大致梳理一番,凭借陈平安的读书记忆和整理心得,那么别说高君,就是与文庙学宫祭酒、书院山长都能掰扯半天而不怯场。

高君的这个问题,不只是为湖山派而问,还是为所有天下修道之人询问的,是一个注定绕不开的关隘。

湖山派如今拥有练气士十数人,不过除了高君的两位师门长辈跻身了中五境之外,其余都还只是下五境。湖山派一向以等级森严、门规烦琐著称天下,所以当他们看到掌门与一个陌生面孔的青衫男子结伴而行,虽然一个个心中掀起了惊涛骇浪,仍是不敢流露出丝毫异色,遥遥停步,默然致礼,再迅速离去。

当一座天地的有灵众生能够登山修行,凭空多出诸多匪夷所思的神异精怪,就有了书本之外、实实在在的幽明路异和人鬼殊途,尤其是山上山下的仙凡之别,更是肉眼可见。湖山派如今可以说是当之无愧的天下第一门派,或者说山上仙府了。

掌门高君修行仙家术法,已然证道,故而驻颜有术,二十年来,她的容貌几乎就没有衰老丝毫,反而如金沙淬炼,璞玉雕琢,肌肤和筋骨不断去除杂质和瑕疵,已经有了"金枝玉叶"的气象。就像当年的俞真意,与种秋合力斩杀一位谪仙人,得到那把仙剑和一本仙书后,容貌从白发老者转为中年、青壮,再至少年,最终出关在南苑国现身时,俞真意便是御剑乘风的稚童模样了。

天人合一,返老还童。这种事情,对于习武之人来说,确实是一种奢望。

当一座原本人人阳寿有定的天下出现了练气士,天地面貌和内里气质就都会出现翻天覆地的变化。最根本的,还是出现了一种隐蔽的"正统"之争,这就涉及高君想要知道的“文与”和“实与”，更涉及湖山派能否名正言顺。

书海浩瀚无垠，三教学问，加上诸子百家，何止千经万传。

陈平安娓娓道来，高君认真聆听。

山道有浑朴一亭，匾额“松籁”二字。凉亭周边古树皆合抱之木，树荫葱郁，滃滃翳翳，风动影摇，山亭如在秋水中。旁有溪涧潺潺，清流萦回，有老松偻背而立，树顶枝叶尤为茂盛，绿叶倒下如青色小幢，水声出乎松叶之上下，犹如天籁。行人登山，在此小歇片刻，眺望远方湖景，视野开阔，心旷神怡，眼界光明。

高君就邀请陈平安在此停步赏景。

当年连同陈平安在内的那拨谪仙人：春潮宫周肥、鸟瞰峰陆舫、游侠冯青白、镜心斋童青青、樊莞尔……准确说来，后面这两位其实都是太平山黄庭。

照理说，撇开陈平安的误打误撞进入福地不谈，像陆舫和黄庭，本该在这座天下如鱼得水，却反而是拖泥带水的处境，各自破境速度甚至可能还不如在浩然天下，至少未能赢过丁婴、俞真意这样的本土人氏，大概这就是冥冥之中自有天意了——对待看似占据先天优势的外来户，“老天爷”总是不那么中意的，或许这也算是一种“人之常情”？

北晋国与松籁国接壤的边境线上有一古城，历来便是鱼米之乡，城南辟一水门名为葑门，城外多水塘，芦苇、荷花荡，故茭白、菰米和菱角等时令美食多由此门入城。荷花盛开时，城内士女、豪贵子弟便倾城而出，乘船汇集于荷花荡一带水域，各色画舫小舟雇觅一空，楼船为经、画舫为纬，密布水上，来往如梭。船上女子皆妆容精致，争芳斗艳，游冶子弟一掷千金设置船宴。两岸又有文人雅集，中人之家无力雇画舫泛湖游览，便在岸上走马观花，亦是赏心悦目之事，故而常有贫寒少年、稚童在此时节专门以捡取佳丽遗落在水中、岸上的绣鞋为营生。

距离荷花荡不过半里路，有一处村野浆坊，晒谷场晒着雪白浆块，河边有临时聚集售卖鱼虾鳖蟹等水货的鱼市。与那湖中船舫攒集的景象相比，这里就显得格外僻静且寒酸了，但是偏偏有一男一女与这般景象格格不入，一路上惹来浆坊师傅们的频频侧目。有个青衫长褂的佝偻老人牵马而行，这不算如何出奇，出奇的还是马背上坐着一个如同从画卷中走出的动人女子。她身穿一件大红通袖绸袍，腰系碧玉带，下衬百花锦裙，裙襕、络带皆绣云凤。脚踩一双墨青素缎鞋，随着马背的颠簸起伏，偶尔微微露出一截白绫小袜。如此装扮及色彩搭配，很容易人压不住衣，偏偏她穿来，就是好看。

一棵树底下有个魁梧青壮汉子盘腿休歇，望向那个好似仆人的牵马老者。

不曾腰佩那把名动天下的炼师，多半不是那个篡位称帝的唐铁意了。

老人笑问道：“你就是钟倩吧，让我们好找。”

钟倩无奈道：“专门找我来的？陛下到底是怎么想的，我不是明确让人捎话了吗，我既不与北晋结仇，也不会投靠松籁国。"真够阴魂不散的，都追到这儿了。

老人身形佝偻，松开马缰绳，双手负后，笑眯眯道："唐铁意算哪根葱，请不动我。"

钟情呵呵一笑："老家伙口气不小，在这北晋国境内，敢这么说皇帝陛下。"

曾经的龙武大将军唐铁意走了一趟南苑国返乡后，北晋国皇帝很快就禅位给他，据说这里边很是有些曲折故事。当年在南苑国京城，唐铁意本想叛出北晋的，结果那边的老皇帝魏良竟然退位了，魏衍登基，公主魏真又不愿嫁给唐铁意……总之就是在南苑国碰了一鼻子灰，回到北晋国后，唐铁意一发狠，在边境起兵，挥师北上，率领大军压境京城，北晋国便改朝换姓了。

钟情问道："是人是鬼，是神是仙?"

如今世道古怪了，什么奇人怪事都一股脑儿冒出来，好像转折点就是那场十人之争，没过几年，书上那些神神怪怪的说法都成了真。汉子这些年单枪匹马走南闯北，就遇到过不少匪夷所思的古怪，准确说来，是怪而不古吧。

那女子始终坐在马背上眯眼而笑，钟情最看不惯这个，冷笑道："狐狸精。"

来见钟情的，正是朱敛和沛湘。

朱敛说道："年轻人脾气不要这么冲嘛，作为过来人，给你两个忠告：宁惹男人，别惹妇人；宁惹忙人，别惹闲人。"

钟情没好气道："别拐弯抹角了，说吧，你们到底是什么来头？找我做什么?"

要说捉对厮杀，他如今还真不怵一个唐铁意。臂圣程元山、磨刀人刘宗这些个江湖上成名已久的老古董，消失的消失，退隐的退隐。丁婴一死，整座天下的所有风头又都被俞真意和陆抬夺去了。等到这黑白两道的各自第一人，一个说是飞升，一个随之消失无踪，一座江湖就变得群龙无首，反而冒出了一大拨会仙术的货色以及莫名其妙的山水神仙、鬼祟精怪。就像眼前这个骑马女子，瞅着就挺像艳鬼的，世俗女子哪能长得这么好看?

朱敛微笑道："出门在外，以诚待人，先自报名号，我叫朱敛。至于马背上这位姐姐，叫沛湘，你方才说她是狐狸精，就当你小子会说话，夸她好看吧。"

钟情皱眉道："哪个朱敛?"

朱敛笑道："你觉得最不可能的那个。"

钟情双臂环胸，转头朝地上吐了一口浓痰，嗤笑道："你要是朱敛，我就是丁婴了。"

眼前这个糟老头子与那朱敛唯一的相似处就是身边跟了个大美人，她的姿色约莫就是书上所说的倾国倾城?

朱敛当然清楚唐铁意，还有敬仰楼周妹真，以及程元山之流的江湖老人在福地武运暴涨的前天下为何依旧迟迟无法破境，只因为"山河失色"，沦为一幅白描图，除了极少数例外，所有福地众生皆落得个魂魄不全的下场，只是局中人对此浑然不觉。此外，唐铁意其实也偷偷转去修行术法了，只是武学底子好，境界越高，反成累赘，不如湖山派高君那么船小好转舵，否则福地第一个金身境武夫如何都轮不到眼前钟倩这个晚辈。

钟倩挥挥手："别自讨没趣了，为了点赏银搭上一条性命，不划算。"

敢说稳赢他的人，连同湖山派掌门高君在内，整座天下，最多一只手。能够跟他打上一架再分出胜负的，那就再加上一只手好了。眼前这个脚步、呼吸都稀松平常的老家伙，就算是个隐藏极深的武学宗师，也还是肯定不在十人之列。

谁知老人还是跃跃欲试的模样，缓缓向前，小心翼翼挪步，搓手道："我辈习武之人，讲究一个风骨凛凛，不切磋切磋就认输，如何知道胜负，太不像话。"

先挪步，再站定，消瘦老人一手负后，一手递掌，微笑道："来来来，就让我见识见识北晋国第一大宗师的拳脚分量。"

钟倩无奈道："喊你一声老前辈行不行，赶紧回吧，一大把年纪了，何必蹚这浑水，别觉得我脾气好就可劲儿得寸进尺。不如我也给你一个年轻人的忠告：年纪大了，就得服老。"

不承想那个老家伙信誓旦旦说道："放心，我是外家拳内家拳兼修的高手，筋骨结实得很，生龙活虎。说句不违心的实诚话，别看我瘦，其实不比你们年轻后生差半点，屁股上烙张大饼，保证小会儿工夫就烫嘴，你要不信，回头与农家借个灶房……"

沛湘闻言笑得花枝招展。年轻时候的老厨子，难不成就是这么走江湖的？

钟倩实在是听不下去了，立即站起身，一手握拳，轻轻敲了敲胸口："来，朝这边来一拳，我要是退半步，就算我输。要是没挪步，你就赶紧带着这个狐狸精一起滚蛋，有多远滚多远。"

朱敛埋怨道："哪有这样问拳的，不合江湖规矩。"

钟倩扯了扯嘴角："那你站那儿不动，让我来一拳？"

朱敛一本正经道："那还是我来吧。"

钟倩刚想说话，就眼前一花，当场昏厥。

沛湘白了一眼朱敛：你一个山巅境大宗师，这么戏耍一个七境武夫，好玩吗？

见朱敛蹲在差点口吐白沫的钟倩身边，沛湘笑问道："觉得怎样？"

朱敛答道："单纯，憨厚。"

沛湘无言。你直接说他傻不就得了。

朱敛笑道："这小子杀心不重，甚至性子还有点软，只有被逼得狗急跳墙才会以命相搏，以后得添些杀气。所以他需要一把好刀，也是一个练刀的好材料，曹家刀法就很适合他。"

片刻之后，钟倩迷迷糊糊睁开眼，好像挨了一耳光，是被打醒的。他还是有点头晕目眩，视线模糊，依稀看见老人那张脸庞。

朱敛笑道："醒啦?"

钟倩刚想提起一口纯粹真气,蹲在一旁的老人突然双指并拢,在他的几个穴位上接连敲击数下,钟倩瞬间就动弹不得了。他瞪大眼睛,其内泛出血丝,这是想要逆转真气的迹象,结果依旧徒劳无功。

朱敛双手笼袖,调侃道："到底年轻,江湖经验还是浅了点。"

沛湘转头望向一处,笑容玩味。

一名年轻女子骑马而来,佩刀背弓,怒斥道："你们要对钟大哥做什么?!"

她一手缩在袖中,双指拈有一张重金购来的仙家符箓。

朱敛转头微笑道："我一个糟老头子,能对你钟大哥做什么? 至于说我身边这位夫人,她就算做了什么,又算什么呢?"

沛湘妖媚道："瞎说,什么夫人,还是待字闺中的黄花大闺女哩。"

年轻女子羞恼道："不知廉耻,骚狐狸!"

朱敛站起身笑道："小姑娘,袖内那张符箓就别浪费了,价格肯定不便宜,不如好好珍藏起来,相信以后只会越来越值钱,还能当一件可以降妖伏魔的传家宝。如果我没有猜错,姑娘你是姓宋吧,祖籍是前朝的旧端州?"

女子眉头紧蹙。端州,是个前朝的说法了。而她确实来自此地,世代簪缨,所以更换成北晋国之后,虽然家族走了下坡路,但还算是郡望高门。

朱敛眯眼笑道："确实有几分相像。"

依稀记得,宋家曾经有个奇女子是制砚名家,被召入宫廷,司职琢砚、补砚。她对待琢砚一事极认真,往往数岁才制成一砚,有"割遍端州半百溪"的说法。女子的模样早就记不清了,毕竟只曾遥遥见过一面,彼时女子在灯下雕琢砚石,神色专注,颇为动人。

对于朱敛来说,一名女子能否称为国色,从来不在容貌、脸庞和身段,而在神态。

这次故地重游,朱敛多少起了莼鲈之思。老人归乡,大抵如此,一步一思量。

故乡与美人都勾人,只有一点不如醇酒,年月一久,记忆模糊,就好像往酒里兑水。

朱敛一挥袖子,钟倩就如同被揭去了一张定身符。不过他也没有起身,一来全然没有半点争胜之心,注定是打不过的,老家伙除了不讲江湖道义之外,其实拳脚厉害得很,否则他就算站着不动,北晋国那两位武学宗师也绝对做不到一拳打得他当场晕厥,不省人事。二来,钟倩也是通过这个动作提醒那个瞎了眼才喜欢自己的女子,自己都认输了,她就更别冲动行事。

钟倩说道："这位江湖前辈自称是朱敛。"

年轻女子愣了愣,很快就冷笑道："装神弄鬼也不找个好由头,朱敛早就被丁婴打杀了。"更何况,这老儿好不要脸皮,也不照照镜子瞧瞧自己的德行模样,有脸说自己是朱敛? 退一万步说,老贼若真是朱敛,那张符箓就能派上用场了!

家族有长辈一生不曾婚嫁,孤苦终老,只留下一方心爱砚台陪葬,背刻某人肖像,眉眼传神,栩栩如生。人像旁有一句如同刻在心上的铭文:早知如此绊人心,相见真如不见。

年轻女子蓦然而笑,试探性问道:"这位前辈,你真是朱敛?"毕竟如今世道古怪,神怪鬼物层出不穷,而且多有山河英灵,那朱敛死而复生,也不是完全没有可能。

朱敛斩钉截铁道:"怎么可能,当然不是!我与那老杀贼有不共戴天之仇,狗东西若是死灰复燃,再被我瞧见了,定要让他挫骨扬灰……"

相貌老朽,言语粗鄙,尤其是一双眼睛朝自己身上乱瞥,原来是个为老不尊的下流坏子,呵,吃着碗里惦记着锅里的货色。

这让年轻女子可以肯定,此人定然不是朱敛了。确实,怎么可能呢,朱敛岂会如此在意世间女子姿色如何,何况那朱敛就算当年不曾死在丁婴手上,只是江湖上的以讹传讹,那么即便此人久住人间,与那俞真意一般阳寿悠长,远超世俗武学宗师,到底还是那个叫无数美人共同感慨一句"天壤之间,竟有朱郎"的朱敛啊。

曾经的江湖,不知是哪位伤心人说过,十个女子,九个恨朱敛,还有一个是因为不曾见过他。

传言如今有两个道行高深、喜好游弋人间的女鬼,再加上数位塑金身、起祠庙的江水神灵娘娘还在对某人心心念念,长长久久,从生到死,再由死到生,皆不曾释怀。

这个姓宋的年轻女子只觉得匪夷所思,无法想象怎么会有这么痴情的傻女子,不就是个男人,至于吗?

之后两名女子依旧骑马,朱敛牵马缓行,钟倩同样徒步。老人说是要去找个喝酒的地方,在酒桌上谈点正事。

钟倩犹豫了半天,还是忍不住问道:"老前辈,明人不说暗话,你当真不是朱敛?"

朱敛抬起手,拍了拍脸颊,笑道:"你觉得呢?"

钟倩闷闷道:"那前辈方才为何自称朱敛?"

朱敛说道:"实不相瞒,我年轻那会儿也是个被求亲之人踏破门槛的俊小伙,十里八乡的俏姑娘,甭管是待嫁的还是嫁了人的,都爱慕得很呢,估摸着老狗贼见着了我,也会羞愧吧。"

沛湘一语双关打趣道:"哟,夫君这话说得有意思了,照镜子,赶紧照镜子去。"

同时没忘记占朱敛的便宜。

姓宋的年轻女子看了眼令自己自惭形秽的沛湘,再看了眼朱敛,一时无言。

松籁国湖山派,主客双方置身凉亭内。

陈平安说道:"举一个比较极端的例子,当一小撮练气士能够凭借一己之力攻城拔寨,顷刻间毁灭一座城池,你觉得这样的事情,对于一座天地,合理吗?"

高君说道:"孤阳不生,孤阴不长,总有相辅相成和相互压胜。比如我,一次远游访仙就见到了不少光怪陆离的异象,所以如今我与那些暂时名声不显的五岳神灵、山中仙人就会相互忌惮,互相掣肘。退一步说,他们约束不了我,不还有陈剑仙这样有如来自上国和仙界的'世外高人'能够拨乱反正吗?"

陈平安反问道:"那谁来约束我们? 以心中的仁义道德自律吗?"

高君看似答非所问,亦是以反问作答:"陈剑仙可曾见过这座福地的幕后主人?"

陈平安点头道:"见过,对方是一位十四境大修士,道号碧霄洞主,所以整座福地其实有个别称,名为观道观。玉璞之上是仙人,仙人往上是飞升,比飞升更高一层的便是十四境。这是极为罕见的事情,一般坐拥洞天福地的宗门,最多是飞升境修士。这些幕后人各有所求,有些是为了得到天材地宝,精心挑选纳入谱牒的修道坯子,有些就只是为了一场观道,也有一些仙府经营不善,反而被福地拖累,本末倒置,导致财库耗竭,一蹶不振,最终只能转手他人。"

高君点点头,深吸一口气,开门见山道:"陈剑仙,你可以告知此次来意了。"

对方不可能无缘无故就为自己泄露这些千金难买的天机。

再者,这个陈平安与湖山派没有半点香火情可言,说难听点,因为俞祖师的关系,双方还是有一笔旧账可算的。

高君这种想法,实属人之常情,却只对了一半。落魄山,或者说陈平安,对待整座莲藕福地,以及作为福地一部分的湖山派,再推及高君,其实都没有太过功利。不能说全然不存半点私心,但是比起一般拥有福地的宗门势力,确实已算一个极有良心的"地主"或是"东家"了,更多是给予而非夺取。

陈平安说道:"回答高掌门这个问题前,得先告知三事。第一,这位十四境大修士已经舍弃了福地;第二,如今藕花福地已经更名为莲藕福地,也不在桐叶洲了,而是在北边的宝瓶洲,就安置在我家山头,名为落魄山;第三,曾经的藕花福地,按照浩然天下的划分,属于下等福地,再加上碧霄洞主的观道缘故,没有出现练气士,我得到这座福地之后,提升为上等品秩。"

其中顺应天时孕育而生的天材地宝,都已经被长命一一记录在册。按照既定策略,落魄山不会全部如田地秋收一般收割殆尽,绝大部分都留给福地自行流转,不同的修道机缘和山上宝物花落各家,谁能收入囊中,各凭实力和福缘,落魄山只选取一小部分,而且每一笔账目的来龙去脉,霁色峰都会清楚记录在案,如果陈平安翻看记录,觉得取之不当,或某物来历不正,还需要悄然归还福地。

除了天地灵气充沛,福地的武运亦是相当不俗,这当然要归功于陈平安的开山大弟子裴钱的那几场"最强"破境。

高君一时无法接受这个真相：身边这位陈剑仙，竟是整座福地的主人？！落魄山？失魂落魄之落魄？难道浩然天下的仙府取名都如此随意吗？

"当年那场十人之争，最终胜出的登上城头之人各有机缘造化，有人选择离开福地，也有人选择留下，换取一份仙家机缘。比如南苑国国师种夫子就得到了一幅五岳真形图，你们俞祖师对此物就极为上心，势在必得，只是种秋行事小心，又有陆抬从中作梗，在棋盘上无理手迭出，这幅仙图才未能成为你们湖山派的镇山之宝。"

高君听到这里，神色尴尬。

"五岳真形图炼化后与天地融合，故而福地最新五岳不在四国君主封禅范畴之内。后来种种天地异象，灵气节节攀高，就是福地品秩提升的外在显化，一座福地，各地应运而生的机缘多如雨后春笋。除此之外，福地武运亦是暴涨，所以如今的天下武夫，从炼体三境迈步入炼气三境，体魄坚韧程度也有了某种潜在变化，如鱼在水，昔年的池塘浅水更换为大湖，纯粹武夫习武练拳，就是一场类似鲤鱼跃龙门的追本溯源。"

说到这里，陈平安伸手指了指湖泊，再指向溪涧："逆流而上，武运渐渐浓郁如这条溪涧，水中撞石激荡有声响，淬炼体魄的功效越发明显。俗子极少能够察觉，天地造化只在不言中。"

高君问了一个最为关键的问题："陈剑仙此次重返福地，是想要招徕我，让我更换门庭和师门谱牒，加入你们……落魄山？"

陈平安直言不讳道："如果高掌门愿意担任记名供奉或客卿是最好，只不过强扭的瓜不甜，高掌门未必愿意寄人篱下。况且以高掌门如今的双重身份，可能并不适合加入我们落魄山谱牒。我这次前来，其实是有个好与坏都得走一步看一步的初步设想，不过得先与高掌门聊过一场才能决定实施与否。如果决定方向的第一步就走错了，后果不堪设想，做多错多，对落魄山和莲藕福地都不是什么好事。"

俞真意能够在藕花福地跻身元婴境，就此飞升离开，并不意味着高君也能在更高品秩的莲藕福地顺势上一个台阶，打破天道瓶颈，跻身玉璞境。

究其根本，还是双方的修道资质有不小的差距。高君只是得了先手，再被此处天道所青睐。不过上山修道，先天资质、根骨之外，命好与否，机缘深浅如何，同样至关重要。所以高君将来能否成为莲藕福地历史上的首位玉璞境修士，只能说是五五之间。至少陈平安经过这次见面，对性情散淡、几无戾气的高君还是比较看好的。唯一的问题，就在于高君暂时没有某个心中认定必须达成的高远志向，也可以说是某种异于常人，甚至是与整个人间修士都不一样的野心，这可能就是高君与画卷四人这些历史上的天下第一人的最大差异所在。只是这种想法，旁人拔苗助长不来，只能是高君自己在修道路上的机缘巧合，在疑与不疑、心念加减间自然生发。

高君沉默许久，强行按下道心起伏，问道："陈剑仙的落魄山，像我这样的金丹修士有多少?"

"不算下宗,再撇开记名客卿不谈,就只有一位金丹地仙。"陈平安笑道,"元婴修士多些,上五境再多些,其中飞升境,记名和不记名的,落魄山暂时有三位。"

如此坦诚,一下子让本就不善言辞的高君越发沉默。

一个宝瓶洲、一座落魄山尚且如此,那么整个浩然天下岂不是随处可见飞升境?!

陈平安犹豫了一下,一向"出门走江湖先跌三境为敬"的山主难得王婆卖瓜自卖自夸一次:"高掌门别误会,落魄山这样的山头并不多见。"

高君苦笑,转移话题:"不知陈剑仙那个所谓的设想是什么?"

陈平安说道:"我打算缔结一份契约,除了高掌门和南苑国魏良,还有五岳神灵,几尊江水正神,四国君主,再加上钟情和几位六境武夫。等于是修道之人、纯粹武夫、山水正神、山下帝王与我们落魄山共同订立一个相对比较松散粗略的契约。只说其中一件事,就是帮助各国建立钦天监,培养望气士,用来约束山上修士和武学宗师的行为,初衷还是要与你们几方势力说清楚我们落魄山的一些真实想法。"

高君疑惑道:"陈剑仙,你们落魄山既有实力和信心,提升福地品秩至上等,生杀予夺易如反掌,又何必多此一举,自我约束?"

陈平安笑道:"高掌门作为福地暂时唯一金丹,对湖山派何尝不是生杀予夺易如反掌,结果又如何?就不要半点规矩了吗?单凭高君一己之私和个人想法,就能够维持整个湖山派十六位练气士和数百人的生死荣辱?"

高君顿时心中悚然:湖山派何时拥有十六位练气士了?为何不是十四位?!

陈平安接下来的一句话,更让高君第一次感受到了这位陈剑仙的肃杀:"与此同时,早点把话说清楚了,省得将来有人临死抱怨不教而诛。"

高君神色肃穆凝重,沉声问道:"我若是执意不参与此事,结果又会如何?"

陈平安微笑道:"大可放心,高掌门和湖山派都不会如何,以后只要保证井水不犯河水,你我双方就可以继续相安无事。"

高君说要去祖师殿敬香,之后才能给出决定,陈平安就在凉亭等她归来。他转头望向女子背影,笑言一句:"高君心中无高君,还能奢望湖山派眼中有高君吗?"

高君脚步一顿,没有转头言语,继续前行。

小山除了山腰凉亭和山顶祖师殿,再无多余建筑,前山溪涧入湖,山后苍莽而已。

高君步入寂静无人的祖师殿,有一位老人专门负责大殿灯火,昼夜不熄的如椽火烛使得原本略显阴暗的大殿异常明亮。等到高君步入大殿再关上门,便异象横生,剑气雷电满室光,蛟龙云纹绕梁柱。一把晶莹剔透的雪亮长剑倏忽飘掠而至,围绕着高君缓缓飞旋,如小鸟依人,十分亲昵。高君轻轻推开长剑,敬过三炷香,放入神案上边的黄铜香炉,再跪在蒲团上给那幅祖师挂像磕头,起身后,开始闭目养神。等她再睁开眼望向那幅祖师挂像时，心中已经有了决断。

其实当初湖山派内部关于祖师殿内悬挂俞祖师挂像一事争议不小，光俞祖师应该以何种容貌示人就众说纷纭，有说仙风道骨的年老容貌更显威严的，也有说年轻相貌既儒雅又出尘的，还有说得道之后的稚童御剑姿容最为仙气的……吵得高君心烦意乱。关键是那三种不同意见代表着湖山派三座各自为营的小山头，所以这些年高君治理湖山派，只要遇到棘手的事情，就会问自己同样的问题：若是俞祖师在场，会如何做。

陈平安坐在凉亭内，看着湖边有数人正在持竿垂钓，窃窃私语，偶尔抬头瞥几眼小山方向，多半是在猜测自己的身份，以及与高掌门的关系了。

脚步轻缓，高君重返松籁亭，落座后，说道："最后一个问题，陈剑仙和落魄山如何看待宛如自家庭院的这方天地？"

高君的言下之意，当然是落魄山会不会为了自身利益，将莲藕福地涸泽而渔。

"出门俱是看花人，河边多有钓鱼客。"陈平安笑道，"钓客若是市井门户，钓鱼是为了果腹，自然是钓起几条就吃几条，吃不完晒干，不然就是养在家中水缸里边。若是家境再宽裕些，有座池塘，就将鱼放养其中，薄江河溪涧、厚自家底蕴。

"这就像是湖山派的处境，以后会与松籁国其他成了气候的仙家势力，再与别国争夺那些适宜修行的仙家道种，将游鱼放养在湖内，无非是喂养以仙家术法，传授以道书秘诀。但是对我来说，既然整座天下都属于落魄山，鱼在何处，又有什么区别？至于我会不会厚宗门而薄福地，就是为何要缔结契约的原因所在了。修道之人，要小心饮鸩止渴；仙府山门，要担心厝火积薪。立竿见影之术，非长生久视之道。术法有高低，某些道理却不分大小，在昔年藕花福地通用的道理，到了浩然天下，一样适用。"

陈平安最后补了一句："这个比喻不是我想出来的，是一个叫陆沉的人最早提出。"

高君若有所悟，自言自语道："究其根本，事理分阴阳，都需要有人替天行道。俞祖师曾经为我言说顺逆，可能是当时我境界不够的缘故，俞祖师没有说得太过深远，只是提及修行之人，证道长生，欲想与天地同寿，宗旨在逆，故而始终为天道所厌弃。我现在觉得，先逆后顺，倒转阴阳，最终殊途同归，天地生养我辈修行人，修行人得了道再反哺天地，循环往复，才可以被称为修行极致。"

陈平安点点头。果然，高君能够成为天下第一人，被冥冥之中的天意相中，不是没有根源和理由的。

高君此时处于一种看似"六神无主，心不在焉"，实则"与道相契"的可贵境地。

在俞真意最后一次出关，即将远游之前，高君曾经有一问：修道之人，何谓得道？

俞真意当年掐剑诀，驾驭那把佩剑破空而去，剑光冲天而起，一线斩开湖山派上空的云海。他再摊开手掌，让高君闭气凝神定睛看。只见掌心纹路如山脉，山间雾霭升腾，幻化出一幅千里之外的市井画卷。

人与山合，大道所指，仙山万仞斩太虚。亿兆生灵，山河如画，千里秋毫掌中看。

陈平安不愿打搅高君，等到她回过神才开口笑问："高掌门出身书香门第？"

高君不知对方为何有此问，面露几分自嘲神色，摇头笑道："我出身不算好，很早就上山习武了，而且读书不多。湖山派藏书虽丰，冠绝四国，但是我自幼就不喜读书，这辈子看过的书，精读泛读加在一起，连同拳谱在内，可能还不到一百本。"

不比眼前这位青衫剑仙，高君只觉得对方不论修为、学识、胸襟、气度，都当得起"宗师"与"剑仙"两个称呼。由此可见，那浩然天下着实是让人既敬畏，又倍感气馁。难道陆抬的那个调侃并非全是妄言？只是耳听为虚，眼见为实，有机会确实要离开井底出去看看，在那井口看天地。

然后高君不知为何就发现对方脸色有几分悻悻然，憋了半天才憋出一句："高掌门看书是有悟性的，难得，很难得。"

高君犹豫了一下，说道："陈剑仙方才说我们湖山派有十六位练气士，但是据我所知，目前好像只有十四人在修行。"

陈平安笑道："直说也无妨，因为这两位练气士对你们湖山派并无险恶用心，只是将此地当作一处绝佳道场。想必他们亦有扶龙之意，所以高掌门可以继续假装不知，心里有数就了。其中一人，如今就待在臂圣程元山身边，真名桓荫；另外一人，真名黄尚，早就是道家的符箓修士了。他们两个都是跟随陆抬进入福地的桐叶洲外乡人，我对他们之所以并不陌生，能够一眼就认出，只因为曾经打过交道。而他们会在此隐姓埋名，估计是陆抬用来打发光阴的无聊之举了，高掌门不必多想。"

言语既是人与人沟通的桥梁，人间多歧路，同样来自言语。

高君神色微变。因为俞祖师曾经留下一只锦囊，叮嘱她将来结丹后，若能更进一步，可以收取两人为嫡传弟子，但是更多细节，俞祖师只字未提，而这两人的名字，正好是黄尚与桓荫，但是高君查遍湖山派档案，都没有查到两人的记录，她就误以为是俞祖师未卜先知的一句仙家谶语，不承想那两人早就身在湖山派了。

至于臂圣程元山的存在，高君是一清二楚的。当年俞祖师离开南苑国，程元山同行返回湖山派。只是这位武学宗师这些年易容化名，如今就在湖山派担任祖师殿的点灯添香人。至于俞祖师当年与程元山达成了什么约定，程元山为何愿意在此隐姓埋名，高君不曾询问。有些事，就如陈平安所说，心里大致有数就是。

高君问道："陆抬与陈剑仙的关系是？"

陈平安说道："萍水相逢，莫逆之交，属于一别多年不曾重逢的挚友。"

下山途中，陈平安问道："高掌门知不知道一个叫钟倩的北晋国武夫？"

"只是听说过，还不曾见过。"

那钟倩是个神色柔弱的……魁梧汉子，听说他与人言语总是怯生生的。不过湖山派的秘密情报显示,此人发起狠来,就完全是另外一副面孔了。

高君问道:"陈剑仙,我能不能跟随你去一趟落魄山?"

陈平安笑道:"礼尚往来,理当如此。不过我要先去一趟南苑国京城,两个时辰后,高掌门可以御风去往云海高处,我自会前去与你会合。"

南苑国京城,有心相寺的清净,有状元巷的喧哗,曾经还有个进京赶考的举子黯然返乡。

昔年跟随姚老头一起登顶家乡最高山,夜宿山巅,清晨时分,少年窑工登高眺远,第一次看到无比壮观的日出景象。后来误入藕花福地,在心相寺蓦然听到钟鼓响起,悠扬空灵,仿佛刹那之间,心就静了。

世间可有一法,可解万般愁,安顿无限心,心定莲花开。

两人走到山脚,陈平安告辞一声,身形化作剑光,转瞬即逝。

见过不少奇异人事的高君仍是措手不及,错愕不已,很快释然,剑仙风采。

黄昏里,山青花欲燃,十数条绚烂剑光合拢,一袭青衫现身山顶,独立春风夕照间,长久远眺。

日落月升,天地暗室,如仙人蓦然解囊放出一盏灯,月光如水,噢天为白。

在正月的尾巴上,处州境内又下了一场雪,只是不大,夹有雨水,雪后初晴,群山皆青,唯有披云山半青半白,如幽居佳人披狐裘穿青裙,又好似书通二酉的雪中高士,不与俗同。

这一天,在莲藕福地的深夜时分,浩然天下的暮色里,金丹境修士高君和金身境武夫钟情做客落魄山,只是被安排在不同的府邸,双方暂未相见。

夜深人静,高君不愿在此呼吸吐纳。不告自取山中灵气,终究有那窃贼的嫌疑。

既然无法潜心修行,高君便独自出门,拾级而上。在集灵峰山巅,她看到了一个乘月色登高赏景的同道中人此刻正坐在栏杆上,拎着一只酒杯,身边放着一只釉色青翠欲滴的玉壶春酒瓶,摊开一包酱肉,自饮自酌。

高君没能认出对方,对方却一眼认出了湖山派掌门,吃惊不小,问道:"高掌门,你怎么也来了?"

高君疑惑道:"你是?"

听闻乡音,如饮暖酒。那魁梧汉子神色羞赧道:"我叫钟倩,北晋国那边的无名小卒,高掌门若是认得我才叫怪事了。"

他没去过湖山派,但在北晋国一个世家子弟的书房中见过一幅高君的画像,还是真人更好看些。

高君恍然,打了个稽首道:"见过钟宗师。"

钟倩赶忙放下酒杯，抱拳还礼："幸会。"

双方都不是健谈之人，一时间便有些沉默。

山风月明中，异乡相逢的同乡人各怀幽思，心事无穷。

高君跟随陈平安离开莲藕福地，第一次踏足落魄山，发现与她早先想象中那种琼楼玉宇、鸾凤齐鸣的上国仙府出入很大。到了霁色峰，她除了感受到远比湖山派充沛的天地灵气，只说满眼景色，既不神异，也无奇诡，好像跟湖山派差不多。

钟倩率先打破沉默："我是被一个古怪老人和一个名叫沛湘的女子带来此地的，是谁带高掌门来的？"

高君说道："是此山主人，剑仙陈平安。"

钟倩自嘲道："果然还是高掌门的面子更大。"

那个自称与朱敛有不共戴天之仇的老人是落魄山的管家，至于那个叫沛湘的狐媚女子，好像是位供奉。

钟倩说道："听说明早霁色峰就要进行一场祖师堂议事。"

高君点头道："陈剑仙邀请我旁听。"

本想婉拒，只是一想到如今自己的身份不单单是湖山派掌门，便还是答应下来。毕竟这次自己主动提出离开福地，初衷就是了解更多天外人事。那么想要更快、更直观地了解落魄山和浩然天下，还有比参加一场祖师堂议事更便捷的选择吗？

钟倩笑道："我也会参加，因为答应了担任落魄山的记名客卿。"

高君犹豫了一下，问道："钟宗师是不打算返回家乡了？"

钟倩点头说道："不回了。我跟高掌门不一样，有酒喝的地方都一样，至于家乡不家乡的，从小就没什么想法。听说这边的仙家酒酿成百上千种，就是价格贵了点，得用上那几种山上神仙钱，我暂时都没见过，不过成了记名客卿，每个月都会有一笔俸禄。何况听说在落魄山有拳可学，比如南苑国国师种秋如今就是落魄山的人，我打算将来跟他请教拳法，若能拜个师，学得几分真传，那是最好不过了。"

人的名树的影，昔年那拨齐聚南苑国京城的天下高手，魔教太上教主丁婴性情叵测，谁敢亲近？湖山派俞真意仙气缥缈，高不可攀。至于磨刀人刘宗、大将军唐铁意之流，虽说各有宗师风采，也都属于毁誉参半。所以在年轻一辈的江湖子弟心目中，他们都不如那位被誉为"文圣人，武宗师"的种夫子来得敬仰和亲近。

山腰一处院内，沛湘正施展掌观山河的神通，仔细观察山顶那两人的言行。朱敛躺在藤椅上，双手叠放在腹部，闭目养神，也没有阻拦沛湘这种不讲江湖道义的行为。

沛湘问道："颜放，你觉得高君长得好不好看？"

没有外人时，她还是习惯性称呼朱敛为颜放，这是朱敛在清风城偷偷挖墙脚时用的化名。

朱敛微笑道："各花入各眼，在湖山派弟子眼中，高君自然就是世间最动人的女子，若能一亲香泽，死在花下也愿意。"

沛湘嗤笑道："她也没好看到哪里去，姿色还比不得泓下。"

朱敛转头瞥了眼沛湘的手掌，见钟倩在以酱肉就酒，笑了笑。故乡滋味，都在味觉里。在他看来，如今口口声声对家乡无挂念的钟倩以后肯定会常常惦念，反而是高君，哪天她决定离开莲藕福地了，就会毅然决然，此后修行，极少伤感。

沛湘问道："以后福地内的'两金'只会越来越多吧？"

朱敛点头道："这是一句废话。真正值得上心的事情，只是未来每个甲子内会分别出现几个地仙修士和炼神境武夫。"老厨子搓了搓手，呵了口气，"积雪消融，春风解冻，大鱼小鱼进冰出。"

沛湘轻声问道："颜放，此次返回故乡，可有什么感想？"

朱敛笑道："除了给你当了一回马夫，还能有什么感想。"

浩然天下，洞天福地，其实没差，无非是富吃贫，官吃富；贫吃土，仙吃凡。原来吃来吃去，都成一抔土。梦醒梦不醒，转头都成空。

沛湘问道："对高君和钟倩的不同选择，你怎么看？"

朱敛懒洋洋道："鸟雀不知山野好，徘徊飞旋小庭中。"

沛湘思量一番，蹙眉道："你别卖关子啊，到底是说高君不愿离开福地是宁做鸡头不当凤尾，眼界太小，还是说钟倩在落魄山落脚就像是从山野走入庭院，从有望成为天下第一的大宗师变成浩然天下一个高不成低不就的庸碌武夫？"

朱敛睁开眼，轻轻摇头："早就说了嘛，各花入各眼，同一人的不同选择，不同人的相同选择，花开两朵，各表一枝。"

沛湘妩媚抛出白眼一记："就你歪理最多。"

朱敛呵呵笑道："惜哉元婴不读书。"

沛湘一挑眉头："狐国的春宫图历来销量绝佳，曾是清风城仅次于符箓美人的一笔财源，现在倒好，在狐国密库都快堆积成山了，这不是跟钱过不去吗？"

朱敛揉了揉眉心，叹了口气："这种赚钱门路，落魄山哪敢碰？明儿霁色峰议事，有本事你自己去跟公子提这茬，反正我是打死不敢的。"

沛湘建议道："现在我们不是有下宗了吗，周首席在桐叶宗有个云窟福地，福地里有那花神山胭脂榜，折价打包卖给周首席便是了。这笔收入刚好可以算作我的私房钱，你帮忙与云窟福地联系，谈好价格，帮着卖，事后咱俩再来分账，不就等于多出一笔细水长流的收益？"

朱敛也不说可行与否，只是问道："你狐国的徒子徒孙有望结丹了？"

沛湘点点头："所以需要用钱的地方越来越多了，虽说以前攒下了点家底，可每年支出多于入账终究不是个事儿。"

朱敛笑道："说实话，不去谈长远，想要赚钱快，还得是捞偏门。"

老厨子明显听出了这位狐国之主的言外之意，这是在拐弯抹角抱怨吐苦水呢，提及转售春宫图一事，就只是个话头。从许氏清风城搬到莲藕福地，狐国如同闭关锁国，与外界，尤其是将狐国视为游览之地温柔乡的练气士断了联系，狐国内不少手握实权的中五境狐魅以往赚外快的偏门财路就都没了，虽说有沛湘和一干嫡系心腹坐镇狐国，暂时还不至于怨声载道，可是长此以往，人心道心起伏不定，曾经的暗流涌动就会变成一发不可收拾的洪水决堤。此外，狐魅不比修道之人，甚至不比开窍炼形的山野精怪，早就习惯了滚滚红尘里的灯红酒绿，一下子关起门来寂寥修行，使得狐国就像一座稍大的道场。虽说狐魅证道一事，落魄山与狐国早有纸面约定，狐族练气士只要有希望跻身洞府境，就可以单独外出，去往福地四国游历人世、涉足男女情爱之事。

沛湘小心翼翼说道："狐国在福地扎根，天地灵气几乎翻了一番，如果折算成神仙钱，其实落魄山已经十分厚待狐国了。"

朱敛双手交错，大拇指互敲，微笑道："这种分内事不用在意，否则就见外了。"

沛湘一下子紧张起来。

朱敛缓缓道："狐族天生喜欢热闹，落魄山却是个清净地儿，这种矛盾暂时不可调和，自然而然牵扯到了狐国与福地的关系。如果换成别的山头，拥有狐国这么个随便经营就可以财源滚滚的聚宝盆，是绝对不会要求狐国关起门来的，毕竟谁较劲都别跟钱较劲。只需在福地划拨给你们一块地盘，方圆千里即可，届时狐国府门一开，管你们是靠什么路数挣钱，我们落魄山只管跟你们每一位狐族练气士收账，躺着收钱就是了，你们开心，我们也高兴，何乐而不为？

"所以公子不止一次跟我商量如何才能找到一个折中的办法，既不干涉福地四国的正常发展，又能够让狐国有灵众生不觉得日子过得清苦。嗯，公子是用了'清苦'这个说法。我当时笑说，衣食无忧，修行更快了，也不用被那些登门就是为了脱裤子的练气士当作老鸨和窑姐了，苦个什么，最多是'清冷'。公子却说还是'清苦'一语更恰当些，人生由喧闹骤然转至冷清也是苦，这跟官场上退下来的老人是一种心态，即便依旧锦衣玉食，也可优游林下，但是从车水马龙变成门可罗雀，别有一番苦滋味。

"因为是没有外人在场的私下聊天，我说话也没个忌讳，说一旦想要万事周全，就会登天难，束手束脚，处处为难；可只要不去多想，事情道理简单，就会变得再简单不过，比如早点准许狐国开门，落魄山再学崔瀺立碑群山，丢些铁律给你们，故意多冷眼旁观个几年十年的，再来一场有据可查、有法可依的秋后算账，犯禁违例的狐国众生该杀该关关……说句难听的，只需如此作为，狐皮符箓的来源都有了，如今宝瓶洲一张狐皮符箓的价格都炒到什么价位了？不比你沛湘卖几本春宫图更赚钱？

"公子却说再等等，是想要等福地四国百姓渐渐适应了山上有腾云驾雾的神仙、精怪鬼魅常在人间行走的事实，你们到时候再出现，哪怕数量多些，也习以为常了。凡夫俗子习惯了神仙怪异事，再从幽明殊途到人鬼共处，相互间都有了入乡随俗的雏形。与此同时，你们形若封山，落魄山逼着狐国练气士专注修道三五十年，将来再开门外出，境界修为高了，从早期三三两两结伴而行，再到将来的单独外出，这期间也会少些意外。

"归根结底，公子是把你们所有狐族都当作一个个活生生的人看待，不然你以为我提出的那个方案，公子当真不知道是利大于弊？只是可能在公子看来，这个'弊'动辄是几条几十条狐族性命，是可以用一个短期收益注定更小的'等等看'三字来挽回的。

"简而言之，公子要比你这个狐国之主更在意你们狐国。"

沛湘幽幽叹息一声："山主有心了。"

朱敛神色淡然道："施恩宜由淡转浓，由浓转淡反成仇。刑罚宜从严转宽，先宽后严怨其酷。所以下宗选址桐叶洲，崔东山担任首任宗主，而不是曹晴朗，公子再返回落魄山修行，我可能是最开怀之人，没有之一。"

朱敛沉默片刻，抬头望向夜幕，微笑道："当我们越对这个世界怀揣着希望，给予越多的善意，就会越在意世界是否回报以善意，还是反而还以恶意，就会越受累。如果觉得都没有关系，大概这就是一种修行。"

朱敛抬起手掌，伸手一抓，握紧拳头："天地间只有两种强者。我向这个世界获取了什么？或雄心猛气，气概凛然，取之有道，青史留名；或巧取豪夺，恶狠狠争来一场富贵名利，难将由我，我不为难，谁敢兴之。"

朱敛抬起另外一只手，向外轻轻一挥："我为这个世界付出了什么？穷则独善其身，名声不显心不朽，再挑灯火看文章；达则兼济天下，欲立掀天揭地的事功，自讨苦吃，缓缓向薄冰上履过。"

最后朱敛怔怔看天，说了一句怪话："少爷，老爷，公子……放债如施，收债如讨。"

第八章
邀请函

霁色峰祖师堂议事定在巳时。

辰时,广场上除了陈平安、朱敛、长命、韦文龙、周米粒、陈暖树、陈灵均、小陌、郭竹酒、沛湘,还有公认跟落魄山穿一条裤子的魏檗、不请自来的谢狗,以及化名箜篌的白发童子。赵鸾、岑鸳机、张嘉贞、纳兰玉牒、姚小妍、石柔、周俊臣、赵登高、田酒儿也都来了。但仙尉没来,因为一直没有被录入落魄山谱牒。至于赵树下,还在竹楼练拳。

相较以前,此处确实冷清了几分,这都要归功于崔东山。

陈平安先介绍起高君和钟倩,再与他们分别介绍落魄山众人的身份。

高君和钟倩都有几分局促神色,毕竟是头一遭亲眼见识到这些福地志怪书上所谓"位列仙班"的群真天仙。

落魄山的掌律祖师竟是一名女子,"长命"也不知她的名字还是道号,个头极高,身材修长,习惯性眯眼而笑。

一身雪白长袍、耳坠一枚金环的神人是北岳山君魏檗,说欢迎高君和钟倩去披云山做客。

有着两条疏淡微黄的眉毛、斜挎棉布包的黑衣小姑娘是落魄山的护山供奉,她和眉眼温婉的粉裙女童一道与两位客人施了个万福。

那个走路时喜欢甩袖子的青衣小童名为陈灵均,道号景清。他欲言又止,最终还是板着脸点点头,没有询问对方的境界。

黄帽青鞋的年轻男子神色柔和,略带笑意。按照陈山主的介绍,小陌是一名剑修,身边跟着个两颊酡红的貂帽少女。

一个怀抱册子的白发童子虽然是外门杂役弟子，却自称是落魄山的编谱官，所以今天得以参会，记录议事过程。

最后介绍之人是那个腰悬抄手砚的少女，名为郭竹酒，是陈平安的嫡传弟子。

此后，既定吉时已到，在陈平安的带领下，众人鱼贯而入祖师堂。高君敏锐地发现好像也没个先后顺序，所有人都很随意，比如掌律长命和魏山君就走在最后边，那个作为杂役弟子的白发童子却跟在陈平安身边，而那个名字取得很……随意的貂帽少女，竟然就只是在门口停步，与小陌挥手作别，说自己就在外边乖乖等着，结果陈平安说她今天可以旁听，她就立即伸手扶了扶貂帽，正了正衣襟。高君就只在这个少女身上略微感受到了一种该有的仪式感，大概是因为这个谢狗境界不高、资历尚浅？不过祖师堂内的座椅安排还是有规矩的，这让高君似有所悟。

陈暖树取来香筒，陈平安带头敬香过后，各自落座。因为高君和钟倩暂时是外人，无须与那三幅挂像敬香。高君发现自己的位置就在魏檗附近，对面坐着那个破格议事的谢狗，钟倩则坐在朱敛和沛湘身边。

周米粒眼巴巴望向长命，长命神色温柔，眯眼点头，然后周米粒就打开棉布包开始发瓜子。陈灵均帮陈暖树一起端茶送水，主动给魏檗递去茶杯，笑容灿烂，一口一个"魏兄弟，辛苦辛苦"——靠山不在魏山君，老爷在家魏兄弟。

第一件事就是补上郭竹酒的拜师礼和谱牒记名。按照陈平安的意思，喝过一碗拜师茶就可以了，结果郭竹酒递过拜师茶后，二话不说就跪地磕头，砰砰砰震天响。陈暖树和周米粒已经搬来桌椅，备好了笔墨纸砚，陈平安亲自书写郭竹酒的名字、籍贯。

第二件事是公布钟倩担任落魄山记名客卿，这次是长命坐在桌旁负责执笔录名。

第三件事是陈平安提议箜篌担任落魄山编撰年谱的修士，按照山上规矩，这就意味着箜篌会自动划入掌律长命一脉，所以陈平安补了一句，询问箜篌是否愿意。

箜篌如同挨了一记闷棍，满脸不情愿：这要是稀里糊涂答应下来，等于是在长命手底下当差了，走出祖师堂大门，当师父的还有何脸面见姚小妍这个弟子？

长命眯眼微笑。

陈平安转头笑问："韦府主，你的意思？"

"不管是遵循山上旧俗，还是落魄山专门为箜篌道友破例一回，我都没有意见。"

韦文龙也是满脸无奈，自从师父来了趟落魄山，隐官大人每次见面就对自己"敬称"韦府主了。

陈平安又望向长命，长命笑道："箜篌道友自己开心就好，是否成为掌律一脉修士，我都是无所谓的。"

箜篌腹诽不已：不加入掌律一脉，我开心是开心，可我也担心啊。裴钱曾说过，落魄山最不能招惹的人物就是这个一年到头都笑眯眯的掌律。

"既然都没有额外的想法，筌篌就不用加入掌律一脉了。"

陈平安没有继续为难筌篌，人家都送了一部拳谱，换个编谱官不过分。

第四件事，是落魄山准备购买周边的新山头。龙泉剑宗已经完全撤出处州地界，几座山头都被魏檗施展本命神通搬走了，多出了一座暂未命名的巨大湖泊。

议事堂内云雾升腾，地面上出现了一幅西边群山的山水画卷。

钟倩只觉得大开眼界：还能这么要？

高君眼睛一亮，迅速思量一番，好像自家湖山派和已经拥有多位练气士的松籁国朝廷也可以照搬此举？

陈灵均一边嗑着瓜子，一边盯着披云山，自顾自傻笑起来。我也就是兜里钱不够，不然干脆把魏老哥的山头一并买来得了。

魏檗手持茶杯，笑望向傻乐的陈大爷。

陈灵均察觉到魏山君的视线，立即停止嗑瓜子，视线游弋，不再盯着披云山。

韦文龙看了眼陈平安，见他轻轻点头，这才起身走入云雾中，一一介绍起将近六十座山头的历史渊源、灵气底蕴和各类山中材宝。除了龙脊山等极少数绝无半点购买可能性的特殊山头外，其余各自都有个大致的估价。购买方式也不复杂，一种是落魄山直接用神仙钱购买，只要对方愿意出售，价格就都可以商量；另一种就是以物换地，若是与对方的心理预期存在差距，落魄山就用各种天材地宝、灵器法宝去补上差价；最后一种就是让对方自己开价，落魄山来权衡利弊，酌情考虑是否入手。三种方式，唯一的宗旨还是买卖不成仁义在，不强求，没有什么一定要收入囊中的。

在这之后，韦文龙就开始自报财库家底了，这也是这位府主先前为何以心声询问隐官大人的缘由所在。涉及机密，湖山派高君终究是个外人，不可轻易泄露。

如今落魄山的收入主要来自三条商贸路线。

陈平安亲手打造出来的第一条财路主要在俱芦洲，骸骨滩披麻宗、春露圃、彩雀府、云上城都在其内，包括整个俱芦洲东南地界，再加上一拨海上仙府岛屿。其中，彩雀府编织的法袍又是一笔最为可观的稳定收益，宝瓶洲大骊朝廷和俱芦洲各路山水神灵都是主要购买方。

第二条横向商贸航线主要是沿着济渎而走，有浮萍剑湖、龙宫洞天，后续增添了灵源公沈霖和龙亭侯李源，以及大源王朝的崇玄署云霄宫。

第三条路线涵盖红烛镇三江水域，以及董水井、老龙城范家和孙嘉树。

其他收入来源，有诸如牛角山渡口的各路仙家渡船靠岸抽成。至于渡口包袱斋和骑龙巷两间铺子的收入，暂时可以忽略不计。再就是跻身上等品秩瓶颈的莲藕福地，其中还拥有曾是清风城许氏重要财源的狐国，落魄山从莲藕福地拣取的那些应运而生、顺势而起的宝物，目前数量不多。

有了青萍剑宗后，按照浩然天下的旧例，青萍剑宗是需要拿出至少两到三成的收益定期上交给落魄山的。比如姜氏云窟福地的砚山，青萍剑宗与姜氏五五分账，落魄山和青萍剑宗虽然是上下宗的关系，还是得亲兄弟明算账。

若没有以上这些钱滚钱的财路，大骊皇帝宋和就不会那么诚心诚意地主动邀请陈平安担任国师。境界高低，名气大小，身份多寡，究其根本，在于"兑现"二字。一国国力之底蕴深浅，铁骑、教化、文治武功，不还是落在一个"钱"字上边？

钟情对这些尤其不感兴趣，倒是高君，将那些仙府名字一一默念在心。

明明是在讨论购买山头一事，长命突然满脸微笑，开口说道："容我说句题外话。山主，挪用泉府账房内六百枚金精铜钱一事，是不是可以借此机会提上议程了？"

陈平安满脸苦笑。

"事情很简单，就是泉府库藏的这些金精铜钱，山主有用处。"长命继续说道，"若山主还是觉得有假公济私的嫌疑，心中过意不去，那今天就与大家摊开来讨论一番，不妨听听所有人的想法，如果除了山主，大家都没有异议，那么山主就只有一言堂才能力排众议，下次祖师堂议事'具体再议'了。"

先前在去往桐叶洲的风鸢渡船上，陈平安刚刚带着小陌从五彩天下返回浩然，主动跟长命提及此事，因为炼制本命飞剑井中月，想要打造出一条运转有序的光阴长河。按照当时陈平安的估算，凭借宁姚在五彩天下赠送的金精铜钱，建造出一条粗具规模的光阴长河不成问题，问题在于陈平安的这种炼剑，就是一座座金山银山砸进去都注定填不满的无底洞，而且三种神仙钱都无意义，只能是金精铜钱。当时长命说服了陈平安，不过陈平安那会儿说是不与她客气，回到仙都山再具体讨论此事，结果等到青萍剑宗建成，第一场祖师堂议事，陈平安根本就没提这一茬了，又因为是在下宗，作为上宗掌律的长命不宜在下宗祖师堂内抛出这个议题，就只好耐心等着。

陈灵均小有意外：长命道友竟然都不称呼自家老爷一声"公子"啦？为何改称"山主"？怎么感觉有……杀气？！

朱敛立即低头喝茶，事不关己高高挂起，打定主意不蹚浑水：大家说是就是，大家说不是就不是，我就是个管家兼厨子，人微言轻，你们当我不存在就行了。

魏檗抖了抖袍子，跷起二郎腿，嗑着瓜子：长命道友这番言语很有嚼头了，比喝茶要提神。

长命微笑道："当然了，按照山主早年自己订立的那条规矩，只要入了财库的钱财、宝物，不管是谁想要调用，都需要议事堂决议通过才行，山主也不能例外。"

陈灵均满脸深思状，疑惑道："有这样的规矩吗？我怎么不记得了？"

小陌笑道："反正我没听说过。"

谢狗连忙附和:"小陌说得对!"

陈平安瞪眼:"小陌、谢狗,你们什么时候上的山,听说个屁。"

小陌不敢与公子争执,就笑望向周米粒。周米粒立即心领神会,再灵机一动,咳嗽几声:"新任编谱官,你记得此事吗?"

箜篌立即装模作样地从袖中摸出那本册子:"容我仔细查阅一番,诸位稍等片刻,毕竟白纸黑字是最不骗人的。"

陈平安没好气道:"行了行了,这件事我原本就没打算跟长命客气什么,泉府的六百枚金精铜钱,我最少会动用半数。"

长命立即纠正道:"山主,怎么可以说是与我客气呢,八竿子打不着的关系,我可不敢担这个责。"

韦文龙笑道:"那两笔金精铜钱本就是山主直接和间接挣来的,所以调用一事,我无异议。"

朱敛这才点头轻声道:"无异议。"

魏檗帮忙一锤定音:"那就是某人瞎矫情呗。"

高君跟钟倩面面相觑:落魄山谱牒修士的胆子都这么大的吗?这算不算是围攻一山之主?虽说都是心向着陈山主,可是一个个说话都这么百无禁忌的?

其实这就是高君和钟倩尚未入乡随俗的缘故了,否则周首席、裴钱、崔东山、郑大风、米大剑仙、贾老神仙这些个铁骨铮铮的得力干将若是全部在场,那画面……呵呵。

谢狗听着魏檗的评价,立即对这位北岳山君高看一眼:好,极好,有担当有风骨,敢说真话,是条好汉!

郭竹酒跃跃欲试,问道:"师父,需不需要我单挑他们一群?我觉得难度不小,问题不大!"

谢狗与箜篌悄悄对视一眼,各自点头。如果郭盟主发话了,咱也只好跟上了。

陈平安揉了揉眉心,避暑行宫的某些风气就别带到落魄山了。他朝郭竹酒摆摆手,喝了一口茶,轻轻放下茶杯:"那就这么说定了,我今天就取出三百枚金精铜钱,剩下半数,泉府算是帮我预留。"

长命以心声笑道:"公子,情非得已,恕罪恕罪,今天的事情,劳烦公子与小米粒打声招呼,千万千万别让裴钱听了去。"

陈灵均的心声很直白:"老爷,要不要我与郭竹酒联手退敌?不过说真的,长命他们确实都是好心,就数这个魏山君最过分,要是老爷你不拦着,我就要与他不念兄弟情谊,直接开骂了。"

朱敛聚音成线:"公子,此风不可长啊,再这么下去,一个个都要造反了,成何体统,长命道友今儿做事情太不地道了。尤其是魏山君,一个外人,说三道四,阴阳怪气,都不知道跟谁学的臭毛病,太不像话。"

陈平安置若罔闻,让韦府主继续先前的议题。

不过刹那之间,陈平安和魏檗,谢狗和小陌,几乎同时转头望向西边。

有一把传信飞剑自西往东而来,倏忽间进入处州地界,即将掠入霁色峰剑房。

陈平安伸手一招,将飞剑收入手中。

看过这封来自礼记学宫的密信后,陈平安既有开怀,也有释然。

密信算是一封邀请函,来自担任学宫司业的师兄茅小冬。前半段内容是茅师兄以礼记学宫的名义传给落魄山的公文,邀请陈平安旁听三教辩论,后半段就更像是师兄弟间的家书了。信上说,参加三教辩论的人选都已经定下,不作更改了。除了西方佛国的九位佛子和青冥天下的九位道种外,又有两人比较古怪。一个是本该囚禁在白玉京镇岳宫烟霞洞内的张风海,按照白玉京的意思,如今的张风海非但不是玉枢城道官了,甚至就连白玉京的谱牒身份都不曾保留;还有一个是宝瓶洲神诰宗上宗青玄宗的掌书人周礼。文庙这边同样派遣九人参加辩论,看到其中三人的名字后,陈平安才感到了高兴,同时松了口气。因为这三人是儒生李希圣、大隋山崖书院君子李宝瓶,以及横渠书院的年轻山长元雱。

陈平安并不会太过担心李宝瓶,一来她的兄长李希圣会参加辩论,这本身就是一场护道;二来,李宝瓶的治学功力,陈平安是在文庙议事途中亲身领教过的。事实上,不管是自家先生,还是师兄崔瀺和左右,从来都对小宝瓶极有信心,毕竟是小时候就能抄书抄出一座山只为逃学翘课的红棉袄小姑娘。

茅小冬还说,按照礼圣的意思,文庙准许陈平安再带一人旁听,不过不必太较真,既然只是旁听,其实可去可不去。陈平安能够理解茅师兄的良苦用心,历史上的三教辩论,参与者极其凶险,而旁听者若是修行不足、境界不够,却又太过投入,很容易身临其境,牵引道心,简直就是某种意义上的散道了。

文庙那边,一个老秀才双手负后,身边跟着个身材高大的学宫司业。

老秀才笑问:"小冬啊,信上写了些啥?"

茅小冬虽然更换了道统文脉,但是在授业恩师面前一贯实诚,便一字不差地说了书信内容。老秀才越听越气,眉头直皱,一个没忍住,见四下无人,跳起来就是一巴掌:"什么可去可不去,对你小师弟就这么没信心吗?!"

茅小冬只得解释道:"小师弟与先生一般无二,太过好学,又喜欢钻牛角尖。三教辩论,各有各的微言大义,我担心小师弟太过耗神,反而不美。"

老秀才嗯了一声:"这话说得公道了,小冬做事还是老到的。是先生错怪你了,不会觉得委屈吧?"

茅小冬诚心诚意道："先生教得好，学生即便只能学到点皮毛，一样受益终身。所以学生委屈什么，先生不委屈才好。"

老秀才捻须而笑。这就是师兄不如师弟的地方了，明明不是溜须拍马，说得却像是马屁话。

茅小冬喃喃道："真正的委屈，只会委屈得教人不知该不该流泪。"

老秀才伸长手臂，轻轻拍了拍茅小冬的肩膀。

落魄山，陈平安走到山门口，站在一把竹椅后边。看门人仙尉正在看书，时不时蘸点口水翻动书页，看得那叫一个津津有味，偶尔还会翻回去。

陈平安咳嗽一声，仙尉吓了一跳，以迅雷不及掩耳之势将那本书摔在地上："大风兄弟，不承想你竟然是这种人，竟有这种书！"

一个佝偻汉子凭空出现在宅子里，刚好撞见这一幕，怒喝一声，嚷道："老厨子作孽啊，竟然把这种书放在别人家里。"

陈平安满脸惊喜，笑问道："怎么回了？"

郑大风笑道："想家了。"

陈平安笑着将地上那本书捡起来，拍去尘土。赶巧岑鸳机走桩下山，还有朱敛与魏檗带着陈暖树和周米粒出现在山门牌坊下，陈灵均更是热泪盈眶，扯开嗓门喊"大风兄"。陈平安立即将书丢给郑大风，郑大风双手一推，将书拍给仙尉，仙尉如同接到烫手山芋，击鼓传花一般，赶紧抛给老厨子。朱敛先是一头雾水：只看封面书名，是本正经书嘛。然后都不用他翻阅内容，只看那书页折角极多，就晓得不对劲了。他神色自若，伸手推开陈灵均靠过来的脑袋，不动声色地将书收入怀中。

一行人围桌而坐，陈暖树负责端茶送水，周米粒分发瓜子，再给郑大风一包额外的小鱼干，就当是为郑大风接风洗尘了。就连岑鸳机都破例停下练拳，与两个小姑娘并排而坐。不管怎么说，郑大风都是落魄山的首任看门人，虽说眼神不正，却从未毛手毛脚。这个男人离乡多年再返回，她于情于理都应该停步落座。

陈灵均与郑大风坐在一条长凳上，拿起郑大风的一只手，轻拍手背："大风，兄弟可想你了。"

这还真不是客套话，郑大风当看门人那会儿，陈灵均每天可得劲儿了，真是神仙日子，仙尉道长到底不如大风兄弟言语风趣。

朱敛和魏檗对于郑大风的返乡当然是极为高兴的，只不过都没有与郑大风如何客套寒暄，多年挚友，同道中人，没必要。真要计较起来，落魄山的第一座小山头其实还是他们三个，只是后来再添了个臭味相投的周首席。

郑大风抬头看了眼落魄山，轻轻点头，颇为自得。青山花开如绣颊，似为我归来妩媚生。他再笑望向坐在桌对面的岑鸳机：一看岑妹子就尚未婚嫁，约莫是痴心一片，在等大风哥回家？

岑鸳机板着脸点头致意，郑大风会心一笑：岑姑娘还是矜持依旧，在自己面前总是假装不在意。

这些年在飞升城酒铺和躲寒行宫来回跑，每每喝酒思乡，总少不了想起岑姑娘上山下山的练拳身姿——这是怎么个动人法，能叫原本打算一辈子守身如玉的忠贞汉子，一眼望去的工夫就变了五六回心。

陈平安好奇问道："怎么回的？"

纯粹武夫想要学飞升境练气士远游别座天下，毕竟是赤手空拳，无法驾驭本命物用来开道，故而得是止境武夫的神到一层。尤其是想要在光阴长河中蹚水而不迷路，对纯粹武夫而言，确实是太过苛刻了。

此外还有一条途径可走，就是能够获得文庙的破例批准，比如大骊刑部侍郎赵繇。但这是因为赵繇除了属于文圣一脉外，在某种意义上还可算是白也的一个不记名弟子，刚好老秀才和白也都曾在五彩天下的"鸿蒙之初"联手建立"开天辟地"的功德。

郑大风显然都不在这两条路上。

"山人自有妙计。"郑大风笑着从袖中摸出一件宝光流转的珍奇物品，形若枣核，手指长短，不过瞧着不像是年代久远的山上旧物。

陈平安接入手中，掂量几下，也不觉沉重，疑惑道："是织布用的梭子？"

郑大风再卖了个关子，啧啧笑道："山主啥眼力啊，就只看出了这玩意儿是那机杼行纬之物？你朝里边浇注些许灵气试试看。"

等到陈平安将灵气如倒水灌入梭子，不显山不露水的朴拙之物就有异象出现。只见梭子细微木纹内有虹光闪烁若箭矢飞掠，若是屏气凝神，长久定睛细看，偶尔还能瞧见一匹通体雪白的马驹踩踏飞矢虹光，如鸟雀翻跹枝头，无视河床木纹的水道约束，肆意穿梭经纬两线间。好个日月如梭，光阴似箭，白驹过隙，桥上牛驴走纷纷，竟是一件能够无视大道规矩、随意穿梭光阴长河的符印信物。

郑大风早年离乡，跟杨老头是有约定的，何时返回浩然天下，以及如何返回，都有安排。

郑大风开始王婆卖瓜自卖自夸了，轻轻拿手掌一拍桌子，当起了说书先生，道："上古时代，处州北的旧禺州，白日多雷雨，久而久之成大泽，水中蕴藉雷电真意。后来有个不知名的得道散仙泛舟雷泽，结网打鱼，无意间捞起一枚梭子。当这梭子出水现世时，便晴空起霹雳，一场雷雨骤然而至，梭子化龙而走，化虹远遁，不知所终。相传此物极有来历，曾是远古雷部一府两院三司中的五雷院，专门用以驱山移湖，吹海揭波，升降阴阳的，尤其此物还是震杀陆地水潦旱魃与僭越违禁蛟龙的重要信物之一。"

陈平安闻言点头。古蜀天夜多雨，水通海气，所以纯阳真人腰悬葫芦瓢内的酒水就是以水性雄烈的冲澹江水酿造而成。此外，禹州地界经常白昼雷霆，震慑万千蛟龙。

郑大风怂恿道："景清老弟，这种价值连城的稀罕东西，不摸摸看？"

因为此物当下被陈平安刻意将雷霆威势拘押在掌心之内，不至于往外倾泻，否则陈灵均、泓下这类大道亲水的蛟龙之属只要看一眼，就如凡夫俗子仰头久观烈日，是真会辣眼睛、满脸泪水的。

陈灵均跃跃欲试，不过小心驶得万年船，笑哈哈道："当我是傻子吗？这么有来历，给你说得如此玄乎，肯定烫手啊。"

周米粒说道："小镇那边的孩子经常玩打飞梭的游戏嘞。"

以前在骑龙巷，她经常看到市井稚童聚街巷，手持长木棍，击打地上的短梭一端，待梭子腾空，再挥棍击打，谁的梭子飞得最远就算谁胜出。经常有眼力好、气力大的孩子能够赢得十几枚作为赌注的梭子，毕竟那鸡毛毽子还得贴上几枚铜钱呢。

短梭是用最寻常的木材打造的，不值钱，所以家家户户的孩子都有。裴钱当年也有一大堆，都是石柔削木而成，那会儿的玩伴也就只有周米粒一个，所以她们玩耍时，每当飞梭远去，就让骑龙巷左护法叼回来。偶尔裴钱还会使坏，看准时机，轻喝一声"走你"，将那木梭精准打入路边茅厕内，其实早就开窍、能够炼形的骑龙巷左护法当时的心情和表情可想而知。所以只要有裴钱在，它是真不敢炼形成功啊。

郑大风朝周米粒竖起大拇指："一语中的，这就是这枚梭子的第二层来历，以及为何会一路辗转落入我手的缘故了。果然还是右护法眼力好，几年没见，刮目相看！"

周米粒咧嘴笑，抬起手虚按两下："一般见识，莫要奇怪。"

在郑大风和刘瞌睡面前，周米粒总会觉得自己格外机灵。

陈平安将梭子交还郑大风，郑大风小心翼翼收入袖中，聚音成线，与陈平安密语道："是李槐小时候玩腻的玩意儿，早年小王八蛋经常来药铺后院玩耍，老头子怕李槐觉得闷，就亲手打造了些奇巧物件，其中就有这枚梭子。李槐又是从来不当回事的，那会儿每天穿着开裆裤在后院打梭，他是玩得飞起，后院可就遭殃了，门上、窗户上那些给梭子打出来的印痕，如今不都还在呢，害得老子每次都得帮着师父缝补窗户纸。这还不算什么，后来李槐某次拿回家耍，竟然找不到了，两手空空登门，就让师父再给整个梭子玩。老头子当然没说啥，立马就去杂物房当了个临时木匠，给小兔崽子劈柴刨木花，打造新梭子了，只是吩咐我这个当徒弟的去把东西找回来，找不回就不用回了。"

毕竟涉及师父和李槐，哪怕在场的都是落魄山自家人，郑大风也不宜泄露天机。玩世不恭，没心没肺，又不等于没脑子。何况撇开拳法造诣不谈，要说师徒尊卑，李二算个屁，能跟他郑大风比？娶了个婆姨，那些年经常堵门骂，都快把师父他老人家给骂得七窍生烟了。

郑大风无奈道:"结果连累我差点把眼珠子瞪出来,大街小巷给翻了个遍才把梭子找回来。你都没办法想象我到底从哪里翻出来的,就是个路边茅厕,在那苞米堆里边。李槐这个王八蛋,真是丢东西比藏得还好啊。"

说到这里,满腹委屈的郑大风差点没当场落泪。最尊师重道的自己差点就因为这个小玩意儿被迫断绝了师徒名分啊。

之后陈平安大致聊了些落魄山的近况,魏檗起身告辞,说跟高掌门约好了要带她游历披云山。

郑大风用眼角余光打量陈灵均,陈灵均立即心领神会,朝郑大风偷偷竖起一只手掌,拧转手腕间,喝酒划拳一般,先后给了八、七、八三个数字的手势——这是在与大风兄弟通风报信呢,告知那位湖山派的高掌门,正面看、侧面瞧、背面再看,三者各自姿色风情如何。

一切尽在不言中。郑大风轻轻点头,颇为意外,只是难免小有遗憾:即便三者叠加的总分不变,若是五、九、九就更好了。

郑大风既然心中有数了,就不得不出声提醒道:"魏山君,记得帮我美言几句,最好让那位高掌门闲暇时也来兄弟这边坐坐。不用故意夸大事实,与她照实说即可,只说主人雅致,宅子洁净……嗯,我这就晒被褥去了。"

魏檗笑着答应下来。

之后陈暖树带着周米粒上山忙碌去了,朱敛要去远幕峰伐树砍竹,亲手营造府邸和修整山路,就只留下了陈灵均在这凑热闹。

其实最尴尬的还是仙尉。对郑大风,他当然是神往已久,只是正主一来,他这个鸠占鹊巢的借住客人肯定就得挪窝了,说不定连这个旱涝保收的看门人身份都保不住。

一起走向宅子时,郑大风突然说道:"在五彩天下,崔东山找过我了,邀请我去仙都山重操旧业,继续当个看门人。他说落魄山这边的仙尉道长劳苦功高,极有担当,所以我觉得此事可以考虑。山主要是愿意放行,等到风鸢渡船从俱芦洲返回,我就顺便跟着渡船去青萍剑宗落脚了。"

崔东山跟郑大风拍胸脯保证,只要到了仙都山,就让他知道什么叫真正的吾山多佳人,美者颜如玉。郑大风就只问了一个问题,仙都山周边有无类似鳌鱼背珠钗岛、俱芦洲彩雀府的门派。崔东山信誓旦旦,说只要答应去仙都山当看门人,他就给郑大风变出来。

陈平安揉了揉眉心。这个挖墙脚挖到五彩天下的得意学生要是此刻站在自己跟前,自己都能把一只大白鹅打得黑漆麻乌。

郑大风感叹道:"如此一来,就只能让岑姑娘情思落空了。"

陈平安没好气道:"别坏了人家姑娘的名声。"

郑大风点头称是，然后一脚踹在那个袖子甩得飞起的陈灵均屁股上："是酒囊饭袋吗，还没有玉璞境呢。"

陈灵均一个踉跄，大怒道："你当玉璞境是个啥，想要就要，说有就有?!"

郑大风嗤笑道："在暖树跟前你是怎么吹嘘的?'小小玉璞境，还不是信手拈来，易如反掌?'"

陈灵均一时语噎，试探道："小米粒这都跟你说啦？唉，真是个称职的耳报神。"

郑大风又抬起脚："还用小米粒？老子是用膝盖想的。"

陈灵均下意识就要去搀扶郑大风，只是见大风兄弟抬脚再收腿，行走间健步如飞，一气呵成，便顿时赧颜，嘿嘿一笑。

郑大风也是心里一暖，之前说是想家了，真心实意，半点不假啊。代掌柜在那异乡酒桌上再谈笑风生，可新朋终究不如旧友。

仙尉道长真是个淳朴厚道的讲究人哪，原来领了这份看门人的差事后，仙尉搬入宅子，没有占用郑大风的那间正屋，就只是住了一间偏屋。

听说仙尉屋子里有酒，郑大风就收起正屋的钥匙，说不如去仙尉道长那儿坐会儿，边喝边聊。仙尉有点难为情，说屋子里边有点乱糟糟的。

这间偏屋，既是仙尉的住处，也算是书房。看门人是个最清闲不过的散淡差事，仙尉看书杂且勤，可谓手不释卷，加上还喜欢动笔写点什么，使得桌案砚墨等文房用品与书籍杂处。况且仙尉看书经常如串门走亲戚一般，时常换着翻阅，看完就随手放置一旁，故而桌上卷帙正倒参差，乱是真的乱。再加上仙尉又是过惯了穷日子的，最念旧，那些毛笔都舍不得丢弃，他便托陈灵均帮忙买来一只形制如瓮的青瓷瓶，专门用来搁放废弃毛笔，积年累月，旧笔渐渐高出瓷瓶，颇有几分笔冢如山的意味。

陈平安这个山主其实还是第一次登门入屋，所以看着那只瓷瓶，极为意外。仙尉喜欢看书，但凡不是个瞎子就都清楚，只是陈平安还真没想到仙尉用掉了这么多支毛笔。只是写什么？总不能是那些才子佳人的艳本小说吧，难道还想着以后找书商版刻、卖书挣钱吗？故而陈平安用视线巡视一番，发现除了屋内墙角放着几只竹编簸箕，其内装了不少编订成册的书，桌上还有些散乱手稿，估计都是平时看书的心得或摘抄。陈平安抽出其中一张盖在书本下的手稿，字一般，周正而已，至于内容……看得陈平安无言以对。纸上就几句话：学道深山吾老矣，此语苦闷，若是从书上邻家处拆来一句"堕钗横在水精枕"，便转为妙也。

郑大风伸长脖子瞥了眼纸上内容，轻轻点头，再微微摇头。汉子就像一下子成了坐镇天地的儒家圣贤，神色淡然，开始指点道："假使再批注一句'单钗对双枕'，足可令看客遐想联翩，此时此景，就有几分'无声胜有声'的意味了。"

仙尉以拳击掌，神采奕奕道："大风兄果然是前辈高人！"

郑大风笑呵呵道:"批上加批,再增添一句,双枕之上皆有胭脂点染。"

陈灵均嘿嘿坏笑,仙尉稍作思量,便得正解,顿时眼睛一亮,与郑大风对视一眼,各自点头。若非在这栋宅子里边遨游书海已久,仙尉开了眼界,长了见识,否则还真听不懂郑大风在说些什么。

陈平安拿起桌上当作镇纸的书,打算将那张纸放回原位,无奈道:"你们差不多得了啊。"亏得先前还想着要不要邀请仙尉一起旁听辩论呢。

只是当陈平安扫了一眼桌上的第二张纸时,立即将手中书、纸放在一旁,拿起那张写满蝇头小楷的纸看了起来。

郑大风咦了一声:"仙尉老弟怎的如此不务正业?"

陈平安没有抬头,气笑道:"胡说八道也得有个度,怎么就是不务正业了?"

仙尉神色腼腆,恨不得挖个地洞钻下去,声若蚊蝇:"不自量力,贻笑大方。"

在仰慕已久的大风兄面前,心悦诚服的仙尉道长始终是很自谦的。

郑大风拿起桌上其余纸张快速翻阅一遍,脸上再无先前的嬉笑神色,点头道:"仙尉老弟博览群书,雄心壮志啊,是打算用淮南子大小山的书山旧轨了?这是嫌弃前者寒俭单薄,准备大肆扩编了?这可是一项大工程,本该是朝廷下旨让整个翰林院、几十号老学究一起校书、编撰和汇总的事情,仙尉老弟竟然想着单凭一己之力,双肩挑起这项重担?可以可以,当咱们落魄山的看门人刚刚好。"

原来这个仙尉道长是打算学那部名著的路数,摘取其事曰大山作为总纲,再分门别类,以五岳命名归类,摘其语曰小山,再分别归为丘、岭、峰等。此外,再将那些事语详备、本韵寄存别韵之下的内容命名为潜山,再把不入流的稗官野史和琐碎掌故归为山脉潜藏水底的水山,再将好似陆地、海底诸山间的绝妙事、语单独摘出,继续归类为好似集中灵气、珍藏聚宝的群真洞府和水中龙宫……

仙尉自惭形秽道:"我还是受了大风兄的启发,才敢作这般蚍蜉撼树之举,从一开始就根本没想着一定要如何,极有可能会半途而废的。"

郑大风愣了愣:"怎么讲?"

仙尉说了句"稍等",跑去墙角簸箕边,从一本书册中撕下一张类似序文的书页,递给郑大风后,笑着解释道:"大风兄不是精通佛家学问吗,那些佛经中多夹杂有书页,写满心得注解,我反复看了多遍,久而久之,就将大风兄那些极有见地的概括做了个潦草的汇总,在这之后,意犹未尽,才有了打造'群山'的粗略设想……"

郑大风一开始没当真,只是等他看到那张书页后,就默默递交给陈平安,陈平安接过后一看开篇的文字内容,虽然看似神色如常,实则瞬间就有点头皮发麻。

纸上字迹是极有碑意的楷体,首先就是一番开宗明义的"大话"。

道士仙尉,常居深山,与草木相亲,寒暑相近,登高有感,偶有心得,既本是佛家门外汉，自然不当以门户之见看佛家之经律论观禅，我只以人间一岁四时配之。经则万物勃发，生机盎然，岁首道本，故为春也；律则铺陈灿然，草木已作茂盛貌，夏也；论则风气凛然，时令至此花果结实，秋也；观则冥然清澈，如雪满人间，天地归为一色，冬也。禅则圆转浑然，通洽如时，转岁运虽无言而四时皆循规蹈矩之行也。

郑大风揉了揉下巴，微笑道："我与仙尉老弟都是落魄山的看门人，来者直追前人，我这算不算后继有人？"

陈平安憋了半天，轻声道："我看人的眼光还是很好的，一如既往地好。"

陈灵均看了几眼老爷手中的纸张，看了等于没看，双手负后，不懂装懂，点头赞许道："仙尉道长，不错不错，书没白看。"

仙尉只当山主跟大风兄在开玩笑，去打开装满木炭的袋子，往火盆里添加些白炭。都是老厨子烧制出来的，去年冬，陈暖树会定期往山下宅子送。后来仙尉觉得一个粉裙女童扛着那么个大袋子不像话，小管事跑一趟就会满身沾惹木炭碎屑，就自个儿登山找到朱敛，打算自己拎回去，朱敛却笑着说下不为例，因为暖树喜欢做这些琐碎事，多了一两件，就跟小米粒在地上捡着了一两枚铜钱一样，只会开心，可若是某些习惯了的日常小事突然哪天不用做了，暖树就要失落了，跟小米粒丢了钱是一样的。

围着火盆，点燃木炭，仙尉娴熟架起铁网，让陈灵均去灶房拿了一串粽子过来，几个人围炉温酒而坐。

陈平安问道："飞升城那边？"

郑大风也不开口说话，直愣愣盯着陈平安，神色古怪。

陈平安疑惑道："怎么了？"

郑大风只是长久沉默。

陈平安越发摸不着头脑，忍不住催促："有话就说，真摊上事了，我还能立即赶过去。"

带上小陌，实在不行，就再带上谢狗，反正谢狗与白泽以及中土文庙的约定不包括五彩天下。

郑大风这才开口笑道："别说是飞升城了，如今整座五彩天下这会儿都是刚才的情形，沉默，闷着，谁都没话说。"

这一切，只因为一个人的一句话。

仗剑远游浩然天下，再返回五彩天下，没过多久，宁姚就召开了一场祖师堂议事。她最后发言，言简意赅，说自己打算闭小关，短则一年半载，长则两三年。

陈平安也没话说，只能咧嘴笑。

如今五彩天下的上五境修士数得着，仙人境修士最多一手之数，飞升境，宁姚更是独一份。况且宁姚在去往五彩天下跻身玉璞境之前闭关的次数，如果陈平安没有记错，就只有一次。当时他就在宁府，那次宁姚其实也没花多长时间，她所谓的闭关，更像是一场静心修养,与天底下任何一位修士必须小心再小心对待的闭关截然不同。故而当宁姚冷不丁说要闭关了,而且还是需要耗费"长达"一二三年光阴的那种,飞升城剑修感到震惊是很正常的事情,至于飞升城之外的五彩天下,听闻此事,又能说什么?谁要是敢在宁姚闭关期间挑衅飞升城剑修,等她出关后,下场可想而知。上个不信邪的正是道士山青,结果一场问剑,这位道祖的关门弟子就去闭关养伤了。

郑大风酸溜溜说道:"闭关炼剑之前,得知我要离开,宁姚就专门找过我,叮嘱过我少说些五彩天下的事情,免得你分心。"

其实经过这些年的磨合,飞升城已经运转有序,各司其职,年轻剑修与躲寒行宫的武夫也都陆续成长起来。

郑大风感叹道:"不承想落魄山这么快就有下宗了。选在桐叶洲是对的,太平岁月里,一国边境地带养一个藩王到底有多难,稍微读过几本史书就清楚。那么同理,一洲之内,养几个上五境修士,尤其是宗门,也是相当不容易的事。

"宝瓶洲这边,尤其是未被战火袭扰的中北部,天地灵气和适宜地仙开峰的地盘就那么多,不光是僧多粥少的时节,而是谁多了旁人就少了的处境,可能睡觉打个呼噜就会吵到隔壁山头,邻里间是很难久处和睦的。阮铁匠要是不搬走龙泉剑宗,我可以肯定,不出百年,跟落魄山就要相互急眼,一样米百样人,将来弟子之间总会出现这样那样的冲突。桐叶洲刚好相反,僧少粥多,无主之地茫茫多。也就是桐叶洲与别洲离得远,又有急需文庙重建的宝瓶洲和婆娑洲作为缓冲,否则换成是流霞洲或皑皑洲,青萍剑宗即便顺利建立起来,还是不会有今天的声势,关键是还能够以一个过江龙的身份拉拢各方盟友,完全主导和掌控一条崭新大渎的开凿事宜。"

陈灵均嬉皮笑脸道:"大风兄,你再这么正经聊天,我都要不认得你了。"

郑大风拿起铁钳拨弄炭火,问道:"难不成如今这边的女子都不喜欢言语风趣、才情无匹的风流儿郎,转去喜欢一板一眼、沉默木讷的老实人了?"

陈灵均说道:"人丑就不讨喜,再过一万年都是这么个理儿。"

不理睬这俩的插科打诨,陈平安伸手翻转粽叶微焦泛起香味的粽子,摩挲指尖,问道:"你真打定主意要去青萍剑宗落脚了?"

郑大风点头笑道:"浪子老风骚嘛,从不安分守己,只能是四处漂泊的命。"

陈平安无言以对。

仙尉开口说道:"大风兄要是因为我才去的下宗,大可不必,我搬去山上就是了,搬去骑龙巷也可以,你要是不嫌麻烦,觉得碍眼,那我就厚着脸皮留在这儿……"

郑大风笑着摆摆手打断他,拿起一个烤得金黄的粽子:"要说跟仙尉老弟全无关系,那是骗鬼话。不过说真的,有关系,却没太大关系。一来,我留在这儿帮不上什么忙,落魄山的武夫要么是山主、老厨子这样的,不然就是魏海量和卢白象那种好似分房独立出去的,需要我来教拳吗?我倒是想教,他们也不乐意学啊。我在飞升城躲寒行宫教拳多年,有了些心得,按照崔东山的说法,下宗专门将云蒸山作为武夫学拳之地,我去了那儿,就有了用武之地。二来,小镇那边仰慕我才华又馋我身子的女子那会儿还能说她们是徐娘半老,风韵犹存,可现在她们都多大岁数了?不出意外,都有孙儿辈了吧,见了面,还能说啥?徒增伤感。"

陈灵均翻白眼道:"吃个粽子都这么恶心。"

陈平安说道:"那个道号山青的道士会参加这次三教辩论。"

郑大风扯了扯嘴角:"就是被拉壮丁充数的,这个年轻道士的吵架本事估计还不如他的打架本事。"

陈平安唉了一声,开始打抱不平:"只是输给宁姚,又不丢人。"

郑大风笑呵呵道:"就像你问拳输给曹慈?剑气长城三场,功德林一场,接下来打算再输几场?"

陈灵均连忙咳嗽几声,埋怨道:"大风哥,怎么说话呢,要不是自家兄弟,大嘴巴子就要甩过来了。"

郑大风提起手掌,一记手刀就朝陈灵均脑袋砍过去,陈灵均立即抬起手肘挡住手刀。一个说少侠年纪轻轻,内力深厚,可以单枪匹马走江湖了;一个说老匹夫也不差,老当益壮,不愧是百花丛中走过的。

陈平安对此早已习以为常,自顾自说道:"估计还得再输两三场。"

郑大风直截了当道:"这样就不用继续跟曹慈较劲了,对吧?"

陈平安笑着点头。是句大实话,最多输给曹慈三场,如果输掉第三场,其实就不用与曹慈问拳争个胜负高低了,因为到时候再问拳,其实就只是曹慈教拳了。

陈平安冷不丁问道:"这枚能让武夫跨越两座天下的梭子,是不是可以仿制出来?"

郑大风点头道:"梭子材质太过稀罕,一般人就别想了,即便是于玄这样的符箓宗师,也是巧妇难为无米之炊。不过以我师父的手段和家底,当然可以。问这个做什么?"

陈平安说道:"药铺那边的苏店前段时间孤身离开家乡,就连石灵山都不知道她去了哪里。"

郑大风笑道:"我这师妹该不会是跟哪个汉子私奔了吧,石灵山知道真相还不得哭死,胭脂不告诉他是对的。"

陈平安说道:"苏店可能是去了青冥天下。"

郑大风问道:"这里边有说法?"

陈平安以心声说道:"就只是个猜测。因为我怀疑剑气长城的末代祭官早年曾经来过骊珠洞天,然后隐姓埋名在此驻足。此人如今可能身在青冥天下,说不定就是那个赤金王朝鸦山的开山祖师,武夫林江仙。"

陈平安曾经询问吕喦林江仙的拳法高低,吕喦却没有细说,也没有拿来与浩然裴杯、张条霞这样的神到一层武夫对比,反而只是给出了一个"剑术更高"的说法。

话不用多说,就已经侧面验证陈平安心中的那个既有答案了。

郑大风给了个眼神,陈平安祭出本命飞剑,瞬间隔绝天地。

显然,郑大风觉得一个以修士心声言语,一个用聚音成线密语,仍是不够安稳的,以防隔墙有耳,担心小镇那边有隐藏极深的大修士在偷听。

郑大风这才继续说道:"林江仙是不是你们剑气长城的末代祭官?假设是,他又为何放着祭官不当,偷摸赶来骊珠洞天,最终成为一位纯粹武夫?我不敢妄下定论。至于林江仙是不是从骊珠洞天离开青冥天下,别猜了,我现在就可以明确无误地告诉你,肯定是的,因为此人有个板上钉钉的身份,他是我、李二、胭脂几个的师兄之一。

"记得有次我跟李二喝酒,李二没少喝,不小心说漏嘴了,说师父他老人家觉得在一众入室弟子和不记名徒弟中,真正可以算学武资质好的就只有一个,是很多年前的事情了。此人姓谢名新恩,你小子没少读书,应该很清楚,谢新恩是词牌名,而林江仙与'临江仙'谐音,是同一个词牌。不管是临江仙、谢新恩,还是雁后归,这些个同义不同名的词牌多是悼亡、追思之作,或者临水凭吊女仙女神,与远古祭祀确是沾点边的。记得老头子当年在药铺闲暇时经常会翻阅一本外乡剑仙的山水游记,所以你猜想林江仙是剑气长城的末代祭官算是有迹可循,有理可依。

"胭脂这丫头,既然出门了,那她就肯定是偷偷手持飞梭仿品去青冥天下找这个师兄学拳了。她心气高,一直想要与你问拳,她跟这个林师兄学拳,才算有了个'万一'的可能性,否则连万一都没有。师父对她还是很照顾的,不管是觉得小姑娘脾气对胃口,还是因为可怜她那个相依为命的叔叔,爱屋及乌了,反正我可以明显感受到师父对她和石灵山是完全不一样的。至于苏店自身有无来历,是不是跟她叔叔一样属于某尊神灵转世,我就不清楚了,也不想弄清楚。"

陈平安疑惑道:"无冤无仇的,苏店跟我较劲作甚?"

双方唯一的交集就是,苏店的叔叔与陈平安曾经在同一座龙窑讨生活。那会儿的窑工学徒对苏店的模糊印象就是偶尔会见到一个干瘦黝黑的小姑娘,永远是孤零零的,远远站在某个地方。因为龙窑烧造瓷器是有很多老规矩和风俗禁制的,女子不宜靠近窑口,双手都不可以触碰所有烧瓷工具,尤其是不能靠近窑火,一经发现,是真会被打断腿的。

郑大风笑容玩味:"是真不知道还是装傻?"

陈平安震惊道:"她喜欢我?"没理由啊,双方都没聊过一句话。

郑大风没好气道:"要点脸。"

陈平安松了口气。

"对苏店来说，要想报恩，她是武夫，就得至少拳与你一般高，将来才能真正帮上你什么忙，偿还旧债。"郑大风解释道，"小丫头性格执拗，极早慧，是那种小小年纪就心思澄澈，什么都能想明白，但是嘴巴很笨的人。但是就她那么个成长环境，难免有点自卑，所以你当年帮了那个娘娘腔很多，他在跟胭脂相处的时候肯定没少说，久而久之，小姑娘就牢记在心了。"

陈平安视线低敛，看着炭火，轻声道："很多吗？"

郑大风反问道："少吗？"

把一个谁都不当个人看待的娘娘腔真正当个人看，那就是雪中送炭，帮忙度过一个严寒冻骨的人生冬天。那个一生境遇困苦惨淡的娘娘腔可能这辈子唯一的执念就是绝不冻死在冬天，要死也要死在春天。

陈平安说道："他早就还上了。"

郑大风摇头道："那是娘娘腔的事情，苏店有自己的想法。"

说到这里，郑大风笑道："别觉得我是在骂人啊，我跟娘娘腔其实早年关系还不错，路上瞧见了都会打招呼的，还请他喝过几次酒。他娘的，就因为这家伙敲过几次门，给人瞧见了，害得我那几年去黄二娘家的铺子喝酒没少被她笑话。大概唯一的好处就是，嫂子见我登门，不再那么防贼似的了。"

陈平安吃着粽子，笑了笑，打趣道："黄二娘对你还是很高看几眼的。"

早年小镇青壮汉子都喜欢光顾黄二娘的酒铺，要二三两散酒，一碟佐酒菜，就能坐很久。随着时间推移，谁都看得出来，黄二娘对郑大风是有那么点意思的，当然，称不上是那种老相好的关系。但是不管怎么说，能够在她酒铺赊账的，真就只有这个常年住在小镇最东边黄泥屋里的光棍了。

郑大风摆摆手，难得有几分难为情的神色："好汉不提当年勇。"

若是根本没影的事，郑大风向来言语荤素不忌，若是真有其事，汉子反而不愿多谈。只见他转移话题说道："你是亲自去的湖山派，才把高掌门喊来落魄山？"

陈平安笑道："高掌门毕竟是福地名义上的天下第一人，该有的礼数总不能少。"

其实就是被朱敛和沛湘联手骗去的湖山派。呵呵，高低高君子君，钟情钟倩丽倩，老厨子你等着。

郑大风啧啧道："不实诚。果然，男人一有钱就变坏是万古不变之理。"

陈平安一头雾水。

郑大风瞥了眼陈平安，发现这小子不像作伪装傻，疑惑道："福地最大机缘是什么，外人不清楚，你小子会不清楚？"

郑大风对曾经属于老观主的藕花福地，如今的莲藕福地半点不了解，只是刚才陈平安大致说了些近况，比如俞真意一手打造出来的湖山派如今就有了十几个练气士，其中几个还是中五境修士了。

陈平安先是茫然，继而明悟，然后伸手狠狠搓脸，笑道："说实话，要不是你提醒，我还真没想到这茬。"

郑大风的意思并不复杂。俞真意既然能够在成为六境武夫，甚至可能是跻身金身境后，才因为一本仙家"道书"转去修行山上术法，继而再以元婴境"羽化登仙"，飞升离开福地，与此同时，湖山派内的十几个练气士几乎全部都是从旧有武夫身份转为修道之人，这就意味着湖山派的独门传承极不简单，有点类似桐叶洲的蒲山云草堂。而这种不传之秘，是绝对不会随便泄露给外人的。

郑大风说道："奇了怪哉，就算你没想到这件事，老厨子和大白鹅都是那么思虑周全的人精，在你这边也没个提醒？"

陈平安笑道："回头我得问问看。"

郑大风又使劲跺脚，喊了句"作死啊，造孽啊"，赶紧提醒陈平安："可千万别跟老厨子和崔宗主说是我带起的话头啊。"

陈平安点点头，调侃道："反正老厨子猜也猜得出来。我早不问晚不问，你一回来就问，用膝盖都能想明白的事情。"

陈灵均说了句公道话："老爷除外，会下棋的，心都黑。"

陈平安笑道："我就是个臭棋篓子，当然除外。"

陈灵均立即唉了一声："不能够吧？郭竹酒说了，老爷你当年在避暑行宫，作为上手，经常被人求着下那几盘让子棋。我听说除了林君璧，还有鹿角宫宋高元、流霞洲曹衮，以及金甲洲玄参都是极聪慧的厉害角色，是可以当那棋待诏的顶尖国手，他们几个联手，都必须群策群力才有胆子跟老爷你一人对弈，同样被杀得丢盔卸甲，面无人色，以至于不知是谁出的馊主意，他们不得不对老爷使用一些阴损的盘外招，比如让一个嫁不出去的老姑娘，还有那个叫罗真意的漂亮姑娘都打扮得花枝招展地在老爷身边晃悠，试图让老爷分心。当然了，这等拙劣伎俩注定是要徒劳无功的……"

陈平安弯曲手指，抵住眉心。头疼。

陈灵均问道："郭竹酒的说法，有水分？"

陈平安反问道："你觉得呢？"

陈灵均倍感无奈：谎报军情，郭竹酒误我！

郑大风转头笑问道："仙尉老弟，会不会下棋？"

仙尉犹豫了一下，还是实诚说道："会一点，早年走南闯北，下过野棋，只能挣点碎银子。不过象戏摆摊更多，一来耗时更少，摆些残局，二来，只要翻看几本棋谱，将书上那几百个残局的棋路给死记硬背下来，就能坑蒙拐骗了。"

其实仙尉不是特别喜欢下围棋，反而更钟情象戏，具体理由说不上来，就只是觉得后者下起来比较轻松，即便是那几个出了名的象棋残局，着法长度超过百步，其间变着极多，仙尉也没觉得如何费劲。之所以不喜欢前者，倒也不是觉得下围棋更复杂和耗神，但是对着纵横十九道的棋盘，仙尉每次闲来无事独自打谱，总觉得有一种说不清道不明的别扭。

郑大风惊叹道："仙尉老弟是个全才啊。"

陈灵均哈哈笑道："可惜还是打光棍。"

话音刚落，屋内三人就都望向了这个口无遮拦的青衣小童。陈灵均瞬间笑容僵硬，缩了缩脖子。

魏檗与高君联袂御风去往披云山，刻意放慢速度，好让这位高掌门看清楚脚下的大地山河。怪石嶙峋结洞府的灰蒙山；在阳光照射下，建筑攒簇如鱼鳞熠熠生辉的鳌鱼背；位置相邻的黄湖山和远幕峰，山水相依，一处蒙蒙水云乡，一处森森竹与松，日照山涧，水中游鱼定，一湖一山，宛如黄衣女子青衫客，两两对视无言千百年；云雾缭绕，隐约有剑气流转的龙脊山，有风雪庙和真武山修士在此结茅修行，还有那座搬迁山头后出现的巨大湖泊，风景壮丽，大块凿混沌，浑浑旋大圈，水光涟漪，碧绿荷叶亭亭立，风动送清香，宛如万顷青琉璃胜地……

先前魏檗暂借一把符剑给高君，与她解释练气士在处州地界凌空御风都需要悬佩此物，出了处州地界就无此规矩约束了。高君犹豫了一下，还是与这位山君询问北岳地界的疆域范围。魏檗给出答案后，微笑道："高掌门是落魄山的贵客，那就是披云山的贵客了，有好奇的事情就直接问，不用这么拘谨，若是事涉机密，我也会与高掌门明说。"

高君已经被震惊得无以复加。只是一国北岳的山河辖境，就要比整个莲藕福地的疆域大出如此之多？那么宝瓶洲岂不是一块堪称辽阔无垠的陆地？如此说来，身边这位风致洒落却气态温煦的山君魏檗，若是在家乡福地，岂不是就等于天下共主的山上君王了？

魏檗察觉到高君的异样脸色，顿时心中了然，肯定是陈平安并没有与她多说福地之外的浩然风土。想了想，魏檗就从袖中摸出两本山海志和补志递向高君，笑道："看过这专门介绍九洲山上风貌的两本书，高掌门就会对我们浩然天下有个大概印象了。"

高君想要拒绝。去披云山登门做客，客人没有携带见面礼就算了，哪有再与主人收取礼物的道理。只是她实在是不舍得退还，便停下御风，收下那两本最能帮助自己解燃眉之急的仙家书，并与善解人意的魏山君行了个稽首礼致谢。

魏檗哑然失笑。这个极有礼数的高掌门，若是将来成为落魄山的谱牒修士，或是钟情那样的记名客卿，估计就算她参加过多次祖师堂议事，依旧会感到不适应吧。落魄山的风气，一般人想要融入其中，既需要悟性，更需要缘分。魏檗就觉得自己至今还是与落魄山的风气格格不入，要论风清气正，还得是自家披云山啊。

魏檗笑道："虽然有自夸的嫌疑，但是为了不让高掌门误会，必须解释几句。我这个北岳山君不单单是大骊王朝的一国山君，前边那座披云山是整个宝瓶洲的北岳，因为就在前些年，大骊王朝还是一国即一洲的形势，后来以中部大渎作为界线，大骊宋氏退回大渎以北，如今依旧占据宝瓶洲半壁江山。"

高君恍然。家乡福地如今亦是如此情景，五岳矗立天地间，好像无须帝王封禅就已经获得了天地认可。篡位却并未更换国号的北晋国新帝唐铁意就曾经想要亲自封禅国境内的那座北岳，浩浩荡荡离京，结果队伍只是到了山脚就出现了天地异象，风雨大作，雷电交加，导致一行人未能登山。唐铁意总不能独自一人杀上山去，结果就闹了个天大笑话，原本同样有此打算的南苑国皇帝魏衍也就识趣不去碰壁了。高君是因为亲自游历五岳，知晓山中诸多奇人异事，故而早就与松籁国新君寄去密信一封，特意提醒过此事，免得朝廷贸然行事，与山君交恶。

魏檗说道："大骊王朝的上任国师名为崔瀺，绰号绣虎。按照我们这边的道统文脉来算，崔国师是陈山主的大师兄，而陈山主又是他们这一脉的关门弟子。"

高君又恍然。难怪陈平安离开福地不到三十年就有了这份家业。背靠大树好乘凉，朝中有人好做官，想必在浩然天下也是差不多的道理。

魏檗忍住笑，蔫儿坏："毕竟是同门师兄弟，崔国师对陈山主这个小师弟是寄予厚望和特别关照的。"

高君点头道："既然是同门，那么崔国师对陈剑仙额外照拂几分，实属人之常情。举贤不避亲，刻意疏远，反而有失公道。"

魏檗闻言小有意外。这个言语诚挚的高掌门，似乎天然与落魄山大道相亲啊。

北岳披云山，山势极高，却不会给人险峻陡峭之感。

魏檗没有直接带高君去往山君府，而是拣选了一处邻近山巅的僻静石台，视野开阔，数州土壤皆在石下，旁有溪涧于嘉木美竹间流入幽潭，水尤冷冽，清深多倏鱼，有石出水面，上生菖蒲、苔藓簇拥成青丛，犹有不知名水蔓，草卉难辨，有合欢缱绻貌。茂林云海，在此山相互依偎，萦青缭白外与天接，环顾如一，绚烂天光，自远而至，山色青翠苍然，每有风自高处起，草木摇动，山色随风自上而下如水流。

魏檗轻轻挥袖，平整如刀削的高台之上便凭空出现一件彩衣国地衣，其上又有两只出自俱芦洲三郎庙编织的仙家蒲团。这些都是那几场北岳夜游宴的贡品，宝钞署和仪仗司里边的库房都快堆积成山了。

一山君，一修士，坐在蒲团上。高君眼见美景，耳听泉水声，沉默许久才回过神，问道："魏山君担任山君很多年了？"

魏檗微笑道："很久以前，我只是个小国山君，后来改朝换代，我就被贬谪为一山土地。"他伸手指向棋墩山，"就在那边，连山神都不是。

"因缘际会，时来运转，侥幸得以入主披云山，其实担任大骊王朝的北岳山君就不到三十年。可毕竟是戴罪之身，僇人恒惴栗，难免会担心今时风光，朝不保夕。"

惴惴战栗，魏檗以此形容自己的心境，不全是这位北岳山君的戏言。

就像先前那些别有用心的言语，倒也不算魏檗故意戏弄高君。若是她第一次来到浩然天下，触目所见人事物，三者皆异于家乡，就会很容易疑神疑鬼。置身于一个完全陌生的地方，所有见闻都超出一个人旧有的认知范畴，就需要寻找自己能够理解的熟悉之物，自己给自己找定心丸，或者说是找到一箩筐作为船锚的碇石用来停船，安抚自己的心。乡音是如此，喝那天下差不多滋味的酒水、在天地间寻找志同道合的朋友，想必亦是如此。究其根本，只在"类己"一词和"不孤单"三字。

某次在老厨子那边同桌喝酒，郑大风提出过一个绝无仅有的猜想。他说所谓的人间，可能就是一座神国，所有的"人"，都是某种意义上的神灵，吃着不一样的"香火"——大概是不着天不着地的空想和彻头彻尾的醉话吧。

雾色峰之巅，貂帽少女蹲在栏杆上，朝山门口抬了抬下巴："见着了郑大风真人，有没有觉得有点眼熟？"

小陌点头道："样子变了，气质没变。"

万年之前，战事惨烈的登天一役，就只有那尊身披大霜甲的神将明知必死而死守天门，寸步不退。要知道，这位神将当时面对的敌人都不是人间剑修或练气士，而是那位身为天庭五至高之一的持剑者。毫无悬念，神将最终被一剑洞穿甲胄与身躯，钉死在大门上。

此刻的谢狗与平时判若两人，神色冷漠，眼神清冽，问道："你当年与那位青童天君打过交道吗？"

小陌摇头道："我当初跻身飞升境后，只是靠近过飞升台，不曾登上那条神道，与这位男地仙之祖就从没见过面。"

谢狗说道："我见过。"

见小陌对此将信将疑，谢狗沉声道："我在成为地仙后曾经走过一次飞升台，却不是女子该走的那条。我偏要以女剑修身份走另外那条道路。"

小陌立即就相信了，因为这确实是剑修白景做得出来，并且一定会做的事情。

谢狗抬起双手，抱住头顶貂帽，撇撇嘴："意气用事要不得啊，境界不够高，当时剑术不济事，差点狗头不保。"

小陌说道："青童天君与另外那位，对人间修士还是十分友善的。"

谢狗点点头，说道："那是因为他们都保留了很大一部分人性，这在远古天庭是无法想象的事情，我至今都想不出一个合适的理由。"

小陌默然。人心难测，一团乱麻，故而口是心非，言行不一。远古神灵则不然，好像五至高和高位神祇除外，所有言谈举止，心思念头只作笔直一线。

修道之人，除去万千术法各行其道，若是追本溯源，不过是学那高高在上的神灵摒弃杂念，凝为一心而已。

谢狗其实早已察觉到小镇的几股熟悉气息，满脸讥讽神色，啧啧道："天地作陵谷，沧海变桑田，可怜昔年吞舟之鱼，陆处则不胜蝼蚁。"

小陌打算挪步离去，谢狗突然问道："小陌小陌，我这个蹲姿是不是不太雅观？"

小陌一言不发，谢狗一个后翻，屈膝落地，站起身，扶了扶貂帽，看着头戴黄帽的小陌，她觉得真是绝配，继而开始长吁短叹：明明是一桩天造地设的命定情缘，为何还是如此辛苦呢？

小陌突然问了个大煞风景的问题："你与我说句实话，撇开你我之间的私事不谈，你这次赶来浩然天下，所求何物？"

谢狗眨了眨眼睛，既不愿欺骗小陌，又不宜实话实说，就只得开始装傻扮痴。

小陌手持行山杖，走在霁色峰与集灵峰之间的山路上，语气淡然道："不愿意说也无所谓，反正我不感兴趣。但是我有言在先，不管是什么重宝，不管你如何拿到手，记得别违反文庙规矩，别让我家公子觉得为难。"

像他和白景这样的飞升境剑修，在万年之前，几乎都是喜欢单独游历天下的，所以事实上，如今的几座天下，对他们来说，其实是既陌生又熟悉。虽说岁月悠悠，万年以来，走过人间的修士数量多如牛毛，导致万年之前的诸多机缘、重宝几乎都已经被攫取、搜刮殆尽，但是难免会有几条漏网之鱼始终不曾被后世修士察觉，小陌猜测白景这趟远游，必然是寻宝而来，她绝对不会空手而归。

谢狗尴尬一笑："哈，贼不走空。"

陈平安独自离开宅子，陈灵均被郑大风盛情挽留，双方挤眉弄眼的，又开始打暗语。

临行之前，陈平安从咫尺物中取出了几只大罐子，其内全部装着清水。虽说只是清水，却值钱，因为是那长春宫的灵湫和云霞山龙团峰的浮钱泉，还有两份，是裴钱出门游历途中从别洲收集而来的。最早是曹晴朗去大骊京城参加会试，郑大风只是开了个玩笑，让曹晴朗金榜题名后抽空绕路跑一趟长春宫，买不着，就算是偷也要偷来几大壶灵湫泉水，以此煮茶，女子喝了可以驻颜。其实郑大风的良苦用心，是让曹晴朗这个书呆子去那莺莺燕燕仙子扎堆的长春宫长长见识，开个窍……

言者无意，听者有心，曹晴朗就当真了，只是那灵湫之水是长春宫酿造长春仙酿的来源，戒备森严，是一处禁地，曹晴朗即便是大骊榜眼，开口求水也没用，况且当时曹晴朗手上没有承载灵湫水的方寸物和咫尺物，他是事后几经周折才好不容易找人托关系，再通过仙家渡船送到了牛角渡。至于那两小青瓷缸来自龙团峰的浮钱泉，陈平安曾经走过一趟云霞山，怎么来的，可想而知。

郑大风看着那些瓶瓶罐罐，一阵无语。自己早年的一句玩笑话而已，结果一个个的，竟然都当真了？这让他有些为难：自己怎么保存这些极容易变质转浊的清泉美水？

陈平安撂下一句"你找魏山君帮忙去"就缓缓走上台阶，与岑鸳机擦肩而过。

陈平安一直走到山顶，坐在台阶上怔怔出神。因为那枚梭子的出现，陈平安都开始怀疑昔年囊括蝉蜕洞天的括苍洞是不是早就被杨老头暗中收藏了，然后只是故意泄露了蝉蜕洞天的行踪，之后就有了陈清流的那场跨洲远游，居中修行。

最早负责水运具体流转的天下真龙曾经与人间修士暗中缔结盟约，最终叛出天庭。而斩龙之人陈清流曾经在括苍洞内炼剑多年，并且在此地证道。这算不算是杨老头对叛徒的一场清算？如果真是如此，算计之深，谋划之远，确实可怕。

按照吕喦的说法，作为远古天庭两座行刑台之一的斩龙台，在登天一役期间，被某位剑修摧破崩碎，四散遗落人间，最大的两座山崖，一为"真隐，天鼻，风车，寮灯"古名众多的龙脊山，从此古蜀地界剑仙与蛟龙皆多，另外一座斩龙石崖就在剑气长城，代代相传至宁姚。

陈平安这么多年来始终珍藏有一块斩龙台，不管他再财迷心窍，再吃了熊心豹子胆都不敢造次，就将它放在方寸物内，一直随身携带。因为那是陈平安第一次游历剑气长城再离开时，在那倒悬山鹳雀客栈，宁姚让张禄帮忙转交，送给陈平安的临别赠礼。

那块用棉布包裹的斩龙台，大小如手掌，正反两面各篆刻两个字：天真，宁姚。

定情信物！

真隐，天鼻。天鼻，真隐。若是各取一字再组合起来，即是"天真"。

剑气长城最后一任祭官消失无踪，摇身一变，成为骊珠洞天的谢新恩，青冥天下的林江仙。之后就是宁姚离家出走，单独游历浩然数洲，最终来到骊珠洞天。

陈平安至今都不敢说自己已经摸清楚了小镇的底细。

人之追忆缅怀，伤感和遗憾，宛如古井深潭，深陷其中，不可自拔。情人间的眷念，一路蔓延而去，风驰电掣，远远乡念念人，好似他与她，转瞬即相逢。

陈平安轻轻呼吸，揉了揉脸颊，收拾心绪，刚要站起身，突然发现一桩怪事：岑鸳机就站在山脚，没有练拳登山。

也没有多想，陈平安径直下山，折入那条青石板路，瞥了眼老厨子的宅子，再返回竹楼，打定主意，今年南苑国京城那场大雪问拳，老厨子你给我等着。

岑鸳机只等那一袭青衫消失在视野才继续往山上六步走桩而去。她毕竟是一位五境瓶颈武夫，眼力不俗，先前发现山顶的山主好像在守株待兔，直愣愣盯着山脚，把她给看毛了。以往她练拳往返，看门人郑大风的视线还会鬼鬼祟祟，陈平安倒好，目不转睛得如此正大光明，当山主的就可以这么肆无忌惮吗?!

山脚宅子里，山主一走，陈灵均和郑大风就开始"排兵布阵"了。因为嫌弃仙尉的偏屋太小，书桌太小，就去了正屋大堂。

仙尉很快就觉得眼睛不够用了。原来，一张八仙桌上琳琅满目，被陈灵均堆满了各种用来观看镜花水月的山上灵器。青衣小童站在长凳上，双手叉腰，得意扬扬。郑大风频频点头，家底雄厚，颇为可观，朝陈灵均竖起大拇指，赞誉一句"不愧是镜花水月集大成者"。只是郑大风难免好奇，陈灵均这个穷光蛋，莫非从哪里发了笔横财，否则镜花水月一道，跟私人符舟一个德行，入手只是第一步，之后才是最吃神仙钱的勾当。陈灵均冷哼一声，说有这种规模都是周首席的功劳，资助了他一大笔谷雨钱，专门用来购买这一类山上重宝。

当年郑大风还在落魄山，就经常去朱敛那儿。再有个陈灵均，关起门来一起欣赏宝瓶洲各地的镜花水月。不过三位同道中人其实又各有偏好：

山上的镜花水月五花八门，生财之道可谓各显神通，最受欢迎的肯定是那些靠女修仙子撑场子、挑大梁的了，就像以前的正阳山苏稼、神诰宗贺小凉。不过她们架子大，只会偶尔露面。陈灵均就喜欢看这类山水画卷，画面既素雅，且有嚼头嘛。

郑大风没这么含蓄雅致，只喜欢小门小派的镜花水月，因为常有身姿曼妙、穿着清凉的女修用翩翩舞姿压轴，谁砸钱就喊谁哥。早年郑大风的俸禄就都在一声声"郑大哥"中打了水漂，有些时候为了能够与女修们多聊几句荤话，还会与老厨子打欠条。

朱敛的口味就比较奇怪了，只喜欢那些稀奇古怪的路数，比如兜售各路拳谱、秘籍的，临了来一句，有意者私下洽谈，价格有优惠，批量打包有折扣……要不然就是专门有几个剑走偏锋的仙府，镜花水月不走寻常路，专门设置那种书生撞见艳鬼的桥段，后者先诱人再吓人，透过帷幕薄纱见温泉，有女子嬉戏打闹，一个个背影婀娜，朦朦胧胧，只是等她们再一转头，经常能把凑过去看风景的陈灵均吓个半死。不然就是书生在阴气森森的宅邸内独自提灯穿廊过道，蓦然有女鬼从梁上倒垂，或是有一只肌肤惨白、指甲猩红的手轻轻搭在书生肩膀上……老厨子永远不动如山，拈起菜碟里的盐水花生慢慢嚼着，看得津津有味。

一洲之地，只有神诰宗、风雪庙这些"宗"字头，和云霞山、长春宫这类大仙府的镜花水月才有个何时开启的定例，而且相对频繁。寻常山上门派，因为每开启一场镜花水月就需要消耗山水灵气，最怕亏本，所以间隔长，而且更愿意花心思。

只因为桌上与镜花水月衔接的灵器数量足够多，仙尉已经看到了桌上两次出现宝光流转的景象。

郑大风搬来几坛窖藏酒水，倒了三碗。陈灵均不着急喝酒，双臂环胸："仙尉道长，是想要看素淡一些的，还是荤一点的？"

只见仙尉坐姿端正，端碗抿了一口酒水，用心想了想，沉声道："贫道这一脉，修行没有吃素的要求，可婚嫁、能吃荤！"

也就是陈平安不在场，不然陈灵均能吃饱栗暴。

远幕峰一处高崖，朱敛仰头，双手负后，崖壁上的字迹铁画银钩，飘逸无双。

行书有草书意味算不得本事，楷体有碑文古气也不算什么稀奇事，可是能够将规规矩矩的正楷榜书写出一股扑面而来的狂草气，就真是能让朱敛都要自叹不如了，掂量一番，朱敛不得不承认，模仿不来。

先前有纯阳真人出海远游复归远幕峰，在此崖刻勒有一篇道诗，序文极长，内容远胜诗篇。再加上序文字不小，有几分反客为主的嫌疑。

古者谪仙白也自峨眉而来，尔其天为容，道为貌，慨然无匹，千秋万年一人而已。近者逸人吕喦从此峰而往，飞空一剑，地宽天高，云深松老。诸君莫问修行法，秉纯阳，澡雪精神，寻得水中火，且去死心活元神，吾辈学成这般术，勘破天关与地轴，同道行得这般路，生死颠倒即长生……自古学道何须钱，瓢中只有日与月，曾有紫诏随青鸾，翩然下玉京……人间哪分主与宾，贫道斗胆邀天公，要与人间借取万年春。

朱敛身边还站着沛湘，她不着急返回狐国，会跟高君一起返回莲藕福地。

沛湘因为暂时还不知道吕喦的身份，只觉得这位敢将自己与白也放在一起的崖刻者既然在山中如此公然与世人言语，要么是大放厥词，是个沽名钓誉的道学家，要么就是有的放矢，是那种深不可测的得道高人。可要说是后者，眼前这篇崖刻文字却无半点道气盎然的气象。一般情况下，大修士亲自崖刻榜书，多多少少都会沾点字面意思上的仙气，但是这篇好似青词的道诗，正文连同序文都没有蕴藉灵气，这点眼力，作为元婴修士的沛湘还是有的。

朱敛眯眼笑道："是不是看不出好坏、深浅？"

沛湘妩媚而笑，点头道："帮忙解惑一二？"

朱敛说道："既是道诀，又是剑阵，静待后世有缘人。你要是不信，可以施展全力祭出攻伐宝物，看看能不能撼动这些文字丝毫。"

山路上，貂帽少女与黄帽青年并肩而行，却只有她在絮絮叨叨，小陌是因为谨记自家公子的教诲，多了点耐心。

"小陌，跟你说个事儿。在长眠期间，我反复做着同样的梦，可吓人了，用书上的说法,就是出门无所见,白骨蔽平原。"

"小陌,为啥槐黄县这儿的本地方言把水之反流称为'渴'?尤其是宝溪郡那边,好些河流都叫某某渴来着,我觉得这种命名的方法既巧妙又美好,你觉得呢?"

"小陌小陌,你陪我说句话呗。"

"小陌,我觉得你是喜欢我的,对吧?我数十下,如果你还是不说话,就当你是默认了啊。十、九、八、七、六、五、四、三、二、一!"

"哎哟,真是美好的一天!"

第九章

飞鸟回掌故

二月二,龙抬头。

斗指正东,角宿初露,物换春回,为万物生发之象。

鸟兽生角,草木甲坼,春耕农事由此开始。

各国朝廷会在今天朝会,由礼、兵两部尚书领衔百官,与一国君主献农书,以示务本,寓意"国之大事,在祀与戎",但是"一国根本,在农在田"。

皇帝宴请群臣,饮古法酿造的宜春酒,赐下出自造办处的刀、尺等物,皆为白玉材质,表示衮衮诸公皆君子,务必小心裁度、权衡国事之意。皇后负责赐给一众入宫的诰命夫人数量不等的青囊,名义上皆是皇后娘娘亲手缝制,不假宫娥之手,青色袋子里边装有各色谷物和瓜果种子,让她们转赠给各自家族内的亲友和孩童,以祈丰收,新年五谷丰登,同时寓意钟鼎之家和书香门第,仓廪实知礼节。

槐黄县城这边,家家户户有在二月二的早上吃一碗龙须面的习俗,而这天烙饼也取名为龙鳞。在这一天,小镇妇人和待嫁女子都需要停止女红针线,按照老一辈的说法,因为这天龙初抬头,若有穿针引线,恐伤龙目,惹来不快。

小镇青壮汉子带着孩子一起手持竹竿或木棍敲击房梁、床铺、灶房等处,俗称喊龙醒春,说些代代相传的吉语和老话,例如"大仓满如山,高过西边山;小仓如水流,留在自家田"。福禄街和桃叶巷那边可能要雅致一些,所说言语的意思也更大一些,多是风调雨顺、国泰平安、蛇蝎五毒避走、毋使为害之类的。

前三四十年,因为泥瓶巷出了个扫把星的缘故,原本与"平安"二字沾边的喜庆言语反而就成了个不大不小的禁忌,都不太愿意提及,时至今日,保佑一方平安渐渐就成了一个极有分量和深意的说法。甚至还有些从小镇搬去州城的富贵门户故意在这天让家里的孩子打碎一只瓷器,再念叨三遍与岁岁平安谐音的碎碎平安,讨个好兆头。

妇人和少女一大早就会去铁锁井挑担汲水,所以这一天,也是福禄街和桃叶巷居民与小镇别处街坊百姓碰头最多的一次,前者多是富贵少年、锦衣少女成群结队,天刚蒙蒙亮就离开家门,一手挑灯笼,一手提着漂亮精致的青瓷壶罐。两队人马在各自街巷碰头,各作"一"字如蛇行,在此汲水再原路而归,名曰引钱龙入门,招福祥回家。

这天一大早,天刚蒙蒙亮,陈平安就带着陈灵均和陈暖树,还有周米粒一起下山,来到了泥瓶巷祖宅。

各有分工。陈平安先用竹竿敲过房梁和床铺,就带着陈灵均,各自拎着只水桶,出门去铁锁井挑水,陈暖树和周米粒则留在宅子里开灶烧火煮面烙饼。因为前不久处州刺史府下令,槐黄县衙张贴告示,封禁已久的铁锁井在这一天准许当地百姓挑水回家。

郭竹酒最近在补觉,每天睡得天昏地暗,陈平安就没有喊她。不是炼剑,也不是修行,她就真的只是睡觉。

走出泥瓶巷,陈灵均晃着手中水桶,小声问道:"水井开禁是不是老爷的意思?是老爷亲自与县衙打过招呼,然后朝廷批准了?"

大骊朝廷早年订立的规矩,别说在处州,就是在整个宝瓶洲都是极有分量的,山上仙师都没人敢违逆,就更别提改变规矩了。

陈平安摇头道:"我没提这件事,原本打算今年找个机会跟朝廷说,明年再开始实施解禁,所以多半是赵繇的建议。这些年他一直致力于恢复各地旧传统,如果大骊宋氏没有归还大渎以南的半壁山河,赵繇这个在刑部当侍郎的就更有的忙了。不过户部肯定会骂他是个只会摆弄花架子的败家子,礼部衙门也要骂他手伸得太长。"

陈灵均老气横秋道:"这可不就是务虚嘛,大骊官员那么推崇事功,一个比一个务实,赵繇这么瞎折腾,不讨喜很正常。"

记得听按时点卯的香火小人儿提起过,这些年大骊各州郡县重新编撰地方志一事被纳入了朝廷的地方考评,据说就是刑部赵侍郎的建议,关键是还需要收集各地俗语土话,这就得与各州练气士打配合了。各地县志皆分两部,其中京城收藏的那部都带了仙气,所以地方上怨声载道,都觉得此举劳民伤财,是那种粉饰太平的举措。

陈平安摇头笑道:"长远见功,这其中的虚实转换大有学问,就像金银两物与铜钱的折算,有溢价也有损耗,但如果两者间全然没有'流通'的顺畅渠道,就有大问题了,大骊王朝就会与一般意义上铁骑精锐、兵强马壮的强国变得越来越一样,渐渐泯然众人矣,再不是那个宝瓶洲甚至是整个浩然天下最为特殊、最不一样的大骊。要是师兄崔瀺还在位,赵繇今日所做之事,其实就是一国国师所做之事。"

陈灵均老老实实说道:"老爷,我听不太懂,反正就是觉得很有学问。由此可见,赵繇还是一个有那么点真本事的家伙?"

陈平安笑道:"是有真本事的。"

不然也无法成为白也的不记名弟子。赵繇少年时离乡,泛海远游,无意间误入一座孤悬中土海外的岛屿,正是白也修道处。后来孤身赶赴扶摇洲的白也将一把破碎的仙剑太白分赠四人,赵繇就是其中之一。

陈灵均坏笑道:"按文脉辈分,赵侍郎得叫老爷一声师叔吧?"

陈平安点头笑道:"那是必需的。"

如今的处州刺史吴鸢因为曾是崔瀺的入室弟子,遇到陈平安,一样是要喊师叔的。这样的师侄晚辈,在京城其实还有几个,无一例外都身居高位,是当之无愧的大骊庙堂重臣。

小镇市井坊间其实犹有比泥瓶巷更狭窄逼仄的道路,就像现在这条抄近路去往锁龙井的小巷,若是身材稍高的青壮男子走入其中,茅檐低于眉,只能低头而行,若是抬头便会额头触檐。小巷不长,两壁对峙几要夹身,臂不得舒展伸转。以前陈平安去锁龙井挑水都会路过此地,能省去不少脚力,就是光线阴暗,有点瘆人,小镇同龄人都不太敢走。陈平安倒是不怕这些,尤其是每逢冬天下雪,小巷泥路冻得结实,结成冰面,陈平安在巷口先将水桶放在地上,轻轻往前一推,再后退几步,往前奔跑,再一个屈膝滑步,人与水桶先后倏忽而过,最终在小巷另外一端会合,是陈平安年少时为数不多的嬉戏。这种独乐乐,就是得小心别被垂挂茅檐的两排冰锥子砸中。

带着陈灵均走出这条没有名字的阴暗小巷,巷口处就有小水井,只是井口小且水浅,早年附近三四户人家就在此挑水,天色刚有晴光便井水枯竭,轮不到泥瓶巷的陈平安跑来占便宜。有一次从铁锁井挑水经过时还挨了顿骂,被误认为是个偷水贼,所以后来陈平安在书上翻到"瓜田李下之嫌"时,一下就懂了——其实道理是早就懂了的,只是不像书上这样只用一句话就说得这么通透。

井边曾经有个菜园子,只是土壤瘠瘦,种出来的蔬菜往往短细,多有涩味。如今菜圃早已荒废,堆满了四处归拢而来的破败瓦砾,杂草丛生其中,灰绿两色相间。

陈灵均是从来不留心这些市井景象的,没啥看头。他大步走着,突然发现老爷在身后停步,没有跟上,等他转头望去,陈平安这才快步跟上,随口笑道:"要是我来打理这块菜圃,土性会好很多,种出来的蔬菜就不会那么柴涩了。"

陈灵均哈哈笑道:"那肯定啊,老爷手脚勤快,当了窑工学徒,又晓得认土、施肥培土,园子里的蔬菜还不得长得人那么高?"

只是走出去十几步,陈灵均突然一愣,竟是给他嚼出余味来了,小心翼翼转头看了眼身边的老爷。

陈平安笑了笑,摸了摸青衣小童的脑袋:"你知道就好,别说给小米粒几个,很容易满山皆知。"

陈灵均使劲点头,主动转移话题:"去黄湖山钓鱼的那个家伙自称傅瑜,京城人氏,如今是屏南县的县令,还说是老爷亲自邀请他去黄湖山钓鱼的——这个姓傅的真认识老爷?"

一个七品芝麻官,胆子不小,竟敢去黄湖山垂钓,就被陈灵均逮了个正着。黄湖山曾是水蛟泓下的道场,鱼龙隐处,烟雾深锁,云水渺渺,当真是一个垂钓的好地方,只是平时外人谁敢来。

陈平安嗯了一声:"认识,先前一起在屏南县钓过鱼,傅县令还送了几条鱼给我,是个很好说话的,身上没什么官气。"

傅瑜自己都不知道为何能够平调出京城捷报处,怎就得了这么个一县主官的实缺。况且屏南县还是位于处州的上县,显然是朝廷要重用他的征兆了。陈平安却很清楚,肯定是在与林正诚同衙为官的时候,双方相处不错,林正诚在外调出京入主洪州采伐院之前,帮傅瑜说了几句好话。而陈平安之所以专门去河边堵傅瑜,也有几分他山之石可以攻玉的心思,先看看傅瑜的品性。

陈灵均说道:"傅县令说话文绉绉的,我接不住招,经常搭不上话。"

先前陈灵均陪着这个从京城来的年轻官员随便聊了几句,半点不投缘,鸡同鸭讲。傅瑜说那什么何知封侯拜相,玉堂金马,必然是气概凌霄,动容清丽。何知芝麻小官,丞簿下吏,想来是才疏学浅,量窄胆薄。可惜当时大风兄弟不在场,不然陈灵均非要让郑大风出马杀一杀傅瑜的学究气。

陈平安笑道:"傅瑜当个清官,绰绰有余。"

许多寒门贵子,朝为田舍郎,暮登天子堂,进入仕途为官,难在一个"财"字,金银财宝堆成一座鬼门关。世家子当官,难在一个饱汉不知饿汉饥,怕就怕眼高手低,志大才疏,既不懂,也无所谓民间疾苦。

走过这条陋巷,道路就宽阔了。昔年那株古槐犹在,下边有长木作凳,还放有几个石礅子,供人夏天休歇纳凉、冬日晒太阳。春天里,时有翠衣集结树上,鸟雀羽毛与树叶颜色相近,不易察觉,等到它们发出叽叽喳喳的声音,树下人才会抬头一瞥,顽皮一点的孩子就要取出弹弓了。顾璨是此道高手,耐心又好,经常拎着一长串返回泥瓶巷,别家都是鸡毛掸子、毽子,顾璨家却是不一样。

虽然衙署张榜告示,但是今天来铁锁井挑水的人还是没几个,多是老人,见到了陈平安跟陈灵均,也神色拘谨,加上早年并不熟悉,就显得很没话说,更不敢轻易搭讪。此刻井边两个一直没有搬出小镇的当地老人就有意避让,让那位飞黄腾达的陈山主先挑水。陈平安笑着用小镇方言喊了一声,让他们先来,反正按照家乡习俗,不是同姓论字排辈的亲戚人家,只需要按照年龄喊就是了。比如老人们是花甲之年,比陈平安高出一个辈分,随便喊叔伯即可,而陈灵均就得跟着用土话喊爷爷;若是陈平安喊爷爷,陈灵均就得喊对方一声"太太"了。小镇这边的太太是不分男女都可以喊的,是太爷爷、太奶奶的意思。

在陈平安挑水离去后,两个老人窃窃私语。

"这个陈平安得有四十岁了吧?"

"有了,看着像是才三十来岁的人。"

"前不久在州城碰着陈德泉,说按照他们的陈氏族谱一路排下来,陈平安要低他三个辈分呢,见着他都要喊声太太的。"

另外那个老人转头狠狠吐了口唾沫,用老话骂了句"丢鼓货色"。

远处陈灵均听着,觉得好笑。这边的小镇土话,陈灵均不但听得懂,说得还跟当地人没啥两样,"丢鼓"一说,意思与丢脸差不多。

小镇土话最大的特点是词汇几乎都是平声调,少有升降。虽说外边像那黄庭国也经常是十里不同俗,百里不同音,但如小镇这般的土人乡音也确实不多见。

陈平安倒是从不介意那些老辈聊的闲天,只是没来由想起昔年在藕花福地,他经常让蹭吃蹭喝的裴钱出门去打水,估计每次好吃懒做的小黑炭最多就打半桶水,可能都没有,再拎着水桶一路晃啊晃,回到曹晴朗的宅子时,木桶里的井水早就见底了。她就侧过身,遮遮掩掩的,不让陈平安看见水桶里的水位。还要假装十分沉重,摇摇晃晃到了灶房,踮起脚,尽量抬高水桶,再将水倒入缸中,好让水声更大些,根本就是个无师自通的小戏精。

回去路上,陈平安瞧见一位古稀老人正在往地上撒灰而走。

随着时间推移,二十年为一世,距离骊珠洞天落地再开门与外界相通,已经过去快三十年了,故而这种景象是越来越不常见了。陈灵均刚到小镇的时候,是经常能够看到小镇百姓忙碌这种事情的,就问道:"老爷,为啥咱们家里从不撒灰引龙啊?"

自从他来到落魄山,老爷好像就从没有什么引龙的做法,在二月二这天,就只是敲竹竿和吃面饼而已。

陈平安笑道:"小时候家里也是有的,但后来……这里边有许多规矩,要配合许多老话,我什么都不懂,怕乱来一通反而犯禁忌,所以想想就还是算了。"

往年每逢二月二,各家老人亦是忙碌,但是不能瞎忙,是有讲究的。等到日头高照时,光线掠过小镇最东边的栅栏门,就可以撒灰引龙了。碰到阴天,若是无雨,就挑选合适的时辰,如果一整天都下雨,就只能干瞪眼了,对接下来一整年的年景都要忧心忡忡。

引龙方式有五种,每家每户都有不同的路数。大体上,家丁兴旺的人家每种都来,香火不盛的穷门小户最多来两种，从铁锁井挑水回家是其中一种，小镇所有百姓都可以做，挑水倒入自家水缸即可，是最为简单的引龙法子，有点类似一篇文章的总纲。

此外，还有几种更为讲究的，多是家中熟稔习俗的老人亲自操办。比如拣选老槐树或离家近的道旁大石，以灶灰围绕一圈撒出灰线，再让家里最小的孩子，男女不忌，将拴有一枚铜钱的红绳放在圈内，若是家底厚的，就用红绳绑住一粒金银，孩子负责牵绳引钱回家。拖曳铜钱、金银时，需要在圆圈处拉开一个口子，如龙吐水。而水即财，等于是开辟了一条财路引入家中，再将铜钱放入一只青瓷储钱罐，由一家之主亲自盖上，便是财入家门给留住了。有了财运，新的一年，自然全家吃喝不愁。

也有老人嘴上念念有词，将草木灶灰撒在家门口成一横线的，拦门辟灾，或是在墙角撒出龙蛇状，阻挡邪气。又或是在院内和晒谷场上先堆放五谷杂粮成小山状，再撒灰围成一圈，如水环绕高山，保佑今年庄稼丰收，仓囷盈满。

还有些家里多田地的富裕门户就更讲究了，有那送黄迎青的说法，得有两人，一人腰别装满草灰的袋子，一路撒到小镇外的龙须河边，另外一人再用一袋子谷糠引龙回家，既有引田龙的意思，也有同时送走穷神迎财神的说法。

若是以往，老爷给出这个解释，陈灵均听过就算，只是今天不一样，他很快就想明白了其中的真正原因。老爷也没说假话，年少时老爷既没读过书，也没人愿意教他这些门道，确实是不懂引龙的规矩和忌讳，但真正的缘由，还是因为那会儿的老爷在家乡小镇可能本身就是一个忌讳吧。

陈平安开口笑问："你有没有琢磨出门道？"

陈灵均疑惑道："啥？"

陈平安说道："火烧草木成灰，起山、引水、系木、牵钱，这就涉及五行的金木水火土。之所以每家每户都有不同的引龙方式，是需要配合五行命理的，家里人多，就可以凑齐五种撒灰引龙，人少就只能挑选两三种了。"

陈灵均点点头，说道："老爷原来是说这个啊，早就想明白了，还以为老爷打算说啥玄乎的事情呢。"

一个栗暴砸下来，早有准备的陈灵均赶紧转头。

等他们回到祖宅，将水倒入缸内，陈暖树和周米粒已经备好了碗筷。

今天吃龙须面，陈暖树特意带了几种她自己采摘、晾晒的山野干菜，陈平安几个吃得有滋有味。陈灵均吃完一碗，咳嗽一声，轻敲筷子，示意某个笨丫头有点眼力见儿。结果陈平安也轻推手中空碗，陈灵均立即起身，一手一个白碗，让老爷稍等片刻，屁颠屁颠去灶房挑面了。重新落座后，陈灵均卷起一大筷子面条，吹了口气，问道："老爷，郑大风真要去仙都山啊？"

郑大风才回落魄山就要离开，陈灵均肯定是最失落的那个。要是每天都能跟大风兄弟聊天打屁,那多带劲。

陈平安说道:"我会再劝劝他。"

别看郑大风先前找了一堆理由,其实真正的原因就只有一个:给仙尉让路。崔东山的盛情邀请只是给了郑大风一个用来说服陈平安和仙尉的借口。

陈灵均如释重负。老爷愿意亲自出马挽留,再有自己打配合、敲边鼓,想必留下大风兄弟还是有几分把握的。

陈灵均含糊不清道:"因为先前不清楚老爷返回家乡的确切时间,李槐就中途带着嫩道友离开龙舟渡船,直接去书院了。"

陈平安点点头。

李槐和嫩道人先前与陈灵均、郭竹酒一起参加黄粱派开峰典礼,并没有一起返回牛角渡,因为李槐要赶紧走一趟山崖书院。有个贤人身份,到底不一样了,如今一些个书院事务,是需要他到场的。

此外,陈平安已经回信茅师兄,再给李槐寄去一封信,说了同一件事,就是以山崖书院的名义邀请嫩道人参与桐叶洲开凿大渎一事,毕竟嫩道人有个李槐扈从的山上隐蔽身份。这件事,山崖书院不会大肆宣扬,书院和文庙都只会秘密录档。茅小冬在升任礼记学宫司业之前,曾是主持具体事务多年的山崖书院副山长,由他来跟书院商量此事,比起陈平安开口,自然要更合适。

茅小冬在文庙道统内等于是跳级高升,担任一座儒家学宫,尤其还是礼记学宫的二把手,山崖书院和大隋高氏王朝都是与有荣焉。至于李槐如何突然成为文庙钦定的贤人,估计书院和高氏到今天都还是蒙的,属于那种叫人都不知道如何对外吹嘘的意外之喜了,毕竟总不能昧着良心说自家书院的李槐饱读诗书,是个一等一的读书种子吧?书院那些宿儒出身的夫子先生可能对学生李槐的唯一印象就是读书还算用功,总是成绩垫底?

陈灵均由衷感叹道:"都混成书院贤人了,李槐也是傻人有傻福。我看人一向奇准,只在李槐这边走眼了。"

陈暖树默默看了眼陈灵均,周米粒叹了口气,摇了摇头。

陈灵均只当没看见没听见。俩丫头片子,头发长见识短,晓得个锤子。我这御江小郎君、落魄山小龙王,风里来浪里去的,走老了江湖,除了自家老爷,谁能跟我比见识,更清楚江湖险恶?

陈平安一笑置之。

当年一起去大隋山崖书院求学的路上,李槐曾经跟陈平安说起过一件糗事,说自己小时候顽皮,但一向雷声大没雨点的娘亲只动手打过他一次,而且是结结实实好一顿揍,打得他屁股开花,嗷嗷哭。

原来，李槐有次被姐姐李柳带着去引钱龙，故意拖曳着红绳转了一圈，将李柳撒下的灰线圆圈给搅乱了。他大摇大摆回到家中，不知轻重，当成壮举给爹娘显摆了一通，吓得妇人当场脸色惨白，先是揪闺女的耳朵，再掐闺女的胳膊。妇人骂得震天响，使劲埋怨李柳这个当姐姐的怎么也不拦着。妇人倒是不担心财运什么的，反正家里都这么穷了，莫说是供奉不起财神老爷，估计连穷神都不稀罕待在他们家，她只是担心李槐这么做犯忌讳。李槐年纪小，经受不住某些老人常念叨的那些神神怪怪的说法，故而妇人再心疼儿子，也难得家法伺候，把李槐按在长板凳上就是一通鸡毛掸子——其实也就是做个样子给老天爷看，意思是已经教训过了，就别生气了。可妇人还是担心，那是她唯一一次带着礼物去杨家铺子后院，低声下气找自家男人那个不靠谱的师父帮忙。老家伙懂得多，说不定有法子补救，至少也不能让李槐受了牵连。当时吞云吐雾的杨老头听说过后，还是万年不变的面瘫神色，只说没什么忌讳不忌讳的。妇人一听就急眼了："李槐不是你的亲孙子，你这个老不死的东西就不当一回事，对吧？"

见那妇人就要一哭二闹三上吊，黑着脸的老人只好收起旱烟杆，让她别吵了，再吵就真有事了。妇人虽然将信将疑，还是立即闭嘴了。最终，一年到头除了独自进山采药几乎足不出户的老人难得将烟杆别在腰间，去堆满杂物的耳房里取来一只袋子就出门了，还让妇人别跟着。妇人不怕这个薄情寡义的老不死，但是怕那些虚无缥缈的老规矩，老老实实照做了，临了还让同行的女儿李柳把先前自己搁在药铺前屋柜台上的登门礼给偷偷拿回家去。

按照妇人的小算盘，这趟登门求人，先不让老东西看见自己带来的礼物，等她去了药铺后院，若是能办成事，咬咬牙，送就送了，若是不顶用，老家伙还有脸收礼？现在看老东西出门时的模样和架势，估计是十拿九稳了，既然都是半个自家人，今儿又不是逢年过节的，那还送什么礼呢？

收拾过碗筷，陈平安带着他们一起走去骑龙巷。

处州那边，想来今天剃头铺子的生意是最好的。孩子被长辈抓去理发也有说头，叫剃"喜头"。不过这是外边各地皆有的习俗，其实小镇早年是没这个说法的。像红烛镇是三江汇流之地，有清晨起龙船和夜中放龙灯的习俗。前者是请龙抬头出水，庇护走水路的船户商家一年行船安稳，无波无澜；后者是那些贱籍船户带起来的风气，他们是旧神水国遗民，属于至今尚未获得朝廷赦免的戴罪之身，世世代代聚集在一处河湾内不得登岸，所以夜里会用芦苇和高粱秆扎成的龙船上摆一只油碗，点燃后放入河湾，随水流向下游，寓意为龙照亮水中夜路，如今州府治所同城的处州城那边也就跟着有了扎龙船和放花灯的风俗。

陈灵均撇撇嘴，说道："贾老哥如今可是大忙人了，是二管事了嘞，一年到头不着家,都在天上晃荡,再这么下去,多结交几个新朋友,恐怕都要不认我这个患难兄弟了。"

"贾老道长是很念旧的人。"陈平安笑呵呵道,"崔东山打算把贾老道长拉拢到青萍剑宗,加入掌律谱牒一脉,专门负责传授弟子那些外出游历的江湖讲究和人情世故。"

陈灵均闻言立即急眼了,觉得必须跟自家老爷来一番冒死谏言了:"老爷,贾老哥可不能被大白鹅挖墙脚了啊!大白鹅没完没了,无法无天!得管管,真得敲打敲打了!再说了,贾老哥要是去了那边,更换谱牒,赵登高和田酒儿不得跟着去啊!咱们落魄山好歹是上宗,如今谱牒成员的人数就已经输给下宗一大截了!老爷,事先说好,可不是我以己度人啊,我就是觉得凭大白鹅那德行,以后带着下宗来咱们上宗参加议事,肯定会故意带好多人一起,浩浩荡荡走上霁色峰,非得跟咱们抖搂排场呢。"

陈平安笑着点头:"是崔东山做得出来的事情。"

陈灵均说道:"要是真有这么一天,反正我肯定会被气得不轻。"

陈平安转头望向陈暖树和周米粒,笑问道:"你们觉得呢?"

周米粒皱着眉头,拽了拽棉布包的绳子,点点头又摇摇头:"没有景清那么生气……吧?"虽然生气肯定是要生气的。

陈暖树柔声道:"老爷,如今咱们山上就冷清许多了。"

听听,"咱们"。陈灵均竖起大拇指,笨丫头难得说句聪明话。

就像进行了一场内部小山头的祖师堂议事,陈平安见他们仨都意见一致,点头道:"放心吧,我有数了。"

来到骑龙巷,走下台阶,先去了草头铺子。崔花生已经离开这里,登上风鸢渡船,很快就是青萍剑宗的谱牒成员了。只剩下赵登高和田酒儿当店铺伙计,见着了大驾光临的山主,是同门更像兄妹的两人都立即与陈平安行礼。陈平安看了眼田酒儿的脸色,放下心来,点点头,与他们聊了几句,象征性地翻看了账簿,走个过场,再去隔壁的压岁铺子。笒筤已经搬去拜剑台了,除了需要给弟子姚小妍传授道法,现在还多了个编谱官的身份,每天都会去落魄山门口守株待兔,等着客人登门,记录在册。

在维持小镇旧习俗"一线不坠"以及引入新风俗这一块,贾晟是立下不小功劳,有过很大贡献的。前些年,小镇的红白喜事,不管贫富,只要有街坊邻居邀请,贾晟几乎都会到场帮忙,从头到尾,事事极有章法,久而久之,人人都知道骑龙巷出了个贾道长、老仙师。贾晟的名气越来越大,就连州城那边都喜欢喊贾老神仙过去镇场子,操办各种红白喜事。一来二去的,贾晟有无登门,就成了处州城比拼家门声望的一个标杆。何况贾晟不求财,家底殷实的富裕门户给个大红包,照收不误,贫寒困苦之家,老神仙只是吃顿饭,喝个小酒,也从无半句怨言,之后再有邀请,老神仙一样愿意登门。

每到年关,州城那边还会有人专门赶来骑龙巷与老神仙请教燃放爆竹相关事宜,免得误了迎新吉时。

正是贾晟的解释缘由和带头作为,使得槐黄县和处州城这些年逐渐有了个新习俗,因为才知道原来二月二还是土地神诞辰,按照老神仙的说法,传闻外乡民间早有祭社习俗。在老百姓心目中,各路山水神灵和州郡城隍老爷们虽说神通广大,庇护一方风土,可脾气难免有好有坏,而且往往庙宇深沉,大殿内供奉的金身神像高大威严,容易让人望而生畏。那么,作为福德正神却官品最低的土地公就是最让老百姓喜闻乐见的亲民官了。因为土地庙多与民居杂处,甚至有些土地庙就只是路边凿个石像而已。于是,在贾晟的带领下,信这些的人家就养成了这天为土地公暖寿的习惯:与纸钱铺置办衣物、车马和宅子,抬到土地庙烧香祭祀,敲锣鼓,放鞭炮,很是热闹。

压岁铺子里,石柔和周俊臣也在吃龙须面,而且还是小哑巴下的厨。石柔邀请他们落座,陈平安也不客气,就多吃了一碗。

返回落魄山后,各忙各的。陈暖树要洒扫庭院,周米粒要和陈灵均一起巡山。仙尉坐在门口的竹椅上,说大风兄还没起床呢,陈平安就去宅子外敲门。睡眼惺忪的汉子打开门,弯腰扒拉着靴子,跟山主抱怨不已,说好不容易做了个好梦,今晚续不续得上都难说了。陈平安没理会,带着他来到山顶。

集灵峰要高出天都峰许多,凭栏远眺,能够望见东边炊烟袅袅的小镇。他们一起看着小镇,只是一个看小镇旧学塾,一个看杨家药铺后院。

郑大风扯了扯领口,轻轻叹息。

天下伤心处,劳劳送客亭。如今小镇熟人没几个了,就连黄二娘的酒铺都搬去了州城,多半是为了她儿子求学方便。

郑大风问道:"听说你打算去当个开馆蒙学的先生?"

陈平安笑着点头:"已经找好地方了,现在连靠山都有了。"

郑大风好奇问道:"靠山?何方神圣?"

陈平安说道:"洪州南边的郓州地界,水神高酿刚从白鹄江上游的积香庙搬过去。"

郑大风哑然失笑:听说过这位河神老爷的鼎鼎大名,简直就是如雷贯耳,一身凛凛铁骨担道义,死道友不死贫道嘛。他又揉了揉下巴:听说铁券河下游的白鹄江那位水神娘娘在山上可是有个"美人蕉"的绰号,仰慕已久。

陈平安说道:"龙尾溪陈氏聘请的那拨夫子很快就要离开槐黄县城了,以后的学塾夫子就只能通过县教谕选人聘任了。"

郑大风斜靠栏杆,懒洋洋道:"说实话,我要是那些都算名动一国的硕儒,跑来给一帮孩子开蒙教写字,也会觉得憋屈。也就是龙尾溪陈氏开价足够高,除了每个月有一大笔俸禄,陈氏家藏的善本还年年送,不然谁乐意来,确实太大材小用了。关键是这么些年传道授业,教来教去,都没能教出个进士老爷。"

估计龙尾溪陈氏如此卖力,除了看好大骊朝廷,必须与大骊宋氏示好,也有一份私心,希冀着自家学塾里边能够冒出几个类似陈平安、马苦玄和赵繇这样的人物。哪怕不说有两人,只要有这么一个差不多际遇和成就的,龙尾溪陈氏就算赚到了。

要知道,新学塾中一位老夫子是昔年宝瓶洲中部极负盛名的数国文坛宗主。这位皓首穷经的老夫子耗时七年之久,终于撰写出一部注疏名著,越一岁而刻成,春正月,是岁德星见于夜空,熠熠生辉,远胜往昔,以至于白昼可见此星。这可不是什么以讹传讹的传言,而是各国钦天监有目共睹的事实。

按照民间的说法,文昌帝君职掌人间文武爵禄科举之本。一些个文教底蕴不够的地方郡县,别说是考中进士,若有读书人中举,就会被当成是文昌星转世了。而明天,也就是二月初三,相传就是文昌君的诞辰日,故而不光是浩然九洲山下,以前的骊珠洞天,小镇的那座旧学塾,还有如今龙尾溪陈氏出钱出人创办的新乡塾,按照习俗,都在这一天收取蒙童,寓意美好,希冀着读书种子们能够抢先占鳌头。

只是如今学塾的夫子先生们又有了些繁文缛节的新规矩,教书先生们头戴冠,穿朱色深衣,带着刚刚入学的蒙童们一起徒步走向小镇外的文庙,先去祭拜至圣先师的挂像,然后被庙祝领着去往一间屋子,其内早就备好了笔墨,却不是黑墨,而是由衙署赠予的朱砂研磨而成,孩子们排队站好,夫子在他们眉心处一一提笔点朱。而后返回学塾,所谓开蒙描红,学塾先生教孩子们的第一个字,就是那个"人"字。

昔年蒙童在开笔写"人"字后,还会在那位齐先生的带领下离开学塾,一起去往老槐树,架梯子,在树上悬挂写满蒙童们不同心愿的红布。哪怕是长辈们教的一些类似财源广进,或是五谷丰登、六畜兴旺的俗气内容,齐先生也都会一丝不苟地将愿望写在长条红布上,再用红绳系挂在老槐树枝上。每有风过,红布拂动,便有窸窸窣窣的轻微声响,一个个来自蒙童的美好愿望如获回响,可能当年就能遂愿,可能要在来年。

在齐先生以前,在齐先生以后,都没有这个习俗。

人生在世,任你修道之人境界再高,终究都不是神灵,所以没有谁敢说一句,四生六道,三界十方,有感必孚,无求不应。

郑大风望向小镇主街,唏嘘不已:"那棵老槐树不该砍掉的,不然咱们这处州地界还会是个长长久久的天然聚宝盆,就算当年坠地生根,从洞天降格为福地了,只要槐树还在,那么青冥天下的五陵郡,不管是如今还是将来,都不能跟这儿比'人杰地灵'。齐先生不拦着,师父他老人家也不拦着,我就奇了怪了,都是怎么想的啊,就那么眼睁睁由着崔瀺做涸泽而渔的勾当,焚林而猎吗?"

陈平安说道:"可能是一场退而求其次的远古祭祀。"

郑大风说道:"所以我劝你别当什么国师,登船入局易,抽身而退难。"

陈平安笑道:"那我也劝你留在落魄山好了,到了仙都山,崔东山肯定会使唤你的,别听他之前说得如何天花乱坠,你只要去了那边,他就有法子让你忙这忙那。"

郑大风冷笑一声:"大丈夫恩怨分明,尤其是亲兄弟明算账。说好了是去那边看门而已,崔东山就别想着让我出工卖力。"

这个汉子有不少言语都被朱敛和陈灵均借用了去,比如"谁骗我的心,我就要谁的身;谁骗我的钱,我就砍谁的头"。也难怪魏檗会对郑大风佩服不已,除了模样不是那么端正,就没啥缺点了。

陈平安说道:"说真的,你没必要去桐叶洲。"

"行了,别劝了,你要是鳌鱼背的刘岛主,如此挽留,我留下也就留下了。你就是个大老爷们儿,烦不烦?就算你不烦,我也腻歪。"

郑大风打趣过后,沉默片刻,摇头正色道:"仙尉道长要是不当看门人,即便成为落魄山的谱牒修士,火候还是不对。"

陈平安能够一直忍着不将仙尉收入门庭,始终把仙尉放在"山脚"而非山上,等于是相互间只以道友相处。先前那份手稿的序文,开篇"道士仙尉"四个字,在郑大风看来,其实要比之后的内容更加惊心动魄。郑大风这么天不怕地不怕的,说句难听的,当时他看到这开篇四字,当场头皮发麻,也就好在他不是练气士,不然就要道心不稳了。

陈平安说道:"那我跟崔东山事先说好,你就是去做客的。"

郑大风突然转头盯着陈平安,沉声问道:"你怎么回事?"

陈平安苦笑道:"一言难尽。"

因为郑大风刚才敏锐发现一个细微古怪之处,陈平安在望向小镇旧学塾的时候,时不时皱眉,心情复杂,但是唯独少了一份陈平安最不该欠缺的情绪,就是伤感。郑大风不比常人,甚至在某些事情上要比小陌这样的飞升境大修士更能理解真相,所以才能一瞬间察觉到不对劲。

人之七情六欲,既可被后世修道之士分割,好似那上古时代推行的井田制,通过路与渠将修士心田交错划开成一块块。事实上,后世山上的仙府,山下的宅屋,城池内的坊市,地理上的山与水,陆地与海,天时的一年四季,再细分为二十四节气,广义上何尝不是如此作为?

练气士如此作为,等于将杂草丛生的情感做了一个最直接彻底的归拢和区分,这才有了真正意义上的"心为百骸之神主",继而奠定了"人灵于万物,心主于百骸"的事实。有此成为人间共识,练气士将那些耽误修心的情感一一剥离出来,因为变荒原作田地了,练气士就可以只在关键洞府内精耕细作,再来区分稻谷与稗草就要简单多了。最终将此举作为一条越过重重心关,用以证道长生的捷径。而在远古岁月里,人间地仙想要维持本性,又可以将一种种情感抽丝剥茧再归拢起来,只是先如扫地一般,再将落叶尘土倒入屋内,并不会出门丢弃,因为皆可作为游走在光阴长河中的压舱石。

许多问题,是郑大风在年少时就有疑惑,青年时去百般求证,壮年时犹然一知半解的,但是比起任何一个小镇本土人氏,即便加上那些福禄街和桃叶巷的练气士,郑大风都算当得起"心灵内秀"一说了。只说下围棋,郑大风的棋力甚至要在朱敛和魏檗之上,虽说这跟朱敛只将对弈手谈视为小道,从来不愿多花心思有关,但是换个所谓国手的棋待诏去与老厨子下下看?

郑大风无奈道:"就这么喜欢自讨苦吃吗? 真是江山易改禀性难移,服了你了,换个人,我就要说一句狗改不了吃屎,活该劳心劳力又耗神,反正是自作自受,怨不着别人。"

陈平安应该是将几种情感剥离出来了,至于具体是几种,以及用意如何,郑大风就不多问了。家家有本难念的经,当一个人关起心门来,宛如闭关锁国,隔绝天地。难怪陈平安如今还停滞在元婴境。

陈平安双手互相抵住掌心轻轻搓动,笑道:"我这条修道之路,路子当然是野了点,不过此中滋味绝佳,也不只是自寻烦恼的庸人自扰,至于如何回甘,不足为外人道也。"

良时如飞鸟,回掌成故事。

郑大风贼兮兮笑道:"听魏檗说,高君在披云山逛过了山君府诸司,突然改变主意,打算在这边多待几天。"

陈平安道:"晒被子有屁用,她一个女子,会愿意跟你和仙尉住一起? 想什么呢?"

高君不愿离开,打定主意要多观察福地之外的广袤天地,好像就跟裴钱当年去乡塾上学差不多,能拖几天是几天。

听老厨子说,裴钱第一次下山去小镇学塾,其实就是在外边疯玩了一天,然后假装一瘸一拐返回落魄山,说崴脚了。要不是朱敛祭出杀手锏,说要给她师父通风报信,估计裴钱还能磨磨蹭蹭许久才去学塾。即便如此,裴钱哪怕不情不愿去了学塾,最早几天,朱敛为了不让裴钱翘课,一老一小很是斗智斗勇。

群山绵延,桃红柳绿里,山客看云脚,家童扫落花。

小镇那边,春光融融日,燕子衔泥,往返于田间屋舍。

陈平安以心声说道:"你那个师兄,如果是同一人,那么根据避暑行宫秘档的记载,他的真名叫燕国。"

郑大风笑了笑:"谢师兄怎么是这么个姓氏,取了这么个名字。"

燕者,小鸟也。但是按照篆文古"燕"字,从"鸟"从"乙",盖得天地巨灵者。

郑大风转过身,背靠栏杆,望向那座原本是山神庙的山顶殿阁,说道:"听说林守一在闭关?"

陈平安点点头:"闭关之前,林守一寄来一封密信,信上其实就只有一句话,'明年正月里可以去采伐院拜年'。"

郑大风笑道："那你岂不是松了一大口气？这个朋友，不会只是因为父辈的恩怨而绝交。"

陈平安从袖中摸出两壶酒，给郑大风递过去一壶："说是如释重负，一点不夸张。"

之所以没有去拜年，当然不是怕碰壁吃闭门羹，只是陈平安总觉得以林守一的风格，信上说"可以"，就是"不必"的暗示。毕竟林守一虽然从小就心思细腻，却不是那种喜欢拐弯抹角的人，要么不说话，只要开口，就会直截了当。所以按照林守一的一贯作风，如果真想自己去跟他父亲拜年，信上多半会用"务必"二字。再加上想着以林守一的修道资质，极有可能在正月里就会出关，陈平安到时候再回信询问一句，不承想林守一至今还没有出关。

郑大风却没有喝酒，只是摇晃着酒壶，冷不丁说了一句让陈平安呆若木鸡的言语："那你知不知道，其实林守一就曾差点是那个'一'？"

陈平安喝了口酒。

郑大风笑道："是不是觉得李槐更像？"

陈平安摇摇头："我反而一开始就觉得李槐最不像。"

"说明你很早就比我更懂老头子。"郑大风点点头，"师父哪里舍得让李槐当个什么'一'，就想那个小兔崽子一辈子无忧无虑的，只需要偶尔灵光乍现，过安稳日子就行。

"也别觉得自己抢了什么，林守一最终未能守住这个'一'，对他来说，才是最好的命运，不然他如今估计已经被某个登天而去的家伙给吃掉了。你要是不信，可以寻个机会找到林守一亲自问问看，他给出的答案，肯定是语气淡然且道心坚定的。我倒是觉得林守一从小就是个'道士'和'书生'，所以未来成就会很高。

"反正从结果倒推回去，当年崔瀺肯定是最早通过本命瓷察觉到一丝苗头的那个人，所以当年他立即赶来骊珠洞天，亲自给林守一取了这么个名字，再邀请只是窑务督造署佐官之一的林正诚担任阍者。当然，这种事情，林守一生下来就占据先手，靠外力和人力是绝对做不成的，只能通过骊珠洞天内部的一次次加减。这一世的林守一，等于是完全靠着自己一次次前世和转世的本事累加，才投了这么个好胎，故而他与你就是两个极端。看遍骊珠洞天的光阴长河，你陈平安，还有很多小镇本土出身的凡夫俗子，相对而言，实在是太没有出奇之处了，尤其是等到你的本命瓷经过勘验是那地仙资质，再被打碎，就更不是你了，在这件事上，师父当年都是认定了的。准确说来，师父大概是早早就把你当作'一个人'看待了。

"但是崔瀺的心思诡谲，故意用'林守一'这个名字搅乱了天机。不光是我，连同师父他老人家在内都没有想明白崔瀺的用心。在我去往五彩天下之前，是与师父单独聊过此事的，师父也摇头说看不清楚，自始至终都不知道崔瀺到底是希望早早有了个'一'雏形的林守一，未来到底是成为那个'一'，还是不希望他获得如此造化。陈平安，你应该听说过一句老话吧？一个人如果大致确定是好命了，就别随便让人算命，会越算越薄的。可要说崔瀺只是通过给'林守一'取名一事来断定他本意是促成抑或拦阻，好像都没有答案，总觉得怎么猜都是相反的结果。可若是先猜了再觉得答案反着来却又是错，这兴许就是崔瀺真正厉害的地方了。

"昔年骊珠洞天人人皆是'一'，气运之流转无关善恶，跟是不是修道之人更没有半点关系，只在于一个人与人之间的相互认可与否定，谁认可谁，被认可之人就增添几分，被谁否定，就减少几分。如此说来，无论是从表面上看，还是以山上修士的眼光看待人心，你这个泥瓶巷的扫把星是不是最不应该成为'一'才对？陈平安，错了，大错特错，因为你还是不够知晓人心深处的真正光景。真正的喜恶，其实从来不在脸上，甚至都不在我们心里，至于到底存在哪里，这个问题就很深远了，要比心声何来、谁言心声，以及人与记忆的关系、到底是谁在牵引念头、一切有灵众生的魂魄是否共同起源于一片水之类的问题更加复杂。"

郑大风说得口干舌燥，打开酒壶，仰头饮酒，抹了抹嘴，忍不住气笑道："就拿董水井的糯米酒酿打发我?!"

陈平安笑道："你要是留在落魄山，我就算是抢，也给你抢回来几坛百花酿。"

郑大风眼睛一亮，啧啧称奇道："百花福地的上古贡品百花酿?"

陈平安点头道："识货!"

郑大风说道："不都说早就不再酿造了吗？好像难度不是一般大啊。"

"诚"字当头的陈平安斩钉截铁道："否则怎么显出我的诚意呢?"

古语有云，夫闲，清福也。既然闲着也是闲着，闲着就是一种享清福，刘羡阳就带着化名余倩月的圆脸姑娘游历了一趟宝瓶洲最北边，优哉游哉。

他们沿着漫长的海岸线逛荡了一圈，刘羡阳每天赶海，带着锅碗瓢盆，一锅海鲜乱炖，吃得都忘了河鲜是啥滋味了。

每当刘羡阳停步休歇，打盹的时候，赊月就在一旁安安静静坐着。

等到刘羡阳返回宗门山头，发现阮铁匠还在闭门铸剑，师弟谢灵则是正儿八经闭关了，听说是要彻底炼化当年白玉京三掌教赠予他的七彩琉璃宝塔。那可是件有钱都买不着的重宝，半尺高，九层，每一层的四个面皆悬挂匾额，故而总计三十六块。刘羡阳羡慕得很，忍不住长吁短叹："有个好祖宗真是好哇。"

赊月不搭话，只是惦念着龙须河那边的鸭子有无成群。

刘羡阳还在那儿自怨自艾，说自己投胎的本事不如这个谢师弟，不然如今别说仙人境，随便捞个飞升境都不在话下。

一旁的董谷对此早就习以为常了，反正是关起门来的自家话，丢人丢不到外边去。

况且刘羡阳虽然说得酸溜溜，也算事实，谢师弟在修行路上确实机缘绝好，就像刘羡阳说的，这要归功于桃叶巷谢家的族谱上边出了个大人物，正是俱芦洲的天君谢实。上次谢实返回家乡，谢灵这小子等于凭空多出一个从族谱里边走出的活生生的老祖宗。

按照陆沉那会儿的说法，这座小塔可以镇压世间所有上五境之下的邪魔外道、阴灵鬼物，"勉强能算"一件半仙兵。谢灵当时深信不疑，老祖宗谢实欲言又止，终于还是没有泄露天机。等到谢灵年纪渐长，修行境界越来越高，才惊骇发现一直未能大炼为本命物的琉璃宝塔根本就是一件货真价实的仙兵至宝。

谢灵之所以能够在剑修之外同时兼修且精通符箓和阵法，就源于他对这座琉璃宝塔的潜心钻研。有人曾经评价过这件重宝，言简意赅，只有一句话：此物是一条完整道脉。言下之意，谢灵单凭此物，除了不耽误修行的渐次登高，更是完全可以开宗立派的。

又跟董谷随便掰扯了几句，刘羡阳终于舍得吐掉嘴里的那根甘草，站起身，让董师兄跟徐师姐打声招呼，再过半个时辰，一起去祖山吃顿饭，他这个当宗主的，要礼贤下士，亲自下厨。

董谷作为龙泉剑宗的开山大弟子，是元婴境。不过因为董谷是妖族精怪出身，又非剑修，所以对于刘羡阳能够担任第二任宗主，他这个大师兄内心深处反而如释重负。

徐小桥如今还是金丹境剑修，只是受限于修道资质，不出意外的话，她这辈子将会止步于元婴境。她对这个类似盖棺论定的评价始终深信不疑，却谈不上如何失落。反正同门中有刘羡阳和谢灵这两个大道成就一定会很高的天才师弟，再加上师父阮邛从不在弟子境界上苛求什么，徐小桥在龙泉剑宗的日子其实过得既充裕又闲适。

联袂御风途中，后知后觉的赊月随口问道："那个谢灵在炼化什么来着？"

刘羡阳笑道："一件仙兵品秩的琉璃宝塔。"

他再补了一句："是某个被我掀翻摊子的家伙送给谢师弟的。"

赊月转头瞥了眼一座山头，点头说道："是蛮值钱的。"

刘羡阳又开始言语泛酸："我辈剑修，此等身外物算个啥……他娘的，当然算个啥啊！只要谢师弟愿意割爱，我就给他磕几个头好了。"

赊月疑惑道："你就这么想要仙兵？"

在她看来，刘羡阳是最不需要什么仙兵的那种奇怪剑修。

刘羡阳愣了愣："干吗？你有啊？"

赊月点头道："蛮荒天下是个什么风气，你又不是不懂，既然都出门了，当然就把家当都揣在身上了，所以兜里有那么几件，既然你这么想要，挑两件顺眼的拿去炼化？"

刘羡阳咧嘴一笑，伸手轻拍自己的脸颊："说啥呢，我又不是陈平安，长得像是那种吃软饭的人吗？"

赊月翻了个白眼。

到了祖山,刘羡阳果真系上围裙开始下厨,赊月熟门熟路地在旁帮忙。

刘羡阳突然转头说道:"倩月啊,先前可能是我没把那句话说明白。陈平安只是长得像个吃软饭的,我不是像,我就是啊。"

赊月一记手刀狠狠劈柴,再随手丢到灶台边,没好气道:"过时不候。"

她一听到那位年轻隐官的名字就倍感郁闷,心情不太好。

刘羡阳笑道:"别郁闷了,回头我当着你的面把他套麻袋里打一顿。"

赊月扯了扯嘴角:"他不敢拿你怎么样,那么记仇,我咋办?"

刘羡阳觉得是得找个机会跟这位余姑娘打开天窗说亮话了,不过自己得先喝酒壮壮胆,大概所有真心喜欢谁的人都是胆小鬼吧。

刘羡阳说道:"你之前逛州城,见过那个少年吗?"

赊月摇摇头。

原来方才刘羡阳从董师兄那边得知一事:处州城有个家道中落的寒酸少年名叫李深源,怀揣一颗品秩不低的蛇胆石,竟然独自从处州一路徒步穿过禺、洪等州,走到了位于大骊京畿之地的旧北岳附近,等走到龙泉剑宗的山门口时,已经跟乞丐差不多了。他是想要送出那颗蛇胆石,凭此作为敲门砖,成为一名龙泉剑宗弟子。而且他指名道姓,要与如今道场位于煮海峰的徐小桥拜师学艺,即便无法成为这位女剑仙的嫡传弟子,暂时当个外门弟子都可以。

煮海峰不在骊珠洞天西边群山之列,是大骊旧北岳地界原有的一座山峰,旧名铸山,只是划拨给龙泉剑宗,就改了个名字。

听说那少年祖祖辈辈是小镇人氏,祖宅就在二郎巷。后来家中长辈卖了祖宅,得了一大笔金银,在州城同一条街上与官府交割地契,换取数座相邻的崭新大宅子。家族早先还极有远见,同时购买了不少城外良田,照理说这样的优渥境遇,稍微老实安分一点,经过一两代人的经营,不管是成为书香门第还是花钱走门路求个先富再贵,都是不难的。只是再大的家业抵不过一个"赌"字,而且一家之内还出了两个赌鬼。想要在赌桌上赢钱,自古不靠赌术,就只能靠坐庄和出老千了。其实很多从小镇搬去州城的家族,至少有三成都把一份厚实家业败在了赌桌上。

这个李深源也不硬闯山门,更不废话半句,只是在附近山野搭了个草棚子,活得跟个野人差不多,每次露面就是蹲在山门口等消息,希冀着龙泉剑宗能够准许他上山。

同门几个碰头,既然阮铁匠还在闷头打铁,当然就是刘羡阳这个新任宗主当家做主了,咫尺物里带了好些海鲜回来。

董谷和徐小桥踩着饭点赶来,看见刘羡阳一屁股坐在师父的主桌位置也没说什么,估计就算师父这会儿露面,刘羡阳都有脸跟师父坐在一条长凳上吃饭。

同桌吃了顿家常饭,这是龙泉剑宗的传统了,讨论天大的事情,都只是在饭桌上聊几句。真应了那句老话:天大地大,吃饭最大。哪怕是当初刘羡阳继任宗主一事,也是桌上聊出来的,阮邛说了,刘羡阳没拒绝,董谷、谢灵几个都赞成,就算定下来了。

今天饭桌上无非是多出个赊月,而且她也不算什么外人。

刘羡阳举杯跟董谷磕碰一下,问道:"谢灵要是成功炼化那件宝贝,再出关,会不会就是玉璞境了?"

董谷抿了一口酒,夹了一筷子,说道:"不清楚。"

徐小桥却是点点头:"闭关之前,谢师弟就是这么跟我说的。谢师弟说话一向稳重,他既然这么说了,那就八九不离十。"

刘羡阳转头望向董谷:"董师兄,谢灵没跟你说?"

董谷摇摇头。

刘羡阳再笑嘻嘻转头望向徐小桥,徐小桥猜出他要胡扯些什么,抢先说道:"劝你别讨骂。"

"师姐懂我。"

刘羡阳哈哈笑道,揉了揉下巴:"咱家这长眉儿了不得,了不得啊。阮铁匠真是走大运捡到宝了,长眉儿如今就位居宝瓶洲年轻十人前列,再等他成为玉璞,岂不是跟我这个宗主平起平坐了?等这小子出关,我就得好好劝劝阮铁匠,既然都不是宗主了,那就别端那啥师父架子了,下次一起吃饭,动筷子之前,得主动给谢灵敬几杯酒。"

董谷根本不搭话,徐小桥也只当刘羡阳在放屁。

偌大一座宝瓶洲,敢这么拿阮邛开涮的人真心不多,说不定就只有刘羡阳一个。

一来,阮邛在龙泉剑宗的"娘家"风雪庙时就是与世无争的散淡性子,埋头铸剑多年,持身正派,有口皆碑。早年如风雷园李抟景那般桀骜不驯的剑修连作为一州山上领袖的神诰宗都瞧不上,但是聊起铸剑师阮邛,却难得有几句入他法眼的好话。

二来,阮邛是骊珠洞天最后一任坐镇圣人,又受邀成为大骊首席供奉,偶尔几次参加京城御书房议事,不说皇帝陛下,连同魏檗、晋青在内的大岳山君,都对阮邛极为礼重。那位化名曹溶的道门天君,作为陆沉嫡传弟子、俱芦洲贺小凉的师兄,曾经现身大骊京城,传闻也就只是与阮邛这个闷葫芦聊了几句。

何况如今名动一洲的自家弟子刘羡阳也好,那位"墙里开花墙外香"的年轻隐官也罢,好像双方年少时分别曾是龙须河畔铁匠铺子的长工和打杂短工。更有小道消息,这位落魄山的陈隐官在未发迹之前,因为寄人篱下的缘故,只要见到那个沉默寡言的阮邛,就会跟老鼠见到猫一样。

故而如今宝瓶洲大渎以南的山上又有些只敢在私底下说几句的传言:龙泉剑宗之所以搬离州,只因为那个陈隐官是睚眦必报的性格,当年在铁匠铺丢的面子,如今都要找回场子,大骊皇帝陛下因此焦头烂额,无法调节双方矛盾,只得让龙泉剑宗退让一步,再让阮邛卸任宗主之位,由陈隐官的年少挚友刘羡阳继任,才打消了陈平安积攒多年的满腔愤懑,不至于与阮邛彻底撕破脸皮,两败俱伤……

所以某人前不久在与前辈宋雨烧一起北归游历途中,专程抽身找到那几个传播这类说法,或是在山水邸报上故意旁敲侧击的仙府门派,去他们的祖师堂,或是那几位山主、掌门的修道之地,喝了喝茶、谈了谈心、讲了讲道理,宾主尽欢,气氛融洽。

刘羡阳有些奇怪:"这个一根筋的孩子怎么舍近求远来咱们这边混饭吃,陈平安的落魄山不是更近?"

董谷说道:"估计是因为落魄山对外宣称封山。"

刘羡阳问道:"那少年有机会上山修行吗?"

山上山下的仙凡之别,两者界限之分明,不亚于幽明殊途,人鬼之分。

徐小桥说道:"勉强可以修行,只是资质实在一般,即便领上山了,能不能跻身中五境都得看以后的造化。"

言下之意,少年就算加入龙泉剑宗,未来的修行路上,若无大机缘,可能这辈子都到不了洞府境。

董谷犹豫了一下,还是没有多说什么。徐小桥有此说,还是因为她早年学来了一门辨识根骨的独门秘术,这就意味着那个名叫李深源的少年资质不是一般的"一般",若是去了别处仙府,别说是那种高不成低不就的鸡肋,恐怕在那些勘验根骨的仙师眼中,连鸡肋都称不上,肯定会被拒之门外。而徐小桥的这门秘术,对于任何一个山上门派而言,都是梦寐以求的手段,长远来看,不输任何一件镇山之宝。

刘羡阳问道:"他的心性如何?"

能不能进龙泉剑宗,在阮铁匠手上就有一条不成文的规矩,首先看人品与心性,再看资质好坏,前者不行,天赋再好,龙泉剑宗也不收。

董谷说道:"犟,认死理,肯吃苦,就是悟性差了点,真要上山修行,确实很勉强。"

刘羡阳顿时乐了:"岂不是很像某人少年时。"

徐小桥欲言又止,忍了忍,想想还是算了。也就你敢这么评价落魄山陈山主了。

刘羡阳说道:"徐师姐,你就收下吧,先让李深源当个不记名弟子好了。"

徐小桥点点头。

董谷问道:"那颗蛇胆石咱们收不收?"

刘羡阳笑道:"收,为何不收?"

法不轻传,在山上,从来不是一句轻飘飘的空话。毕竟世间规矩,从来不是为一小撮特例而设置的。

"家里人拴紧裤腰带送去学塾读书的孩子,相比那些家族从指甲缝里抠出点钱财就能上学的孩子,估计读书会更用心点。"刘羡阳笑了笑,"自个儿花真金白银买来的一个外门弟子,比起外人白送给他的一个煮海峰嫡传弟子,时日一久,你们觉得哪个在少年心中的分量更重?反正我觉得是前者。至于那颗蛇胆石,留在财库里就是了,将来李深源若能成功跻身洞府境,再以贺礼的名义赠予他,就当是兜兜转转,物归原主。"

董谷点头道:"如此做事,十分老到了。"

徐小桥也由衷附和道:"总算有点宗主风范了。"

刘羡阳一拍桌子:"把'总算'和'有点'以及'了',都去掉!"

徐小桥呵呵一笑。这位师姐用疑问语气说了"宗主风范"那四个字。

刘羡阳无奈道:"我这个宗主真是当得糟心!再见到阮铁匠,再等谢灵出关,老子非要卸任宗主一职不可,再让长眉儿当几天宗主再卸任,头把交椅交给董师兄或者徐小桥来坐,传出去也是一桩千古美谈。一座宗门,不到三十年就更换了四任宗主,谁能跟咱们龙泉剑宗比这个?"

门外走来一个面无表情的汉子,董谷和徐小桥立即站起身喊了声师父。

刘羡阳笑容灿烂,赶紧让赊月去添副碗筷,自己则站起身给师父他老人家挪个地方,觉得还是不够尊师重道,就大步跨出门去,搓手道:"师父,咋个不打铁了,都不与弟子打声招呼呢?你瞧瞧,桌上这些菜的口味偏辣,只照顾到了董师兄跟徐师姐,而且全是海鲜,师父吃得惯吗?要是吃不惯,我这就下厨烧两个拿手的下酒菜……"

阮邛一言不发,坐在主位上边。赊月拿来碗筷轻轻放在他手边,他点头致意,脸色终于好转几分。

徐小桥也已经去拿来一坛酒和几只白碗,给所有人都倒了一碗。师父不好什么仙家酒酿,只喝市井土烧。

阮邛端起酒碗抿了一口,拿起筷子,习惯性轻轻一戳桌面,再开始夹菜。董谷和徐小桥这才敢跟着端碗喝过一口酒,再去拿起筷子。反观刘羡阳,已经开始给师父夹菜了,很快阮邛那碗米饭上就堆满了菜。

阮邛说道:"朝廷希望我去一趟京城,再陪着算是微服私访的皇帝陛下走一趟洪州豫章郡。"

刘羡阳笑道:"既然陛下是微服私访,又不是那种大张旗鼓的出巡,费这么大劲做啥?师父不愿意去京城就拉倒,要是想出门散心,就直接去豫章郡嘛。要是觉得这么做有点不给陛下和朝廷面子,就换我去。"

阮邛摇头道:"信上说得比较直接,必须是我去。"

刘羡阳皱眉道:"豫章郡除了出产大木,私自砍伐一事朝廷屡禁不止,这才新设了个采伐院,此外唯一拿得出手的就是当今太后的祖籍所在了,咋个就需要师父你亲自走一趟了?"

阮邛说道:"采伐院首任主官是刚刚从京城捷报处调过去的林正诚。"

刘羡阳问道："林守一他爹？"

阮邛点点头。

刘羡阳喝了口酒，说道："那就走一趟吧。"

阮邛说道："我只是通知你们有这么件事，没跟你们打商量。"

刘羡阳恼羞成怒道："阮铁匠，你扪心自问，我这个宗主当得憋不憋屈？"

阮邛根本不搭理他，只是转头望向赊月："余姑娘，什么时候跟刘羡阳结为道侣？"

赊月一向是个不在饭桌上亏待自己的，这会儿满嘴饭菜，腮帮鼓鼓，猛然抬头，一脸茫然。

阮邛喝完一碗酒，轻轻放下，说道："刘羡阳平时说话是不着调，人还是老实的，是个会过日子的男人，出过远门见过世面，也能收心，成亲了，他就更不会在男女事情上乱来。这些话，不是我当他师父才说的，余姑娘，你要是觉得刘羡阳值得托付，你们俩的婚事就别拖着了。"

赊月霎时间满脸通红，刘羡阳也好不到哪里去，耳朵、脖子都涨红了。董谷和徐小桥也是满脸笑意。

阮邛稍稍加重语气，却只是重复最后那句话的意思："别拖着。"

他这个给刘羡阳当师父的很赞成这门婚事，肯定不会拦着。

随后，阮邛也没有继续倒酒，只是吃完那碗饭就起身离去。

大概这次离开铸剑屋子，这个被刘羡阳称呼为铁匠的男人就是想要说这么件事。

徐小桥陪着赊月一起收拾过碗筷，董谷却说再跟刘羡阳多喝点。

云生满谷，月照长空，山中清涧水长流，反而游鱼停如定。

刘羡阳喝了个醉醺醺，董谷却是结结实实喝高了，一开始还摆大师兄的架子，劝刘羡阳好好跟余姑娘相处，千万莫要辜负了她，不然别说师父，他第一个饶不了刘羡阳，当了宗主又如何，就不认大师兄了吗？喝到后来，董谷就开始说胡话了，说自己对不住师父，千不该万不该，最不该当师父的开山大弟子，连累师父和宗门被人在背后说闲话。到最后，董谷脸上的眼泪已经比喝进肚子里的酒水更多了，刘羡阳只得坐在大师兄身边，耐心听他说这些翻来覆去的车轱辘话，再拦着一个劲找酒喝的大师兄。

徐小桥和赊月就没去屋子，一直待在院子里，听着酒桌上那两位的醉话酒话胡话，对视无言。

第十章
有限杯长少年

　　刘羡阳把董谷背回横檗峰后，这才晃晃悠悠御风返回自己的犹夷峰，独自蹲在崖畔，用喝酒来解酒。

　　赊月来到他身边，坐在一旁。至于那桩婚事，赊月其实没那么难为情，一开始就只是有点措手不及才会扭捏，她又不是不喜欢刘羡阳，没啥好矫情的。

　　犹夷峰虽然是旧北岳山头，却紧挨着从处州搬来的那座祖山，故而依稀可以听见神秀山那边阮邛打铁铸剑的声响，一锤下去，火星四溅，屋室亮如白昼。从犹夷峰望向祖山，忽明忽暗，就像神秀山悬了一盏风中灯火，为游子返乡指路。

　　横檗峰上，董谷很快就清醒过来，揉了揉太阳穴，察觉到屋外的那道熟悉气息。这位常年黑衣装束、青年模样的元婴境立即起床，推开门，喊了声"小桥"。

　　横檗峰是宗门财库及收藏珍宝的秘府所在，董谷跻身元婴境后，由于是山野精怪出身，修行一事就宽裕了，再加上徐小桥不擅长也不喜欢经营事务，董谷就勉为其难当起了一个门派的账房。其实龙泉剑宗支出极少，入账却多，董谷只需要将那些宝物和神仙钱记录在册即可，并不复杂。

　　徐小桥笑着点头，晃了晃手中的一串钥匙，解释道："睡不着觉，就来你这边的宝库过过眼瘾。"

　　董谷坐在台阶上，脑子还是有点晕乎，对于师妹的习惯并不陌生，否则也不会给徐小桥那串钥匙。

　　龙泉剑宗的宝库，珍奇物件极多，当得起"琳琅满目"的说法，步入其中，如入宝山，徐小桥时不时就去里边游览。

因为师父是王朝首席供奉，大骊朝廷会定时送来丰厚的俸禄。再加上宋氏用各种名头赏下的灵器、法宝，以及董谷都被蒙在鼓里的各种名目隐秘成，每年都有五六笔数目不小的神仙钱，每当董谷询问来历，朝廷和户部也只推说是按规矩行事，不肯多说半句。董谷在档案房却没能找到那些白纸黑字的相关契书，问过师父几次，想要知道是不是师父跟大骊宋氏的口头契约，师父却说记不得了，只管收下就是。再后来董谷就习惯了，感觉就是躺着收钱。同时，刘羡阳炼剑、谢灵一路破境都没动用财库家底，所以自家宗门是典型的钱多人少，没地方花钱。

徐小桥说道："正阳山的庚檩今年初私底下寄了一封信给师父？"

董谷点点头："主要是跟师父道歉，说自己当年因为年少无知才错过了一桩机缘，遗憾未能成为师父的亲传弟子，希望以后能够登门赔罪。师父就没搭理，没给庚檩正月里拜年的机会。当年我不太理解为何师父要把他们几个赶下山去，现在看来师父才是对的。他们资质虽好，可是品行不端，喜欢投机取巧，留在龙泉剑宗不是好事。金丹开峰，等于在山中自立门户，只会坏事。"

徐小桥叹了口气："就是可惜了柳玉。"

董谷搓了搓脸："约莫男女情爱一事是最没道理可讲的。"

只是这样的道理，董谷可不想亲身领教，嘴上说说别人就行了。

苦酒尚有回甘时，苦情却似无涯山海都填不满的无底洞。

正阳山雨脚峰峰主庚檩是金丹境剑修，琼枝峰峰主冷绮的嫡传弟子柳玉是龙门境剑修，本命飞剑荻花。这两个有望成为道侣的天才剑修都曾是在龙泉剑宗修行数年的暂不记名弟子，董谷、徐小桥他们几个都曾代师授业。

当年阮邛给庚檩几个留了很大的面子，让他们自行下山，转投别门，庚檩就跑去了那座"剑仙如云"的正阳山。原本可以留在神秀山的柳玉因为倾心庚檩，徐小桥挽留不成，还是跟着下山了。他们一个被秋令山陶烟波收为嫡传，一个被冷绮相中。上次刘羡阳大闹正阳山宗门典礼，庚檩和柳玉都曾现身问剑。刘羡阳对柳玉很客气，对庚檩就很不客气了，导致后者现在还是个山上笑话，有了个"一问剑就倒地装死"的说法。不过笑话归笑话，三十来岁的一峰之主和金丹剑仙也是真。

徐小桥没来由说道："亏得有刘羡阳在山上。"

董谷点点头，道："如果不是有刘宗主在，可能师父一年到头跟咱们几个都说不了几句话。"

用刘羡阳的说法，就是家有一老如有一宝，董谷几个别觉得师父不当宗主了就对他老人家不尊敬，虽说如今师父就是个白丁身份，可毕竟年纪摆在那里。

如果不是有刘羡阳这个活宝，龙泉剑宗会是一个很闷的山头。

徐小桥说道:"假设换成你我来当这个宗主,谢师弟肯定不会跟我们争什么,心里边是不服气的,还真就只有刘羡阳,方方面面都镇得住谢灵。"

先前婆娑洲陈氏有个擅长画龙的山上老前辈来看望多年好友阮邛,刘羡阳他们几个晚辈作陪。对方不过是出于礼节喊了声刘宗主,再说了句年轻有为的场面话,毕竟刘羡阳属于半个自家人,曾经在醇儒陈氏游学十年,只是以画龙精妙名动天下的老人常年在外云游,不曾见过刘羡阳。结果刘羡阳立即顺杆子来了一句"陈伯伯如何晓得我是玉璞境剑仙的",一下子就把见多识广的老人给整不会了。

犹夷峰崖畔,刘羡阳轻声问道:"余姑娘,知道陈平安为什么不去蛮荒天下吗?"

赊月疑惑道:"他不是已经去过一趟蛮荒腹地了吗?立下那么大的功劳,还有人觉得他的隐官头衔名不副实?"

甭管是怎么做成的,反正他都宰掉了一个飞升境蛮荒大妖,如果再加上仙篆城那个比较虚的飞升境,就是两个了。

刘羡阳笑着摇头:"至少文庙那边暂时没人这么觉得。而且你说的跟我问的是不一样的。"

赊月问道:"那么答案是什么呢?"

刘羡阳笑道:"我也想知道答案,回头问问看。"

赊月顿时眼睛一亮:这是要回一趟龙须河畔的剑铺了?

刘羡阳站起身,赊月雀跃道:"这就回啦?"

刘羡阳笑道:"不着急,我先去看看那个铁了心要跟徐师姐拜师的少年到底适不适合上山修行,若是一见投缘,我就要跟徐师姐抢徒弟了!"

赊月摆摆手:"那我就不去了。"

刘羡阳后退几步,挥动胳膊,蹦跳几下,一个箭步往前冲,跳出山崖,身形画出一道弧线。刘羡阳大喊大叫着坠向大地,回音袅袅,等到距离山谷只差丈余高度,蓦然出现一道璀璨剑光,如龙蛇蜿蜒于大地,还能听见刘羡阳那厮的一连串桀桀笑声。因为按照刘羡阳的说法,书上的反派角色都是这么笑的。再按照刘羡阳某些天马行空的设想,以后龙泉剑宗家大业大了,收取弟子一定要小心诸如二皇子、豪门世族私生子、背负着血海深仇的不起眼之人等等,以及看似修道资质平平,在师门饱受屈辱却隐忍不发的,太耗师门和长辈了,摊上一两个就要吃不消,容易被祭天,多年以后再被人敬酒上坟,热泪盈眶来一句"弟子终于大仇得报,师父泉下有知"……

赊月叹了口气,幼稚是真幼稚。

在那荒郊野岭,刘羡阳看着月色渐满寒酸门窗的草棚子,敲了敲门。

屋内少年睡眠极浅,立即警惕出声道:"谁?"

刘羡阳一板一眼道："世外高人云游至此,见小子你根骨清奇,适宜上山修道,打算送你一桩缘法。"

面黄肌瘦的少年打开门,一手绕后,凭借月光,看到门外站着一个浓眉大眼的年轻男人,说道："不必了,我已经是煮海峰徐仙子的不记名弟子了。"

刘羡阳笑了笑。真是张嘴就来啊,这就有点投缘了。

刘羡阳远游求学多年,后来龙泉剑宗建立,他从婆娑洲返回,也只是待在等于废弃不用的龙须河畔的铺子里,连槐黄县城去得都比较少,就更别谈处州城了。而这个少年,按照年纪,是在州城土生土长的,所以少年不认得眼前这位龙泉剑宗宗主实属正常。至于少年为何偏偏认得徐小桥,师姐,刘羡阳想着约莫是她在州城与董半城合伙开了个仙家客栈的缘故。徐师姐自己是不擅长操持买卖,但是擅长跟擅长挣钱的人往来,私房钱是有不少的,嫁妆不薄!

刘羡阳大步走入屋内,从袖中摸出一盏油灯,双指捻动,灯火微黄,照亮草屋。

李深源始终面朝这个不速之客。

刘羡阳环顾四周,真是家徒四壁,八面漏风,看着就有几分熟悉,转头笑着自我介绍："我叫刘羡阳,人没见过,名字肯定听说过吧,是龙泉剑宗的现任宗主,所以煮海峰徐小桥是我的师姐。"

身体紧绷的少年终于卸下心防,神色尴尬,因为绕在身后的那只手还握着一把柴刀。这趟出远门,相依为命的就是一个装了些厚重衣物的包裹,再就是这把用来防身和开路的柴刀了,至于家里卖古董换来的碎银子和铜钱,早就在路上用完了。其实在这趟出门之前,少年就已经偷偷离家出走过两次,但是都无功而返,苦头没少吃,不过攒了些经验,否则根本走不到龙泉剑宗。

屋内无桌无凳,刘羡阳就坐在床边笑问："你既然有颗蛇胆石,为何不卖了换钱?家里人欠下的赌债再多,应该都可以一次性偿还才对,估计还有不少盈余。找个买家是不愁的,不说董水井的客栈,就是直接去州郡衙署开价,他们也会收下,保证给你一个公道价格。"

李深源神色黯然,干瘦如柴的少年低头看着脚上的那双破败草鞋："我年纪太小,守不住钱财。爷爷偷偷留给我的这颗蛇胆石,不管跟谁换了再多的钱也留不住,只会被家里长辈拿去赌庄糟践了。"

刘羡阳问道："上过学塾,读过书吗?"

"回禀刘宗主,我很早就通过县府两试,是童生了。"李深源抬起头,枯黄消瘦的脸庞泛起几分笑意,"去年本该参加学政老爷主持的院试,但是没有廪生夫子愿意帮我作保,未能入泮成为秀才。"

刘羡阳点点头。说起来,自己和陈平安都没个功名在身,别说秀才了,如今连童生都不是。在儒家书院，他们两个也是连个贤人都捞不着，不愧是难兄难弟。

其实李深源没有说出全部的实话，他只是没能参加第二场覆试，而且之前的县府两考，他都是案首，只要继续参加院试，极有可能可以再次摘魁，这在科场就是读书人能够吹嘘一辈子的连中三小元了。

至于少年为何隐瞒事实，还是为尊者讳的缘故。一个家族里的亲人，往往好是一般好，人心涣散时，坏却有千般坏，有匪夷所思的腌臜心思和层出不穷的龌龊手段。李深源如今虚岁才十四，他出生的时候家族还算富裕，虽说是个快要被掏空的壳子，可瘦死的骆驼比马大，比起一般的殷实人家还是要好上许多。由俭入奢易，只需看几眼身边有钱人是如何过有钱日子的，一学就会；由奢入俭难，李深源的那个家族就是如此。几乎所有习惯了大手大脚的长辈这些年每天都在怨天尤人，不然就是想着捞偏门财，但是偏门财哪里是那么好挣的，被州城那些行家里手坑骗了很多次，甚至还有做局骗婚的，李深源的一个伯伯就落了个人财两空的下场。

刘羡阳笑道："你选择走出家门是对的，再不自救，不与家族做个切割，这辈子就算完蛋了。"

走投无路的少年笑容苦涩。他的想法很简单，只希望成为龙泉剑宗的记名弟子，再回去收拾那个烂摊子，否则他在家族里人微言轻，又是晚辈，所有道理都没有道理。

刘羡阳站起身："行了行了，别苦着张脸，随我上山去吧。"

李深源惊喜道："是徐仙子愿意收我为徒了？"

既然有了抢徒弟的心思，刘羡阳就开始使坏，给徐小桥下眼药了："她觉得你小子资质太差，关键又不是个剑修坯子，她却是一峰剑仙，开山弟子当然得是剑修，我在山上好说歹说才说服她这个宗门掌律准许你上山修行，所以不是去煮海峰，而是犹夷峰，先给一位德高望重又英俊潇洒且才情无双的大人物当个不记名弟子，至于能否登堂入室，侥幸成为此人的亲传，还得看你以后的造化。"

李深源有些失落，可毕竟不是那个最坏的结果，无须就这么打道回府。他跟着刘羡阳离开屋子，好奇问道："刘宗主，能否冒昧问一句，犹夷峰是哪位剑仙的道场？"

李深源之所以执意要与徐小桥拜师学艺，是因为曾经在州城街道上见过这位神色和蔼的仙师，觉得她是个好人。

刘羡阳将手中那盏油灯交给身边的少年，微笑道："远在天边，近在眼前。"

李深源手持油灯，停下脚步，呆滞无言，只是不忘伸长胳膊护住那盏灯火。

刘羡阳正色道："我会带你一路徒步去犹夷峰，山中风大，若是灯火灭了，就说明你我没有师徒缘分。"

李深源霎时间绷紧脸色，紧张得额头渗出汗水，立即解开衣衫，将那盏灯火护在衣衫内，以避山风。之后若是遇上迎头风，少年便在山路上倒退而走。

山中确实风大，经常可以见到枯松倒在涧壑间，风起波涛如舂撞。再加上犹夷峰不比山道俱是坦途的祖山，小路尤为曲折崎岖。刘羡阳当然走得闲庭信步，可怜少年就走得步履维艰。还有一些跨水道路，或是长满苔藓的狭窄石梁，不然就是一棵枯松作为独木桥，李深源行走其上，如履薄冰，如果不是学那志怪书上的访仙求道，一路徒步赶来龙泉剑宗，习惯了跋山涉水，否则别说行走时护住灯火不被山风吹灭，恐怕光是孑然一身登山都早就体力不支了。

刘羡阳在半山腰停步，让已经头晕目眩的少年略作休歇，养足精神再继续登高。

在这之前，刘羡阳脚步时快时慢，偶尔提醒几句身后少年注意呼吸的节奏。

此刻刘羡阳笑道："不用那么紧张，你已经走了大半路程。"

李深源嘴唇干裂，心情并不轻松，毕竟行百里者半九十。

刘羡阳双手负后，微笑道："世间无穷事，桌上有限杯。年年有新春，明年花更好。"

见少年不捧场，刘羡阳只得问道："你觉得如何？"

"刘宗主即兴吟诵的这首诗寓意很好，有那夫子自道的味道，就是……不押韵，不合诗律体格，而且有……檃括体的嫌疑。"

"评价得这么好，以后别评价了。"

之后两人继续登山，临近山顶时，李深源突然一脚打滑，摔倒在地，油灯也滚落在地，灯火熄灭。他呆呆地坐在地上，不知是心神疲惫至极还是措手不及的缘故，一时间都顾不得伤心。

刘羡阳蹲在一旁，笑道："事实证明，你与此峰确实没有缘分。"

李深源的跌倒和失手，当然是刘羡阳有意为之。

嗯，此峰名为煮海峰，自家犹夷峰在别的地儿。

李深源将那盏油灯默默捡起，用袖子仔细擦拭一番，递还给刘宗主。

一交出那盏油灯，少年霎时间就泪流满面了。这一路辛苦登山，少年护着那盏灯火，就像怀揣着一丝一缕的希望，灯火既灭，少年的希望就彻底没了。不同于先前走来龙泉剑宗被拒之门外，少年犹不认命，心有不甘，始终不愿意就此离去，今夜登山至此，是自己摔了油灯，少年就像终于认命了，而且再没有那么多的不甘。

山顶上一直在默默观察的徐小桥忍不住以心声与刘羡阳说道："刘宗主，这个嫡传弟子，我收了。"

都难得称呼刘羡阳为刘宗主了，她肯定很认真。刘羡阳却置若罔闻，将那盏灯再次交还给李深源，拍了拍少年肩头，微笑道："李深源，在你正式求道之前，要先明白一个理：人间仙凡皆有油尽灯枯之时，唯有心灯长明最是不朽，只需一粒灯火，就可以照耀千秋万古。何谓修道？此即修行。若是不信此理，你且回头看道路。"

李深源顺着刘羡阳手指的方向看去，只见山路间有一丝光亮，或笔直或回旋，渐高绵延至自己这边。与此同时,少年手中油灯蓦然重新亮起火光。

刘羡阳笑眯眯地道:"现在给你一个选择,是继续拜徐小桥为师呢,还是跟我去犹夷峰学道?"

少年的答案让刘羡阳会心一笑,却让徐小桥大为意外,李深源竟然还是决定在煮海峰修行。

刘羡阳笑道:"距离山巅就只有几步路了,自己走,徐师姐正等着你呢。你小子以后见我,不是喊师父,得喊宗主,可别后悔。对了,这盏油灯是古物,品秩不低,就当是我这个宗主的见面礼了。"

而后他化作一道剑光返回犹夷峰,赊月疑惑道:"干吗把弟子让给徐小桥?"

刘羡阳嘿嘿笑道:"其实走到一半我就后悔了。收个徒弟,就跟屁股后头多个拖油瓶差不多,劳心又劳力。再说了,与其被人喊师父,不如当个宗主师叔来得轻松惬意。"

赊月见他不愿说实话,也无所谓真相是什么了。

刘羡阳正色道:"我准备闭关了。"

赊月说道:"明早能一起吃饭不?"

刘羡阳笑道:"我尽量争取明年的明天咱们能一起吃顿早饭。"

赊月奇怪道:"打个瞌睡而已,需要这么久?"

刘羡阳点头道:"这次确实不太一样。我先前在梦里遇到了一个怪人,看不清对方的面容,如果没有猜错的话,他极有可能是远古天下十豪之一的那位不知名剑修。先前在一处古战场遗址碰头,他竟然察觉到了我的踪迹,只是我们没有聊天,对方估计是被我的炼剑资质给震惊到了,在收拾战场的时候就丢了个眼神给我,我是什么脑子,当时就心领神会了。"

说得轻巧,其实当时刘羡阳汗毛倒竖,对方只是一个凌厉眼神,刘羡阳差点就要被直接打退出自己的梦境。

赊月问道:"你心领神会啥了?"

刘羡阳说道:"这位前辈求我与他学剑嘛。"

赊月犹豫了一下,提醒道:"那个家伙好像在远古岁月里就是出了名的性格清高,脾气差,跟谁都不亲近的,你悠着点。"

刘羡阳笑呵呵道:"当年在骊珠洞天,要论长辈缘,我是独一份的好。"

赊月将信将疑:"能比陈隐官更好?"

刘羡阳一听就不开心了,抬起脚,摆了个金鸡独立的姿势,伸手拍了拍膝盖:"要是比这个,陈平安的本事,只到我这里。"

赊月就喜欢听这些,笑着点点头。

刘羡阳蹲下身,打算闭关之前跟余姑娘多聊几句闲天。

等到跻身仙人境,他与余姑娘就是名副其实的一双神仙眷侣了吧?

其实等到谢灵结束闭关成为玉璞境,龙泉剑宗就同时拥有三位剑仙了。再说,不还有余姑娘这位数座天下的年轻十人之一? 昔年陈平安在这个榜单上边只列第十一,就是个垫底货色。

赊月见他不着急闭关,就继续问:"阮师傅好像对自身破境没什么想法?"

尤其是刘羡阳跻身上五境和接任宗主后,阮邛就更不上心了。

刘羡阳笑得合不拢嘴:"阮铁匠资质没我好呗,玉璞境就到顶了。何况阮铁匠更喜欢铸剑,对修行本身不太感兴趣。"

赊月小声说道:"我听徐小桥说,阮师傅辞了两次首席供奉,皇帝都没答应。"

来自旧大霜王朝的道门天仙曹溶,出身俱芦洲骸骨滩的白骨剑客蒲襄,再加上那个自称来自倒悬山师刀房的女冠柳伯奇,这几位都是大骊宋氏极力拉拢却求而不得的供奉人选,他们等到战事落幕便都翩然离去,远游别洲。

想到这里,刘羡阳撇撇嘴。大骊朝廷未尝没有充实供奉实力、加深山上底蕴的打算,如果不是这几个奇人异士与宋集薪那个小骚包关系更亲近,宋和绝对会花更多的心思去挽留。其实刘羡阳跟宋集薪不对付很久了,一个嫌弃对方手无缚鸡之力,一个嫌弃对方穷酸粗鄙。

刘羡阳说道:"放心吧,宋和很会做人的,最少在他当皇帝的时候是绝对不会答应阮铁匠卸任首席供奉的。"

赊月感叹道:"蛮荒那边就没有这样的弯弯绕绕。"

刘羡阳说道:"等我出关,打算走一趟洪州,总觉得那边透着古怪。"

赊月点头道:"不都说那儿是上古十二位剑仙的羽化之地吗,你是剑修,要是心有感应,就对路了。而且我听说那边确实有些代代相传的古老习俗,很有'娱神遗老,永年之术'的意思,按照你们浩然天下的说法,最早的祭祀之法,在巫在祝,继而在史官,然后才是士大夫。况且自古有高山和巨木处,往往就是祭祀所在。"

犹豫了一下,赊月还是没有把某人扯进来,不然刘羡阳带上对方一起,如果真是奔着访幽探胜求宝而去,肯定把握更大,以某人的行事风格,见好就收,都能让天高三尺吧。

刘羡阳笑容灿烂。老话说娶妻娶贤,况且余姑娘何止是贤惠。

赊月突然说道:"刘羡阳,你真想好了?"

刘羡阳一头雾水:"想好什么?"

赊月瞪眼:"装傻吗? 我的身份,终究是藏不住的。"

她倒是无所谓,可刘羡阳毕竟是一宗之主,就像先前董谷因为那个心结,不就在酒桌上喝得两眼稀里哗啦的?

刘羡阳笑了笑:"余姑娘是怕外人说闲话吗?这有啥好担心的,谁让我不痛快,我就让谁不痛快。谁喜欢说闲话,刚好我又比较闲,有一个算一个,一个都不放过。所以你若只是因为担心我才担心这些,就更没必要了,咱俩都不担这个心。"

赊月小声说道:"你是半点不在意吗?"

刘羡阳咧嘴笑道:"我肯定是一一计较过了,再来不在意啊。"

赊月好像这才满意,圆圆脸上浮现小酒窝。

双手抱住后脑勺的刘羡阳想起一事,从袖中摸出一方印章,攥在手心,轻轻摩挲。

赊月知道那方印章是谁送给刘羡阳的。虽说刘羡阳常说年少事,其实她还是不太理解刘羡阳跟陈平安的关系怎么可以那么好,后者甚至愿意将前者视为兄长。她一直觉得年轻隐官那么聪明的人,是不太会愿意依赖他人的,尤其是认定的事情,就会格外坚决,道心不可移动丝毫。但是在刘羡阳这边,陈平安好像是很能听劝的。

最让她觉得没道理的一点是刘羡阳心比天宽,陈平安却心思幽深。一个什么都懒得多想半点,就算天塌下来都不耽误手头的事情;一个好像路边有一粒芝麻都要捡起来揣摩来历。都说朋友之间性格投缘才能关系长久,刘与陈却是截然相反的性格。

刘羡阳笑道:"是不是觉得很奇怪?"

赊月知道刘羡阳知道自己在想什么,点点头:"难道不奇怪吗?"

刘羡阳摇摇头:"其实不奇怪,因为他一直胆子最小,长不大嘛。"

少年安能长少年?陈平安能长少年。

小镇东门外不远有个驿站,是与槐黄县衙差不多时候建立的,官方名为如故驿,不过小镇百姓还是习惯称之为鸡鸣驿。

郑大风今天就一路逛荡到了鸡鸣驿,驿丞是小镇本土出身,早年是龙窑督造署的胥吏,挪个窝而已,反正都是不入流的品秩,从驿卒一步步做起,终于混了个一把手。他年轻时候跟郑大风是酒桌赌桌上的好兄弟,经常是郑大风押大他就押小,总能赢钱。两人再去黄二娘的铺子喝酒,反正又是郑大风赊账。这家伙凭此攒了不少媳妇本,据说近期都开始替他那个不成才的孙子谋个急递铺差事了。今儿见着了消失多年的郑大风,很是嘘寒问暖了一通,只是驿站官小事情多,两人叙旧的时候,常有携带公文袋的驿卒来花押、勘合,郑大风也不愿打搅这个公务繁忙的老兄弟,约好有空就一起喝酒。临行之前,郑大风冷不丁问一句:"你不是师兄吧?"驿丞愣了半天,问他说啥,郑大风连忙说没事,踱步走出驿站。都怪陈平安那家伙,连累自己都喜欢疑神疑鬼了。

郑大风这趟下山,除了驿站,就去了趟以前的神仙坟。因为今天是二月初三,郑大风就去了文庙那边,却没去主殿祭拜那些吃冷猪头肉的圣贤,而是拣选了一间偏殿,对着其中一尊神像,双手合掌,念念有词。汉子难得如此神色肃穆。

郑大风都懒得回自己那个位于小镇东门附近的黄泥屋子,连只母蚊子都没,想想就伤心。岔出驿路,寻个僻静处,郑大风悬好符剑,拈出一张遮掩身形的符箓,御风去往牛角渡。此符被郑大风取名为墙根劝架符,又名梁上君子符。汉子又是伤感叹息一声,只觉得这种宝贵符箓落在自己手里实在是大材小用,不务正业,屈才了啊。

牛角渡的包袱斋生意一般,郑大风双手负后,步入一间冷冷清清的铺子。

柜台后边的珠钗岛女修听见脚步声抬起头,看清来人后,白了一眼,立即低下头,自顾自翻书看。

郑大风斜靠柜台,笑眯眯道:"管清妹子,几年没见,长大了啊。"

最后几个字,汉子特别咬文嚼字。

名为管清的女子抬起头,就看到那家伙飞快偏移视线。她恼羞成怒道:"狗嘴里吐不出象牙的东西!"

郑大风唉了一声,嬉皮笑脸道:"咋个不说狗改不了吃屎呢,果然管清妹子还是淑女,骂人都不会,轻飘飘的,挠痒痒呢。"

管清瞪眼道:"姓郑的,警告你啊,有事说事,没事赶紧滚蛋。"

她实在是受够了这个自诩风流的家伙,满嘴土得掉渣、腻歪至极的所谓"情话",哪怕只是想一想就要起鸡皮疙瘩。陈先生那么个正经人,怎么找了个这么个不靠谱的家伙当落魄山的看门人?

郑大风轻轻捶打心口,咳嗽几声,问道:"流霞姐姐和白鹃妹子呢,没跟你在一起吗? 我可是一回家乡就立即与山主询问你们是瘦了还是胖了,修行顺不顺利,山主说如今你们都在鳌鱼背闲着呢。"

管清抄起一把算盘就砸过去,郑大风一个低头转身,再一个伸腿,以脚尖轻轻一挑算盘,伸手抓住,再轻轻放在桌上,摊开手心,滚动算盘珠子,笑道:"大风哥这一手抖搂得漂不漂亮,是不是风采依旧? 还是犹胜往昔?"

管清深吸一口气:"郑大风,你再这么无赖,我就要去落魄山跟陈山主告状了! 要是陈山主捣糨糊当和事佬,铺子这边的生意我就撒手不管了! 你再想恶心人半句,就得去鳌鱼背闯山门!"

郑大风抹了把脸,竟然没有废话半句,一瘸一拐地默默离去。

就在管清略有愧疚,觉得是不是把话说重了的时候,那汉子冷不丁一个身体后仰,探头探脑道:"管清妹子,当真这么绝情? 大风哥今天专门为你刮了胡子,换了身干净衣服,你就不问问大风哥这么些年去哪儿潇洒了,在外有无娶妻生子……"

管清想起一个百试不爽的独门诀窍,学师妹白鹃,双指并拢,使劲一挥,沉声道:"消失!"

郑大风立即伸手一抓,好似将一物揣入怀中,这才心满意足离去。

但凡是有珠钗岛女修当临时掌柜的铺子，郑大风都一一逛过，她们与管清妹子一般，都与郑大风"打情骂俏"了一番。

神清气爽的汉子来到一间悬"永年斋"匾额的店铺，正了正衣襟。今日登门，绝对不能再次败退而走。

牛角山渡口只租了少数包袱斋给外人，其中长春宫就要了两间铺子，租金可以忽略不计。铺子掌柜是个中年妇人模样的女修，姿容不难看，但也不算好看，正在翻看一部百看不厌的《兰谱》。她与郑大风并不陌生，见着了多年不曾露面的汉子，立即故意趴在柜台上，嫣然笑道："哟，这不是大风兄弟嘛，又遛鸟呢。来来来，赶紧把那只小麻雀放出笼子给姐姐耍耍……愣着做什么啊？趁着铺子没有外人，有什么好难为情的？在外边逛荡那么些年，还是这么脸皮薄，瞧你这点出息……"

郑大风咚一声，真心顶不住啊，只得神色腼腆道："帘栊道友，哪有你这么待客的，容易吓跑客人。"

道号帘栊的妇人从柜台上的果盘里拈起一个柑橘狠狠砸过去，嗤笑道："在附近铺子的威风呢？"

郑大风赶紧弯腰接住那枚暗器，悻悻然道："我这不是长得不那么英俊，相貌不占便宜，就只好在情话上边下功夫了嘛。"

帘栊在这儿看顾生意，纯属散心。她与长春宫现任宫主是同辈且同脉，不过辈分高，年纪小，是那种"小时了了，大未必佳"的关门弟子，因为始终无法打破龙门境瓶颈，心灰意冷，就主动来看铺子了。郑大风以前常来唠嗑，刚好两个都是能聊的，而且荤素不忌，所以这么多年没见郑大风，帘栊还真有几分想念来着，当然跟那种男女情愫是绝对不沾边的。

郑大风手肘抵在柜台上，斜着身子，伸手捋头发，吹嘘自己与撰写《兰谱》的朱藕是怎么个相熟法，有机会定要介绍给帘栊姐姐认识认识，再拽文几句："幽居静养山中，作林泉烟霞主人，一日长似两日，若活九十年，便是百八十，所得不已多乎。闲居又有三乐，可以颐养天年，食春笋，夏衣薜荔，雪夜读禁书……"

帘栊就喜欢这个丑汉的那股斯文劲头。说句良心话，要不是郑大风的模样实在是寒碜了点，真心不至于打光棍到今天。

铺子来了个郑大风没见过的外乡女修，她见着了里边唾沫四溅的汉子，可能是听到了帘栊的心声介绍，主动说道："见过郑先生，我叫甘怡，来自长春宫。"

郑大风立即点头："甘姨好，很好很好，喊我大风也行，喊声小郑也可。"

甘怡听出汉子的"误会"，只得笑着解释道："甘甜的甘，心旷神怡的怡。"

郑大风委屈道："不然呢？我岂会不认得大名鼎鼎的醴泉渡船甘管事。"

人之灵气，一身精神，具乎双目。这位金丹女修就当得起"明眸善睐"的赞誉，尤其是甘怡姐姐在笑时，还有两个酒靥，美。

甘怡一笑置之。山上山下的无赖汉实在是见多了，不缺眼前这么一号人物。

郑大风就要识趣告辞离去。跟帘柂姐姐聊了半天，口渴舌燥的，打算去自家兄弟的北岳山君府喝酒。

不熟知历史典故的人，即便是如今的朝廷史官，恐怕都不会清楚那艘醴泉渡船对大骊宋氏而言意味着什么。

在大骊宋氏还是卢氏藩属国的时候，每逢旱灾，就需要与长春宫借调这艘行云布雨的法宝渡船，再邀请长春宫仙师施法请雨。可以说，在大骊宋氏最为艰苦的岁月里，这艘渡船每每在干裂大地上空出现，就是一种……希望。故而最近百年的长春宫年谱上边，不可谓不"满纸烟云、黄紫贵气"。因为除了大骊宋氏三代皇帝经常莅临长春宫，大骊太后南簪当年更是在此结茅隐居修养，更有国师崔瀺，曾经亲自参加过两次长春宫女修晋升金丹地仙的开峰典礼，这在如今是根本无法想象的事情。让那只绣虎参加某个门派的庆典？别说是新晋宗门，就算是神诰宗，云林姜氏请得动？那场正阳山观礼，朝廷也只是派出了巡狩使曹枰。更早的龙泉剑宗建立，以及刘羡阳接任宗主，都是大骊礼部尚书出面。

甘怡再次听到了帘柂的心声，犹豫了一下，以心声与郑大风说道："郑先生，有一事相商。"

郑大风立即停步转身，搓手笑道："鄙人尚未婚娶。"

甘怡就当没听见，自顾自说道："我愿意将跳鱼山转售给落魄山，不知郑先生能否代为传话，帮我与陈山主知会一声？"

郑大风笑着点头道："好说好说，一定带到。"

落魄山的近邻，除了北边作为自家藩属山头的灰蒙山，还有三座，分别是天都峰、跳鱼山和扶摇麓，各有所属。只不过不同于衣带峰，比较不显山不露水，居山修士都深居简出，极少露面，尤其是天都峰，修士好像都禁足、闭关一般，几乎无人下山。而且关于三位山主的身份，大骊王朝虽然有秘档记录，却从不对外泄露，而落魄山也无意探究此事，每每御风往返于落魄山和小镇，都会主动拉开一段距离，绕山而行。不承想其中这座跳鱼山竟然就是甘怡名下的私产。

帘柂大为讶异：郑大风竟然就这么离开铺子了？

走在街上，郑大风微微皱眉，因为甘怡身上带着一股熟悉的远古气息。

补上魂魄的郑大风虽然没有恢复某些记忆，但是他就像凭空多出了数种神通，而且每有所见，不管是人与物或景，就像手中突然多出一把开门的钥匙。而甘怡的出现，就让郑大风无缘无故记起了一个历史久远的福地，在浩然天下消失已久。

这就对得上了。当初米裕受魏檗所托，为长春宫出门历练的一行人秘密护道。带队的是个龙门境老妪,队伍中有个名叫终南的小姑娘,年纪很小,辈分却高,其余三个少女也都是长春宫一等一的修道好苗子。她们都是头次下山历练,照理说,带着这么四个宝贝疙瘩乱逛,金丹地仙坐镇都未必够,怎么可能只是让一个龙门境当主心骨?而且那场历练最重要之事是要与风雪庙讨要一片万年松,好给大骊巡狩使一个满意的答复,不说太上长老宋馀亲自出马,怎么也该派遣宫主露面才算合乎山上的礼数。

郑大风觉得自己需要立即走一趟北岳山君府了,谁知下一刻就在街上见到了一位慈眉善目的老人,身边跟着个侍女模样的年轻女修,竟然还是一个剑修!

正经人不做点正经事,岂不是风流枉少年?所以郑大风立即跟着走入那家管清当掌柜的铺子,熟门熟路地开始介绍起里边的各色货物。

一聊才知道,老人姓洪名扬波,来自宝瓶洲中部位于梳水国和松溪国接壤处的地龙山仙家渡口,渡口有一座青蚨坊,他就在二楼坐馆做买卖。至于洪扬波身边的彩裙侍女,她自称情采。二人一听那汉子是落魄山陈山主的叔叔辈,立即刮目相看。

管清几次欲言又止。

禺州将军曹茂在闲暇时走了一趟洪州豫章郡。作为一州将军,其实同时管辖着两州军务,所以也可以视为公务。

此次出行,位高权重的曹茂没有与洪州各级官员打招呼,只是带了几名心腹和随军修士拜访那座采伐院。但是主官并不在衙署里边,也没有跟下属说去了哪里。曹茂没有留下来等人的意思,离开采伐院,让两名随军修士去城内打探消息。

曹茂身边一位年轻武将忍不住问道:"曹将军,这个林正诚到底是什么来头,能够不动声色地摆平豫章郡盗采一事?"

曹茂说道:"你要是离开豫章郡都能忍住不问,就可以去陪都兵部任职了。"

年轻武将哭丧着脸:"曹将军,你这不是坑人吗?说好了会帮我与朝廷举荐,怎么又反悔了?官又不大,就是个陪都的兵部员外郎,按照大骊律例,有军功和武勋头衔的武将离开沙场到地方当官,多是降一两级任用,我这都降多少级了?况且只是陪都,又不是京城的兵部。"

在这位禺州将军跟前其实不用讲究太多的官场规矩,说话都很随意。

曹茂淡然道:"我们大骊的陪都六部能跟别国用来养老的陪都诸衙一样?"

另一个随军女修笑道:"曹将军,听说这位新上任的采伐院主官是个不苟言笑的,算不算那种铁面峨冠的端方之士?"

曹茂说道:"关于林正诚,你们都别多问。等会儿见面,我跟他聊天的时候,你们也别插嘴。"

因为先前禺州将军府收到了朝廷密旨,皇帝陛下会在近期秘密南巡至洪州,就在采伐院驻跸,不会带太多的随从,一切从简,可能会直接绕过各州刺史。所以曹茂才会有这趟豫章郡之行,要先与林正诚见个面,再去巡视洪州边境几个关隘和军镇。

洪州的这个采伐院与大骊朝廷在禹州、婺州设置的织造局相仿,都是与昔年龙窑督造署差不多性质的官场边缘机构,主官品秩不高,但是密折能够直达天听。只不过采伐院主官的品秩相对说来是最低的,像那禹州的李宝篋李织造,就是官身相当不低的从四品。这也是因为采伐院还要特殊几分,不属于常设衙门,更像是一个过渡性的衙门,事情办完了,朝廷不出意外就会裁撤掉,所以被抽调来当差的官吏兴致都不高。一来,采伐院没有什么油水;二来,谁要是当真秉公办事了,还容易惹来一身腥膻,毕竟朝廷和洪州屡禁不止的偷采巨木一事的幕后势力,谁没点朝廷靠山和倚仗? 就说豫章郡南氏,一年到头开销那么大,会没有沾边这档子生意?

在大骊官场,为何会有个"大豫章,小洪州"的谐趣说法? 还不就是因为豫章郡南氏出了那么个贵人,曾经的皇后娘娘,如今的太后南簪,是当今天子宋和与洛王宋睦的亲生母亲。要说母凭子贵,整个宝瓶洲,谁能跟她比?

采伐院刚刚设立那会儿,整个洪州官员都在等着看好戏,想要看看那个从京城来蹚浑水的林正诚在豫章郡如何碰一鼻子灰。但是林正诚上任后,既没有拜访任何一位豫章郡官员和皇亲国戚,也没有新官上任三把火,甚至都没有去豫章郡任何一座大山逛逛,几乎可以说是足不出户。结果在一夜之间,所有偷采盗伐山上巨木的,从台前到幕后,全部消失了,都不是那种暂时的避其锋芒,而是主动撤离,销毁一切账簿,一些个走都走不掉的人物,更是被毁尸灭迹。光是豫章郡境内的十几个店铺就全部关门了,一个人都没有留下。当然,可能还有更多不为人知的"钉子",全都自己清理干净了。

只说那个在整个洪州势力盘根交错的南氏家族,就在前不久,正月里,在祖宗祠堂里进行了一场关起门来的议事,七八个嫡出、庶出子弟直接就被除名了,而且没有给出任何理由。有不服气喊冤的,也有几个言语叫嚣、狂悖无礼的,前者被打得满嘴都是血,至于后者,就那么被直接打死在祠堂里。

朦胧小雨润如酥,有贫寒少女提着竹篮沿街卖杏花。

曹茂最后在一间售卖瓷器的铺子里找到了两鬓皆白的林正诚,跟个郡县里边的老学究差不多,就是显得没那么年迈暮气。

店铺掌柜也是个老人,正在笑话这位林老弟既然兜里没几个钱就别痴心妄想铺子里的那件开门货了。

林正诚瞥了眼门口的曹茂一行人,将一只瓷瓶轻轻放回架子,与掌柜说下次再来。

掌柜挥挥手,说话很冲:"林老弟若还是没钱,就别再来了。"

林正诚走出门去,问道:"找我的?"

　　年轻武将把手中的油纸伞递给林正诚，自己刚好能与身边女子共撑一把伞，一举两得。林正诚没有客气，与那个手背满是伤疤的年轻人笑着道了一声谢，接过油纸伞。

　　曹茂先掏出兵符，自报姓名和禹州将军的身份，再轻声解释道："本将有命在身，必须亲自走一趟豫章郡和采伐院。相信林院主已经得到上边的消息了。"

　　林正诚淡然说道："随便逛逛就是了，难不成采伐院那么点高的门槛还拦得住一位禹州将军登门？要说曹将军是专门找我谈事情的，免了，我只管偷采盗伐一事，其他军政事务，无论大小，我一概不管，也管不着。"

　　禹州将军身后那几个随从都觉得这个林正诚不愧是京官出身，官帽子不大，口气比天大，一州刺史都不敢这么跟曹将军话里带刺吧？

　　曹茂还是极有耐性，说道："相信林院主听得懂曹某人那番话的意思，事关重大，出不得半点纰漏，我还是希望林院主能够稍微抽出点时间，坐下来好好商议一番。"

　　林正诚笑道："曹将军可能误会了，采伐院不比处州窑务督造署和附近的织造局，职务很简单，字面意思，就只是负责缉捕私自采木的人，以后衙门若是有幸不被裁撤，最多就是按例为皇家和朝廷工部提供巨木，所以曹将军今天找我谈正事，算是白跑一趟了。要说曹将军是来谈私事的，家族祠堂或是宅邸需要一些被采伐院划为次品的木头，那我这个主官在职权范围内倒是可以为曹将军开一道方便之门，价格好商量，记得事后别大张旗鼓就是了，否则我会难做。都说官场传递小道消息一向比兵部捷报处更有效率，我这种地方上的芝麻官可经不起京城六科给事中的几次弹劾，曹将军还是要多多体谅几分。"

　　曹茂有些无奈。跟这种揣着明白装糊涂的人最难打交道，面上寒暄，胸中冰炭。

　　我跟你商议陛下微服私访的天大事情，你跟我扯这些芝麻绿豆的私情琐碎，你林正诚当真会在意与一个禹州将军的官场情谊？

　　曹茂便跟着转移话题，笑道："据说如今盗采一事都停了。"

　　林正诚点头道："估计是采伐院的名头还是比较能够吓唬人的。"

　　曹茂之所以如此有耐心，是因为作为大骊前巡狩使苏高山的心腹爱将，比起身后那帮随从，要多知道些内幕。虽然只有两件事，但是足够让曹茂慎重再慎重了。

　　第一件事，林正诚并非大骊京城人氏，而是出身骊珠洞天，他是后来搬去的京城，才在兵部捷报处当差多年。

　　第二件事，林正诚还是那个林守一的父亲。

　　大骊京城钦天监有个叫袁天风的高人，白衣身份，最擅长月旦评和臧否人物，在林守一这边就曾有一句"百年元婴"的谶语，结果林守一四十来岁就跻身元婴境了。

　　说错了吗？林守一难道不是在百岁之内跻身了元婴境？

　　又有好事者询问林守一能否百年玉璞，袁天风只是笑而不言。

曹茂如今在朝中有一座隐秘靠山，姓晏，是个通天人物，如果说大骊王朝是如日中天，那么此人就是大骊王朝的影子。曹茂从这位大人物那边得知，宋和其实对林守一极其器重，对这个满身书卷气的年轻修士早就寄予厚望，甚至愿意把他当作未来国之栋梁来精心栽培，所以早年才会有意让林守一接替担任礼部祠祭清吏司的郎中，在这个作为大骊朝廷最有实权的郎中的清贵位置上，再在京城官场积攒几年资历，即便不参加科举，有先前担任过大渎庙祝的履历，再破格提升为礼部侍郎，朝堂异议是不会太大的，将来林守一如果再获得书院君子的身份，那么有朝一日顺势接掌礼部就更是水到渠成的事情了。将来大骊庙堂，刑部有赵繇，礼部有林守一，再加上其余那拨如今还算年轻的干练官员，文臣武将，济济一堂。

如果不是林守一出身骊珠洞天那么个千奇百怪的地方，差不多岁数的年轻一辈就有陈平安、刘羡阳、马苦玄、顾璨……再加上林守一喜欢清净修行，埋头治学，不然他会更加引人注目，获得与他的修为、学识相匹配的名声。

林正诚都没有邀请他们去衙署喝个热茶，曹茂已经有了无功而返的心理准备，想着实在不行就自掏腰包，与采伐院私底下购买一批被官吏鉴定为次品不堪用的木材。

迎面走来一个沿街叫卖杏花的贫家女，见到了曹茂和林正诚一行人，就立即退到墙角站着。她眼中有些好奇，不只是民见官、贫见富的那种畏惧。

撑伞的年轻武将将油纸伞交给身边的女修，快步走向前去，与少女询问价格，掏出钱袋子，干脆将一篮子杏花都买了下来。担任禺州军府随军修士的女子朝他递回油纸伞，接过花篮，摘下一朵杏花别在发髻间。年轻武将用蹩脚的言语称赞了几句，女子貌美如花，男子的情话土如泥壤。

林正诚突然主动开口说道："曹将军跟处州落魄山有没有香火情？"

曹茂脸色如常："早年在家乡跟当时在书简湖历练的陈山主见过一次面，但是算不上香火情，勉强能算不打不相识，之后就再没见过。"

身后几个都是第一次听闻此事，一个个大为惊讶：咱们曹将军可以啊，竟然跟那位年轻隐官是旧识？听意思……"打过"交道？

林正诚没有多说什么。

采伐院的一众官吏都知道林院主似乎心情不太好，可能是觉得这个采伐院主官不好当？又好像在等什么，结果没等着，就显得有几分神色郁郁。

去年冬末，闭关之前，林守一给雾色峰寄出一封密信，提醒陈平安在正月里可以去洪州豫章郡的采伐院登门拜年。而后又给采伐院寄了一封家书，说自己已经跟陈平安打过招呼了。

上次关系疏淡至极的父子难得多聊了几句，按照林守一的估算，此次闭关所需神仙钱，还有一百枚谷雨钱的缺口。当时林正诚一听这个数字就立即打退堂鼓了，摊上这么个好像吞金兽的不孝子,就只能继续保持一贯父爱如山的姿态了,听到林守一说已经跟陈平安借了钱补上缺口,林正诚就半开玩笑一句,既然跟他借了钱,就不用还了。林守一自然不敢当真。可林正诚其实早就给某个晚辈备好了一份见面礼,此物按照山上估价,差不多就是一两百枚谷雨钱,这是他担任小镇阍者的酬劳之一。对于如今家底深不见底的年轻山主来说,这么件礼物,可能根本不算什么。

另外一个回报,是崔瀺与林正诚有过保证,林守一将来不管修道成就如何,都可以在大骊朝廷当官,是那种可以光耀门楣而且名垂青史的大官。自认是半个读书人,又在督造署当差多年的林正诚很看重这个。

林守一,字日新。

圣人抱一为天下式,知荣守辱为天下谷。既日出日新,宜慎之又慎。

林守一的名与字,都是国师崔瀺帮忙取的。

陆沉上次死皮赖脸做客采伐院,混账话、糊涂话、玩笑话、轻巧话、重话、打开天窗的亮话、盖棺论定的明白话混淆在一起,没少说。这里边又藏着陆沉一句自称贫道多嘴一句的话,大体意思是说林守一因为他这个当爹的偏心才失去了某个机会,某个机会一没有,就牵一发而动全身,导致一连串的机缘皆无,满盘皆输。而且陆沉最后还补上一句,他当年摆摊算命是给过林正诚暗示的,言下之意:你林正诚执意如何,导致如此,那是你犟,但是贫道可是给予过你和林守一许多额外善意的!你们父子二人不能不领情啊,做人得讲点良心,所以贫道吃你几个粽子咋个了嘛!

其实林正诚当时就听进去了,只是他这辈子为人处世,最多是为某些人事而感到遗憾,还真就没有"后悔"二字。至于林守一知道这个真相后作何感想……你一个当儿子的,还敢跟你老子造反?

道理是这么个道理,林正诚在儿子跟前又一向是极有威严的,可真要让林正诚主动开口提及此事,其实并不容易。

身为处州刺史的吴鸢主动拜访州城隍高平。在一州官场上,双方算是平级。

吴鸢身穿便服站在州城隍庙大门外,门口悬挂有一副黑底金字的对联。

念头暗昧,白日下有厉鬼,吾能救你几回?你且私语,天闻若雷。

言行光明,暗室中现青天,何须来此烧香?胆敢亏心,神目如电。

一向没有任何官场应酬的城隍爷高平自然是不会露面迎接吴鸢的,倒是有个朱衣童子离开香炉,屁颠屁颠跑出城隍庙,翻过那道高高的门槛,再飞快跑下台阶,毕恭毕敬地与吴鸢作揖行礼,口呼刺史大人,说些大驾光临蓬荜生辉的场面话。再一路低着头侧过身,伸出一只手,保持这个姿势,领着吴大人步入城隍庙。

吴鸢是来与高平闲聊的,不涉及公事,就是聊点处州外山水官场的趣闻。比如如今有几个关键的水神空缺,大骊朝廷一直悬而未决,中部大渎暂时只有长春侯和淋漓伯,是否会多出一个大渎"公爷",人人好奇,像那俱芦洲的济渎,就有灵源公和龙亭侯。再就是杨花升迁后空出的铁符江水神,以及曹涌离开后的钱塘长,各自补缺人选是谁,都不算小事。

此外,原本在大骊朝廷山水谱牒上只是六品神位的白鹄江水神萧鸾前不久在兼并了上游的铁券河后,品秩顺势抬升为从五品。而旧铁券河水神高酿,祠庙改迁至郓州,转任细眉河水神,属于平调,神位高度不变。天底下没有不透风的墙,尤其是消息灵通的山水官场,看待此事,都觉得极有嚼头,就像京官多如牛毛,京官外放,主政一方,即便品秩不变,当然还是重用。作为细眉河源流之一的那条浯溪藏着一座古蜀龙宫,规制不高,毕竟属于上古内陆龙宫之流,可是瘦死的骆驼比马大,再怎么说也是一座货真价实的龙宫,黄庭国哪有这份本事,自然是被宗主国大骊王朝的修士寻见的,那么等到龙宫真正被打开,原本名不见经传的细眉河自然而然就会水运暴涨,而高酿这位河神的地位也就会跟着水涨船高。

吴鸢都进门了,高平便走出神像,朱衣童子早已经招呼庙祝赶紧去整几个硬菜了。

一边走一边聊,在斋堂落座后,吴鸢笑道:"寒食江的山水谱牒品秩与铁符江水神还是差了两级,他想要补缺,难如登天。"

高平点点头。所以黄庭国皇帝的鼎力举荐意义不大,大骊朝廷是肯定不会答应的。

吴鸢笑问:"那位玉液江水神娘娘到底是怎么想的,为何会暗示我帮她外调别地,平调都可以,大骊境内任何一处水运贫瘠的江河都没有问题,甚至愿意降半级神位?"

高平拈起一粒花生米丢入嘴里,说道:"她先前因为一桩可大可小的事情处理不当,结果闹大了,跟落魄山结下了梁子。她总觉得留在玉液江,睡觉都不安稳,与其每天担心被翻旧账,还不如躲得远远的。"

吴鸢调侃道:"高酿倒是捡了个肥缺,以后礼部的山水考评,那条郓州细眉河想不要优等考语都难吧?"

高平说道:"估摸着是落魄山的授意吧,明面上是魏檗的手笔,毕竟是北岳山君,朝廷还是要卖他几分面子的。上柱国袁氏和两个京城世族稍微一打听,知道是魏檗的意思,也就只好捏着鼻子认了。魏檗这家伙心眼小,摊上这么个喜欢举办夜游宴的山君,谁不怕下次再有夜游宴,被魏檗故意穿小鞋?他们几个家族扶持起来的仙府、平时关系好的山水神灵不得砸锅卖铁?"

吴鸢笑道:"披云山再想要举办夜游宴,很难了吧?"

已经是相当于仙人境的一洲山君了,再想抬升神位,得吃掉多少枚金精铜钱才行?就算大骊朝廷再偏心北岳披云山,国库又有盈余,也不可能这么做,不然中岳山君晋青肯定第一个跳脚骂人，直接跑御书房吵架去。而其余几尊宝瓶洲山君，尤其是南岳范峻茂，是肯定不会在这种事情上含糊的。

林守一的闭关之地几乎没有人能够猜到，既不是大骊京城，也不是宝瓶洲北岳或中岳山头的某处洞府道场，而是脂粉气略重，却在大骊地位超然的长春宫。

长春宫，名副其实，似有仙君约春长驻山水间。居闲胜于居官，在野胜于在朝，此间山水最得闲情与野趣。

在一处连祖师堂嫡传弟子都不许涉足的禁地，四面环山如手臂围住一湖，山水相依，美好盈眸。风景静似太古，日长如小年。有翘檐水榭驳岸出，铺覆碧绿琉璃瓦，立柱架于水，有群鸟白若雪花，徐徐落在水上。

岸上绿树有声，禽声上下，水中藻荇可数，阵阵清风如雅士，路过水榭时，细细轻轻，剥啄竹帘，春困浅睡之人，可醒可不醒。

水榭内设一睡榻，临窗案几上搁放有一只香炉，几本真迹无疑的古旧法帖、一把用来驱虫掸尘的麈尾、一摞山水花鸟册页及各色文房清供兼备。

有女子在水榭内的榻上睡了个午觉。她刚刚醒来，坐起身揉了揉眼睛，再伸着懒腰打哈欠。午睡初足，她低头瞥了眼绣鞋，勾起脚尖，挑起一只绣鞋，想了想，又有些烦躁，便随便踢开那只绣鞋，光脚踩在地上，走出水榭。水榭临湖一面设置美人靠，这个意态慵懒的美人便将胳膊横在栏杆上，下巴抵住胳膊，看着平静如镜的湖面，眼神迷离。

再好的景致，每天都看，就跟每天大鱼大肉一样，顿顿吃，一日三餐还不能不吃，总会吃腻味的。

她腰间悬挂一块牌子，单字"亥"，亥时自古被修道之士誉为"人定"。

水榭廊道铺设有一种山上的仙家玉竹，冬暖夏凉。

有人腰悬"寅"字腰牌，此刻正坐在廊道一张蒲团上用铜钱算卦，一旁堆放着几本类似《金玉渊海》《正偏印绶格》的算命书籍。

一个身材消瘦的木讷少年盘腿而坐，膝上横放着一根翠绿欲滴的竹杖。

还有个面容苦相的年轻男人背靠廊柱闭目养神。

此外，水榭顶部坐着个女子，双腿悬在空中轻轻摇晃。

有个黑衣背剑青年单独站在水榭外，竹冠佩玉，玉树临风，满身清幽道气，有古貌意思，正在举目远眺对岸的山头。

一行人待在这儿的时日确实有点久了。

他们唯一的共同点，就是都腰悬一块牌子，只刻一字，皆取自十二地支。

这一行六人，正是大骊地支一脉成员：袁化境，子。改艳，亥。苟存，申。隋霖，寅。苦手，巳。周海镜，丑。

先前大骊朝廷不计代价培养出地支十一位修士，分出了两个山头阵营，分别以宋续和袁化境作为领袖。

袁化境与宋续都是剑修，一个是大骊最顶尖的豪阀出身，有个上柱国姓氏，一个是出身帝王家的天潢贵胄。双方年纪在山下等于差了足足两辈，境界则差了一层。

宋续身边有韩昼锦、葛岭、余瑜、陆翠、后觉。袁化境这边则有精通五行的阴阳家修士隋霖、每天都花枝招展的女鬼改艳、沉默寡言的少年苟存和年纪轻轻就一脸苦相的苦手。苦手是比改艳这一脉更为数量稀少的卖镜人，最重要的那件本命物是一面能够颠倒虚相实境的停水镜。

不到百岁就已经是元婴境剑修的袁化境若非碍于身份必须躲在幕后，否则他肯定可以跻身宝瓶洲年轻十人之列，而且名次会很高。

前不久，地支队伍中又多出一人，若是不谈杀力，只说名气大小，就算其余十一人加在一起可能都远不及此人，正是在大骊京城与鱼虹打擂台的女宗师，山巅境武夫周海镜。她的加入，成功补齐了大骊王朝的十二地支，虽然姗姗来迟，不过好事不怕晚。

周海镜因为资历浅，没有一起参加过陪都战事，所以跟哪边都不熟，而且她也没觉得需要跟他们套近乎。又因为袁化境这边只有五人，周海镜就加入他们的队伍了，每天打扮得那叫一个堆金叠翠，珠光宝气，从头到脚装饰之烦琐累赘，到了一种堪称夸张的地步。所以当初余瑜见到周海镜的第一印象就是：这位姐姐是一座行走的店铺吗？走在路上，只要有人愿意开价，相中了某件饰品，就可以随便取下与人做买卖？

周海镜除了跟最早拉拢她的宋续、葛岭勉强还算谈得来，跟其他人都没什么可聊的，尤其是跟改艳，简直就是天生不对付，每天不含沙射影吵几句都会觉得浑身不自在。

坐在碧绿琉璃瓦上的周海镜低头看着隋霖丢铜钱。这家伙是阴阳五行家一脉的练气士，有点学问的，不去摆摊当个算命先生挣笔外快真是可惜了。她笑呵呵道："隋霖，你就没听过一个圣人教诲吗？行合道义，不卜自吉；行悖道义，纵卜亦凶。故而人当自卜，君子不必问卜。"

隋霖置若罔闻。他一个精于命理的行家里手，跟周海镜这种门外汉没什么可聊的。

周海镜也没想着跟隋霖聊那些高深的算卦学问，本就是无聊扯几句。她怎么都没有想到，她加入地支一脉后的第一件正经事，就是跑来长春宫给人护关。但是宋续那边当下却是有重任在身的，得到了钦天监的指示，要去寻找一件极有来头、品秩极高的远古至宝。因为两拨人是分头行事，周海镜就无法知道更多的细节了，据说按照地支一脉的传统，事后都会聚在一起，仔细复盘。只是复盘有个屁的意思，寻宝一事，当然是亲力亲为才有滋味，哪怕一切收获都得归公，可是只说那个过程也是极有意思的嘛，早知如此，她就死皮赖脸加入宋续的山头了。

周海镜实在是百无聊赖，闷得慌，忍不住抱怨道："不过就是个元婴境修士闭关，至于这么兴师动众吗，让我们六个每天在这边喝西北风？"

皇帝陛下在去年冬亲自下了一道密旨，让他们六人来此地为那个叫林守一的读书人护关。将近两个月的光阴就这么消磨掉了，问题在于，陛下并未说明他们何时能够返回京城，看架势，是那家伙一天不出关，他们就得在这儿耗着？

斜倚美人靠的改艳虽然对此也是腹诽不已，可是但凡周海镜说不的，她就要说个是，便冷笑道："第一，别不把玉璞当神仙，六十年之前，玉璞境修士在我们宝瓶洲屈指可数，也就是如今才没那么稀罕了。"

风雪庙魏晋之外，还有正阳山那边，山主竹皇和满月峰老祖师，这两位也都是成为玉璞境剑仙没几年。

"再者，林守一是首个严格意义上的大骊'自己人'，只要他有望跻身上五境，朝廷就必须慎之又慎，意义之大，就跟当初魏山君金身拔高到上五境，一举成为宝瓶洲历史上首个上五境山君差不多，所以别说是我们几个，再多个仙人一起护关都不过分。"

这位在大隋山崖书院求学的读书人出身骊珠洞天不说，关键是还曾经担任过大骊王朝的济渎庙祝，这就与同乡马苦玄等天之骄子有了差异。反观陈平安、刘羡阳、谢灵他们几个，各有宗门不说，与大骊宋氏的关系也实在算不上有多好。不谈那位拒绝担任国师的年轻隐官，即便是刘羡阳，与大骊朝廷也是客气中透着一股疏远。

周海镜根本不搭腔，只是继续逗弄隋霖："听余瑜说，你借给了陈平安六张金色符箓材质的锁剑符？还要得回来吗？会不会肉包子打狗啊？"

隋霖脸色尴尬至极，深吸一口气，只是装聋作哑。

除了最后加入地支一脉的周海镜，他们十一人都是国师崔瀺精心挑选出来的，并肩作战已久，配合无间。比如宋续拥有两把本命飞剑，驿路和童谣，后者由崔瀺命名，前者可以保证隋霖逆转光阴长河之时稳住道心，再加上其余修士的几种神通，他们可以不被光阴长河裹挟，从头到尾稳如一座座渡口。

只是地支一脉真正的杀手锏还是袁化境除火瀑之外的第二把隐藏极深的飞剑，名为倒流。据说是一把仿品，至于是仿造哪位剑仙的本命飞剑，未知。

地支修士在结阵之后，隋霖坐镇其中，手握阵法枢纽，甚至能逆转一段光阴长河，所以他就是那个帮助所有人"起死回生"的关键人物。如果不算最后那场架，之前跟那个年轻隐官交手，不算白吃苦头，隋霖得到了那个家伙赠送的一块远古神灵金身碎片，结果比他的预期耗时更久，用了将近两个月的光阴才将其完整炼化，于自身大道极有神益。但是如果光阴倒转，能够不打最后那场架，别说归还这块金身碎片，就是再让隋霖送给年轻隐官一块，他都一百个心甘情愿。

实在是太遭罪了，不光是隋霖，恐怕除了心最大的余瑜，其余十个地支同僚，人人都有心理阴影了，到现在都没有缓过来。先前一听到周海镜对年轻隐官直呼其名，隋霖都担心会不会被殃及无辜，给某人偷听了去。改艳就当场脸色尴尬起来，破天荒没有跟周海镜吵几句，苦手更是面容苦涩得像是哑巴吃了黄连。

委实是怪不得他们如此胆小，最后那场记忆没有被抹掉的交手，他们甚至不得不打破常理，不去复盘，十一人极有默契，谁都不提这一茬，完全就当没有这回事。

余瑜被那个毫不怜香惜玉的家伙伸手按住面门，就那么硬生生拽出所有魂魄。改艳更是被他用说是自创剑术的片月，连人带法袍和金乌甲，一瞬间被无数道凌厉剑光给肢解得稀烂。隋霖被那个神出鬼没的家伙绕到身后，一拳狠狠洞穿后背心，他低头便可看见那人的拳头。身为"一字师"的陆翠更为可怜，先是被数十把锋芒无匹的长剑禁锢，再被对方以武夫罡气凝成的一杆长枪刺入脖颈，那人再作斜提铁枪状，将陆翠高高挑起，悬在空中……苟存的下场，约莫是与那人是旧识的关系，手下留情了，稍微"好"上那么一点，只是被斩断双手双脚。

周海镜笑问："你们就这么忌惮陈平安？我怎么觉得他挺好说话的，每次与我见了面都是和和气气的。"

她一直百思不得其解，好像只要自己提到那个名字，这些人人都有希望跻身上五境的天之骄子一个个地就跟平时滴酒不沾的货色被人强行灌了一大碗烈酒似的，满脸鼻涕眼泪，狼狈至极。

听到那个名字，改艳再次脸色微变，身体紧绷，手背上青筋暴起。周海镜敏锐察觉到这个"死对头"的异样，正要火上浇油说几句自己跟陈平安的交情，对方如何登门邀请自己出山，就听袁化境开口说道："周海镜，闲话少说，你多想想如何尽快跻身止境。"

周海镜可不把袁化境太当回事，继续说道："总不会是你们十一人曾经联手，然后被陈平安一个挑翻全部吧？"

刹那之间，如有一条火龙环绕周海镜和水榭顶部，火焰粗如井口，光亮耀眼，以至于那些碧绿琉璃瓦隐约有了熔化迹象。

周海镜扯了扯嘴角，一身充沛浩大的武夫罡气如神灵庇护，将那条火龙的灼热抵御在一丈之外。她伸手拍了拍心口："哟，元婴境剑修的本命飞剑呢，吓得我花容失色，小鹿乱撞……"

水榭廊道上，一直靠着柱子闭目养神的苦手蓦然睁开眼。

周海镜意识到再这么继续下去就真难收场了，只得举起双手，再伸手轻拍脸颊几下："怕了你们，就知道欺负我这么个新人，算我说错话啦，我掌嘴。"

袁化境收起本命飞剑火瀑，沉声道："下不为例。"

周海镜用手指触及身边微烫的琉璃瓦，原先碧绿纹路已经被火焰灼烧得扭曲。她抬臂使劲了抖发麻的手指，看来袁化境这把飞剑的真正杀力所在还是能够暗中牵引人身灵气和煮沸人之魂魄？对付纯粹武夫效果稍微差了点，收拾练气士确实事半功倍,祭出飞剑如架起火堆,无须穿透修士体魄便可遥遥烹煮人身灵气如沸水?

袁化境走到水榭旁,视线依旧停留在湖对面的一座山头。

不知道宋续那拨人秘密潜入那座古战场遗址是否顺利,说是钦天监凭借观天象找出的蛛丝马迹,事实上就是袁天风的推算结果。

这处时隔万年还不曾落入任何修士囊中的遗迹,最不同寻常的地方,根据钦天监的猜测,在于暗藏着一轮远古破碎坠地的"大日",化作一只潜灵养真的金乌陷入长眠,不知道受到了什么牵引或感应,总之直到前不久才渐渐清醒过来,被袁天风找到了端倪。宋续六人立即赶去,同时带了一件可以作为压胜之物的大骊密库重宝。

袁天风这些年在钦天监耗费了大骊朝廷大量财力,最终被他研制出一架能够勘验地脉震动的精密仪器。

袁化境跟宋续其实才是最看不对眼的两个人,比起周海镜跟改艳只是表面上的势同水火,犹有过之。但是上次遭遇了那场变故之后,双方有过一场开诚布公的对话,反而各自解开了心结。谁知解结之后又添新结,宋续临行前撂下一句"下不为例",其实这位低袁化境一个境界的皇子殿下就等于是以地支一脉的领袖人物自居了。不过袁化境本以为自己会恼怒,结果并没有。大概就如宋续所说,他心气已坠。所以宋续笃定最有可能出现心魔的并非隋霖和陆翠,而是输了个底朝天的剑修袁化境。

对地支一脉修士,陈平安有过不同的提醒和建议,比如让隋霖多跑京城崇虚局和译经局,融合佛道两教都提倡的守一法,有此护身符,将来面对心魔,胜算就大。陆翠那边,陈平安给过一个极有分量的承诺:如果实在无法破境,他可以传授一门属于儒家炼气的破字令。

袁化境猜测这只金乌的现身极有可能与林守一的闭关有一定关系。他甚至怀疑袁天风在大骊京城出现就是奔着林守一而去,至少也是主要目的之一。

袁化境一直好奇一事,据说林守一的修道之本只是一部名为《云上琅琅书》的雷法道书,可以说林守一的修行道路都是类似那种山泽野修的自学成才,可惜大骊朝廷并无此书的摹本。

魏檗出现在披云山的山门口,当然还是用了障眼法。

因为郑大风没有打声招呼就过来了,让魏檗总觉得这家伙是无事不登三宝殿,今天自己得悠着点。

郑大风满脸笑意地拽住魏檗的胳膊:"魏兄啊魏兄,有件事得跟你好好商量……"

魏檗心知不妙,毫不犹豫道:"我们山君府诸司女官,你别想我帮你介绍一个!"

郑大风眼神哀怨:"旱涝均匀一下,岂不是两全其美?"

魏檗气笑道:"休想!"

郑大风说道："你与我是挚友，对吧？"

魏檗板着脸，不搭话。

郑大风说道："我又是陈平安的半个长辈，毕竟是看着他长大的，如果不是如今落魄了，得在落魄山混口饭吃，陈平安喊我一声郑叔叔，他是有礼数，我也不亏心，对吧？"

魏檗无奈道："郑大风，你别拐弯抹角了，我他娘的听着心很慌！"

郑大风埋怨："急啥，心急吃不了热豆腐。走，咱哥俩先一起登山，再去乐府司……仪制司也成，反正就是找个雅静地儿好好撮一顿酒，不醉不休。"

魏檗站着不动："你先把事情挑明了，不然就别怪我不念兄弟情谊。"

郑大风幽怨道："除了女子，你魏兄是第一个能够伤我心的男人，看来以后跟你是真不能处了。"

魏檗伸手抵住眉心。

郑大风坐在台阶上，魏檗只得跟着坐下。

"陈平安跟宁姚是道侣，对吧？

"宁姚又是五彩天下的第一人，是不是？

"我在飞升城那边可是极有地位和威望的，又是陈平安的半个长辈，你跟我又是推心置腹的好兄弟好哥们。"

魏檗听得如坠云雾：你这不就又绕回来了？

"宁姚托我送你的，算是作为这么多年来魏山君如此照拂某人和落魄山的谢礼。放心，此物不属于飞升城和避暑行宫，是她独自仗剑清扫天下的战利品之一。"

郑大风终于不再卖关子，从袖中摸出一只木盒，往魏檗手上重重一拍，笑道："恭喜魏山君，得再办一场人心所向的夜游宴了！"

之后，郑大风还惦记着甘怡的事，就与魏檗打了声招呼，去文库司调阅档案，结果还真给他找到一条线索。有那么一段时间，长春宫的所有地仙修士全部失踪了，或者用闭关的由头，或者对外宣称出门远游了。

至于郑大风为何如此上心，当然因为对方是女修如云的长春宫啊！

浩然、蛮荒两座天地接壤后，异象横生，除了海上那艘夜航船，宝瓶洲也有不少远古洞天福地的破碎秘境水落石出，比如其中就有那座虚无缥缈、随水跟风一般流转至宝瓶洲的秋风祠，单凭修士境界无法力取，只能靠下五境练气士进入其中，各凭福缘获得各种宝物，虽说已经有一些个幸运儿得了些仙家机缘，按照山上的界定，这处来历不明的宝地目前还是一种虚位以待的无主状态。

三个早就被大骊王朝内定的宗门名额，继落魄山和正阳山之后，宝瓶洲又新添了两座"宗"字头仙府：位于雁荡山龙湫畔的一座大寺，以及仙君曹溶的道观。接下来，估计就是那个暂时作为正阳山下山而非下宗的篁山剑派了。这当然不是因为大骊朝廷格外青睐正阳山，而是宝瓶洲需要一个新的剑道宗门，并且这个崭新宗门必须位于旧朱荧王朝。本来正阳山自己都已经死了这条心，却突然柳暗花明又一村。

世事多如此，自以为最接近时反而渐行渐远，自以为远在天边时却又唾手可得，不费功夫。

此外，作为宝瓶洲宗门候补的长春宫、老龙城、神诰宗以清潭福地作为根基的某个门派、云霞山等，都在大骊王朝的举荐名单之上。

落魄山那边，小陌出现在竹楼，问道："公子，她偷溜出落魄山不是小事，真不用我跟着她吗？"

陈平安微笑道："既然她是故意让你知道此事的，那么你不去比去更管用。"